Lo que esconde la noche

TRILOGÍA NOMEOLVIDES

KERSTIN GIER

Lo que esconde la noche

TRILOGÍA NOMEOLVIDES

Traducción de Claudia Toda Castán

B DE BLOK

El papel utilizado para la impresión de este libro ha sido fabricado a partir de madera procedente de bosques y plantaciones gestionadas con los más altos estándares ambientales, garantizando una explotación de los recursos sostenible con el medio ambiente y beneficiosa para las personas.

Penguin
Random House
Grupo Editorial

Lo que esconde la noche (Trilogía Nomeolvides #1)

Título original: *Vergissmeinnicht. Was man bei Licht nicht sehen kann*

Primera edición en España: enero, 2024
Primera edición en México: mayo, 2024

D. R. © 2021, Kerstin Gier

D. R. © 2024, Penguin Random House Grupo Editorial, S. A. U.
Travessera de Gràcia, 47-49, 08021, Barcelona

D. R. © 2024, derechos de edición mundiales en lengua castellana:
Penguin Random House Grupo Editorial, S. A. de C. V.
Blvd. Miguel de Cervantes Saavedra núm. 301, 1er piso,
colonia Granada, alcaldía Miguel Hidalgo, C. P. 11520,
Ciudad de México

penguinlibros.com

D. R. © 2024, Claudia Toda Castán, por la traducción

ISBN: 978-607-384-296-9

Impreso en México – *Printed in Mexico*

*Para aquellas personas a quienes
les vendría bien un poquito de magia*

Quinn

—Un gin-tonic, por favor. O mejor, que sean dos.

Y los dos eran para mí. En principio no entraba en mis planes emborracharme aquella noche porque le había prometido a Lasse que me quedaría hasta el final de la fiesta para vigilar que nadie se pasara jugando al beer pong y después destrozara los muebles, vomitara en la alfombra o (como la última vez) se quedara dormido en la cama de sus padres. Pero los planes cambian. En mi caso concreto, había ido con intención de cortar con mi novia Lilly y, en lugar de eso, ahora llevaba en la muñeca una pulsera de cuero que decía «tesorito». Necesitaba una copa con urgencia.

—¡Disculpa! ¡Estaba yo primero! —Ni me había fijado en la chica que me clavaba una mirada furibunda. Cuando la miré, se puso muy colorada.

—Ah, eres tú… Quinn —murmuró.

Yo también la conocía. Era una de las hijas de nuestros muy católicos vecinos, los Martin o «la plaga bíblica», como mi padre solía llamarlos. Toda la descendencia femenina tenía el mismo aspecto, con sus naricitas respingonas y sus ricitos rubios. Jamás había sabido distinguirlas.

—Pero bueno, Luise —contesté, arriesgándome con el nombre—. No me parecías el tipo de chica que se cuela en las fiestas. —Girándome hacia el mesero, le dije—: Adelante con los gin-tonics. Este querubín no tiene invitación.

El mesero esbozó una sonrisita y Luise se puso aún más colorada. De manera oficial, Lasse había invitado a cincuenta personas a la celebración de su cumpleaños dieciocho. Pero extraoficialmente eran por lo menos el doble, la bebida no habría durado ni hasta las diez. Por suerte para él, sus abuelos le habían preparado un regalo sorpresa: un bar de cocteles que llegó al principio de la noche, barman incluido.

—Primero: no soy Luise, sino Matilda. Y segundo: tanto Julie como yo podemos estar aquí, nos invitó Lasse —contestó Luise… o, bueno, Matilda, según ella misma decía. Le temblaba un poco la voz, seguramente por la rabia—. Una caipiriña, por favor.

Intentó sonreírle al mesero pero el gesto le salió algo torcido. Yo, por el contrario, sentí que mi humor mejoraba. En mi familia, fastidiar a «los horribles Martin» era desde hacía años una especie de deporte en el que participaba incluso mi madre, siempre tan conciliadora.

—Primero te cuelas en la fiesta y ahora pides alcohol. —Sacudí la cabeza en señal de preocupación—. Luise, hoy estás disgustando mucho al Señor…

—¡Que soy Matilda, fanfarrón creído…! —Cerró la boca y apretó los labios.

Aunque el mesero estaba preparando las bebidas, me pareció que nos prestaba atención mientras disponía en los vasos rodajitas de lima y cubitos de hielo.

—Vaya, vaya… ¿Y ahora insultos? —Aunque el volumen de la música había subido mucho, supe que me entendía porque las aletas de la naricita-respingona-de-las-Martin temblaban de rabia—. A ver, fanfarrón, creído, ¿qué más…? ¿O es que te da miedo terminar en el infierno si sigues hablando?

Me miró con odio y sus ojos me recorrieron hasta que repararon en la pulsera. Entonces, con satisfacción más que evidente, me espetó:

—Eres un fanfarrón y un creído y un… tesorito.

Punto para ella. De pronto recordé la razón que me había llevado allí.

—Para ser exactos, yo soy «cielito» —la corregí.

Al menos eso decía en la pulsera que ahora llevaba Lilly. Me llamaba «cielito» todo el tiempo, y esa era una de las razones por las que deseaba cortar con ella esa noche. Pero de momento era imposible, al menos mientras estuviera sobrio y no quisiera sentirme como un total idiota. Porque (¡sorpresa!) resulta que aquel día «tesorito» y «cielito» cumplían setenta y cinco días juntos. Al parecer eso era razón suficiente para regalar pulseritas hechas a mano y para asegurar que nunca, nunca, se había sido más feliz.

El mesero nos sirvió las copas y le sonreí a modo de disculpa antes de beberme el primer gin-tonic como si fuera agua. ¿Qué era aquello de «tesorito»? Si de verdad hubiera llamado así a Lilly alguna vez, me tendría bien merecido no solo la pulsera, sino otros setenta y cinco días con ella. Como castigo. ¿Por qué les hice caso a mis padres? Debí dejarla por teléfono antes de la fiesta, rápido y sin dolor. Así me habría ahorrado la escenita de los regalos.

El error de contarles a mis padres mis intenciones se debió a que, en los últimos dos meses y medio, le habían tomado más cariño a Lilly que a todas mis novias anteriores. A mi madre le parecía fantástico que hubiera una chica por la casa, para ella todas mis novias eran «maravillosas» y «encantadoras». En cuanto a mi padre, el amor pasaba por el estómago: los padres de Lilly poseían dos tiendas de delicatessen en la ciudad, así que ella solía llevar cosas cuando iba a verme a mi casa.

—¿Me estás diciendo que ya no habrá más carpaccio? ¿Ni más risotto de boletus a domicilio? —Se lamentó mi padre al conocer mis planes—. ¿Adiós a los macarons de canela y a los pralinés de sorbete de limón? Quinn, ¡no encontrarás otra chica como esa!

—¡Pues claro que sí, Albert! —Mi madre lo miró muy seria—. Y con suerte su familia tendrá un gimnasio donde podrás bajar esa barrigota de gorrón que te cargas. —Mientras él se miraba avergonzado la panza, ella volteó a verme y me dijo comprensiva—: Haces bien, cariño. Escucha a tu corazón. Pero no puedes dejarla por teléfono, esas cosas se hacen en persona.

—¡Desde luego! —confirmó mi padre—. Si no, te odiará para siempre. Y debes mirarla a los ojos.

Y justo eso tenía que hacer ahora, únicamente para no decepcionarlos. Dejé el vaso vacío. A lo mejor estaría bien que también Lilly hubiera bebido un poco. Así que con una mano agarré el segundo gin-tonic y, con la otra, la caipiriña. Por suerte la chica Martin no la había tocado, estaba demasiado ocupada mirándome con ojos desorbitados.

—Esto mejor me lo llevo, Luise —le dije mientras ella tomaba aire con indignación—. Ya sabes, no se puede servir alcohol a menores.

Sin esperar respuesta empecé a abrirme camino entre la multitud para volver a la sala, levantando los vasos todo lo que podía.

—¡Que me llamo Matilda! ¡Creído... tesorito! —me gritó—. ¡Y tú tampoco tienes diecisiete!

—Ya, pues hazme un favor y reza para que no me manden al infierno —le contesté entre risas, girándome un poco.

—A lo mejor ya es tarde —intervino una voz cargada de ironía.

Me paré en seco, muy sorprendido. Conocía a casi todos los invitados, ya fuera de la prepa o de parkour, pero jamás había visto a la chica que tenía delante: la recordaría seguro. Llevaba el pelo teñido de azul intenso, un arito plateado en la nariz, otro en la ceja, unos jeans negros ajustadísimos y un top con mucho escote, todo combinado con pesadas botas a la pantorrilla. Un montón de maquillaje negro le rodeaba los ojos. Solo le faltaba un collar con una cruz al revés o un 666 tatuado para completar el cliché perfecto. A pesar de ello, o quizá precisamente gracias a ello, resultaba muy atractiva. Me pareció que tendría algún año más que yo, quizá

13

unos veinte, aunque podía deberse al maquillaje o a la seguridad que transmitía su postura. Cuando esbozó una sonrisa dejó a la vista un tercer piercing en el frenillo, con una piedrecita azul brillante. Después volvió a ponerse seria y dijo en tono solemne:

—Menos mal que te encontré, Quinn Jonathan Yuri Alexander von Arensburg.

—Ah, ¿sí...? —contesté, estirando las vocales.

¿Cómo sabía todos mis nombres? Ni siquiera a mí mismo me resultaban familiares. Me daba vergüenza aquel exceso cometido por mi madre y por eso evitaba pregonarlos a los cuatro vientos. Pronunciado de un modo tan lento y ceremonioso, «Quinn Jonathan Yuri Alexander von Arensburg» sonaba casi amenazante, como el principio de un conjuro.

—Tenemos que hablar.

—Lo siento, ahora no puedo —contesté mientras pensaba: «Tengo que llevarle estas bebidas a mi futura exnovia y tú pareces un poco loquita. Por desgracia». Aunque por otro lado... sentía curiosidad. De modo que le pregunté—: ¿Nos conocemos?

—Me llamo Kim. —Otra vez sonrió y volvió a ponerse seria—. Lo que voy a contarte te parecerá extrañísimo. Pero hace muy poco que sabemos de tu existencia.

—Ajá. —«No está un poco loquita, sino loca del todo», corregí para mis adentros, aunque sin conseguir apartarme de ella. Era guapísima.

Me miró inquisitivamente con sus ojos castaños.

—Es importante. Si nosotros te encontramos, ellos también lo harán.

Aquello ya me pareció ridículo.

—Claro, y ellos son los asesinos de una mafia internacional que quiere hacerse con unos planos secretos que la semana pasada un agente metió en mi mochila sin que me diera cuenta mientras iba por la calle... O bien una delegación del planeta Metis, del que provengo sin saberlo y que ahora debo salvar porque soy...

—Nos vemos en diez minutos en la entrada —me interrumpió sin inmutarse—. Y Metis no es un planeta, sino una de las lunas de Júpiter. —Se dio la vuelta y se marchó.

Me quedé perplejo, contemplándola pasar por delante del bar y perderse en el pasillo.

—¡Guau, qué chica! —Mi amigo Lasse apareció de pronto a mi lado y me pasó el brazo por los hombros con tanto ímpetu que parte de la caipiriña se me derramó—. ¿Quién era?

—¡Pues iba a preguntártelo a ti, es tu fiesta! Pensaba que sería una de tus primas raritas, o alguien así. Se llama Kim.

—No, mi prima la rarita está ahí, en la ventana. Lleva media hora intentando quitarse un chicle del pelo. A esa Kim no la había visto nunca, te lo juro. A lo mejor la trajo alguien del grupo de parkour.

—Quiere verme en la entrada dentro de diez minutos. Tendrá ahí estacionada la nave espacial...

—¡Qué fuerte! —Lasse me sacudió emocionado y más bebida acabó en el suelo—. Amigo, ¡qué suerte tienes con las mujeres! Pero en fin, lo entiendo. Si yo fuera una chica estaría loquita por ti, de verdad. —Me quitó la caipiriña y le dio un gran trago—. Si es que solo hay que verte. Son esos contrastes: el cuerpo de gimnasio y la carita de niño asiático, el pelo negro y los ojos súper azules... —De pronto se interrumpió—. Mierda, sí que parezco una niña enamorada... Pero ahora en serio, bro, ¡te quiero mucho!

—Pero ¿cuánto has bebido? —Lo escruté. Estando sobrio, Lasse no era de los que expresan sentimientos. Pero bueno, solo se cumplen dieciocho años una vez. Y además, yo también empezaba a sentir los efectos del gin-tonic que me había tomado de un trago—. Yo también te quiero, hermano. Y esa chica del pelo azul no me atrae, es... súper rara.

—A mí eso me daría igual. —Y le dio otro trago a la caipiriña.

—Lasse, ¿tú te sabes mi nombre completo? —le pregunté—. ¿Con todos los nombres intermedios?

—Pues claro. Quinn Johann Mega Gengar Conde von Arensburg... O algo parecido. —Soltó una carcajada y entonces se fijó en la pulsera—. «Tesori...». Carajo, ¿esto qué es? ¿Es de Lilly? Te lo tienes que quitar. La del pelo azul no lo puede ver, le va a quitar las ganas.

—Es imposible de desatar —contesté con pesimismo.

Lilly me había puesto la pulserita con todo su entusiasmo, usando un triple nudo doble capaz de aguantar no ya los próximos setenta y cinco días, sino al menos setenta y cinco años.

—Solo necesitas unas tijeras.

Ah, pues sí.

—Pero si la corto Lilly se va a enojar.

Aunque… de todas maneras se iba a enojar cuando rompiera con ella, y yo al menos recuperaría la dignidad. Y con suerte a lo mejor se enfurecía tantísimo al verme sin la pulsera que la situación se daría la vuelta y sería ella quien cortara conmigo. En ese caso habría matado dos pájaros de un tiro. O, mejor dicho, de un tijeretazo.

—Las tienes en el baño de arriba, en el cajón del lavabo. —Me había leído el pensamiento—. Anda, ¡dame ese vaso! Aquí te espero. —Me quitó también el gin-tonic y le dio un sorbo—. Creo que esta es la mejor fiesta de mi vida. Solo tenemos que estar pendientes para que nadie eche nada raro en el acuario de mi papá.

Desde luego. Después de la fiesta de sus dieciséis, nos gastamos una auténtica fortuna en reponer los peces del acuario antes de que sus padres volvieran de vacaciones. Recorrimos todas las tiendas de animales en busca de cíclidos dorados, shitaris del Amazonas y come algas siameses. No me apetecía nada repetir aquella odisea.

—Ahora mismo vuelvo —aseguré. No podía imaginar que esas eran las últimas palabras que le diría a Lasse en mucho tiempo.

Todo estaba tranquilo en el piso de arriba. Por si acaso, eché un vistazo a la habitación de los padres de Lasse: la cama estaba intacta. La fiesta todavía se desarrollaba en la planta baja sin dar problemas. Los padres de Lasse se habían ido de vacaciones, como siempre en los últimos años, y le habían dejado la casa con la condición de encontrársela en el mismo estado que al marcharse. Como a mis padres, los arañazos en el parquet les importaban menos que el olor a tabaco que se quedaba pegado a alfombras y cortinas. Por eso, los fumadores tiritaban de frío en el jardín de atrás, aunque de momento nadie se había quejado.

Por desgracia la tijerita de uñas que encontré en el baño no era para zurdos. Como Lilly me había atado la pulsera en la muñeca derecha, necesité un buen rato para serrar el cuero. Estuve a punto de tirarla al bote de basura pero preferí guardármela por si acaso me exigía que se la devolviera para regalársela a su próximo «cielito». La verdad, no tenía ninguna prisa por descubrirlo. La ventana del baño daba a la calle y sentí curiosidad por comprobar si la chica del pelo azul me esperaba de verdad en la entrada. Seguía sin decidirme a acudir, aunque por otro lado deseaba averiguar cómo conocía todos mis nombres (que ni siquiera mi mejor amigo sabía) y qué quería de mí. «Hace muy poco que sabemos de tu existencia». ¿Qué demonios quería decir eso?

Por precaución apagué la luz antes de abrir la ventana tratando de hacer el menor ruido posible. Me asomé todo lo que pude para atisbar lo que había bajo el tejadillo.

Pues sí, aquellas eran sin duda sus largas piernas, acabadas en las botas negras. Por lo que veía se apoyaba en la fachada, junto a la puerta de entrada. Estaba sola, en aquel momento ya no llegaban más invitados. Desde donde me encontraba no podía verle la cara, pero sus dedos tamborileaban con impaciencia contra la pared. Parecía que de verdad me esperaba.

Okey, pues entonces iría a hablar con ella. Ya me ocuparía de Lilly después.

Cuando me disponía a cerrar la ventana y a volver abajo, una figura surgió de entre las sombras del jardín delantero y avanzó lentamente hacia la casa por el camino de adoquines. Me asomé aún más, movido por la curiosidad. Se trataba de un hombre bajito, con abrigo y sombrero. La luz era escasa, así que no podía calcular su edad. Pero como llevaba el sombrero típico de los ancianitos que pasean perros salchicha, di por hecho que tendría bastantes años. Claramente no iba a la fiesta, sino que buscaba a Kim. Ella se separó de la fachada al instante.

—¡Usted! —exclamó asustada.

El hombre se detuvo.

—¿De verdad pensabas que no te detectaríamos? ¿En nuestro propio territorio? ¡Cómo te atreviste!

Tenía una voz metálica y nasal, y no me hizo falta observar la reacción de la chica para saber que en absoluto se trataba de un adorable ancianito paseador de perros salchicha.

Kim se apartó unos pasos hacia un lado y pude ver que todo su cuerpo se encontraba en tensión.

Al hombre pareció agradarle aquella reacción.

—Ahora ya es tarde, chiquilla —dijo con una risa ahogada—. A nosotros nadie se nos escapa tan fácilmente.

Ella miró a su alrededor, como buscando una salida. O a alguien que pudiera ayudarla.

Drogas. Esa fue la primera explicación que se me pasó por la cabeza. La chica del pelo azul estaba vendiendo su mercancía en el territorio de la competencia.

El hombre se le acercó lentamente.

—Ahora mismo me vas a contar todo lo que necesito saber. Quién forma parte, cómo lo has organizado y quién está detrás de todo.

—Antes muerta —contestó Kim en voz baja.

El hombre estalló en sonoras carcajadas, tan nasales e inquietantes como su forma de hablar.

—Siempre nos encanta cumplir ese deseo. Y por delitos menos graves que el tuyo. Pero antes tenemos que charlar un poquito. Aunque en realidad nada impide que vayamos matándote mientras hablamos...

Kim hizo un movimiento súbito hacia un lado, como para comprobar la velocidad de reacción de su adversario. Él chasqueó los dedos y entonces resonó un gruñido. No supe de dónde provenía, pero hizo que se me pusieran los pelos de punta. ¿Lo había emitido el propio anciano? Aquel gruñido espeluznante obligó a la chica a detenerse en seco, se quedó como paralizada.

—Usted no puede hacerme nada —dijo—. Llamaría demasiado la atención. Tengo grabaciones que saldrían a la opinión pública. Videos y...

El hombre se mantuvo impasible.

—Ah, ¿sí? —preguntó, y echó mano al bolsillo del abrigo.

Sin pensarlo, me encaramé al antepecho de la ventana, salté desde allí al tejadillo y un segundo después aterricé en los adoquines, justo entre los dos, con una recepción perfecta de cuatro puntos como las que había practicado cien veces en mis entrenamientos de parkour. Solo al incorporarme comprendí lo que había hecho. Me quedé tan perplejo como ellos, que me miraban incrédulos. Pero no había tiempo para pensar.

—¡Vámonos ahora mismo! —Agarré del brazo a la chica y la arrastré conmigo.

La puerta de la casa estaba cerrada y el hombre nos bloqueaba la salida a la calle, de modo que la única opción era atravesar el denso seto que separaba la parte delantera del resto del jardín. Puesto que Lasse y yo éramos amigos desde niños, conocía el terreno tan bien como si fuera mi casa y sabía por qué lugares podías colarte entre los arbustos si tomabas suficiente impulso. Empujé a Kim por un hueco y la seguí sin pararme a mirar al hombre; esperaba que aún no se hubiera recuperado de mi sorpresiva aparición. Si conseguíamos rodear la casa y llegar al jardín de atrás, podríamos entrar y ponernos a salvo.

—¿Quién es ese tipo? —jadeé mientras atravesábamos la oscuridad en dirección a las franjas de luz que el invernadero proyectaba sobre la hierba.

—Pero ¿cómo se puede ser tan estúpido? —preguntó ella al mismo tiempo.

Yo mismo me daba cuenta de que no había sido especialmente inteligente saltar por la ventana siguiendo un impulso, sin tener ningún plan. Habría sido mejor idea arrojarle al hombre un objeto contundente, la báscula por ejemplo. O gritar con la voz más grave posible: «¡Policía! ¡Arriba las manos! ¡Póngase contra la pared!». Pero bueno, a pesar de todo había sido un detalle por mi parte. Y me había quedado bastante cool. Vaya chica desagradecida.

—De nada, ¿eh? —le dije.

—Date cuenta. Pase lo que pase, no deben atraparte.

—¿A mí? —Qué graciosa. No era a mí a quien acababan de amenazar de muerte—. ¿Qué es todo esto? Por favor, dime que es un cosplay estrafalario.

No contestó, seguramente debido a las tres figuras que aparecieron a diez o quince metros de nosotros dando la vuelta en la esquina de la casa. Por desgracia no eran invitados que estuvieran besuqueándose, sino, a juzgar por las siluetas, un hombre, una mujer y una sombra que parecía un perro gigantesco.

—¡Mierda! —susurró Kim.

Pues sí, mierda.

La figura femenina parecía relativamente inofensiva; la masculina, en cambio, correspondía a alguien mucho más joven y musculoso que el hombre del sombrero. Pero el verdadero problema era el perro, que le llegaba al joven casi hasta la cintura. Lo oímos resollar y se abalanzó hacia nosotros, sujeto tan solo por una correa.

A nuestras espaldas, el hombre se abría paso por el seto. Lo oíamos más que lo veíamos. Estábamos atrapados.

El jardín lateral de la casa era muy estrecho y un muro de dos metros de alto lo separaba de los vecinos, que eran los generosos abuelos de Lasse. Aparte de unas matas de grosellas, las compostadoras y una pila de leña, allí no había más que el cobertizo de las herramientas. La música y el murmullo de voces de la fiesta llegaban muy apagados. Gritar pidiendo ayuda no serviría de nada.

Solo quedaba una salida.

—Por aquí —susurré. La agarré de la mano, me metí entre las matas y corrí hacia el cobertizo—. ¿Puedes saltar el muro?

La probabilidad de que también practicara parkour y fuera capaz de superar un obstáculo de dos metros no era muy alta, pero habría sido de gran ayuda.

—¡No! Tienes que irte sin mí, ¿me oyes? ¡No deben atraparte!

¿Por qué tenía aquella obsesión conmigo? Daba igual, ya lo averiguaría después. Por el momento nuestros perseguidores parecían estar organizándose, al menos no se oían pasos, tan solo la voz metálica del hombre del sombrero que impartía órdenes al otro lado de las matas:

—Hay un chico con ella, ¡atrápenlos a los dos! Pero a la chica la quiero viva. ¡Suelten a Sirin!

¡Oh, no! Sirin debía de ser aquel perrote. Y si solo querían viva a la chica, eso significaba que no había problema en que el chico, o sea yo, acabara despedazado por el animal.

Teníamos que actuar deprisa. Cuando Lasse era pequeño sus abuelos abrieron en el muro, junto al cobertizo, una especie de gatera para que pudiera pasar a su

23

casa cuando quisiera. Nos habíamos metido muchas veces por allí. En aquel momento rezaba para que esa trampilla aún existiera. Mientras Kim insistía en que no me preocupara por ella y huyera solo, me arrodillé, encontré la manija y abrí la portezuela.

—¡Pasa tú!

El hueco era muy estrecho, pero por suerte la chica era delgada y ágil. Agradecí que no perdiera el tiempo discutiendo quién iba primero y se limitara a tirarse al suelo y meterse reptando. Aunque no sin repetir entre susurros:

—Quinn, ¡tenemos que separarnos! Corre todo lo que puedas y no pares hasta estar a salvo. Pase lo que pase y oigas lo que oigas, no vuelvas para salvarme. ¡Prométemelo!

—Entendido. —Me había quedado clarísimo que no quería que la rescatara.

—*Venatores, capite!* —resonó aquella voz nasal, y yo dejé caer la portezuela y me puse de pie.

¿Acaso se sumaban nuevos perseguidores, llamados Venatores y Capite? Oí un corto aullido y, por miedo a que el enorme perro me mordiera los pies mientras reptaba por la gatera, decidí tomar impulso y encaramarme al muro para saltar luego al jardín del otro lado. Justo a tiempo. Al aterrizar oí que el animal atravesaba gruñendo las matas y chocaba contra el muro. Por gigantesco que fuera, parecía incapaz de salvar aquel obstáculo. En mi caso, en cambio, los largos meses de entrenamiento con Lasse habían valido la pena. Si no descubrían la trampilla, el muro los retendría por un tiempo.

No quedaba ni rastro de la chica del pelo azul. ¿Habría salido corriendo hacia la calle o hacia el siguiente jardín? No podía saberlo. Por muy inteligente que fuera la idea de separarnos para llevar a nuestros perseguidores en distintas direcciones, yo quería averiguar qué demonios estaba pasando.

Sin ningún plan en concreto me dirigí a la izquierda, pasé corriendo junto al estanque del jardín y avancé hacia la valla que lo separaba del terreno del vecino. Había luz en casa de los abuelos de Lasse aunque, según contaron cuando llegó el bar de cocteles, se habían marchado a la ópera. Dejaban las luces encendidas para ahuyentar a posibles intrusos. Eso me ayudó a orientarme en la oscuridad. Seguía sin ver ni rastro de la chica, esperaba que se las arreglara. Y que contara con un celular para poder conseguir ayuda. El mío estaba, como siempre, en el bolsillo de la chamarra, pero la chamarra estaba en la cama de Lasse. En el bolsillo del pantalón solo llevaba el resguardo de la coctelería móvil, que había firmado en vez de Lasse. Muy útil.

Mientras pasaba al jardín vecino por encima de la valla y junto a un abeto, percibí unos extraños crujidos que sonaban como el aleteo de un pájaro. De un pájaro colosal, para ser exactos. Me agaché instintivamente, movido por la terrible sensación de que me atacaba un ave gigante. Pero al levantar la vista no encontré nada.

Seguramente se trataba de una lechuza que se había asustado en los árboles cercanos. Pero no tuve ocasión de relajarme porque en aquel momento resonó a mis espaldas un aullido escalofriante que no encajaba en aquella urbanización idílica, sino más bien en una mala serie de terror. ¡Aquella bestia se las había arreglado para salvar el muro y me pisaba los talones!

De pronto me pregunté si todo aquello me estaba pasando realmente. ¿De verdad me perseguían una chica con el pelo azul, un hombre con sombrero anticuado, un perro gigantesco y un pájaro invisible? ¿Qué le habían echado al gin-tonic? Sospechaba que todo aquello desaparecería si pudiera meter la cabeza bajo un chorro de agua fría.

Pero entonces los aullidos se redoblaron y su sonido era tan espeluznante que no me quedó más remedio que continuar corriendo. Ya me reiría de mí mismo en otro momento.

Atravesé un césped que se iluminó con unas luces automáticas y pasé al siguiente jardín saltando otra valla. Allí cambié súbitamente de dirección y trepé por una espaldera hasta el tejado de un garaje para, desde la parte delantera, saltar a la entrada y alcanzar la calle paralela, que crucé para meterme en el jardín de la casa de enfrente y atravesar el seto hasta el siguiente jardín. «No pares hasta estar a salvo», me había dicho Kim. Buen consejo. Pero ¿dónde se suponía que estaría a salvo? Aquella era una zona residencial y en ese momento no había nadie por la calle, como mucho podías encontrarte al repartidor de pizzas o a alguien que había salido a correr. Llamar a algún timbre a esas horas no serviría de nada: o bien no me abrirían, o bien me darían con la puerta en las narices mientras el enorme perrote me clavaba las zarpas por la espalda. Era mejor seguir corriendo para alejarme todo lo posible de aquella bestia. Además me daba cuenta de lo muy rápido que avanzaba y eso, cuanto más me internaba por los jardines, más confianza me proporcionaba. Practicar parkour en la oscuridad, por un terreno desconocido y sin medidas de seguridad era imprudente y peligroso, pero mis pies parecían hallar los puntos de apoyo por sí solos y mi cuerpo se encontraba en una tensión perfecta mientras volaba desde el tejado de un garaje hasta el siguiente. Cuanto más avanzaba, más vivo me sentía. Era imposible que alguien me siguiera el ritmo, mucho menos un anciano con sombrero. Y ningún perro del mundo podía encaramarse a lo alto de un garaje.

De un par de saltos me subí a un roble, o a lo que fuera aquel árbol cuya copa sobresalía por encima de una valla alta. Me paré un momento, agucé el oído en la oscuridad y sentí que me inundaba una oleada de triunfo. No se oían pasos, ni órdenes, ni horribles aullidos. ¡Me había librado de ellos!

Pude recobrar el aliento. Lo que acababa de pasar era totalmente absurdo e irreal, como una escena sacada de un sueño o de una película. Solo en las películas se dicen frases como «¡la quiero viva!» o «¡no deben atraparte!». Y solo en las películas aparecen sonidos como el aleteo que, de pronto, se cernió sobre mí. Iba acompañado de un chillido agudo y estridente que no era ni humano ni animal y que parecía una mezcla de grito y graznido. Para nada me había librado.

Me hundí entre las ramas y me fui descolgando por ellas hasta alcanzar el pasto. Otra vez estaba en un jardín. Ya no sabía en qué calle me encontraba pero, puesto que se veía más tráfico, debía de ser cerca de una avenida principal. Allí había restaurantes abiertos, tranvías y teatros. Y gente por la calle.

Por el contrario, donde yo estaba todo el mundo se había acostado ya. Nadie se movió en la casa ni siquiera cuando se encendieron las luces automáticas del jardín. De nuevo resonó el terrorífico chillido y decidí correr hacia el garaje con la esperanza de que la puerta estuviera abierta. Pero no llegué a comprobarlo. Porque antes de alcanzarlo descubrí un par de ojos dorados que me acechaban entre los arbustos.

¡No! ¡Era imposible! Y además… cuando el gigantesco perro salió a la zona iluminada vi que era en realidad un lobo: negro, con el pelaje erizado y mostrando amenazadoramente los dientes. Me había estado esperando.

Sus afilados colmillos eran enormes. Tras unos segundos de parálisis, mi cuerpo reaccionó por sí solo. De un brinco me encaramé a una inestable pila de leña y desde allí realicé un salto desesperado hacia el tejado. Unos cuantos troncos cayeron con estrépito al suelo. En la casa no se movió nadie. Si sus moradores se asomaran a la ventana, verían un lobo gigante que galopaba por el pasto y gruñía dando saltos alrededor del garaje. Pero por desgracia no se asomaron. Nadie acudió en mi ayuda. De un salto hui al garaje del vecino, desde allí pasé a un porche alargado, bajé a unos contenedores de basura y volví a encaramarme a otro garaje. A lo lejos distinguía el neón rosa de la peluquería A toda velocidad, que hacía esquina con la avenida, así que corrí como un poseso hacia allí. Podía refugiarme en el kebab de Güngör, que estaba al lado, y desde allí llamaría a la policía. O al zoológico. O a mis padres: «Papá, ¿puedes venir rápido a recogerme? ¡Me persiguen un lobo y un pájaro gigante!».

El ruido de los coches que pasaban me impidió distinguir el aleteo hasta que lo tuve justo encima. Fue tal mi pánico que no tomé impulso correctamente y, en lugar de en el tejado siguiente, mi salto terminó mientras aún estaba en el aire. El canalón al que me agarré se soltó al instante de sus anclajes y aterrizó estruendosamente conmigo en el suelo. Un dolor súbito me atravesó el pie, pero no hice caso y corrí con todas mis fuerzas hacia el cruce de la avenida. Me cegaron los faros de un coche que venía de frente y por eso solo vi al lobo cuando, abalanzándose hacia mí desde un lateral, me empujó a la calzada. Lo último que oí antes de estrellarme contra el asfalto fue el chirrido de unos frenos que se confundía con el chillido del pájaro gigante. Y lo último que pensé fue que ojalá la gente comprendiera que aquel estrépito no provenía de sus televisiones. Pero para mí ya era tarde.

Matilda

Hasta aquel momento, el 5 de diciembre permanecía en mi recuerdo como «el día en que desenmascaré la mentira del obispo san Nicolás» o, en la memoria de mi familia, como «el día en que Matilda le arrancó la barba al tío Ansgar, le pisoteó la mitra y nos aguó la fiesta a todos». Pero, a partir de ese momento, sería sin duda el día en que Quinn von Arensburg sufrió un accidente.

Y sucedió tan solo media hora después de que yo lo mandara al infierno en la fiesta de cumpleaños de Lasse Novak. En principio se podría creer que existía relación entre las dos cosas, pero ya en otras ocasiones lo había mandado mil veces al infierno sin que le pasara nada. Aunque era muy propensa a todo tipo de sentimientos de culpa (Julie decía que Sentimiento de Culpa era mi segundo nombre), no pensé ni un momento que yo hubiera tenido algo que ver.

La noticia de que a Quinn lo había atropellado un coche puso fin a la fiesta de manera abrupta. La policía acudió a la casa y lo último que vimos Julie y yo antes de marcharnos junto con los horrorizados invitados fue a

Lasse. Estaba hundido en el sofá y, totalmente desorientado, intentaba contestar a las preguntas de los policías mientras Lilly Goldhammer, arrasada en lágrimas, se abrazaba a una agente que ponía cara de no saber qué hacer.

En ese instante sentí el extraño deseo de cambiarme por Lilly, para poder desahogarme con un buen llanto.

Aunque aquello era absurdo. Oficialmente yo odiaba a Quinn von Arensburg, en concreto desde que, a los seis años, me llamó «cara de hámster» y me tiró a una mata de ortigas.

La familia Von Arensburg y la familia Martin eran enemigas desde que yo tenía uso de razón, aunque, naturalmente, los términos «enemigo» u «odiar» jamás se pronunciaran en mi casa. Como mucho se reconocía que los Von Arensburg ponían un poquito a prueba nuestro amor al prójimo. Pero en fin, en el fondo venía a ser lo mismo.

Julie era la única que conocía mi secreta simpatía por Quinn, que iba mucho más allá del mero amor al prójimo; aunque estaba claro que a él no le pasaba lo mismo conmigo. «La pesada esa de los hoyuelos» era lo más amable que me había llamado en los últimos años. Lo peor de la lista era «col parlante», seguido muy de cerca por «bebé del suavizante».

Había que reconocer que en la mayoría de las ocasiones Quinn no sabía que yo era yo, sino que me confundía aleatoriamente con mis primas Luise y Mariechen, o bien con mi hermana mayor, Teresa. Pero eso, lejos de arreglar la situación, la volvía más injusta. Que me confundiera con Luise era lo que más me hacía enojar. Me explico: el deseo de tirarla a las ortigas me parecía de lo más comprensible, no pasaba un día sin que yo misma quisiera hacerlo.

Para mi desgracia, ella y yo nos parecíamos muchísimo, así que Quinn no era el único incapaz de distinguirnos. En realidad, todas éramos casi iguales: Luise, Mariechen, Teresa y yo. Incluso Lepold, el hermano mellizo de Luise. Esto se debía a que mi madre y la madre de Luise (mi tía Bernadette) eran hermanas y, a su vez, mi padre y el padre de Luise eran hermanos. Todos los hijos teníamos ricitos dorados, naricitas de botón y hoyuelos en las mejillas, rasgos que quizá suenen muy adorables pero solo lo son si tienes menos de ocho años.

O si eres un querubín, como Quinn me había llamado en la fiesta.

Resoplé al recordar nuestra conversación. Aunque me había enojado muchísimo, me alegraba que no se me hubiera ocurrido ningún insulto más creativo. Porque seguramente habrían sido las últimas palabras que le dijera…

—No le pasará nada, ya lo verás. Y está por ver si de verdad era él. —De camino a casa, Julie me sonrió para darme ánimos y me apretó la mano. Por supuesto, había notado que me esforzaba por contener aquellas lágrimas inoportunas—. Además, no eres la única afectada, yo también me siento muy alterada. Hasta la prima rarita de Lasse se echó a llorar, y eso que no conoce a Quinn de nada.

—Creo que lloraba porque tenía chicle pegado en el pelo —respondí—. Me preguntó si tenía una navaja y si podía hacerle un flequillo.

Unas calles más allá se oyó una sirena y me detuve de pronto.

—Seguro que no está grave. —Julie me jaló para que avanzara—. No me puedo imaginar a Quinn convaleciente, ¿y tú? ¡Si hace nada saltó desde el tejado del gimnasio!

Me acordaba perfectamente porque había aterrizado a dos metros de mí con la agilidad de un gato. Se incorporó entre risas y, de un soplido, se apartó de la cara un mechón de cabello negro intenso. Sus brillantes ojos azules me pasaron por encima para fijarse en sus amigos, que por supuesto hacían alboroto y aplaudían.

—Sí que me lo imagino —contesté—. Por desgracia siempre me lo imagino todo.

—Especialmente si son cosas malas, lo sé. Tu pesimismo es muy creativo. —Soltó un resoplido—. Pero ahora tenemos que ser optimistas. Estoy segura de que Quinn volverá el lunes a clase. Y entonces podrás admirarlo en la distancia mientras él no te hace caso, como siempre.

—Eso será si no me confunde con Luise. —Intenté sonreír—. Hoy tenía que haberme puesto tu camiseta.

Cuando cumplí los quince, Julie me regaló una camiseta que decía: «NO soy Luise». Pero solo me dejaban ponérmela para dormir, igual que otra que decía: «Hay dos tipos de personas. Odio a los dos». Mi madre llevaba año y medio intentando estropearla al planchar, como hacía con todas las prendas que no le gustaban. Mientras en la camiseta misántropa ya solo se leía: «os onas dio os», el estampado de la otra se mantenía milagrosamente intacto. A lo mejor era una señal.

—Julie, si Quinn vuelve a clase el lunes, me pongo tu camiseta para ir a misa el domingo —prometí en tono solemne—. Sin chamarrita por encima.

Ella soltó una carcajada.

—Si haces eso tus papás llamarán a un exorcista. Pero no seré yo quien te lo impida. De hecho, llevo años soñando con algo así.

En ese momento vibraron nuestros celulares y, al mismo tiempo, echamos mano al bolsillo de la chamarra.

—Mierda... —murmuró Julie.

Habían empezado a circular los primeros rumores, según los cuales Quinn estaba muerto, o sufría heridas graves, o sufría heridas leves, o bien en realidad no había tenido un accidente.

El resto del camino lo recorrimos muy confundidas, con la vista clavada en las pantallas e intentando separar la información verdadera de la que se basaba únicamente en fantasías o en deseos malintencionados. Alguien de la clase de Quinn apoyaba la hipótesis de su muerte mediante un post subido por el dueño del kebab. El post mostraba una foto borrosa del lugar del accidente acompañada del texto: «Espero que en el cielo le preparen a este chico un döner tan bueno como el nuestro. Era un gran fan de nuestro Iskender». Y alguien que al parecer conocía a alguien que a su vez conocía a uno de los rescatistas de la ambulancia sostenía que en el asfalto había quedado una gran masa de sesos y una oreja.

Pero si Quinn estaba muerto, ¿por qué la ambulancia arrancó con la sirena y las luces puestas, tal como había visto con sus propios ojos el hermano de Smilla Bertram? ¿Cómo era compatible su muerte con la afirmación de que se encontraba tan borracho que al llegar al hospital tuvieron que hacerle un lavado de estómago?

Y a todos estos rumores se sumaba nuestra amiga Aurora, que juraba haber visto a Quinn sano y salvo en el cine y escribía: «Solo lo vi de espaldas, pero ¡era él seguro!».

Lástima que ni siquiera Julie pudiera dar crédito a la historia de Aurora: en octubre intentó convencernos de que había visto a Justin Bieber en el supermercado comprando papel higiénico y semillas de linaza. Al final, concluí que la verdadera situación de Quinn debía de encontrarse en algún punto intermedio entre las heridas y la muerte. Al menos el rumor de que estaba borracho tenía un punto de verdad: se bebió un gin-tonic de un trago y, si se tomó el otro igual de rápido y después mi caipiriña, iría muy ciego y su capacidad de reacción sería bajísima. Si yo hubiera defendido mi copa con más ahínco quizá no le habría pasado nada...

—Ya estaban tardando en aparecer los sentimientos de culpa —apuntó Julie cuando le confié mis reflexiones—. Creía que con ser responsable del cambio climático tendrías bastante.

—Todos somos cómplices cuando consumimos productos con aceite de palma —repliqué, sin levantar la vista del celular.

Solo eran las diez y media cuando llegamos a casa de Julie, pero ya estaban todos acostados. Sus tres hermanastros pequeños habían colocado ante la puerta las botas de lluvia en espera de san Nicolás. Al parecer, el obispo mágico había pasado ya: las botas rebosaban de regalitos y mandarinas.

—Deja aquí el zapato —me susurró Julie mientras se quitaba su elegante botín de gamuza negra y lo alineaba con las botas—. Si no, se pondrá triste.

—Y yo más —contesté. Julie se refería a su madrastra, mi tía Berenike, también conocida como la mujer más amable del mundo—. El año pasado me encontré un rímel genial y una cajita de mazapanes.

Dispuse cuidadosamente el botín al lado del suyo. También era negro, pero nada elegante porque lo heredé de Teresa, que siempre salía de compras con mi madre.

Subimos de puntitas a la habitación de Julie y cerramos la puerta con cuidado. La tía Berenike había preparado ya el sofá-cama y nos había dejado galletas y jugo de grosellas. Aquella hospitalidad suya era una razón de peso para dormir allí y no en mi casa. Además, mi habitación medía solo ocho metros cuadrados, mientras que Julie tenía incluso su propio baño. Y lo más importante: allí los domingos podíamos quedarnos en la cama todo lo que quisiéramos, mientras que mis padres se empeñaban en que los acompañáramos a la iglesia a las nueve, incluso los días que no había coro.

Al igual que mi madre y la tía Bernadette, en el aspecto físico la tía Berenike había heredado el paquete completo de ricitos-hoyuelos-naricita-boquita-de-piñón. Pero en todo lo demás no podía ser más distinta.

Sus hermanas aprovechaban cualquier ocasión para mencionar lo «inestable» que había sido su vida antes de casarse, y las tías bisabuelas utilizaban gustosamente adjetivos como «libertina» o «escandalosa» para referirse a ella. Pero la tía Berenike se echaba atrás la melena rizada y soltaba una carcajada. Siempre se reía mucho y quizá por eso sus hoyuelos aún resultaban atractivos, no como los de mi madre y la tía Bernadette, que se habían transformado en dos arrugas de desaprobación, una a cada lado de la boca.

La madre de Julie era de Tanzania y falleció de cáncer de mama cuando ella apenas caminaba. Tras la muerte de su esposa, su padre regresó a Alemania y tiempo después conoció a la tía Berenike. Julie se convirtió así en mi prima, y yo daba las gracias al destino todos los días. Sin ella a mi lado hacía mucho tiempo que me habría vuelto loca en aquella familia.

—Luise y Leopold crearon un grupo llamado «Lloramos por Quinn» —resopló Julie indignada—. Solo para gente de su clase, por supuesto. No nos invitaron a unirnos.

—¿«Lloramos por Quinn»? ¿Eso significa que...? —Fui incapaz de terminar la frase.

—¡No, claro que no! —contestó Julie enérgicamente—. Solo significa que son muy malas personas. Y unos idiotas: ¡añadieron a los profesores!

—A lo mejor tienen más información —repliqué agobiada.

38

¿Y si habían hablado con los padres de Quinn...? «¿Quinn murió?», le escribí a Luise con dedos temblosos. «Casi seguro», contestó al instante. «Había un montón de sesos y una oreja donde lo atropellaron».

Suspiré aliviada. Estaba claro que tenía tan poca idea como nosotras y que se guiaba por los mismos rumores. Eso de la oreja no me lo creía para nada.

—¡Es tan típico de Luise crear un grupo en homenaje a alguien que no ha muerto! —exclamé tras enviarle el emoji que vomita.

—Pues sí, es como montar una boda para alguien sin pareja —confirmó Julie.

Se me escapó una risita histérica y me tapé la boca asustada. ¿Qué me pasaba?

—¿Y si de verdad murió?

Mi amiga negó con la cabeza.

—Hablan a lo loco y dicen disparates. ¿O de verdad te crees que el conductor era el papá de Lilly Goldhammer y que pretendía matar a Quinn? ¡Ni hablar! Te digo que está vivo. —Miró la pantalla—. ¿Ves a qué me refiero? Al parecer ahora mismo la mujer que lo atropelló le está donando un riñón... De verdad, ¡lo que hay que aguantar!

—Tienes razón, nadie sabe nada. Solo podemos esperar. —Guardé el celular con decisión—. ¿Y si vemos un documental de animales de esos tan aburridos y que tanto te gustan? Siempre me calman los nervios.

—¡Pues claro! —aceptó entusiasmada—. Acabo de empezar una serie sobre la flora y la fauna de la cabecera del Danubio. Te va a encantar, no pasa absolutamente nada. Y podemos ponernos las piyamas navideñas de franela. A mi mamá le va a gustar muchísimo que las tengamos puestas mañana en el desayuno.

Nos acomodamos en el sofá-cama y nos arrebujamos con las cobijas. Aunque las galletas sabían un poco raras (quizá la tía Berenike había dejado que los pequeños echaran en la masa todo lo que se les antojara), nos las comimos todas. En algún momento me quedé dormida, mientras en la pantalla de la laptop un somormujo se sacudía a cámara lenta el agua de las plumas.

Cuando me desperté, la cabeza de Julie se apoyaba en mi hombro y la computadora estaba cerrada. Había tenido un sueño y por un momento sentí que significaba algo y era importante retenerlo. Pero cuanto más intentaba atraparlo más se me escapaba y, transcurrido medio minuto, lo único que recordaba era que el gato de la familia Von Arensburg me había guiñado un ojo. Tan solo me quedaba una extraña sensación de optimismo.

Con cuidado me liberé de la cabeza de Julie, salí de entre las cobijas y agarré el celular. Eran las dos y media, necesitaba ir al baño con urgencia. Mientras me lavaba los dientes miré por la ventana. Si estuviera en mi casa, tendría enfrente la de Quinn. En invierno, cuando oscurecía muy pronto y las luces se encendían a media tarde, se veía muy bien el interior. Allí todo era de colores: los muebles, los cuadros, las paredes, los cojines y las flores que había siempre en la mesa. También la ropa de la madre y las camisas del padre eran de colores alegres, y hasta el pelaje del gato que me había guiñado un ojo en sueños lucía un brillante tono anaranjado. Desde mi habitación se observaba de maravilla la cocina-comedor, pintada de verde menta, donde cocinaban y comían juntos o pasaban el tiempo jugando con amigos. Al menos desde lejos parecían sacados de un cuento de hadas: la familia mejor avenida del mundo.

A veces salían al atardecer para dar un paseo por el barrio, y entonces el señor Von Arensburg le pasaba un brazo por los hombros a su hijo, y él hacía lo mismo con su madre. Los rasgos asiáticos del chico (los ojos azules eran herencia materna) evidenciaban al primer vistazo que aquel hombre, más bien rollizo y pelirrojo, no era su padre biológico. Pero siempre se veía rebosante de orgullo ante su hijo adoptivo.

¿Cómo se encontrarían los padres de Quinn en aquel momento? ¿Estarían esperando ansiosos en el pasillo de algún hospital, con sus alegres ropas coloridas pero muertos de miedo?

Al menos no les llegaban los chismes que seguían circulando. Smilla Bertram expresó sus sospechas de que Quinn se había arrojado a propósito delante del coche y eso desencadenó una fuerte discusión sobre los posibles motivos. Aún peor era que Gereon Meyer había creado con su impresora 3D una oreja de plástico verde fosforito para reemplazar la original.

Mientras me enjuagaba los dientes apareció en el celular una foto de Luise. Sonreía con tristeza a la cámara, al fondo se distinguían velas encendidas, unas flores y... ¡un momento! ¿Eso era la reja del jardín de Quinn? Amplié la imagen para observar bien los barrotes que rodeaban la cabeza de mi prima. ¡Sí! Era sin duda la reja del jardín. En el murete se veían varios farolitos y velas, además de un cartel con un arcoíris dibujado bajo el que decía: «Quinni, nunca te olvidaremos».

«Deseo que Quinn haya cruzado el arcoíris y rezo por sus pobres padres», escribía Luise bajo la foto. «Gracias a todos los que han venido a expresar su dolor y sus condolencias». De entre el montón de hashtags solo me dio tiempo de leer: #nopuedodormir, #amigos y #voluntaddedios antes de abrir a toda prisa la puerta del baño.

¡Pero qué locura!

A juzgar por el sobresalto de Julie, lo había dicho en voz alta.

—¿Qué pasa? —preguntó medio dormida—. ¿Por qué te vistes?

—Tengo que irme a casa. Mis primos organizaron una especie de velatorio en casa de Quinn y no quiero que sus papás… Entra en el Instagram de Luise. —Me subí el cierre de los jeans—. Imagínate que vuelven del hospital muertos de cansancio y preocupación, ¡y se encuentran eso! Un detallito de sus adorables vecinos… ¿Dónde está mi chamarra?

—¡No me lo puedo creer! —Se incorporó y agarró el celular—. ¿Dónde…? Ah, ¡aquí está! —Sus grandes ojos cafés se abrieron como nunca—. Hashtag nochedepaznochedeamor… ¡No doy crédito!

Ya me había precipitado escaleras abajo, me había calzado los botines y había recorrido media calle cuando Julie salió corriendo detrás de mí.

—¡Espérame! Ya verán con las llaves de krav maga que aprendí en el curso de defensa personal.

No pude contenerme y, en cuanto me alcanzó, le planté un beso en la mejilla.

—¡Eres la mejor! ¡Gracias! —Eché a correr otra vez—. Corre, vamos por el atajo.

Señalé la entrada del cementerio.

—Ni hablar —resolló Julie—. Yo no entro en ese sitio horroroso en plena noche. ¡Además estoy en piyama!

—¡A los zombis les da igual qué ropa traigas!

Aquel atajo reducía a la mitad la distancia entre nuestras casas. Yo lo usaba a cualquier hora porque, a diferencia de Julie, el cementerio no me daba miedo. Era uno de los más grandes y antiguos de la ciudad y también el más bonito, con sus tumbas declaradas monumentos protegidos, sus amplias avenidas arboladas, sus estatuas cubiertas de musgo y sus extensiones de vegetación asilvestrada. Según el horario oficial en invierno cerraba a las nueve, pero muchas veces las entradas laterales permanecían abiertas. Aun así, por si algún vigilante o jardinero era demasiado diligente, yo llevaba siempre una llave. Cuidar de las tumbas abandonadas era la única tarea de voluntariado impuesta por mis padres que disfrutaba de verdad.

También a oscuras me orientaba sin problema, de modo que apreté el paso en cuanto cerré la cancela lateral de hierro por la que habíamos entrado.

Julie me agarró de la mano.

—No vayas tan deprisa, por favor —susurró.

Pero yo no quería perder tiempo, debía evitar a toda costa que los padres de Quinn se encontraran con aquel velatorio prematuro.

—Piensa que los zombis son muy lentos: si corres no te alcanzarán.

—Muy graciosa. —Aceleró el ritmo, aunque siguió fuertemente aferrada a mi mano—. ¡Ah! Esas lucecitas rojas están por todas partes… Y creo que por allí se movió algo.

Pero nada de eso me asustaba. A aquellas horas el cementerio rebosaba de vida: el viento susurraba en los árboles, los murciélagos, las martas y los gatos salían de caza y a menudo me encontraba incluso a un zorro, que debía de tener su madriguera allí cerca y al que llamé Gustav. Pero nuestra carrera los espantaba a todos, de modo que llegamos a la puerta principal, que daba a la calle del Cementerio Viejo, sin encontrárnoslo a él ni a ningún otro animal. Julie suspiró aliviada cuando cerramos la reja, que emitió el suave chirrido de siempre.

—Qué-mie-do —jadeó, y se sacudió el cuerpo.

—Me alegro de verlas —dijo alguien entonces, y mi amiga gritó como si la atacara un zombi.

Pero era aún peor: era Luise. Me había hecho ilusiones de que en aquel rato se hubiera ido a dormir, así solo me tocaría hacer desaparecer aquel despliegue. Pero se veía despiertísima. Desaprobó el grito de Julie con un chasquido de la lengua y preguntó:

—¿Traen velas de cementerio, de esas que tienen una especie de tapa? El viento apaga las normales todo el rato. Y necesitamos muchas más. Cuando lleguen los papás de Quinn esto tiene que parecer un mar de lucecitas.

—¡Ojalá supiéramos cuándo llegarán! —exclamó Leopold. Estaba ante la reja con los brazos cruzados. En el murete, a su lado, había dejado la funda del oboe—. Me lo imagino todo muy alegre, podemos cantar *So nimm denn meine Hände* o *Time to say goodbye*. O a lo mejor algo más sencillo como…

—Aquí nadie va a cantar nada, ¿está claro? —dije en voz baja. Pensaba gritarlo con rabia y energía, pero de tanto correr me faltaba el aliento—. Van a quitar ahora mismo toda esta porquería patética y a largarse antes de que tengamos algo que lamentar.

Los dos me miraron con sorpresa.

—¿Cómo que «tengamos algo que lamentar»? —repitió Luise—. ¿Nos estás amenazando?

—En realidad pensaba en los papás de Quinn, que van a lamentar mucho este teatrito suyo. Pero ahora que lo dices… ¡sí, los estoy amenazando! —Mi voz cobró fuerza—. No pueden organizar un velatorio para alguien que no ha muerto. ¿Ya pensaron cómo se sentirán esos pobres papás al ver todo esto mientras su hijo está en el hospital luchando por sobrevivir?

—¡Eso no lo sabes! —exclamó Luise.

—¡Y ustedes tampoco! —repliqué.

Los mellizos se quedaron callados unos cinco segundos. A la luz de la farola y de las velitas vi en sus expresiones que reflexionaban, y por un momento tuve la esperanza de que se dieran cuenta de su error.

—Aunque no esté muerto, un poco de compasión nunca viene mal —dijo finalmente Leopold, y mi esperanza se desvaneció. Aquellos dos no reconocerían jamás un error, no estaba en su naturaleza. Pero es que además me aleccionó—: No es bueno que la muerte esté tan oculta en nuestra sociedad. Y las oraciones, velas y canciones no hacen daño a nadie.

Apreté los puños. Como siempre, discutir con ellos no servía de nada.

—Así es —reafirmó Luise mientras agarraba el cartel con el arcoíris—. Mira, esto se puede cambiar. Puedo poner: «Todos rezamos por ti, Quinni». Es una frase que sirve en cualquiera de los casos.

—¿«Quinni»? ¿Lo dices en serio? —Julie por fin se había recuperado de su miedo a los zombis—. ¡Pero si te cae fatal! Y para él eres la chica más tonta del universo.

Y no solo para él… Apagué una vela con decisión.

—Lo último que querría Quinn es que rezaras por él. Y eso si rezar sirve para algo —continuó mi amiga, para indignación de los hermanos.

—¿Y cómo que «todos rezamos»? Aquí solo los veo a ustedes dos —remaché.

Las palabras de Julie me habían sobrecogido un poco. En los últimos años, las miserias del mundo me hacían dudar de la existencia de Dios, pero no me atrevía a descartarla del todo.

—¡Pero haz algo! —ordenó Luise a su hermano.

—Eso, Leopold, haz algo —remedé mientras quitaba con ímpetu una vela del murete. La cera se derramó en el suelo. Asustado, el chico recogió la funda de su oboe—. Lo ideal sería que te fueras a casa mientras nosotras desmontamos toda esta farsa. Aunque bueno, si lo prefieres podemos pelearnos.

—Por mí, encantada —secundó Julie—. Estoy deseando practicar los golpes del curso de defensa personal. Por ejemplo, el puñetazo fulminante en la nuca.

Leopold retrocedió un paso.

—No..., no están bien de la cabeza. Llevamos horas aquí, ¡estamos preocupados de verdad!

—Sí, deberían tener un poco de respeto. Y de sensibilidad —insistió Luise.

—Suena un poco raro viniendo de alguien que tiene la empatía de una piedra —replicó Julie. Cruzó la calle y sacó de su sitio el contenedor de basura de nuestra casa.

Era una idea muy buena, así acabaríamos rapidísimo.

—¿Quién trajo estas flores? —Levanté un ramito que estaba entre los barrotes. Luego lo miré con detenimiento—. Un momento, ¿no es el ramo que le regalamos a la tía Bernadette por su cumpleaños?

—Están como nuevas —se defendió Luise—. Lo que importa es el simbolismo.

Empezaba a sospechar que aquel despliegue de velas, carteles y flores en realidad provenía tan solo de Leopold y Luise, y que el agradecimiento en Instagram a «todos los que han venido a expresar su dolor y sus condolencias» era en realidad un llamamiento al que por suerte nadie había respondido. Arrojé las flores al contenedor.

—¡Viene un coche! —advirtió Julie, y el corazón me dio un vuelco. Seguí apagando velas a toda prisa.

—Este es el farol de nuestro patio, ¡no puedes tirarlo al contenedor! —Luise se lo arrebató a Julie. Luego preguntó—: ¿Eso que llevas es una piyama?

Al final, el coche pasó de largo y giró para meterse en un garaje varias casas más allá. De todas maneras, me entró mucha prisa. Cuando los padres de Quinn regresaran bajo ningún concepto podían encontrarse allí a los hijos de sus vecinos. Por eso dejé que Julie se ocupara de tirarlo todo al contenedor mientras yo empujaba con empeño a mis primos para que cruzaran la calle. Vivíamos en una casa pared con pared construida en 1902, en la que ya se había criado mi bisabuelo. Leopold, Luise, el tío Thomas, la tía Bernadette y Mariechen habitaban el número 14 y mis padres, Teresa, yo misma y un estudiante de intercambio de Uruguay llamado Matías, el número 16.

Leopold se resistió con muy poco convencimiento.

—No conseguirás obligarme a actuar con violencia. Pero protesto enérgicamente.

Tan enérgica era su protesta que solo me hizo falta empujarlo hasta la reja del jardín, el resto del camino lo hizo él solito.

—Y ahora tú —me giré hacia Luise. Sospechaba que no me lo pondría tan fácil.

—¡Inténtalo! —Se cruzó de brazos como pudo con el farol en la mano. Después se quejó, en tono lastimero—: ¿Sabes la cantidad de veces que he tenido que encender las velas porque el viento las apagaba?

—A lo mejor era Dios quien te las apagaba, y no el viento —sugerí.

—Debería darte vergüenza —siseó Luise.

—Déjalo, hermanita —le gritó Leopold desde el otro lado. Ya había abierto la puerta de la casa—. Hicimos lo que pudimos.

—Es verdad, Luise, ya tienes tu foto de Instagram que demuestra que eres una persona súper empática. —Julie dejó caer la tapa del contenedor y lo devolvió a su sitio—. Seguro que consigues un like del mismísimo papa. O al menos de su secretario.

Luise nos lanzó una mirada asesina y dijo:

—Me pregunto qué dirán mañana nuestros papás.

Pues sí, yo también me lo preguntaba. Pero en aquel momento prefería no pensarlo.

Luise no había terminado.

—Y me pregunto cómo van a impedir que alguien más venga a poner velas o a mostrar sus condolencias como mejor le parezca —continuó con sorna mientras cruzaba la calle y se paraba al lado de Leopold—. Por ejemplo, tocando el oboe. ¿O es que se van a pasar aquí la noche de guardia, en piyama?

Los muy malditos estaban dispuestos a empezar otra vez en cuanto nos diéramos la vuelta. De nuevo me inundó la furia.

Julie se puso a mi lado y le contestó:

—Luise, no te equivoques: a nadie más se le va a ocurrir una idea tan estúpida.

—Y en cuanto a ustedes, van a quedarse en casa —añadí. Hablaba despacio y articulando muy bien, y la rabia me agravaba la voz. De no haber sido mía, me habría dado verdadero miedo—. Porque si salen, les juro que parto ese oboe en dos y se lo meto por detrás. ¿Entendieron..., querubines?

Pero no llegaron a oír la pregunta porque ya habían entrado en su casa.

—¡Vaya! —Julie miró primero a la puerta y luego a mí—. ¿Quién es esta bravucona? ¿Dónde quedó mi tímida y conciliadora Matilda?

—No te preocupes, esa Matilda volverá en cuanto su papá le haya soltado un sermón sobre el comportamiento moralmente reprochable…

Miré hacia la casa de la familia Von Arensburg y me sentí bastante satisfecha. En el murete se acicalaba el gato anaranjado. Excepto un poco de cera en el reborde, no quedaba nada de aquel velatorio macabro. De manera que los padres de Quinn podían regresar tranquilos.

—Y a ese maldito Quinn más le vale no morirse —concluí.

Quinn

Las máquinas a las que estaba conectado zumbaban, silbaban y pitaban día y noche, sin interrupción; a través del pasillo oía las alarmas de otras habitaciones; los médicos y los enfermeros corrían de acá para allá hablando unos con otros y el teléfono sonaba sin descanso. Si a pesar de todo ese alboroto conseguía adormilarme, al poco rato me despertaba el tensiómetro, cuyo manguito me comprimía el brazo cada media hora. No alcanzaba a ver el monitor que marcaba mis signos vitales, tan solo oía sus incesantes pitidos mientras imaginaba lo maravilloso que sería poder levantarme y tirarlo por la ventana. Pero ya solo incorporarme en la cama quedaba muy lejos de mis posibilidades, de modo que por ahora aquello no era más que una fantasía.

—Ah, estás despierto, qué bien. Me siento fatal cuando tengo que despertar a los pacientes.

Me caía bien la enfermera que estaba de guardia aquella noche. Era joven y guapa y me trataba como si fuera su hermano pequeño. Se llamaba Maya y llevaba en el antebrazo un tatuaje muy colorido que me fascinaba, un lagarto que parecía un dragón y que subía serpenteando desde la muñeca hasta el codo.

—Pues claro que estoy despierto. No entiendo cómo la gente puede dormir con todo este alboroto.

Todavía tenía aquella extraña sensación de no hablar con mi voz, que sonaba muy débil y ronca. Sin embargo, en comparación con días anteriores se había fortalecido mucho y ya no necesitaba tomar aire después de cada palabra.

—¡No te quejes! Esto es cuidados intensivos, no un balneario. Cuando estabas conectado al respirador había más ruido todavía. —Me examinó los ojos con una linternita—. El reflejo pupilar es perfecto —constató con alegría mientras me ponía un termómetro en el oído.

Me mordí la lengua para no decirle que el ruido del respirador no me había resultado molesto gracias a un pequeño detalle sin importancia: estaba en coma.

—La saturación de oxígeno está fenomenal y desde que no tienes fiebre el pulso se mantiene mucho más estable. Treinta y seis con ocho, quién lo iba a decir... —Maya me sonrió—. Los avances que has hecho en los últimos días son increíbles. Me dijeron que esta tarde te pasaron al sillón, eso es estupendo.

Sí, había sido estupendísimo...

—Solo aguanté dos minutos, después me mareé y vomité. —Vaya, ya estaba quejándome otra vez. Rápidamente añadí—: Creía que había dos fisioterapeutas gemelos, pero al final solo era uno al que veía doble.

Maya se rio.

—Y veo que ya recuperaste el sentido del humor.

Me alegré de haberla hecho reír, pero mi situación no era tan divertida. Lo que más miedo me daba eran los problemas de visión. Constantemente me parecía ver cosas imposibles por el rabillo del ojo, como las caras que me observaban con curiosidad entre las bandas de cristal esmerilado de la ventana. Pero ahí afuera solo había unos árboles altos y un fragmento de cielo. También en aquel momento, cuando Maya me posó la mano en el brazo, sufrí una ilusión óptica: el lagarto tatuado se movió en su piel, muy ligeramente, como si respirara. Guiñé varias veces un ojo pero no sirvió de nada, el tatuaje seguía pareciéndome tan tridimensional y tan vivo como si estuviera a punto de reptar de su brazo al mío. Sus escamas brillaban con múltiples colores y me clavaba unos ojos amarillos de pupilas verticales. Esperaba verlo parpadear en cualquier momento. Pasados unos segundos, cerré los ojos con un gran suspiro.

—Sé que esto es difícil, Quinn —me tranquilizó Maya con dulzura.

Me había soltado el brazo y se ocupaba del gotero del que salían los diferentes tubos con analgésicos y antibióticos, que entraban en mi cuerpo por una vía central colocada en el cuello que, por fin, iban a retirarme al día siguiente. Maya continuó:

—Pero jamás habría apostado a que saldrías de esto con vida. Y ahora mírate, eres un milagro. Hace una semana la máquina respiraba por ti y había que alimentarte con sonda. Y solo hace dos días que te retiraron el último drenaje ventricular.

Al instante me toqué la cabeza buscando el agujero dejado por el tubito del drenaje, y me acaricié el pelo que empezaba a crecer alrededor de las vendas. También aquello era nuevo: dos días atrás ni siquiera era capaz de levantar el brazo.

—Si continúas progresando así, la semana que viene podríamos mandarte a rehabilitación temprana. —Tecleó algo en la computadora—. Allí aprenderás a caminar otra vez, y todo lo demás. Debes tener un poco de paciencia. Bueno, mucha paciencia.

Sí, eso decían todos: los médicos, mis padres, los fisioterapeutas y también Lasse, que al día siguiente vino a visitarme al hospital.

Las normas en cuidados intensivos eran muy estrictas, el horario de visitas era de cuatro a seis de la tarde. Había que llamar a un intercomunicador y decir claramente el nombre. La puerta solo se abría si el nombre figuraba en la lista de visitantes. Aun así, mi madre conseguía que la dejaran entrar desde por la mañana y, al final de la tarde, ella y mi padre no se iban hasta que se lo indicaban. Quizá las normas eran más flexibles porque estábamos en Navidad, o quizá hacían conmigo una excepción por ser el paciente más joven con gran diferencia. O a lo mejor era cosa de mi madre: cuando quería, podía resultar de lo más encantadora y convincente. Mientras estuve en coma se preocupó de intimar con todo el personal y, además de conocer el nombre y el horario de cada uno, también sabía cómo se llamaban sus hijos y mascotas, por qué nadie soportaba a la joven médica residente y que Anna le había echado el ojo a Yannis, quien a su vez estaba enamorado de David. Si se lo preguntaba, seguro que hasta me podía decir quién le había tatuado el lagarto a Maya.

Además, en ese tiempo había hecho un curso de medicina exprés.

—Ahora que te retiraron la intubación, el CVC, la sonda de alimentación y el DVE, puede venir Lasse a visitarte —anunció. Estaba muy contenta porque aquel día había aguantado diez minutos en el sillón y me había comido el primer puré de papas sin atragantarme—. No quise que viniera antes porque se habría quedado muy impresionado al verte.

Sin embargo, al parecer mi aspecto aún causaba mucha impresión porque a Lasse se le saltaron las lágrimas en cuanto se acercó a la cama.

—Mi mamá tenía razón: eres un sentimental —le dije, también al borde de las lágrimas.

—Perdona, hermano. Lo siento —sollozó—. Es que… me alegro tanto de que estés vivo… y de que sigas siendo tú aunque el coche te hiciera papilla el cráneo.

Los médicos lo habían expresado de forma similar, exceptuando la parte de la papilla. No solo era un milagro que hubiera sobrevivido, sino que además no me quedaran daños cerebrales permanentes. El doctor que me hizo los primeros exámenes se mostró muy sorprendido de que supiera cómo me llamaba, cuántos dedos (borrosos) me enseñaba, en qué año estábamos y qué calificación había sacado en el último examen de Matemáticas. Debido a la hemorragia cerebral tenía medio cuerpo paralizado, pero en los últimos días había mejorado tanto que se podía esperar una recuperación total. Solo quedaban los trastornos de visión...

—Hay que ver qué aventura... —Sorbiéndose los mocos, Lasse acercó una silla a la cama y se sentó. Mi mamá nos había dejado solos para darse una vuelta por el parque. Como ya la conocía, sabía que en media hora estaría de regreso—. ¿Se puede saber qué hacías en la avenida? A ver, pensaba que habías subido un momento al baño. Le dije a la policía que debía de ser culpa de la chica esa del pelo azul. Que te habría drogado o algo. Pero nadie me prestó atención.

—¿Así que tú también la viste?

Sentí mucho alivio al saber que al menos aquella chica sí existía. En cuanto desperté del coma pregunté por ella, por el lobo y por aquel ser volador gigante; también traté de explicar las cosas extrañas que me sucedieron la noche del accidente. Pero parece que todos, incluidos mis padres, pensaron que estaba diciendo disparates y que confundía los sueños del coma con la realidad. Y quizá fuera así. Había tenido muchísimos sueños raros, tan raros y confusos que, desde que desperté, me esforzaba desesperadamente por olvidarlos.

—Pues claro que la vi —contestó Lasse—. Pregunté a todo el mundo por ella y muchos la recordaban, no es de extrañar. Pero nadie la conocía. Nadie la había invitado. —Hizo una breve pausa—. ¿Y si solo pasaba por allí y aprovechó para buscar una víctima? Y dio contigo...

«Menos mal que te encontré, Quinn Jonathan Yuri Alexander von Arensburg». No, la chica no pasaba por allí de casualidad. Su única razón para presentarse en la fiesta era yo.

—¿Te acuerdas de algo? —preguntó mi amigo—. ¿Llegaste a hablar con ella? ¿Qué te hizo?

Su cara se volvía borrosa. Cuanto más cerca estaba un objeto, más me costaba distinguirlo con nitidez. En aquel momento Lasse tenía dos pares de cejas que danzaban uno sobre el otro.

—No me dio drogas ni nada de eso —murmuré—. Pero estaba metida en algún lío. Apareció un tipo muy raro que la amenazó, oí la conversación desde el baño. Entonces salté por la ventana y la ayudé a escapar por la trampilla del muro de tu jardín. Porque aquel tipo no estaba solo, sino que… —«Lo acompañaban otros individuos siniestros, un lobo monstruoso y un ser alado gigantesco», pensé, pero no me atreví a contárselo y en cambio le dije—: había otra gente que iba tras ella. También a mí me persiguieron hasta que aterricé delante del coche.

—Qué fuerte. —A pesar de aquella versión suavizada de la historia, la voz de Lasse rebosaba incredulidad, de modo que me alegré de no haber mencionado al lobo—. Es como una película.

Pues sí, y mucho más fuerte de lo que él se imaginaba.

—La verdad es que sí. —El manguito de la presión arterial empezó a hincharse—. No tengo ni idea de si Kim conseguiría escapar. La perdí de vista al poco rato.

—Y quién sabe si Kim es su verdadero nombre. He intentado localizarla. —Un fuerte pitido lo sobresaltó. Asustado, miró el monitor—. ¡Oh, oh! ¡Aquí parpadea una luz amarilla!

—Tranquilo, es la saturación de oxígeno. —Lo calmé—. Al medir la presión, se corta la circulación de la sangre hacia el dedo que tiene el aparatito este. —Levanté el dedo índice, en cuya punta brillaba una luz roja—. Bueno, volviendo al tema: ¿la encontraste?

Él negó con la cabeza.

—Probé a meter en Google «chica de pelo azul»... —Aunque los molestos pitidos habían cesado, Lasse continuaba muy nervioso. No paraba de mirar al monitor—. Estuve investigando por internet y en los periódicos, en busca de otros accidentes o sucesos de aquella noche que pudieran tener relación con el tuyo. Pero nada. Después fui a interrogar a Güngör, el dueño del kebab, pero tampoco él había visto a la chica. En realidad no vio nada, a pesar de haber lanzado el rumor de que habías dejado en el asfalto parte de los sesos y una oreja. Por cierto, me alegro mucho de que la oreja siga en su sitio. —De nuevo se le llenaron los ojos de lágrimas. Se apresuró a continuar—: También recorrí un montón de peluquerías preguntando si conocían a una chica guapísima llamada Kim, con el pelo corto y azul. Ya sé que no era la mejor idea, pero algo tenía que hacer. La policía se negó a dibujar un retrato robot a partir de mi descripción. —Sonrió con amargura—. Me quedé muy decepcionado: no les importa lo más mínimo aclarar lo que pasó.

Era verdad.

La policía me consideraba un chico tonto e irresponsable que, por motivos incomprensibles, seguramente por estar borracho o drogado, se había puesto a hacer parkour en mitad de la calle.

—Seguro que cerraron el caso hace ya tiempo, porque la mujer que me atropelló no quiso presentar denuncia. No sé si mis papás tienen algún seguro que cubra los daños, o si los tuvieron que pagar de su bolsillo. Solo me dicen que todo está bien y que no me preocupe de eso. —Suspiré, y Lasse suspiró en solidaridad conmigo.

—Amigo, si hiciera falta juraría ante un tribunal que no estabas borracho. Y que jamás te lanzarías a propósito delante de un coche.

—Gracias —contesté conmovido.

Quizá debía atreverme a hablarle del lobo y de las cosas extrañísimas que me había contado la chica del pelo azul. Si alguien iba a creerme, ese era Lasse. Pero por otro lado…, apenas me creía a mí mismo. Me moría de ganas de investigar por internet todo lo que aún tenía en la memoria. Lo repetía una y otra vez para no olvidarlo: Venatores, Capite, Sirin… Pero el día anterior no era capaz ni de sujetar el celular, mucho menos de teclear o de leer nada.

De nuevo se oyeron pitidos. Esta vez se trataba de un acorde alarmante que resonó por todo el pasillo, seguido de los pasos acelerados de varias personas.

—Es peor que una alarma de incendios —observó mi amigo.

—Seguro que es alguien a punto de morirse. —Giré la cabeza hacia el pasillo, intentando ver algo—. Cuando corren así, es algo serio.

Lasse tragó saliva.

—Ay, amigo. ¿Qué lugar es este? Es espantoso. Yo todavía sigo en shock. No entiendo cómo pudo pasarte todo esto. De verdad, estas tres semanas y media han sido las más horribles de mi vida. Las peores Navidades del mundo.

—Para mí no ha estado tan mal. Total, estuve en coma casi todo el tiempo. Y lo que te dan aquí para el dolor es una auténtica maravilla.

En cuanto lo dije, lo lamenté. Aunque solo la distinguía borrosamente, la cara de Lasse expresó una mezcla de dolor y culpabilidad. Era demasiado pronto para bromas.

—Perdona —le dije.

—No, perdóname tú. Soy un imbécil. Estás en los huesos, los ojos te hacen cosas raras y tienes todos estos tubos y fracturas y vendas y cicatrices, y casi te mueres... Y yo aquí quejándome. Aunque... tampoco para nosotros ha sido fácil. Teníamos... —Necesitó aclararse la voz—. Yo tenía muchísimo miedo de perder a mi mejor amigo.

No me miraba a la cara, sino que mantenía la vista clavada hacia abajo, seguramente justo en la bolsa de la orina. Maldita sea...

—El movimiento raro de los ojos se llama nistagmo —le expliqué algo incómodo—. Con un poco de suerte, desaparecerá.

«Y si no, siempre puedo probar fortuna como actor en pelis de terror», había pensado añadir. Pero en ese momento apareció alguien en la puerta y preguntó:

—¿Helga? ¿Está aquí Helga?

Se trataba de un señor calvo muy anciano. Iba descalzo y solo llevaba, como yo, un camisón de hospital, así que debía de ser un paciente. Un paciente muy desorientado.

—¿Dónde está mi esposa? —insistió—. Iba a venir a recogerme.

Los pacientes no se paseaban por la unidad de cuidados intensivos: solían estar hechos polvo, enchufados a los monitores; si respiraban por sí mismos ya tenían mucha suerte. Quizá el anciano pertenecía a otra unidad y se había extraviado.

—No es aquí —contesté mientras buscaba el timbre que había junto a la cama.

—¿Cómo dices? —inquirió Lasse.

—Me lo prometió. Dijo que vendría a buscarme. —El anciano se dio la vuelta y se fue murmurando, con lo que nos enseñó el trasero desnudo. Aparté la mirada, avergonzado.

—¿Se habrá escapado de un quirófano? —susurré.

—¿Quién?

—Pues el abuelito semidesnudo ese.

—¿Qué abuelito? —Frunció el ceño, confundido.

—¿Cuál va a ser? El…

Entonces lo comprendí de repente. Lasse no se burlaba de mí, realmente no sabía de qué le hablaba. Ni veía ni oía al anciano.

Solté el timbre y noté que un escalofrío me recorría todo el cuerpo.

Entre tanto, el hombre había alcanzado el pasillo. Lo oía hablar consigo mismo. O con Helga.

Mis aparatos empezaron a pitar. Seguramente era el pulsómetro, la alarma se activaba cuando sobrepasaba las ciento veinte pulsaciones. Traté de respirar profundamente.

Lasse aún esperaba una respuesta y dirigía la mirada alternativamente a mí y al monitor. Así que, para distraerlo, le pregunté lo primero que se me ocurrió:

—¿Cómo están los demás? ¿Has visto a Lilly?

—¿Qué? —Claramente seguía confundido por lo que le había dicho del abuelito y por el ruido de las alarmas: se había puesto muy pálido—. Ah, sí, sí. Todos me pidieron que te dé sus saludos. Seguro que te ha escrito todo el mundo, pero tu mamá me dijo que todavía no puedes usar el celular, por lo de los ojos y no sé qué cosas de la motricidad fina.

Mientras él seguía hablando, me obligué a no mirar hacia el pasillo, donde el anciano llamaba a Helga y luego emitía un murmullo ininteligible.

Lasse suspiró.

—Vas a necesitar tres días por lo menos para leer los mensajes. Y eso solo para los míos. Al principio, cuando decían que quizá no sobrevivirías, te mandaba algo cada hora... Puedes borrarlo todo, no son más que tonterías y cosas tristes. Pensaba que si te escribía... Me daba miedo que al parar, pues... —Se apresuró a secarse una lágrima.

—Tengo ganas de leerlo.

Por fin cesaron los murmullos del anciano. También el monitor dejó de pitar, al parecer las pulsaciones habían bajado de ciento veinte. Agotado, cerré los ojos.

No eran simples trastornos de visión, estaba claro que sufría alucinaciones. Veía y oía cosas que no existían. Lobos y pájaros gigantes que recorrían la ciudad a la caza de seres humanos. Caras que me escrutaban con curiosidad. Tatuajes que se movían. Ancianos semidesnudos que buscaban a Helga.

—Y bueno, traigo el encargo de preguntarte cuándo podría venir Lilly. Seguramente tu mamá no quiere…

—¡Ah!

Abrí los ojos de golpe.

Por primera vez desde que salí del coma fui consciente de que, oficialmente, Lilly y yo seguíamos juntos. Por un momento consideré encargarle a Lasse que rompiera con ella por mí. Pero sin duda eso era aún peor que dejarla por teléfono. Quizá lo más fácil era que Lilly viniera a verme. Si le contaba mis disparatadas alucinaciones con aquellos ojos de loco, seguro que sería ella quien querría dejarme. Y la bolsa de orina le daría el empujoncito final.

Volteé hacia la ventana y me encontré cara a cara con un rostro nudoso que me sonrió desde el otro lado del cristal; luego se emborronó y se convirtió en un tronco de árbol común y corriente.

¡Qué mal! ¿Por qué mi estúpido cerebro se empeñaba en crear visiones de ese tipo? No era nada fan de la fantasía, todo lo contrario: no daba la menor oportunidad a libros, juegos o películas en los que aparecieran varitas mágicas, superhéroes, casas encantadas o espadas maravillosas. Esas tonterías no me interesaban lo más mínimo.

—Qué caos hay ahí afuera. —Era mi madre, que había vuelto de su paseo—. Están intentando reanimar al anciano de la habitación cinco.

«Ya lo sé. Es calvo y apuesto a que su mujer se llama Helga. Con la suerte que tengo, no descarto que también ella se pase por aquí». Mi madre continuó:

—Recuérdame por favor que haga un testamento vital. Si a los noventa años estoy en cuidados intensivos y se me para el corazón, no quiero que me reanimen. —Se quitó el chal a rayas multicolores y revisó el monitor—. Ciento uno… ¿Por qué tienes el pulso tan acelerado, cariño? ¿Te subió otra vez la fiebre? ¿Quieres que llame a la enfermera? A lo mejor era aún pronto para visitas…

—Sí, puede ser —contestó Lasse. Se veía muy abatido—. Lo siento. Creo que tiene… Parece que… Está muy…

Cerré de nuevo los ojos.

—… confundido —completó mi amigo en un susurro.

—Tonterías —repuso mi madre, también en voz baja—. Pero ahora deberías irte a casa.

—Me siento bien —mentí—. Es solo que estoy cansado.

Y a punto de volverme loco. Porque, en realidad, las alucinaciones habían comenzado ya antes de sufrir el traumatismo craneoencefálico.

De manera que, o bien estaba chiflado, o bien todas aquellas cosas habían sucedido de verdad. No sabía qué era peor.

—Todo saldrá bien. —Aunque Lasse intentó mostrarse optimista, su voz traslucía desesperanza—. Solo necesitas un poco de paciencia.

Matilda

No me temblaba la mano cuando apreté el timbre, pero sí que me sentía un poco nerviosa. Qué tontería. Solo tenía que pronunciar mi frase («Estoy recogiendo donativos para el entierro de la señora Jakob, la que vivía en el número 11») y esperar a ver qué pasaba. Y quizá, solo quizá, preguntar por Quinn como quien no quiere la cosa. Ya no me atrevía a preguntarle a Lasse, que respondía cada vez más alterado cuando se le pedía información sobre el estado de su amigo.

«¡Pues está como cualquiera de nosotros si un coche nos hubiera aplastado el cráneo!», nos soltó muy antipático el lunes, cuando Julie y yo lo abordamos en los casilleros de la prepa. En realidad lo abordó ella, yo me quedé a su lado intentando resultar muy adorable. Pensaba que con Julie se mostraría más comunicativo porque antes del accidente parecía muy interesado en ella; de hecho, la había estado rondando sin parar y si nos invitó a la fiesta fue porque la encontraba fantástica. Pero todo eso se había esfumado por completo. Nos miraba con verdadero enfado.

A nuestro lado, Aurora metía la mochila en el casillero. Al parecer no se fijó en el semblante de Lasse porque preguntó:

—¿Es cierto que Quinn tiene una cicatriz en la frente con forma de rayo? ¿Y de verdad el pobre se va a quedar para siempre en silla de ruedas?

Al momento, Gereon Meyer se metió en la conversación:

—Oí que tiene la capacidad verbal de un niño pequeño, ¿es así?

—Pues a mí me dijeron que hay un total imbécil que se lo cree todo y le imprimió una oreja en 3D —le bufó Lasse—. ¡Estoy harto de preguntas morbosas y sensacionalistas! ¡Debería darles vergüenza!

Me abochorné al instante. ¿Y si mi interés morboso por Quinn no se debía a mi enamoramiento enfermizo, como Julie lo llamaba, sino al más puro sensacionalismo? Ambas cosas resultaban penosas, aunque el sensacionalismo era bastante peor; mientras que estar enamorada de alguien que no se sabía ni mi nombre era sencillamente patético. Y enfermizo, claro. Pero por desgracia no podía hacer nada. Y tan enfermizo tampoco era, porque Quinn volvía a estar solo. Hacía tiempo que se sabía que él y Lilly Goldhammer ya no estaban juntos, aunque los rumores no se ponían de acuerdo sobre quién había cortado con quién.

Julie no se dejó amilanar por Lasse y le contestó en voz baja:

—Es mejor preguntarle a su mejor amigo, antes que creernos los rumores y contribuir a difundirlos.

Entonces se le llenaron los ojos de lágrimas y nos quedamos sobrecogidas.

—Quinn no quiere visitas en rehabilitación, ni siquiera de su mejor amigo. Lo único que sé es que la comida le da asco. La mayoría de las veces solo contesta con emojis, a lo mejor por eso la gente cree que perdió el habla. ¡Miren! —Se sacó el celular del bolsillo y nos lo enseñó—. Este es su último mensaje: hombrecito encogido de hombros, carita bizca sacando la lengua, demonio morado con cuernos y pulgar hacia un lado. Pues ahí tienen las últimas noticias.

Se dio la vuelta mientras se sorbía los mocos y nos dejó allí plantadas. Julie murmuró:

—Carita con los ojos en blanco. Más vale que no le preguntemos más.

—Pues sí —confirmó Aurora—. ¡Qué agresivo! Y eso que solo sentimos…

—¿… un interés morboso? —completó Julie.

—… preocupación.

—Que es mucho mejor que sentir indiferencia o desinterés —apuntó Gereon, y Aurora le lanzó una mirada de agradecimiento. Él se inclinó confidencialmente en su dirección—: Eso de la cicatriz en forma de rayo podría ratificar que le extirparon el lóbulo frontal.

—¿Y por qué no te vas corriendo a casa y le imprimes uno nuevo? —le sugerí—. ¡Y de paso imprime otro para ti, que buena falta te hace!

Pero no llegó a escucharlo porque se había sumergido en una íntima conversación con Aurora sobre cirugías cerebrales. Ese mismo día los vimos pasear de la mano por el patio del recreo. Así de sencillas eran a veces las cosas.

Aquel día era viernes y Quinn llevaba ya desde el miércoles en casa. Lo sabía porque mi prima Mariechen me contó en el ensayo del coro que ella y Luise habían espiado su regreso desde la ventana de la cocina. Aunque Quinn había pasado del coche a una silla de ruedas, después subió los dos escalones de la entrada con ayuda de muletas y bastante deprisa, por lo que no les dio tiempo de sacar unos binoculares para observarlo con todo detalle.

Que Quinn fuera capaz de andar con muletas era una buena noticia y debería haberme bastado... si no fuera por mi enamoramiento enfermizo diagonal sensacionalismo, que no se daba por satisfecho con noticias de segunda mano. De modo que, cuando mi madre se lamentó de no poder salir a recoger donativos para el entierro de la señora Jakob porque tenía una reunión de la parroquia, ni lo pensé antes de decir: «¡Yo voy!».

Esperaba que mi madre se sorprendiera porque no hacía mucho que me había plantado en mitad de la cocina para gritar: «¡Ya basta de que esta familia me trate como una alcancía andante!». (Bueno, más bien lo balbuceé, pero lo hice enérgicamente). Sin embargo, se limitó a pasarme con alivio la lista de posibles donantes y el desgastado monedero y a decirme:

—Puedes contarle a quien quieras que esa sobrina nieta tan tacaña no piensa pagar el entierro. ¡Y es la única pariente viva!

Asentí, pero no tenía la menor intención de criticar a la pobre sobrina nieta. La señora Jakob no era una

70

persona precisamente amable, y tampoco lo era conmigo a pesar de que los lunes y los viernes por la tarde me pasaba horas empujando su silla de ruedas, sobre todo para hacer mandados. Ese trabajo era voluntario, como todos los que llevaba a cabo, pero eso no impedía que la señora me ladrara órdenes sin parar ni que me espetara: «No te pago para perder el tiempo, jovencita» cuando le parecía que me demoraba revisando el cambio o subiéndola por los escalones de la farmacia. Antes de morir donó todo su dinero a una ONG que protegía perros callejeros en Rumania; en realidad odiaba los perros, solo quería que la sobrina nieta no heredara nada. Pero al menos podía haber dejado algo para el entierro...

Antes de salir de casa me cepillé el pelo, me hice una nueva coleta y me retoqué las pestañas. No sé por qué, pero al llegar a la mitad del día el rímel o bien desaparecía, o bien se me quedaba en chispitas negras por toda la cara.

Afuera brillaba el sol y hacía varios días que en los jardines y en el cementerio florecían las campanillas blancas, formando alfombras blancas y verdes bajo los árboles de las avenidas. Igual que al volver aquel día de la escuela, disfruté de sentir el sol en la cara mientras peregrinaba de puerta en puerta. La casa de Quinn me la guardé para el final.

Aunque vivíamos en una gran ciudad, la plaza de Santa Inés bien podía encontrarse en un apacible pueblecito, con su adoquinado, las pintorescas hileras de casas, las tiendecitas, cafés y restaurantes, la iglesia y los bancos situados bajo los altos tilos, que aún tenían incrustada metralla de las bombas de la Segunda Guerra Mundial. De pequeña creía que nuestra calle y la plaza, junto con la iglesia y todas las casas y comercios, pertenecían al tío Thomas. Y era porque él se comportaba como si así fuera. En cualquier caso, en su función de administrador de los inmuebles pertenecientes a la Iglesia, que era la mayoría, había logrado evitar que allí se instalaran centros de bronceado, negocios de comida rápida o tiendas de celulares. Aunque más le habría gustado que todo conservara el mismo aspecto que en su infancia, o incluso que en la infancia de su abuelo.

Quizá se debía al buen tiempo que tanta gente hubiera salido a pasear por la calle del Cementerio Viejo, o quizá se debiera a la nueva florería de la esquina, que abría aquel día por primera vez. Desde siempre ocupaba aquel local una tienda de artesanías aburridísima, pero en diciembre la dueña rescindió inesperadamente el contrato y en enero ya se había rentado otra vez. Los nuevos inquilinos lo pintaron todo de azul celeste y sobre el escaparate rebosante de plantas colocaron un cartel en el que decía con bonitas letras sinuosas: «Lirio y Nomeolvides». De regreso a casa quería pasar por allí, porque para celebrar la inauguración regalaban flores a los transeúntes.

Quien no parecía muy interesado en flores gratuitas era un hombre mayor con gabardina y sombrero de cuadros que había recorrido ya dos veces el camino que iba de la florería a la puerta del cementerio. Me había fijado en él al salir de casa; después volví a encontrármelo mientras recogía el donativo del número 3A; y cuando, al final de mi peregrinaje, toqué el timbre de la familia Von Arensburg, lo vi pasar por delante de su jardín. Entonces me lanzó una mirada penetrante desde debajo del sombrero. Automáticamente agarré el monedero con más fuerza.

—¿Sí?

Di un respingo. La puerta se había abierto tan silenciosamente que ni me percaté.

La madre de Quinn estaba en el umbral. Lucía un vestido verde con lunares, unos leggins y gruesos calcetines a rayas verdes y azules. Llevaba unos lentes sujetos en el recogido del pelo y otros colgados del escote del vestido. Me miró con simpatía.

—Eres Luise, ¿verdad? La chica de enfrente que va a clase con Quinn. Seguro que vienes por la tarea de Geografía.

Yo había tomado impulso y comenzado a decir mi frase de carrera, pero de pronto me interrumpí:

—Estoy recogiendo donativos para... ¡Soy Matilda! Luise es mi prima, por desgracia nos confunden constantemente. Que yo sepa, ni Luise ni su hermano Leopold tienen la optativa de Geografía.

—Pero, hija, no te quedes ahí afuera. —Me agarró del brazo, me metió en la casa y cerró la puerta.

De pronto sentí un déjà vu. Solo había estado allí una vez, tendría unos ocho años. Leopold, Luise y yo habíamos salido el día de Reyes a cantar villancicos de puerta en puerta y Quinn y un amigo suyo (que probablemente era Lasse, pero no estaba segura) nos lanzaron una cubeta de agua desde la ventana del baño al grito de: «¡Agua bendita para Baltasar!». Para mi desgracia, el agua no le cayó encima a Baltasar-alias-Leopold sino al pobre Gaspar: es decir, a mí. Me empaparon de pies a cabeza justo en el momento en que el padre de Quinn abría la puerta. Él y su amigo se morían de la risa arriba, pero estaba claro que a su padre la situación le resultó muy desagradable y le dio mucha lástima. Fue amabilísimo, me hizo entrar en la casa y me ofreció una toalla mientras regañaba a Quinn y al amigo que, asomados al barandal de la escalera, juraban que su objetivo era Leopold sin dejar de soltar risitas. El señor Von Arensburg nos dio un aguinaldo astronómico de cincuenta euros sin que interpretáramos a dos voces el villancico *Los magos de Oriente* que tanto habíamos ensayado. Aunque en realidad no hubo oportunidad de cantarlo porque Leopold y Luise habían salido llorando; corrieron hasta la banqueta, donde mi hermana mayor (que se suponía que debía cuidarnos) parecía muy enojada.

Quinn fue obligado a pedirme perdón ese mismo día, pero no me acordaba en absoluto de que lo hiciera. Lo más probable es que se disculpara con Luise en la casa de al lado. Desde entonces el número 17 quedó excluido para siempre de la visita de los tres Reyes Magos. A cambio fue incluido en una lista negra en la que ya figuraban la mujer que vivía encima de la farmacia y llevaba serpientes vivas alrededor del cuello y el hombre que una vez nos abrió la puerta desnudo. El objetivo era proteger a las futuras generaciones de niños cantores de fatalidades similares.

Y allí me encontraba, de nuevo en el mismo recibidor. La primera vez las paredes estaban pintadas de rosa fresa, mientras que en aquella ocasión eran verde salvia, que combinaba súper bién con el vestido de la madre de Quinn.

Ella me observaba con la cabeza ligeramente ladeada y entonces me di cuenta de que, sumida en mis pensamientos, no le había contestado nada.

—Este… Yo sí tengo Geografía, pero soy de un curso menos… Pero… en realidad venía… Es decir, la señora Jakob, la del número 11… —balbuceé muy perdida. Pero ella me interrumpió sonriendo.

—Mejor se lo cuentas tú misma a Quinn. Ven conmigo.

Aunque sabía perfectamente que aquello era una estupidez, la seguí. Pasé por delante del armario de los abrigos y de la silla de ruedas como hipnotizada, y después subí la escalera, escalón por escalón. En varias ocasiones intenté aclarar el motivo de mi visita, pero la madre de Quinn hablaba sin parar y además tan fuerte como si de golpe me hubiera quedado sorda.

—Quinn no podrá volver a la escuela hasta después de vacaciones de Pascua, pero sus profesores nos prometieron que le harán llegar la tarea para que no repita año. Su mejoría está siendo sensacional y nos alegramos muchísimo de tenerlo otra vez en casa. Los médicos y los terapeutas dicen que es casi un milagro lo rápido que se está recuperando. Aunque claro, para él no es lo bastante deprisa. En fin, tendrá que adaptarse a muchos inconvenientes, quizá durante meses o incluso durante años. Pero después de un traumatismo cerebral tan grave no se puede pulsar un botón y que de pronto todo vuelva a estar bien.

Cuando llegamos arriba esperó a que la alcanzara, me puso la mano en la espalda y me guio delante de ella por el estrecho pasillo. Me dirigía con suavidad pero con firmeza, como si fuera un patito con ruedas y palo de esos que empujan los niños y van haciendo flop-flop. Y mientras tanto no dejó de hablar ni un segundo. Ignoró por completo mis débiles intentos de interrumpirla. No logré ir más allá de: «En realidad venía…» o «pero es que…».

—Quinn piensa que la vida solo comenzará cuando vuelva a estar tan en forma y tan guapo como antes del accidente. Y cree que en su estado actual es una carga para sus amigos.

Solo se detuvo tras empujarme por la puerta de la habitación que se encontraba al final del pasillo. También yo me paré de pronto. Exactamente a dos metros de Quinn que, sentado en una silla, nos miraba perplejo.

—Pero no puedo permitir que se aísle del mundo —concluyó su madre con tono de obstinación—. La vida no espera a que todo vuelva a ser perfecto. La vida hay que disfrutarla a tope cada día.

Quinn estaba sentado a su escritorio, en el que descansaba una laptop abierta. Las muletas se apoyaban en la mesa, y junto a la computadora había un ukelele. Los dos grandes ventanales daban directamente al cementerio.

Encontrármelo cara a cara de manera tan inesperada y después de tantas semanas me resultó abrumador. Sí, tenía el pelo rapado, la cara delgada y angulosa y unas ojeras muy marcadas. Pero sin duda era Quinn, y resultaba evidente que estaba vivo. Noté que, involuntariamente, mis labios dibujaban una sonrisa. Era fantástico volver a verlo.

Por supuesto, esa emoción no fue correspondida.

—¡Mamá! —exclamó, en un tono que sonó a la vez enojado y desganado.

Como la puerta estaba abierta, seguro que había escuchado cada palabra. Comprendí que eso era justo lo que su madre pretendía.

—¡Hijo! —contestó ella, exactamente en el mismo tono.

—¿«La vida hay que disfrutarla a tope cada día»? ¿De qué calendario barato sacaste esa frase?

—La pensé yo solita —repuso muy digna.

—Entiendo que quieras ayudarme, pero ¿tiene que ser metiendo en casa al primero que encuentres? —Me señaló—. Sabes que esta es una de las plagas bíblicas, ¿no?

¿¿¿Perdona???

—Pero, hijo, no vino a rezar. —Me sonrió—. Te trae las cosas de Geografía, así que haz el favor de ser amable.

En ese momento sentí (con mucho retraso) que la sangre me subía a las mejillas. Aquella señora me había impedido hablar con toda la intención; de hecho, me la había jugado. Quién sabe por qué.

—En realidad, venía a recoger… —comencé, pero de nuevo me interrumpió sin piedad.

—Me voy a la cocina a preparar la col —explicó mientras salía de la habitación, otra vez a un volumen propio del teatro—. Como Quinn se pasó las Navidades en el hospital, estamos recuperando el tiempo perdido. Hoy tenemos col lombarda con albóndigas de papa y salsa de naranja. Y de postre, helado: un parfait de canela. —Se alejaba tan deprisa que al decir «de canela» ya había bajado media escalera—. Avísenme si necesitan algo. O si ven por ahí mis lentes. ¿Dónde los habré metido?

Me giré lentamente hacia Quinn. Seguramente la situación le resultaría tan incómoda como a mí. Así era, me miraba como si no supiera qué hacer o qué decir. Me parecía totalmente increíble estar en su habitación. No sé qué me había imaginado, pero nada tan elegante. No era tan colorida como el resto de la casa, sino que predominaban el azul oscuro, el blanco y el gris claro. Parecía recién decorada y tenía el tamaño de tres veces mi cuarto. Yo no podía ni soñar con una enorme cama cubierta de cojines como aquella. El gato anaranjado dormía enroscado en la colcha a rayas blancas y grises. Era el único toque de color intenso en la estancia, junto con un móvil de papel maché que al parecer representaba el sistema solar.

Para romper el silencio incómodo levanté el maldito monedero y dije:

—Lo de la tarea de Geografía fue una confusión, en realidad venía a recoger un donativo para el entierro de la señora Jakob.

—Entiendo. —Se cruzó de brazos—. Y ya que estabas aquí, se te ocurrió subir a ver cómo le iba al chico del daño cerebral. A ver si de verdad se había quedado bizco.

El rumor de la bizquera no era verdad, ya me había fijado. También la cicatriz en forma de rayo era un invento. Pero sí tenía la cabeza llena de marcas, que se veían muy bien por lo corto que llevaba el pelo. En un lado del cuello tenía otra cicatriz, roja y que sobresalía.

—Acertaste —contesté—. También quería comprobar si seguía siendo un creído y un idiota. Y sí: no ha cambiado lo más mínimo.

No me salió ni de lejos el tono incisivo que me habría gustado. Probablemente porque en realidad me alegraba de que siguiera siendo el Quinn de siempre, a pesar de las muletas y las cicatrices.

—Ya quisiera yo… —repuso mientras me escrutaba entrecerrando los ojos.

—… Matilda —le ayudé, aunque por un momento me planteé hacerme pasar por Luise.

Se quedó en silencio. Seguramente esperaba que me fuera, cosa que pensaba hacer lo antes posible y procurando no encontrarme con su madre. Pero buscaba las palabras adecuadas para salir con dignidad. Me habría gustado señalar el ukelele y decirle algo como: «Yo también sé tocar». Pero me pareció muy forzado teniendo en cuenta que había aprendido en el campamento de Biblia y la única canción que me sabía bien era *Jesus is my house*. Y ya sospechaba que muy cool no le iba a parecer.

Entonces me fijé en su laptop.

—Bueno, siento haberte molestado mientras… —En la pantalla se veía una imagen que representaba dos seres con el rostro desencajado; tenían cabeza de mujer, el pelo largo y llevaban coronas. Del cuello para abajo, su cuerpo era de pájaro—. ¿Mientras haces tarea rarísima de Arte?

Él miró la pantalla con gesto reflexivo.

—Es el cuadro *Sirin y Alkonost* —hizo una breve pausa—. Lo pintó Viktor Vasnetsov en 1896.

Observé con más detalle aquellas mujeres-pájaro. ¿Y por qué demonios le interesaba aquel cuadro?

—No tienen cara de ser muy amigables —comenté, por decir algo.

—Pues no… —contestó, más para sí mismo que para mí—. Más vale no encontrárselas en plena noche.

—Hay un animal así en el cementerio. —Se me ocurrió de pronto—. En el tejado de un mausoleo.

—¿De verdad? —De repente se mostró muy interesado.

—Sí, lo sé seguro. En el panteón de la familia König, que también tiene unos capiteles con dos gatos que comparten la misma cabeza. En lo alto hay un pájaro así, con cabeza de mujer, y además un ángel que parece muy lindo hasta que te fijas en que tiene manos de esqueleto y el ramo de flores que sujeta está hecho de calaveritas. —Todo aquello me salió de carrera. Menos mal que logré parar antes de añadir: «Me encantan estas cosas».

Sentí que otra vez me subía la sangre a las mejillas. Pero ¿qué pasaba conmigo? Ahora encima me consideraría una nerd por saber cómo se llamaban los bloques decorados que rematan la parte superior de las columnas. Ya solo me faltaba contarle que era una ferviente admiradora de la iniciativa del tío Thomas llamada «Por un cementerio más bello» y, además, soltarle una charla sobre las diferencias entre el granito, el mármol y la arenisca.

—Eeeh… —balbuceé—. Es que esas tumbas antiguas son un verdadero enigma.

Él miró hacia la ventana y no contestó nada.

Aguardé varios segundos, y luego varios más. En realidad no sé qué estaba esperando. Quizá que se abriera un agujero en el suelo y me tragara.

Pero Quinn parecía haber olvidado mi presencia. Miraba fijamente el cementerio, con el rostro impasible. Al final agarré más fuerte el monedero, me di la vuelta para marcharme y murmuré:

—Bueno, pues que te mejores.

—¡Espera! —exclamó él.

Quinn

Se quedó parada y se dio la vuelta despacio.

—¿Me hablas a mí?

¿A quién si no, Hoyuelos? ¿Acaso ves por aquí alguna otra chica que hable por los codos? Me aclaré la voz.

—Ya que viniste, podrías echarme una mano —propuse, aunque por desgracia sonó tan poco entusiasmado como realmente me sentía. Dios mío, recurrir a una chica de los Vecinos de los Horrores sí que era tocar fondo. Pero en aquel momento no se me ocurrió otra cosa.

—Okey —contestó.

«¿Okey?». Había aceptado muy deprisa. ¿No debería preguntarme al menos para qué necesitaba ayuda o por qué se la pedía a ella? Además, ¿por qué parecía tan contenta? Quizá me convenía replanteármelo: implicar a Lasse en mis investigaciones ya había sido un gran error y esto podía convertirse en un fracaso aún mayor.

Sin embargo, necesitaba una persona que me empujara la silla. Y cuanto menos me conociera esa persona, mucho mejor. Me había quedado clarísimo el día anterior, cuando Lasse le fue con el chisme a mi madre mi encargo de sacar una foto a la inscripción de una tumba. Como consecuencia, en mi casa pensaban que buscaba inspiración para mi propia lápida y se habían quedado muy preocupados por mi estado de ánimo. Mi padre me trajo de la editorial un audiolibro titulado *Muy buenas razones para seguir en esta vida* y me repitió al menos tres veces cuánto me quería. Y mi madre, sin decirme nada, retrasó la sesión de fisioterapia para adelantar la visita a la espantosa psicoterapeuta. ¡Gracias, Lasse! La fisioterapia era la única actividad que me gustaba. Y se debía a Severin Zelenko, el fisioterapeuta súper agradable que ya me había atendido en el hospital. Me exigía muchísimo y me entrenaba casi hasta el agotamiento, pero era el único que desde el principio me había animado a creer que algún día volvería a practicar parkour. Me encantaban nuestras sesiones porque era el único que no me trataba con pinzas.

Habría querido explicar a mis padres por qué me interesaba aquella inscripción, pero eso solo les habría causado más preocupación. Y miedo. Una reacción totalmente comprensible, yo mismo sentía un escalofrío cada vez que recordaba lo sucedido dos noches atrás.

Me había despertado a las tres de la madrugada; necesité un poco de tiempo para darme cuenta de que no estaba en la planta de rehabilitación, sino en casa, en mi cama. Dediqué unos minutos a dar las gracias. En rehabilitación nunca tuve la habitación para mí solo, siempre había algún paciente llamando a los enfermeros, y durante toda la noche se oían pasos y voces. ¡Qué silencio más maravilloso había en mi cuarto! ¡Qué bien olía! A ropa limpia y un poco a lavanda. En definitiva: a casa. Cascabel dormía a los pies de la cama, como si no me hubiera ido nunca, y empezó a ronronear cuando me incorporé con cuidado. Mis padres habían insistido en dejar las puertas abiertas para que pudiera llamarlos si necesitaba ayuda. Además, me habían puesto en la mesita de noche un timbre de esos que hay en la recepción de los hoteles, por lo menos en las películas. Al pulsarlo montaba tal estrépito que habría sacado a un oso de la hibernación. Les había insistido en que ya en el hospital iba al baño sin ayuda, pero sabía que aparecerían corriendo en cuanto oyeran que me levantaba solo.

Esperé a que la cabeza dejara de darme vueltas y no se me nublara la vista. Después pasé, con todo el sigilo posible, del borde de la cama a la silla del escritorio. No encendí la luz.

Si me deslizaba con la silla por la alfombra podía alcanzar la puerta y ponerme de pie agarrándome al marco; después, podía avanzar por el pasillo apoyándome en la pared hasta llegar al baño, ya lo había comprobado. Así no hacía ningún ruido, no como con la muletas, que eran muy escandalosas.

Caminar me resultaba muy difícil, pero no era tanto por las múltiples fracturas del pie derecho como por los mareos y porque el lado izquierdo del cuerpo aún no había recuperado toda la funcionalidad. En cuanto dejaba de concentrarme esa pierna me fallaba, o bien se me agarrotaba. Era como si se hubiera olvidado de andar. En aquel estado me resultaba imposible imaginar que algún día volvería a correr o a saltar obstáculos, pero Severin me aseguraba en cada sesión que progresaba de manera excepcional. Y era cierto: hacía unas semanas ni se me habría pasado por la cabeza que podría incorporarme, y ya era capaz de ir solo al baño. ¡Yuju! Tan solo sufrí un pequeño mareo a la vuelta, pero conseguí controlarlo. Casi sentí orgullo cuando me senté de nuevo en la silla, algo sudoroso por el esfuerzo pero sin apenas perder el aliento. El duro entrenamiento sin duda valía la pena.

Por primera vez en semanas tuve la sensación de que quizá las cosas se arreglarían de verdad. Estaba en casa. Día a día lograba pequeños avances. Y, aunque también allí veía caras en los árboles y arbustos, en cierto modo me resultaban conocidas, como si simplemente hubiera olvidado que llevaban ahí desde siempre.

Había dedicado muchas búsquedas por internet a las alucinaciones. Gracias a las múltiples resonancias magnéticas y tomografías que me hicieron en el hospital podía descartar como causas un tumor cerebral o una encefalitis, eso lo dijeron los propios médicos. Aplicando un poco la lógica había eliminado también la demencia, el *delirium tremens* y la depresión. Obviamente mi ánimo no era el mejor pero, según el resultado de un test que encontré, estaba a años luz de una depresión psicótica. De hecho, aquel test no apuntaba la más mínima tendencia depresiva: mi vida era una mierda, eso era todo. Según el Doctor Internet, como causas posibles de las alucinaciones aún quedaban la esquizofrenia, el trastorno psicótico y la manía con síntomas psicóticos. Pero para padecer manía debía sentir euforia y una confianza exagerada en mí mismo, y no era así en absoluto. Me habría gustado descartar la esquizofrenia y el trastorno psicótico porque no me sentía esquizofrénico ni psicótico, pero eso solo era una parte de la enfermedad. También para esas patologías había encontrado cuestionarios, cuyos resultados fueron catastróficamente claros. «¿Nota usted a veces la presencia de alguien o de algo, aunque se encuentre a solas?». «¿Tiene la sensación de ver u oír cosas inexistentes?». «¿Siente que le engañan los sentidos?». «¿Le parece que los objetos cambian de tamaño o de forma?». «¿Se ha distanciado últimamente de amigos y compañeros de trabajo o de estudios?». Por desgracia, tuve que contestar «sí» a todas aquellas preguntas.

En cuanto a distanciarme de mis amigos: me fastidiaba muchísimo su compasión, que tan mal disimulaban, y que me trataran como si fuera de cristal, como si me hubiera roto para siempre. Hasta mi mejor amigo me miraba con ojos llenos de miedo. Seguro que pensaba que me faltaba un tornillo desde el incidente del abuelito invisible en cuidados intensivos. Y probablemente tenía razón. Ya ni podíamos mantener una conversación normal porque él titubeaba y se andaba con rodeos todo el rato.

Me había propuesto hablarle de las alucinaciones a la psicóloga que mi madre me había buscado mientras aún estaba en el hospital. Pero abandoné la idea porque la señora me pareció muy antipática y, además, aún no perdía la esperanza en que toda aquella mierda se resolviera por sí misma.

Y bueno, siempre existía la posibilidad de que no se tratara de alucinaciones y todas aquellas cosas tan extrañas fueran reales. Aunque claro, justo eso sería lo que creería un loco... Y así el gato se mordía la cola.

Mientras me deslizaba sigilosamente con la silla hacia la cama miré por la ventana, donde por una vez los árboles tenían el aspecto que les correspondía: solo parecían árboles. Sin embargo, lo extraño era que podía distinguirlo todo: los nudos de las ramas, las vetas de la corteza, todos y cada uno de los detalles, como si la ventana fuera un cristal de aumento. Era doblemente raro porque en la calle reinaba la más completa oscuridad. Solo entonces caí en la cuenta de que me había movido por el baño y por el pasillo sin ninguna necesidad de encender la luz.

El optimismo desapareció de golpe. ¿Qué estaba pasando? ¿Existían alucinaciones que te daban superpoderes de visión? ¿O estaba soñando? Me pellizqué el brazo para comprobarlo. Dolió bastante.

En lugar de ir a la cama, me deslicé con la silla hasta la ventana y miré hacia el cementerio, más allá de los árboles.

Y entonces lo vi.

Era el hombre del sombrero que la noche del accidente nos quiso dar caza a la chica del pelo azul y a mí, azuzando tras nosotros al lobo y al pájaro gigante. En realidad no debería poder verlo; a aquella distancia y con esa falta de luz nadie percibiría más que una sombra borrosa, y eso como mucho. Sin embargo, yo distinguía las arrugas de la gabardina, la forma de los botones, los cuadros café y beige del sombrero y cada detalle de su cara, hasta el último pelo de la barba.

Se mantenía muy quieto en uno de los caminos y observaba fijamente mi ventana. Tenía los ojos amarillos, como las aves de presa. O como el lobo que aquella noche me acechó entre los arbustos. Estaba seguro de que podía verme con la misma nitidez que yo a él, porque sus labios se curvaron en una desagradable sonrisa.

De repente sentí la boca muy seca.

El hombre se apartó a un lado para dejar ver la lápida que tenía detrás. Con una reverencia irónica hizo un gesto que me invitaba a leer la inscripción. Fue sencillo para mi vista de águila. Tallado en el granito decía: «Tienes los días contados».

Por la expresión de su rostro estaba claro que me la señalaba con toda intención, y que debía interpretarla como una amenaza. Todavía recordaba su extraña voz nasal, y me imaginé perfectamente cómo sonaría la frase pronunciada en sus labios: «Tienes los días contados, muchacho».

Claramente satisfecho de que me hubiera llegado el mensaje, hizo otra reverencia y se alejó por el cementerio.

Solo con un gran esfuerzo logré refrenar el impulso de tocar mil veces el timbre para despertar a mis padres: «¡Mamá! ¡Papá! ¡El malvado hombre del sombrero me vigila desde el cementerio, sabe dónde vivo!». Se me desbocó el pulso y necesité varios minutos para controlarme, deslizarme con la silla hasta la cama y acostarme. Cascabel se movió de su sitio y se me acurrucó en el pecho, y yo comencé a acariciarlo mecánicamente. Aquellas caricias y su suave ronroneo me tranquilizaron poco a poco y, pasado un rato, incluso me quedé dormido.

A la mañana siguiente mis superpoderes habían desaparecido y, a pesar de la luz del día, ya no era capaz de leer desde la ventana la inscripción de la lápida. Ni siquiera distinguía si de verdad tenía algo escrito. Por eso le pedí a Lasse (que se había presentado sin avisar y se quedó en mi habitación casi mudo, estrujándose las manos y mirándome con ojos de Bambi) que le tomara una foto antes de volver a casa. Se trataba de la tumba de un tal Hermann Kranz, fallecido en 1952. El epitafio decía (¡qué sorpresa!): «Tienes los días contados».

Casi experimenté cierto alivio. Por supuesto que aquella coincidencia era escalofriante y terrorífica, pero al mismo tiempo me ofrecía la prueba que tanto necesitaba, la demostración de que no estaba loco. Porque, a ver, ¿qué relación tenía lo sucedido con la esquizofrenia o con el trastorno psicótico? No, claramente se trataba de otra cosa, de algo extremadamente misterioso. Si el hombre del sombrero cumplía su amenaza y de verdad mis días estaban contados, entonces quería aprovecharlos a fondo para investigar qué demonios estaba pasando. Y si no podía confiar en Lasse porque el muy chismoso corría a contárselo todo a mi madre, entonces tendría que echarme una mano aquella chica de la familia Martin. Matilda, la de los hoyuelos y la manía de ayudar a todo el mundo.

Agarré las malditas muletas (por cierto, el término políticamente correcto era «accesorio para la movilidad», según aprendí con Severin en mi primera sesión de fisioterapia) y me levanté. Como siempre, me mareé y necesité esperar unos segundos a que la habitación dejara de dar vueltas. Traté de ignorar las caritas de los árboles, que giraban también.

—Me gustaría echarle un vistazo a ese mausoleo —le dije. Por algún sitio debía comenzar—. ¿Puedes llevarme con la silla de ruedas?

—¿Ahora mismo? —preguntó.

—Sí. A menos que tengas que ir a una procesión, a catequesis o a alguna otra actividad piadosa de esas que haces en tu tiempo libre.

Suspiró.

—Pues no, no tengo nada. Ya ves qué curioso, justo hoy no hay ninguna procesión. Y mi curso «Cómo bendecir agua para principiantes» empieza a última hora de la tarde.

Vaya, vaya. Así que tenía sentido del humor…

—Entonces nos vamos. —Pasé por su lado y avancé tambaleándome por el pasillo.

Muy orgulloso, mi padre había grabado en rehabilitación varios videos de mis primeros pasos para mandárselos a mis abuelos. Gracias a eso yo era muy consciente de lo torpe que resultaba. Bueno, gracias a eso y a las miradas de lástima de todo el mundo. Seguro que Hoyuelos me miraba con sus ojos grises rebosantes de compasión. Pero con ella me daba igual.

Como era de esperar, mi madre salió corriendo de la cocina en cuanto nos oyó bajar por la escalera.

—¡Quinn, tú solo no puedes…! ¡No tan deprisa!

—Mamá, Hoyuel..., este..., Matilda y yo salimos a dar un paseo —expliqué—. ¿Le ayudas a sacar la silla de ruedas?

Parpadeó desconcertada. Je, je, se había quedado paralizada. No pude reprimir una sonrisita. Seguro que sus intenciones eran buenas, pero con el numerito de meter a Hoyuelos en casa se había pasado de la raya. Aunque no sabía exactamente qué pensaba, intuía que, en su opinión, me había apartado de mis amigos porque me avergonzaba de mis andares de pato, de las cicatrices de la cabeza y de los movimientos raros que a veces me hacían los ojos. Por eso se le había ocurrido secuestrar a Hoyuelos, para que practicara con alguien que me diera igual. Quizá hasta había planeado repetir la jugada con el próximo repartidor que llegara a casa.

—Yo me las arreglo con la silla. —Matilda soltó los frenos con habilidad y la empujó hasta la puerta—. Vamos a necesitar los reposapiés, ¿no? —Se agachó para agarrar las voluminosas piezas, que mi madre había metido en el armario, y las insertó en sus enganches con movimiento experto.

—¡Vaya! —exclamó mi madre, aún más asombrada. Ella había necesitado un buen rato y muchas maldiciones para completar el mismo proceso. Yo mismo me quedé un poco impresionado. Seguro que ningún repartidor sabía hacer eso.

Mientras Matilda bajaba la silla por los escalones intenté agarrar la chamarra del gancho. Pero lo malo de las muletas es que te quedas sin manos. Por fin mi madre salió de su asombro para ayudarme. Al momento me sentí como un niño, algo tan simple como subirme un cierre era un verdadero problema.

—¿Y adónde van? —quiso saber.

—A tomar un poco el aire. La vida hay que disfrutarla a tope cada día, ¿no? —contesté a toda prisa, antes de que Hoyuelos pudiera decir nada del mausoleo.

Pero de hecho me sorprendió al responder casi a la vez:

—Están inaugurando una florería en la esquina. Y han salido campanillas por todas partes.

Sí, eso, por todas partes. Bajé torpemente los escalones, me dejé caer en la silla y fingí que las campanillas me interesaban muchísimo.

—Bueno, pues pásenla bien y nos vemos luego —se despidió mi madre alegremente, aunque a mí no me engañaba: puso la misma cara que el primer día que fui solo a la escuela—. Disfruten del paseo. Yo vuelvo con la col. Llévate el celular, por si pasa algo. —Y cerró la puerta esforzándose por sonreír.

Matilda quitó los frenos y me empujó por el camino del jardín en dirección a la banqueta.

—Le habría gustado acompañarnos, ¿no te parece? —me preguntó.

Pues sí. Pobre mamá. La última vez que salí de casa sin ella nos reencontramos en cuidados intensivos. Contesté:

—Desde el accidente le cuesta mucho separarse de mí. No le diremos nada del cementerio ni de las tumbas, no quiero que se preocupe.

—Claro.

Habíamos llegado a la banqueta y avanzábamos hacia la entrada del cementerio, bien pegados a nuestro seto de tejo para que mi madre no nos viera si miraba por la ventana de la cocina. En el seto, las agujas de tejo formaron dos caritas, que primero se sonrieron la una a la otra y luego me sonrieron a mí. Hice como que no las veía.

A nuestras espaldas alguien llamó a Matilda y a ella se le escapó un «maldita sea» y aceleró el paso.

Giré la cabeza todo lo que pude para mirar hacia atrás. En plena calle, una chica con grandes rizos gesticulaba y gritaba:

—¿Matilda? ¡Matildaaa!

—Te das cuenta de que te están llamando a gritos, ¿verdad? Es uno de tus clones. —Resultaba espeluznante lo mucho que se parecían.

—Es mi prima, María Acusona.

—Qué bonito nombre religioso —bromeé.

—¿Verdad? Se lo pusieron por santa Acusona... —me siguió la broma.

Empujó la silla a toda velocidad por la puerta del cementerio y se adentró bruscamente a la derecha por el camino lateral de gravilla que transcurría paralelo a nuestro jardín. Y que llevaba a la tumba de Hermann Kranz. Me fijé al momento.

—«Tienes los días contados» —leí en voz alta.

—La verdad, me parece de muy mal gusto poner algo así en una lápida —jadeó ella mientras girábamos impetuosamente a la izquierda, hacia un camino más ancho.

Por un momento me pareció que la silla solo tocaba el suelo con una rueda. Matilda continuó:

—Por allí detrás hay una inscripción aún más fuerte. Dice: «También tú descansarás pronto». Ya que están en eso, ¿por qué no ponen directamente: «Tu nombre podría estar aquí»? Aunque a lo mejor lo hacen para animarte, en plan: «No desperdicies el tiempo y disfruta de la vida. La muerte llega cuando menos te lo esperas, yo soy el mejor ejemplo».

Entonces redujo la velocidad. Por fin la silla dejó de bambolearse, de chirriar y, en definitiva, de parecer que iba a saltar en pedazos en cualquier momento. Obviamente no estaba diseñada para correr, ni para terrenos difíciles. Por mi parte, aunque algo vapuleado, al mismo tiempo me sentía extrañamente reanimado. Quizá se debía al sol, que brillaba en el cielo invernal y lanzaba sus tibios rayos a través de las ramas desnudas de los árboles. En los dos meses anteriores apenas había visto su luz.

—Creo que ya los perdimos —dijo Matilda.

—¿A María Acusona? —contesté, divertido.

—Sí, y a ese tipo siniestro que lleva un buen rato dando vueltas por la calle.

¿Cómo?

—¿Qué tipo siniestro? —Miré nervioso en todas direcciones.

—¿Es que no lo viste? Cuando salimos estaba delante de la casa de la familia Geiger, con las manos en los bolsillos. Mientras yo miraba antes de cruzar, avanzó hacia nosotros.

—¿Llevaba sombrero? ¿Como el del típico anciano con perro salchicha?

Soltó una risita.

—Exacto, uno de esos sombreros feísimos, de lana y a cuadros. Podría ser un ladrón que está vigilando las casas. O un mirón. O un detective privado. O un mirón haciéndose pasar por detective.

O algo mucho peor. Algo que cortaba la risa de raíz. En aquel momento no veía al hombre por ningún lado. Aun así, tenía la sensación de que alguien me observaba. Alguien con ojos amarillos de lobo. Si Matilda también lo había visto, no podía ser una alucinación.

—Ya llegamos. —Esquivó un charco y se paró en mitad de la avenida del cementerio—. Aquí es: el panteón de la familia König.

En aquella parte de la avenida había varios mausoleos que, con sus columnas y frontones, parecían templos griegos en miniatura desgastados por la intemperie y cubiertos de musgo. El de la familia König desentonaba un poco, parecía más bien una torre de sillares de piedra que se estrechaba mientras ascendía y que tenía una puerta. Flanqueaban la entrada dos columnas que sostenían un frontón donde estaba tallado el apellido de la familia. Todo el monumento contaba con profusos adornos de relieves y grabados. En lo alto había un ángel del tamaño de un niño. Se apoyaba en un pájaro con cabeza de mujer que se aferraba al borde con sus poderosas garras.

—Aquí la tienes: la gruñona mujer-pájaro. Se parece muchísimo a las de tu cuadro. —Matilda me acercó un poquito más—. Aunque esta lleva el pelo más bonito: mira qué trenzas tan elegantes de piedra y musgo.

Miré fijamente la estatua y de pronto me pareció oír de nuevo los ensordecedores chillidos que me perseguían la noche del accidente mientras saltaba del tejado de un garaje a otro. ¿Qué posibilidades tenía de escapar de una bestia como aquella? El hombre del sombrero y sus monstruos lo tendrían ahora aún más fácil, porque me encontraba atrapado en la silla de ruedas. Por su culpa.

A pesar de mis miradas de odio, el rostro de granito de la mujer-pájaro permaneció impasible. Sin embargo, por el rabillo del ojo percibí un movimiento en la tumba de la derecha. Giré la cabeza deprisa pero solo encontré una escultura de tamaño natural, un hombre de bronce que llevaba sombrero de copa, monóculo y una especie de frac. Me había parecido que levantaba la mano para tocarse el ala del sombrero. Y eso era lo que hacía, totalmente inmóvil. Lógicamente inmóvil, para eso era una estatua... Suspiré. La verdad, ya me bastaba con que aparecieran caras en árboles y setos, y con que rondara la zona un misterioso hombre con sombrero. Lo busqué a mi alrededor una vez más. Pero todo parecía en perfecto orden: a unos metros de nosotros, un señor mayor leía el periódico en una banca, dos mujeres paseaban con carriolas y, bajo la estatua de bronce con sombrero de copa y monóculo, un mirlo escarbaba la tierra. Quizá fueron sus movimientos lo que percibí por el rabillo del ojo. La escultura tenía los hombros manchados de manchas blancas, sin duda caca de pájaro.

—¿Quieres ver otras tumbas? —me ofreció Matilda—. Puedo enseñarte una estatua de la muerte muy cool, con su guadaña y todo. Y un ángel que se parece a Angela Merkel.

Alcé otra vez la vista hacia la mujer-pájaro y sentí que la decepción se apoderaba de mí. Al mismo tiempo me enojé conmigo mismo. ¿Qué esperaba? ¿Que la estatua se pusiera a hablar? ¿Que alguien me hubiera dejado un mensaje? Pero un momento… Bajo el apellido de la familia se veían otras palabras talladas, mucho más pequeñitas, en las que no me había fijado hasta entonces. ¿Y si eran el mensaje?

—«Dum tempus habemus operemur bonum» —leí con dificultad—. Hoyuel…, digo…, Matilda, ¿no estarás tomando latín?

—Pues no, pero tengo internet —contestó.

—Es el lema de la familia König. —El señor de la banca se nos había acercado y nos sonreía con amabilidad. Visto de cerca no era tan mayor, pero su barba de Santa Claus me había engañado. En realidad, excepto por la barba blanca y el pelo abundante, no se parecía en nada a Santa Claus. Era alto y delgado, llevaba un abrigo gris de lana muy elegante y un paraguas cerrado que utilizaba a modo de bastón. Aquella cara alargada con una gran nariz ganchuda y unos ojos oscuros bajo cejas pobladas me resultó extrañamente familiar.

—Da gusto ver que la gente joven se interesa por el arte funerario. —Dio unos toquecitos a la inscripción con la punta del paraguas—. Lo que dice aquí es: «Hagamos el bien mientras estamos a tiempo».

—Frases de calendario barato ya tengo en casa… —murmuré, desilusionado.

El hombre me miró.

—Pero es un lema muy honorable, ¿no te parece, Quinn? —preguntó sin dejar de sonreír. Se me puso la carne de gallina—. ¿Los Von Arensburg también tienen un lema?

Mi primer impulso fue salir corriendo. Pero con la silla solo habría logrado alejarme a una velocidad ridícula. Además, si me encontraba allí era para buscar respuestas. Las que fueran. No debía dejarme impresionar porque aquel Santa Claus de pacotilla supiera mi nombre. Me enderecé todo lo que pude y me esforcé por no parecer tan asustado como estaba.

—Nuestro lema es «No acostarse peleados, comer mucho brócoli y no hablar con extraños» —contesté con voz firme—. ¿Nos conocemos de algo?

«¿Quién demonios es usted? ¿Por qué sabe mi nombre? ¿Qué quiere de mí?», pensé.

Se le marcaron aún más las arrugas que la sonrisa le dibujaba alrededor de los ojos.

—Oh, discúlpame. Qué falta de educación por mi parte. Soy el profesor Cassian. —Me tendió la mano—. Conocí a tu papá.

—¿A mi papá? —repetí, mientras le estrechaba la mano mecánicamente—. ¿Trabaja usted en su editorial?

—Me refiero a tu padre biológico —respondió el profesor—. A Yuri Watanabe.

Matilda

—Pues si conoció a mi papá, me lleva ventaja —respondió Quinn en un tono muy frío.

—Me consta, es una pena —contestó el profesor Cassian—. Ninguno de nosotros sabía que te…, eeeh…, que había dejado un hijo.

Quinn permaneció en silencio un momento. Después preguntó:

—Al decir «nosotros», ¿a quién se refiere? ¿Está usted en el bando del hombre del sombrero? ¿O va con la chica del pelo azul? ¿Y qué tiene que ver todo eso conmigo y con mi padre biológico?

¿En qué clase de película acababa de meterme? Debí de tomar aire con mucha fuerza porque la mirada del profesor se detuvo sorprendida en mí, como si hasta ese momento se hubiera olvidado de mi presencia. De la chica que se aferraba a la silla y que lo escuchaba todo con la boca abierta. Pero al instante volvió a sonreír amablemente y dijo:

—Todo esto deberíamos hablarlo con calma. En otra ocasión, con más tiempo y una buena taza de té. Por desgracia ahora mismo tengo una cita importante. —Se pasó el paraguas de una mano a otra con un elegante movimiento—. Ha sido un placer conocerte en persona, joven Quinn. Y a tu encantadora acompañante. —Me guiñó el ojo con tanta simpatía que casi le devolví el gesto—. Del hombre del sombrero, como tú lo llamas, no tienen nada que temer por ahora. Héctor puede ser un poquito exagerado.

—Pues por su culpa estoy «un poquito» en esta silla de ruedas. —Su tono se había enfriado aún más.

Un gesto de lástima se dibujó en el rostro del profesor, que de nuevo se pasó el paraguas de una mano a otra.

—La verdad es… En fin, tenemos que hablar de muchas cosas. Espero impaciente nuestra conversación. —Y se giró para marcharse.

—Pero ¿cuándo será? ¿Y dónde? No lo conozco de nada.

¿Y quién nos decía que de verdad se llamaba profesor Cassian? Ese nombre sonaba inventado. En realidad, todo en él resultaba ficticio: la voz profunda y suave, aquella barba tan bien cuidada y el pelo ondulado repeinado hacia atrás. Aquel paraguas anticuado con empuñadura repujada parecía sacado de *Mary Poppins*. Y por cierto ¿por qué llevaba paraguas en un día tan bonito?

Se detuvo un momento y se palpó el pecho del abrigo.

—Te dejaría mi tarjeta, pero me temo que acabo de dar la última. De todos modos no te preocupes, sabemos dónde encontrarte.

Quinn murmuró entre dientes algo incomprensible.

—Si les queda algo de tiempo, pasen por la florería nueva de la esquina. —El profesor agitó alegremente el paraguas mientras se alejaba—. Saluden de mi parte y pregunten por Angélica. ¡Hasta la próxima! —Después, con cierto tono de reproche, añadió—: Clavigo, ¡esa mano, al corazón!

Enfiló a paso rápido un camino lateral y desapareció tras una hilera de tejos.

—Pero ¿qué...? ¡Qué cosa más rara! —exclamé, al mismo tiempo que Quinn preguntaba:

—¿Quién es Clavigo?

Con eso sí podía ayudarle. Le señalé la estatua de bronce con sombrero de copa y levita que se alzaba en la tumba vecina.

—Ese de ahí. Clavigo Berg, poeta popular fallecido en 1899.

Me sabía muy bien la fecha porque la losa sobre la que estaba la escultura se había beneficiado de la iniciativa «Por un cementerio más bello»: el verano anterior la había limpiado con agua y bicarbonato y la había frotado sin parar hasta que la inscripción resultó legible otra vez. Una tarea trabajosa pero muy satisfactoria.

Quinn observó atentamente la estatua. Parecía estar recitando un poema, con la cabeza ligeramente ladeada, la boca abierta, una mano en la cintura y la otra posada con gesto dramático en la solapa de la levita.

—«Esa mano, al corazón» —murmuró—. Pero juraría que antes se estaba tocando el ala del sombrero...

—No, siempre ha estado así —aseguré—. Debía de ser un engreído porque mandó grabar en la losa: «Tus

versos te hacen inolvidable». O a lo mejor fue su mamá...
En cualquier caso, en internet no he encontrado ni su
nombre ni ningún poema o cita suyos. De poeta inolvidable, nada. A lo mejor habría llegado a serlo, solo tenía
treinta y dos años cuando murió y quizá los poemas buenos los habría escrito más adelante, ¿quién sabe? Esta
estatua es monumento protegido, pero no por él sino
por el escultor que la hizo, un tal...

—Vamos a la florería —me interrumpió Quinn.

—Okey.

Di la vuelta a la silla y me reproché haber hablado
tanto, llevada por la emoción. Teníamos cosas mucho
más importantes que aclarar. Durante un rato guardé
silencio para tratar de analizar lo que acababa de suceder y pensar en una táctica. Pero enseguida me rendí y
dejé que todas las preguntas salieran en tropel:

—Ese hombre del sombrero al que te referías, ¿es
el que vimos, el del sombrero de cuadros? ¿Qué relación tiene con tu accidente? ¿Quién es la chica del
pelo azul? ¿Tu padre biológico de verdad se llama Yuri
Wankenobi? ¿Cómo es posible que ese profesor te conozca si tú no lo conoces a él? ¿Y por qué habla con las
estatuas?

—¿Y cómo sabía dónde encontrarme? —Quinn aprovechó que necesité tomar aire para relevarme—: ¿Qué
hacía aquí en el cementerio si tenía una cita importante? ¿Y qué quiso decir con que «por ahora» no debemos
temer al hombre del sombrero?

Aquello estaba muy lejos de ser una respuesta, pero
me alegré de que dijera «debemos», incluyéndome.

—A lo mejor es por una herencia —se me ocurrió con entusiasmo—, el señor Paraguas podría ser el notario encargado. Dijo: «Ninguno de nosotros sabía que había dejado un hijo». Quizá hay gente que ya aceptó la herencia y ahora no quiere soltarla.

—Hum...

—Quizá heredaste una fortuna, un castillo, una empresa, un hipódromo famoso, los diarios perdidos de Leonardo da Vinci, una caja de música mágica... —Logré refrenarme y conseguí ocultar las palabras «caja de música mágica» bajo un fingido ataque de tos. Claramente había leído demasiados libros de fantasía.

Quinn permaneció un rato en silencio. Después dijo en voz baja:

—No conozco a mi... a Yuri Watanabe porque murió en un accidente antes de que mi mamá supiera que estaba embarazada. —Se pasó la mano por la cabeza, igual que hacía cuanto tenía su fantástica melena. Noté que se sobresaltaba al encontrarse con el rapado y las cicatrices, como si los hubiera olvidado—. No me ha contado casi nada porque lo conocía muy poco. En realidad, apenas sabe nada sobre él. Y, para ser sincero, a mí nunca me ha interesado. Quizá fue un error...

Adelantamos a dos señoras mayores que paseaban agarradas del brazo.

—¿Y qué hay de tus abuelos biológicos? —pregunté mientras salíamos por la puerta del cementerio y llegábamos a la banqueta.

Lancé una mirada ansiosa a mi casa. Era muy importante pasar desapercibidos.

Él hizo un gesto negativo.

—Al parecer, antes de que yo naciera, mi mamá intentó localizarlos, por si alguna vez quería conocerlos o profundizar en mis raíces japonesas. Pero ya habían muerto y no existían otros familiares, creo… O bien… No lo sé, tendría que preguntarle. Me parece que no me enteré bien.

—A lo mejor ella conoce al profesor.

—Pues a lo mejor… Vaya, ya estás corriendo otra vez. ¿Qué pasa, anda por ahí María Acusona?

Yo no corría, tan solo avanzaba un poquito más deprisa. Cuanto más rápido pasáramos por delante de los números 16 y 14, menores eran las probabilidades de que alguien nos viera y me acosara a preguntas. Pero claro, no tuve suerte. Justo en ese momento Leopold regresaba de la clase de oboe. Al vernos, se subió con la bici a la banqueta y frenó delante de nosotros. Por un momento sentí la tentación de atropellarlo, aprovechando el impulso que llevaba. Pero la silla de Quinn no era un cuatro por cuatro, así que me detuve.

A Leopold le sobresalían los rizos por debajo del casco, rodeándole la sofocada cara de un modo muy poco favorecedor.

—Hola, Quinn —saludó con su manera de hablar, extrañamente enfática—. Me alegra que ya estés en casa. ¿Te llegó la boleta de Biología? —Como su interlocutor no contestó enseguida, repitió subiendo la voz—: ¡De Biología! Antes del accidente íbamos juntos a esa clase. La profesora, la señora Schlüter, te manda muchos saludos.

Al estar detrás de él no le veía la cara a Quinn pero, puesto que no contestaba, me imaginé que se había quedado confundido. Leopold pareció pensar lo mismo porque se esforzó en vocalizar aún más y volvió a subir la voz:

—¡La preparatoria! ¿Te acuerdas de qué es? Vamos allí para aprender. Yo —se señaló el pecho—, yo soy Leopold. Vivo en esa casa. Soy...

—... un total imbécil —lo interrumpí, imitando su entonación—. Me entrometo en todo y hablo como una marioneta borracha.

Se mostró muy ofendido.

—Solo quería ser amable y acercarme a saludar. La gente margina a las personas con discapacidad, prefieren apartarse y mirar *vergüenzosamente* hacia otro lado. Seguro que Quinn agradece que le preste atención y le hable como si fuera uno más.

—Mira, se me saltan las lágrimas de la emoción —contestó el interpelado—. Y te estaría aún más agradecido si quitaras la bici para que podamos...

—... ignorarte y marginarte —completé.

No esperé a que se quitara, sino que metí la silla por el hueco entre dos coches y bajé a la calzada para rodear el obstáculo.

—¿Adónde van? —nos gritó Leopold.

Quinn resopló con desesperación.

—Lo siento mucho —me disculpé, colorada de pena ajena—. Cuando vuelve de clase de oboe, siempre habla así de raro. A lo mejor le afecta al riego cerebral o algo... Te pido disculpas, de verdad. Ya sé que la palabra «vergüenzosamente» no existe, pero así es como me siento.

—Tú no tienes la culpa de que tu hermano sea un idiota. —Me pareció que soltaba una risita y noté cierto alivio—. Se ve que el pobre se creyó el rumor de que me extirparon el lóbulo frontal.

—¡Es mi primo! —corregí.

—Da igual. Puede decirme tonterías, no pasa nada. Una vez Lasse y yo lo atamos a una silla de la cafetería por las trabillas del cinturón. Solo se dio cuenta cuando quiso levantarse. —Soltó más risitas.

—No, no da igual —insistí—. No es hermano mío, sino de Luise. Van los dos a tu clase, son mellizos. Por cierto, también iban juntos en primaria. ¿Cómo de ciego hay que estar para no darse cuenta? Parece que no te importa a quién tiras a las ortigas.

Entre tanto habíamos llegado a la florería. Conduje la silla a través de un mar de narcisos amarillos que inundaba la banqueta. Entre ellos se paseaban unas cornejas que levantaron el vuelo al acercarnos.

—A ver, sí que sé quién es Luise —se defendió—. Es esa de los hoyuelos que siempre reúne dinero para comprarles un regalo a los profes por su cumpleaños. La que organizó una comisión para la fiesta de graduación de la preparatoria cuando todavía nos faltaban dos años para acabar. En los viajes acusaba a todos los que volvían a la habitación después de las diez. Cuando éramos pequeños se las daba de mayor y nos borraba el circuito de carreras que dibujábamos con gis en la calle. Un día Lasse y yo la metimos en un bote de basura. —Más risitas.

Se me había olvidado aquello del bote de basura, pero de pronto me vino todo a la memoria.

—¡No fue a ella! —respondí alterada—. Me metieron a mí. ¡Eso es justo lo que intento explicarte!

—¿Eras tú la que nos fastidiaba el circuito? Pues muy mal por tu parte, Hoyuel…, este…

—¡Que no, tonto! ¡La que les borraba el circuito era ella! —exclamé—. Pero al bote de basura me tiraron a mí.

Por un momento volví a tener siete años y a sentirme furiosa. Casi no pasé tiempo allí dentro, serían como máximo treinta segundos, pero olía fatal.

—Vaya, pues lo siento… —contestó, aún de muy buen humor—. ¿Por qué tienen que parecerse tanto?

Me disponía a responder algo propio de una niña de siete años injustamente tratada, patadita en el suelo incluida, cuando de pronto vi al hombre del sombrero. Se encontraba a unas casas de distancia y nos miraba sin disimulo. A toda prisa, metí la silla en la florería. Aquella pelea infantil me había hecho olvidarme de todo.

—El hombre del sombrero —susurré mientras unas campanitas resonaban alegremente—. Al lado del quiosco. ¡Creo que nos vio!

—Bien —reaccionó Quinn tras un segundo.

—¿Cómo puede parecerte bien? —siseé.

Nos envolvió un pesado aroma floral. La tienda estaba tan atestada de plantas y cubeta llenas de flores, colocadas tanto encima de unas mesas como por el suelo, que apenas cabíamos por el pasillito que llevaba a un espacio libre con un mostrador pintado de azul cielo.

Nos cruzamos con una señora que salía de allí con un enorme ramo en una mano, una gran bolsa de papel en la otra y una sonrisa de felicidad en la cara.

Miré a mi alrededor, fascinada. También del techo colgaban canastas con plantas, además de maquetas de globos aerostáticos y zepelines, brillantes estrellas y lunas, nubecitas, criaturas fabulosas de filigrana, elfos con alas de diamantina y un montón de cristales tallados que lanzaban destellos de arcoíris por toda la tienda. El techo estaba pintado de azul oscuro y adornado con estrellitas doradas. Los estantes de las paredes apenas se veían bajo la inmensa cantidad de hojas, flores y objetos decorativos.

Resultaba tan abrumador que por un momento me olvidé de todo lo demás.

—¿No es la cursilería más preciosísima que has visto en tu vida? —pregunté.

Me aparté de la silla de ruedas y recorrí maravillada los estantes. Había macetas decorativas y jarrones, pajaritos, conchas de caracol, bolas de nieve de cristal, pisapapeles, relojes de sobremesa, cajitas y cofrecitos, todo decorado con motivos florales en tonos pastel.

—¡Hola! Bienvenidos a Lirio y Nomeolvides. —Una mujer se nos acercó como danzando desde detrás del mostrador.

Su forma de caminar no se podía describir de otra manera. Todo en ella era cautivador y exuberante: la larga cabellera de rizos pelirrojos, el escote, las caderas, los relucientes bordados de su vestido de terciopelo, los coloridos tatuajes que le adornaban los brazos e incluso su voz.

—Me llamo Ada y soy la dueña de la tienda. ¿En qué puedo ayudarles?

Como Quinn se había quedado embelesado mirándole los tatuajes, me sentí obligada a contestar:

—Pues queríamos… —Escondernos del hombre del sombrero—. Solo estábamos mirando. Es todo precioso.

—Muchas gracias. Siéntanse como en casa. —Y no sonó como una simple frase de cortesía.

Agarré un unicornio decorado con flores que colgaba del techo. Estaba tallado con tanto detalle que tenía hasta pestañas. Y sonreía. Quise comprarlo al instante.

—Es lindo, ¿no? —Un musculoso joven pasó de una zancada sobre una cubeta de tulipanes rosas y se colocó de modo que el unicornio quedó colgando entre él y yo.

También tenía rizos pelirrojos, además de unos dientes que resultaban demasiado grandes y unos ojos verdes tan intensos que solo podían ser lentes de contacto de colores. Llevaba una camiseta muy ajustada en la que se leía: «Las flores se abrirán si crees en ellas». En tono confidencial, explicó:

—En realidad los unicornios risueños y floreados no existen. Los de verdad montarían en cólera si vieran esto. El artista tiene sentido del humor, si se me permite decirlo.

Ada se rio y confirmó:

—Así es.

—Por cierto, el artista soy yo. —Hizo una reverencia—. Tim Tulipán. No, espera, «tulipán» rima con «patán» y es una mierda. ¿Qué opinas de Leo? ¿O mejor, Ben?

111

—Eeeh… —Intenté ganar tiempo y busqué con la mirada a Quinn, que seguía quieto en la silla sin decir nada.

Su expresión no delataba qué pensaba pero sus ojos se movían sin parar. Era como si no supieran dónde fijarse, sobrepasados por aquellas personas tan extrañas y aquel exceso de objetos.

—Pero, hijo, ¿para qué vas a cambiarte el nombre otra vez? —La mujer se alisó el vestido y se balanceó alegremente en el mostrador. Era difícil calcular su edad, en realidad podía ser hermana del joven artista—. Jacinto es un nombre precioso y te sienta muy bien.

—Claro que no. Está pasadísimo de moda, no era moderno ni hace doscientos años. Y no es para nada mi estilo, ¿verdad? —nos preguntó.

—Bueno, a mí me parece muy… poético —contesté azorada—. Y poco convencional.

Quinn seguía sin decir nada.

—Poético y poco convencional… Eres muy amable. —Me dedicó una sonrisa—. ¿Y tú cómo te llamas?

—Matilda. —Miré a mi acompañante—. Y él es Quinn. Vivimos aquí al lado, en la calle del Cementerio Viejo.

—Ah, ¿son amigos? —preguntó Ada curiosa, mirándonos alternativamente.

—Eeeh… —Sentí que me ponía colorada. Miré otra vez a Quinn, pero guardó silencio con obstinación. Al menos aquel extraño movimiento de los ojos había cesado—. Somos… vecinos. —Él enarcó ligeramente una ceja, por lo demás se mantuvo impasible—. Y vamos a la misma preparatoria, aunque yo soy de un semestre menos.

—Ajá —comentó la mujer, como si hubiera dicho algo especialmente interesante.

Jacinto seguía sonriéndome. No pude evitar devolverle la sonrisa. Eran las personas más amables que había conocido nunca.

—El profesor Cassian les manda saludos. —Quinn rompió de pronto su silencio—. Nos dijo que preguntáramos por Angélica, ¿trabaja aquí?

—¡Oh! —Ambos intercambiaron una mirada—. ¿Ya hablaste con el profesor Cassian? ¿Te ha...? ¿Qué más te dijo?

Quinn hizo un gesto negativo con la cabeza.

—Tan solo que conoció a mi papá, Yuri Watanabe.

—¿De verdad? —De nuevo intercambiaron miradas y Jacinto murmuró algo en una lengua extranjera.

—No lo creo —le contestó Ada.

El joven se encogió de hombros.

—¿También ustedes conocieron a su papá? —pregunté, dado que Quinn había caído de nuevo en el mutismo.

—No —repuso la mujer con firmeza—. No lo conocimos.

—¿Y dónde vieron al prof...? —comenzó Jacinto.

Pero en ese momento sonó la campanilla y otro cliente entró en la tienda.

—¿Qué está pasando aquí? —preguntó con voz nasal y metálica. Era el hombre del sombrero.

Quinn

¡El hombre del sombrero! Aunque ya imaginaba que acabaría encontrándonos, aquella voz que conocía tan bien me produjo escalofríos. Pero lo peor fue que, ante mis ojos, el caballito de mar que Ada llevaba tatuado en la muñeca también se sobresaltó y se echó a temblar.

Sin embargo, ella permaneció tranquila.

—Eso mismo me pregunto yo, Héctor —contestó con serenidad tras soltar un suspiro de impaciencia.

De golpe desaparecieron de las plantas todas las caritas que había intentado ignorar desde que entramos en la tienda. Solo aquí y allá veía asomar unos ojitos entre las flores y las hojas.

—No creas que no nos hemos dado cuenta de que llevas todo el día rondando por aquí.

—La verdad, uno pensaría que tienes cosas más importantes que hacer —completó Jacinto, apoyándose en el mostrador.

—Prefiero asegurarme en persona de que todo transcurre según lo pactado —contestó el hombre, mirándome fijamente. O, más bien, taladrándome con la mirada—. Pero ¿no decían que estaba impedido? ¡Yo a este chico lo veo de lo más independiente!

—¿«Independiente»? —repitió Ada con indignación—. ¡Pero si está en silla de ruedas! De verdad, debería darte vergüenza.

Sí, señor, mucha vergüenza.

Pero claro, nada más lejos de su intención.

—Ah, ¿sí? —replicó burlonamente, sin apartar de mí aquella mirada penetrante.

Seguía teniendo los ojos amarillos, aunque no brillaban de modo tan extraño como aquella noche. Con algo de buena voluntad podían parecer normales. En realidad me sentía tan amedrentado como las caritas escondidas entre las plantas, pero no quería darle la satisfacción de saberlo. De modo que me concentré en sostener su mirada de lobo y en respirar pausadamente.

—¿Por qué me habré acordado de pronto de Ivar Vidfamne? —soltó entonces inesperadamente.

—¿Quién es Ivar Vidfamne? —inquirió Jacinto.

Buena pregunta.

—Pues un pobrecillo del que también se apiadó tu mamá, hace muchísimos años —explicó de buena gana—. Aquel simpático muchacho acabó convertido en un asesino sanguinario. Creo que mucha gente se habría alegrado si en aquel entonces yo hubiera impedido el primer conciliábulo. Que es justo lo que estoy haciendo ahora.

Ada puso los ojos en blanco.

—Pero ¿qué «conciliábulo»? ¡Vamos, Héctor! Esto es una florería. Si no vas a comprar nada, más vale que te vayas. Me espantas a la clientela con tantas tonterías.

—Ya me voy —cedió, pero con un aire de superioridad muy desagradable. Abrió la puerta y las campanillas volvieron a sonar—. Solo estaba cumpliendo con mi deber. Visto desde fuera, esto parecía una clara infracción de la directiva segunda.

—Hablar de la directiva segunda delante de..., eeehmmm..., sí que es una infracción de la directiva —replicó Ada, lanzándome una mirada rápida.

—Y ese sombrero espantoso infringe la directiva veintitrés —agregó Jacinto.

—No existe la directiva veintitrés —corrigió Héctor.

—Pues debería. —El joven arrugó la nariz—. Para proteger a la Humanidad de esas pintas que llevas. ¿De dónde sacaste esa gabardina noventera de exhibicionista?

—Ándate con cuidado, floristillo. No olvides con quién estás hablando —amenazó el hombre—. Soy Héctor, el más alto ge...

—¡Basta de tonterías! —lo interrumpió Ada subiendo mucho la voz—. Lárgate ahora mismo. Voy a dar parte de todo esto y a encargarme de que no vuelvas a poner un pie en esta zona.

—¡Bah! ¡Como si eso pudieras decidirlo tú! —Soltó un resoplido de desprecio y añadió, lanzándome una mirada de odio—: Yo también pienso dar parte.

Después nos dio la espalda, se levantó el cuello de la gabardina y salió de la tienda.

—Hay que colgar ahora mismo un cartel de «no se admiten perros» —dijo Jacinto.

Respiré aliviado cuando la puerta se cerró tras Héctor. Aunque quería preguntarle mil cosas, había necesitado todas mis fuerzas para sostenerle la mirada sin que me castañetearan los dientes de miedo. De hecho, me había mordido el labio con tanta fuerza que sentía el sabor de la sangre.

—¿Qué es lo que dice esa directiva segunda? —inquirió Matilda, y todos volteamos a verla.

Aunque la visita del hombre del sombrero no había durado ni tres minutos, había olvidado totalmente su presencia. Pero allí estaba, cruzada de brazos bajo una luna muy cursi. Tenía las mejillas coloradas y parecía que le faltaba el aliento como si, debido a la emoción, hubiera estado conteniendo la respiración.

—¿Es que forman parte de una organización secreta o algo así? ¿Por qué el tal Héctor es tan hostil con Quinn? ¿Quién era el asesino sanguinario del que hablaba?

Quizá no eran las preguntas por las que yo habría empezado, pero no estaban nada mal. Puesto que pasados dos segundos nadie había contestado, añadió con menos energía:

—¿Cuánto cuesta el unicornio?

Ada respondió con una sonrisa:

—Querida, precisamente para eso existe la directiva segunda. Para que los seres inocentes como tú no tengan que plantearse preguntas así. ¿Te ayudaría si te dijera que no se puede tomar en serio a Héctor? Es claramente... retrasado.

118

—¿Quiere decir que es deficiente mental…? Digo…, ¿una persona con trastornos del desarrollo? —preguntó con incredulidad, relajando la postura defensiva.

—Exacto, no tiene el más mínimo desarrollo. Pero se debe a que es un retrógrado de primera… —explicó la mujer—. Así que no hay razón para tenerle lástima. Es el campeón de odiar a la Humanidad.

—Y por eso la castiga con ese sombrero. —Jacinto se rio y los hoyuelos se marcaron en el rostro de la chica—. Creo que ni se fijó en ti, joven Matilda. Si fueras una flor, serías sin duda un nomeolvides. Son flores que también suelen pasar inadvertidas.

A ella se le iluminó la cara. Aquel joven sabía cómo engatusarla para que dejara de hacer preguntas sobre directivas segundas y asesinos sanguinarios. Y funcionaba. Continuó con sus halagos:

—Son súper lindas, con los pies en la tierra, siempre en un discreto segundo plano, leales, fáciles de cuidar, econ…

—… constantemente infravaloradas —se apresuró a completar Ada—. Y, mira nada más, están entre mis flores preferidas. Por eso pinté la tienda de este azul nomeolvides. —Acarició el mostrador.

Jacinto le puso a Matilda una mano en el brazo.

—Voy a regalarte una o dos macetitas de nomeolvides. Y en cuanto al unicornio… Te lo dejo en diez euros, por ser tú.

Ahora sí que se la había ganado. Ella se mostró entusiasmada.

—¿De verdad? Pues me llevo dos.

—Ven, te voy a enseñar más creaciones mías. A lo mejor te gustan mis dragones de la suerte vietnamitas, son mucho más bonitos que esos jamelgos con un cuerno. —La guio hacia el interior de la tienda.

—¿Y cuánto cuestan estos zepelines tan lindos? —La oí que preguntaba.

—Te ves agotado. —Ada se giró hacia mí.

Lo estaba. Exhausto y confundido, hecho polvo y perfectamente lúcido, todo al mismo tiempo. Al marcharse Héctor, las caritas habían resurgido de entre las hojas. Parecían muy nerviosas y cuchicheaban entre sí. No logré ignorarlas del todo y lo notaron, porque empezaron a lanzarme sonrisas y a hacerme muecas.

Ada levantó una mano como para acariciarme, pero enseguida la volvió a bajar.

—Querría hablar con Angélica —pedí, y solo al oír mi voz de nuevo caí en la cuenta del largo tiempo que llevaba callado.

—No es posible —contestó con un suspiro.

—¿Y dónde puedo encontrarla?

—Pues es que Angélica no es una persona. Es... —Suspiró otra vez, rodeó el mostrador y agarró un objeto de un estante—. Es algo que te ayudará a dar respuesta a tus preguntas. —Y me entregó un frasquito, no más grande que mi dedo meñique—. Yo habría preferido esperar a que estuvieras más recuperado del accidente pero se ve que Cassian pensó... Y Héctor también parece... En fin, es evidente que todo el mundo tiene prisa por aclarar las cosas, tú más que nadie.

—Pues sí. Porque si no, creo que me voy a volver loco. —Examiné la botellita. Se cerraba mediante un minúsculo tapón de rosca y contenía un líquido transparente—. Por favor, no me diga que Angélica es el genio de la botella.

Ada soltó una risita.

—Nada de eso, descuida. La angélica es el ingrediente principal de esa…, eeeh…, pócima.

—¿Es una pócima mágica?

—Podría decirse así. —Y se encogió de hombros.

—No creo…

«No creo en cosas así», estuve a punto de decir. Pero antes de terminar la frase me di cuenta de que era una estupidez. Tampoco creía que las plantas tuvieran caritas y ahí estaban, había por lo menos diez o doce lanzándome sonrisas.

—Desde el accidente veo cosas imposibles. Y no puedo contárselas a nadie sin que me tomen por loco. —No sabía por qué le confiaba aquello a una completa desconocida. Pero seguramente era mejor que callármelo y darle vueltas a la cabeza sin parar. Además, de verdad sentía la necesidad de expresarlo—. Un lobo de ojos amarillos y otro bicho enorme con alas me persiguieron por los jardines del barrio. Y todo por intentar ayudar a una chica de pelo azul que tenía problemas con el hombre del…, con Héctor. Desde entonces, los árboles y las plantas tienen caras, los tatuajes se mueven, Héctor vigila mi casa día y noche y me amenaza, un profesor muy raro insiste en que nos conoce a mi padre biológico y a mí… Y bueno, esta florería tampoco es que me parezca muy normal.

Necesité carraspear un poco. Bajo la mirada comprensiva y cálida de Ada se me había formado un nudo en la garganta que me obligó a callarme. Solo me faltaba echarme a llorar allí mismo.

—Te faltó mencionar que saliste gravemente herido y por poco te mueres. Eres muy valiente. —De nuevo tuve la impresión de que iba a acariciarme, pero se cruzó de brazos, como para reprimir el impulso—. Créeme, hay mucha gente muy furiosa con Héctor. Aunque debo reconocer que aquella noche solo estaba cumpliendo con su trabajo. No tenía ni idea de quién eres.

—¿Y quién soy? —Maldita sea, me salió un tono muy desesperado.

—No te preocupes, sigues siendo el de siempre —contestó con delicadeza—. Ahora vete a casa y descansa un poco. A veces las cosas se arreglan por sí solas.

Sí, eso estaría muy bien.

—¿Y qué hago con esta pócima?

Suspiró.

—No hay prisa. Cuando te sientas preparado, y solo entonces, te la tomas antes de acostarte. Todo, hasta la última gota. Pero debes mandarnos una señal para que… lo sepamos. ¡Un momento! —Miró a su alrededor y agarró una maceta con un arbolito en el que, por una vez, no había ninguna cara—. Ten este olivo. La noche que te tomes la pócima, déjalo en la ventana de modo que sea visible desde fuera. Será la señal de que todo se pone en marcha. Es muy importante, no lo olvides bajo ningún concepto.

Sacudí el frasquito con escepticismo.

—No serán drogas alucinógenas ni nada de eso, ¿verdad?

Aquella frase parecía de mi padre, pero lo último que necesitaba eran más alucinaciones. Y tampoco me parecía muy recomendable beberme así sin más un líquido sacado alegremente de detrás del mostrador de una florería.

—¿Qué pasará cuando me lo tome? —insistí.

—Pues que después sabrás muchas más cosas, por decirlo así.

Ada había envuelto el arbolito en papel café y me lo colocó en el regazo.

—Pero ¿por qué es todo tan complicado? ¿No puede simplemente decirme qué cosas sabré?

—No. —Me miró con severidad—. Pero te lo repito, Quinn: no hay razón para precipitarse. Nadie te mete prisa, ¿lo entiendes? Y tampoco tienes que tomártelo si no quieres.

¿Y seguir acumulando preguntas?

Ni hablar.

—Entendido. Pero solo por si acaso: ¿sabe muy mal?

Suspiró de nuevo, esta vez con resignación.

—No. Sabe básicamente a ginebra. De hecho, las tres cuartas partes son ginebra.

Matilda regresó de las profundidades de la tienda seguida de Jacinto. Se había decidido por un dragón de la suerte de escamas rojas, que el joven metió en una bolsa de papel junto con varias macetitas de nomeolvides.

—¡La próxima vez me llevo el unicornio! —aseguró ella mientras sacaba el dinero de un monedero feísimo.

—Me alegrará mucho —respondió Jacinto.

Aunque no veía a Matilda porque estaba detrás de mí, casi pude sentir su sonrisa de felicidad.

Ada nos sujetó la puerta.

—Hasta pronto.

—Adiós —me despedí mientras Matilda empujaba la silla bajo las tintineantes campanillas.

Una pareja mayor entró en la tienda al irnos nosotros. Oímos a la mujer lanzar grititos de entusiasmo.

—Qué bien la entiendo —dijo Matilda—. Yo me habría quedado a vivir ahí dentro. ¡Oh! Compraste una planta. —Señaló el olivo—. ¿Te sirvió de algo hablar con Ada? Tuvieron un buen rato para charlar.

—Pues la verdad es que no —contesté mientras examinaba la plaza de Santa Inés en busca de algún sombrero a cuadros. Pero no había ni rastro de Héctor.

—¿Y qué pasa con la tal Angélica?

Dudé un momento. Después cerré el puño con fuerza alrededor del frasquito y repuse:

—Ada no conoce a nadie que se llame así.

—Qué pena. Esperaba que pudiera ayudarnos. Quiero decir ayudarte a ti, claro. —Giró hacia la calle del Cementerio Viejo—. ¿No tienes la sensación de estar en una película increíble? ¿O en un sueño súper raro? Primero un profesor de pelo blanco y con paraguas de Mary Poppins nos dice en el cementerio que conocía a tu papá, pero todo son enigmas. Luego esa florería llena de cosas maravillosas y con unos dueños de lo más peculiar. Y, para acabar, un tipo terrorífico con sombrero a cuadros y los ojos amarillos que va diciendo cosas loquísimas. ¿Te diste cuenta de lo que dijo antes de que Ada lo interrumpiera? «Soy Héctor, el más alto ge…». ¿Geranio? ¿Genio? ¿Generador? ¿Genovés? Me temo que mi teoría de la herencia no encaja nada bien con todo esto.

—A lo mejor sí que se trata de una organización secreta. Y Héctor es el más alto gestor, o el gerente.

Mientras cruzábamos la calle temía verlo aparecer en cualquier momento detrás de un coche. Pero no sucedió. A lo mejor Ada lo había espantado para siempre.

—Profesor Cassian, Jacinto, Ada, Héctor… Nadie se llama así de verdad —opinó Matilda—. Parecen nombres sacados de un juego de fantasía. O de una organización secreta en la que eliges un alias que te suena bien. ¿No te da un poco de miedo que todos parezcan conocerte? Y todos quieren dar parte de todos…, pero ¿a quién? El tal Héctor estuvo muy agresivo, ¿no crees? ¿A qué venía eso del asesino sanguinario? Ivar no-séqué.

—Ivar Vidfamne. —Pensaba buscarlo en internet en cuanto llegara a casa.

—¿No te dio la impresión de que Héctor te consideraba peligroso a ti?

Inclinó un poco la silla hacia atrás para poder subir a la banqueta.

—Pues no sé. Pero ver que no estoy impedido parecía enfurecerlo mucho.

«Tienes los días contados, muchacho». Desde luego el tal Héctor preferiría verme muerto, eso estaba claro. Ada y Jacinto, por su parte, parecían estar de mi lado, aunque no tenía ni idea de qué lado era ese. Y en cuanto al profesor Cassian...

—¿Qué habrá detrás de todo esto? —se preguntó ella.

—Ni idea. —Era la pura verdad.

Aunque, a pesar de todo, tenía la sensación de saber más cosas que aquella mañana. La pequeña excursión había dado sus frutos.

Y Hoyuelos había resultado sorprendentemente útil. Quién lo iba a decir...

—Me parece todo tan increíble —susurró—. Debería pellizcarme para comprobar si todo esto es un sueño.

Bienvenida al club. Así llevaba yo bastante tiempo. Pero me alegraba de que hubiera presenciado lo sucedido, me sentí menos solo. Y menos loco y menos raro. Bueno, me sentí así hasta que por el rabillo del ojo percibí una cara en el seto, y después otra. Ni siquiera hice el esfuerzo de girar la cabeza. La mayor parte de las veces las veía mejor así que de frente. Era como si les resultara incómodo que las mirara directamente, si lo hacía palidecían y se emborronaban.

—¿Tú también ves a veces cosas que no existen? —pregunté sin pensar.

Me daba igual si a Matilda le parecía raro, para eso era Hoyuelos-la-de-enfrente, ella era rarita por naturaleza.

—¿Qué tipo de cosas? —Había cierta suspicacia en su voz—. Solo porque yo...

—Caras, por ejemplo —la interrumpí.

—¡Ah, bueno! Claro que sí. —Soltó una carcajada de alivio—. Si prestas atención, acabas viendo caras por todas partes. En el estampado de las alfombras, en las vetas de la madera, en los muros, en los arbustos, en el pan tostado… Y sobre todo en las baldosas súper raras que tenemos en el baño, te miran todo el rato mientras te bañas. Una vez leí por qué sucede, al parecer cuando el cerebro detecta dos puntos o dos marcas que destacan, los interpreta automáticamente como un par de ojos y luego completa el resto hasta formar una cara. Parece que es una cosa instintiva.

—Mira, ¡ahí hay una! —exclamé, señalando el seto de laurel de la casa número 15, ante la que estábamos pasando. Vi con satisfacción que se escondía rápidamente entre las hojas, como si la hubiera asustado. Me puse de mejor humor.

Cuando llegamos a la puerta de mi casa, Matilda sacó el celular.

—No lo creerás, pero solo estuvimos fuera una hora. Es una maravilla todo lo que puede suceder en sesenta minutos, ¿no? Pero bueno, así tu mamá no tuvo mucho tiempo para preocuparse. —Echó los frenos, me quitó el olivo del regazo y se agachó para levantar los reposapiés.

—Puedo solo —me apresuré a decir.

—Claro, perdona. —Carraspeó—. Jacinto me dio un montón de macetitas de nomeolvides, quédate dos para tu mamá. Quizá le gusten.

—Seguro que sí, muchas gracias.

Metí disimuladamente el frasquito en un bolsillo del pantalón y me levanté. Por supuesto, todo me dio vueltas y tuve que apoyarme en los brazos de la silla para no caerme. Además, apenas sentía el pie izquierdo. Pero aquello no iba a estropearme el buen humor. Aunque las conversaciones de la última hora habían abierto más interrogantes que proporcionado respuestas, al menos aquella botellita misteriosa era una especie de plan que me guardaba bajo la manga.

Matilda me entregó las muletas y me sonrió un poco azorada. De un soplido, se apartó de la cara un rizo que se le había escapado de la coleta. En ese momento comprendí que, en aquella hora, Hoyuelos se había convertido en mi aliada. Era la única persona que sabía que en mi vida pasaban cosas muy extrañas.

—Gracias por acompañarme —le dije, y sonó mucho más sincero de lo que yo mismo esperaba.

—No hay de qué. Fue aburridísimo pero, bueno, lo volvería a hacer. Aunque solo si es estrictamente necesario.

—Claro, y por puro amor al prójimo —contesté con una sonrisita. Si quería seguirle la pista a aquel misterio iba a necesitar más ayuda: alguien tenía que empujar la maldita silla de ruedas—. ¿Me das tu número? Así podría llamarte si te necesito.

Se quedó boquiabierta.

—Okey... —contestó.

Matilda

La señora Von Arensburg abrió la puerta antes de que a Quinn le diera tiempo siquiera de darme las llaves.

—¡Por fin regresan! —exclamó como si, tras medio año de expedición, acabáramos de regresar de la selva y no de la plaza de Santa Inés.

Aunque bueno, en cierto modo sí volvíamos de una aventura.

—Esto es para ti. —Con brusquedad, Quinn le entregó las macetitas de nomeolvides y se dirigió cojeando a la escalera. Yo guardé los reposapiés en el armario.

La mujer se puso muy contenta.

—¡Qué bonitas, gracias! ¿Son de la florería nueva? Un día tengo que pasar por allí.

—Te vas a sentir como en casa: hay aún más colores que aquí, que ya es decir —contestó su hijo con ironía mientras se apresuraba a subir trabajosamente los escalones.

A lo mejor tenía que ir al baño, o a lo mejor quería buscar enseguida en Google al asesino sanguinario ese, antes de que, como a mí, se le olvidara el nombre. Yo ya solo recordaba que parecía el de una estantería de Ikea. Y no era Billy.

—Mamá, ¡ni se te ocurra invitar a cenar a Hoyuel..., digo, a Matilda! —gritó en tono jocoso por encima del hombro—. Tiene que volver a su casa con las otras plagas bíblicas.

Quizá temía que me lanzara a hablar de los extraños encuentros que habíamos tenido si me quedaba un solo minuto más.

—¡Pero, hijo! —exclamó su madre, con reproche.

—¿Qué pasa? —resonó alegremente desde la escalera—. Creía que no soportábamos a la familia Martin. Su papá se dedicó a reunir firmas contra la pareja gay de la casa azul, ¿es que ya se te olvidó?

—Ese fue mi tío Thomas —corregí—. Y no porque fueran gays, sino por el color de la fachada. Pero bueno, de todas formas no me puedo quedar. Aunque huele genial...

Y me habría encantado presenciar el momento en que Quinn le preguntara a su madre por el profesor Cassian y por sus abuelos biológicos. Abrigué la esperanza de que me lo contara todo la próxima vez que nos viéramos. Al fin y al cabo, ¡me había pedido mi número!

¡Qué fuerte! Me moría por contárselo a Julie. ¡Quinn von Arensburg tenía mi número! Para que luego digan que los enamoramientos enfermizos no sirven para nada.

—Bueno, pues adiós —me despedí. Y estaba a punto de cerrar la puerta cuando su madre se coló por el hueco y salió conmigo.

—Matilda, espera —me retuvo en voz baja—. No dejes que te espante. Trata a todo el mundo con aspereza, pero lo hace para protegerse.

—Eeeh…, no se preocupe —contesté, algo incómoda. ¡Ella no podía ni imaginarlo! Quinn jamás me había tratado tan bien como aquel día.

—Tu compañía le sienta bien, ¿sabes? —Entornó la puerta para impedir que su hijo nos oyera—. Hacía mucho tiempo que no lo veía tan contento, hasta le brillaban los ojos. —Se inclinó hacia mí y bajó la voz—: ¿A lo mejor podrías venir de vez en cuando? Se niega a que sus amigos lo visiten, pero necesita estar con gente de su edad. Y tú eres la primera con la que no parece incómodo por… En fin, él tiene una agenda médica muy apretada y tú tienes escuela, pero no sé, quizá podrías venir una o dos tardes a la semana y pasar algo de tiempo con él.

Me quedé algo perpleja.

—Pues… Sí, sí podría. —Y acudiría con mucho gusto en cuanto me llamara—. Si él quiere, claro.

Ella negó enérgicamente con la cabeza.

—Ni hablar, nunca va a querer. Hay que imponérselo. Ahora mismo no sabe lo que le conviene.

Estuve a punto de soltarle: «¡Pero si me acaba de pedir mi número! Claro que me llamará». Aunque entonces se me ocurrió que seguramente su madre lo conocía bastante mejor que yo.

—Hay que agarrarlo por sorpresa —insistió—. Tienes que presentarte sin avisar, como hoy.

La miré atónita. Tan enfermizo no era mi enamoramiento.

—No puedo hacer eso. Quedaría como una rarita...
entrometida. Yo preferiría...

—Como es lógico, te pagaría —me interrumpió.

¿Perdón?

—Sería un trabajo —continuó—. Un trabajo en el
que precisamente se espera de ti que seas rarita y entrometida. Te pagaría dieciséis euros la hora.

Aquel día se ponía cada vez más interesante.

—¿Me está diciendo que cobraría por pasar tiempo
con Quinn? —Estuve a punto de soltar una carcajada.
Pero ella me lo proponía totalmente en serio, lo noté por
su expresión decidida.

¡Dieciséis euros la hora! Casi me mareé al hacer
cálculos. Cuatro horas a la semana supondrían más de
doscientos cincuenta euros al mes. Podría guardar ese dinero para un año en el extranjero o para la licencia de
conducir, que mis padres no querían costear. Aunque
me daban una paga, era insuficiente para ahorrar.

Las constantes labores de voluntariado me impedían buscar trabajos de verdad. Durante un tiempo la
tía Berenike nos pagaba a Julie y a mí por vigilar a los
niños, pero cuando mi madre lo descubrió le armó una
bronca monumental. Según proclamó, mi tía trataba de
minar su moral educativa y pretendía llevarme por el
mal camino del consumismo. «En una familia la ayuda
no se paga», añadió, a lo que la tía Berenike respondió
llamándola tacaña amargada. Esto hizo enojar tanto a mi
madre que me prohibió visitar a Julie durante dos semanas. Solo levantó la prohibición cuando mi tía se disculpó
y prometió no darme dinero ni llevarme por ningún mal

camino nunca más. Seguramente la ayuda entre vecinos tampoco debía cobrarse pero, si no le contaba a nadie lo del dinero, la tacaña amargada no tenía por qué enterarse.

—Pasaba las tardes de lunes y viernes con la señora Jakob —pensé en voz alta—. Ahora que falleció, podría venir esos días. —De lo contrario, mi familia no tardaría nada en imponerme otro voluntariado. De hecho, me lo esperaba en cualquier momento.

—Ah, por eso manejas tan bien la silla de ruedas. —Me lanzó otra gran sonrisa—. Pues eso encajaría de maravilla, algunas citas de Quinn son por la tarde. Podrías acompañarlo a fisioterapia los lunes, por ejemplo. Seguro que tú sabes cómo subir al tranvía con ese cacharro y, sobre todo, cómo bajar. Esta mañana tuve algunos problemitas con eso. —Tomó aire profundamente—. Creo que es un plan estupendo. Así él no sentirá que lo agobio y yo me quedaré más tranquila sabiendo que no anda por ahí solo. ¿Cerramos el trato? —Me tendió la mano—. Pero él no puede saber lo del dinero, debe pensar que lo haces porque quieres. Yo no se lo contaré a mi marido, es el rey de hablar de más.

Asentí lentamente. Era demasiado tentador. Quizá Quinn me llamara si necesitaba ayuda, pero quizá no. Y en ese caso era genial poder plantarme en su casa. Para ayudar a su madre y para ganar dinero. Me daba igual lo que él pensara. Porque, y esto tenía que reconocerlo, rarita y entrometida ya le parecía de antes.

Le estreché ceremoniosamente la mano.

—De acuerdo. Pero en mi familia tampoco puede enterarse nadie.

Sonrió con complicidad.

—¡No te preocupes! Tu mamá no me habla desde hace años, cuando me oyó decirle a otra mamá en una fiesta de la escuela que su pastel sabía a hostia consagrada. De verdad que lo siento…

Sin duda era cierto cien por ciento. Muy a menudo los pasteles de mi madre no sabían a nada, y en esas ocasiones podías considerarte afortunada.

—De acuerdo. Pues entonces nos vemos el lunes a las tres —me despedí.

Me moría por saltarme la cena para contarle a Julie cada detalle de las cosas increíbles que me acababan de pasar, pero la cena era sagrada para mis padres. No la comida en sí misma, sino el tiempo que pasábamos juntos en familia (incluido Matías, nuestro estudiante de intercambio uruguayo) charlando en la mesa.

A lo largo de los años la relación con mi familia había pasado por distintas fases. Mi «lado rebelde», como mis padres lo llamaban, había asomado ya en la guardería, cuando por ejemplo me negaba a llevar leotardos o a jugar con Luise. Con ocho años me convertí en el centro de las habladurías de la parroquia por ser la primera Martin de todos los tiempos que no quiso ejercer de monaguillo. El único que se mostró comprensivo conmigo fue nuestro viejo párroco Peters, que también logró calmar las aguas. A los doce años me embarqué en una enconada revolución diaria porque a ojos de mis padres, y especialmente a los de mi madre, todo lo que sentía, creía, pensaba o hacía estaba mal, o no era lo bastante bueno. Escribí larguísimas cartas quejándome y me enzarcé en llorosas discusiones con ella. Por suerte, desde entonces me había hecho mayor y más sabia, y podía decir con orgullo que poco a poco iba aprendiendo a manejar la situación.

No es que no quisiera a mis padres, por raro que parezca sí que los quería. Si lo agarrabas solo, mi padre era un hombre súper listo y sensible; y mi madre también tenía sus buenos momentos. El problema era que no compartíamos en absoluto la visión de la vida, y eso no podían aceptarlo. En lugar de alegrarse por tener una hija perfecta (Teresa), seguían intentando que yo cambiara y me amoldara. Creo que pensaban que, si persistían, en algún momento acabaría por entender que tenían razón en todo. Y a mí me pasaba lo mismo: deseaba que me quisieran tal como era, sin necesidad de fingir o disimular.

En los dos últimos años había comprendido que la resistencia frontal solo empeoraba las cosas. Las protestas enardecían aún más los esfuerzos de mi familia. De modo que aprendí, con el apoyo de Julie y de la tía Berenike, a mantenerme por debajo del radar y a aprovecharme de determinadas situaciones para lograr mis objetivos. Era consciente de que para conseguir colarles a mis padres que iba a trabajar para sus archienemigos, aquellos vecinos descreídos y sin bautizar, sería necesario dar un verdadero golpe maestro.

Y debía darlo allí mismo, en plena cena. Cuantos más testigos hubiera, mejor.

En mi casa solo te librabas de aquel momento obligatorio si, por ejemplo, te habías ido de viaje con la escuela o estabas en el hospital con apendicitis. Mis padres lo describían como «un rato de agradable compañía y buena conversación». Yo prefería llamarlo «interrogatorio diario con mala comida». (De hecho, cuando tuve apendicitis disfruté mucho del menú del hospital, aunque todo el mundo se quejara en las reseñas de internet. Saltaba a la vista que no habían comido nunca en mi casa). A mis padres no les gustaba cocinar y sospechaba que tampoco les gustaba comer. Además, habían desarrollado una tacañería asombrosa en lo relativo a las sobras. Aquella noche, por ejemplo, nos esperaba una sopa de carne descongelada que había quedado de la penúltima fiesta parroquial, acompañada de rodajas de pepino y de pan negro con un queso a las finas hierbas que ya había caducado. Para el postre, mi madre se había llevado unos dulces de la reunión de esa tarde. Uno estaba descaradamente mordido, por mucho que ella insistiera en que solo se había roto.

Matías bendijo la mesa en su lengua. Siempre sonaba sincero y sentido, no era una farsa como la que hacía el resto de la familia. También aquel día me pareció muy piadoso, aunque yo no entendía una palabra y, casi con total seguridad, él estaba pidiéndole a Dios que aniquilara la salmonela de aquella sopa.

Cuando terminó, todos dijimos «amén». Por desgracia, las aventuras de la tarde me habían dado mucha hambre, de modo que, en plan suicida, me serví un plato de sopa. También comí pepino y pan, pero sin queso.

En cuanto a los dulces, no pensaba ni tocarlos. Me imaginaba perfectamente que llevaban toda la tarde en el centro de la mesa y cada persona que tomaba la palabra los salpicaba de saliva (y en esas reuniones todo el mundo hablaba sin parar).

Teresa estaba muy entusiasmada con su día en la universidad y monopolizaba la conversación; por una vez se lo agradecí porque, así, al menos podía intentar enviarle un mensaje a Julie. Por debajo de la mesa, saqué el celular del bolsillo y me lo apoyé en la pierna, sujetándolo con la mano izquierda. Con el índice abrí el chat mientras, de cintura para arriba, vaciaba el plato como una niña buena y fingía interés en la conferencia sobre el desarrollo infantil en el mundo digital que nos estaba soltando mi hermana.

Observarla era como mirarme al espejo, aunque había algunas diferencias. Por ejemplo, a ella nunca se le corría el rímel, por la simple razón de que no usaba. Era la persona menos presumida que conocía. Hacía poco que había optado por el pelo corto, decisión poco recomendable con nuestros rizos porque se le amontonaban en la coronilla de una forma muy fea. Parecía que llevaba una coliflor en la cabeza. Ni se me ocurriría imitarla. La verdad, nunca la tomé como ejemplo: le había agarrado el gusto al papel de «hija problemática» (palabras textuales de mi madre) o de «ovejita negra», como solían llamarme el tío Thomas y la tía Bernadette. Por supuesto, aquello era una exageración total. Ni me drogaba ni me juntaba con mala gente ni hacía nada de lo que según ellos caracterizaba a los hijos problemáticos como, yo qué sé, autolesionarse, ponerse piercings, emborracharse, robar, armar alboroto, pegarle a la gente, saltarse las clases, teñirse el pelo de rosa o celebrar misas negras... Jamás había hecho nada de eso, ¡si ni siquiera me mordía las uñas!

En cuanto a lo de «oveja negra», en realidad yo no era la única díscola. Pero como Julie provenía de raíces africanas y tenía la piel oscura, nadie en la familia se atrevía a llamarla así. Temían parecer tan incorrectos como el tío abuelo Max, al que le dio por canturrear *Ébano y marfil* cuando nos veía juntas. Nunca más volvieron a invitarlo a las celebraciones familiares.

«No vas a creer lo que pasó, te llamo cuando termine la cena», tecleé a ciegas y pulsé «enviar». Lo que Julie recibió fue esto: «No vas a crecer lo que casó, te llave cuanto termino la pena». Aun así, contestó enseguida. Al sentir la vibración me arriesgué a lanzar una ojeada y leí: «Me parece muy bien terminar con la pena, ¿te llamo?».

«Ni se te ocurra», escribí a toda prisa. A saber por qué, el autocorrector lo convirtió en «No te escurras».

—Solo si los niños adquieren las competencias digitales básicas a edades tempranas sabrán utilizar los nuevos medios de manera activa y creativa —exponía Teresa en aquel momento, de modo muy oportuno. ¡Exacto! No era de extrañar que yo fuera tan torpe enviando mensajitos por debajo de la mesa: no tuve celular hasta los catorce años, cuando heredé el de mi padre después de muchas súplicas. Y por eso seguía sin saber desactivar el maldito autocorrector.

Me acabé la sopa a toda prisa y lo intenté de nuevo, esa vez con las dos manos.

«Puedo llamarte vienés de la escena», envié.

«Por supuesto», contestó Julie. «Me encanta que me llames así».

«DESPUÉS DE LA CENA», logré aclarar. «FRUTO AUTOCORRECTOR!!».

«No escribas con la boca llena», me respondió.

Se me escapó una risita. Fue un grave error porque Teresa dejó de hablar y todos me miraron. En ese preciso momento se me cayó el celular de la pierna y aterrizó en el suelo armando mucho estrépito. Genial.

—Matilda, ¿no habíamos quedado en apagar los celulares mientras cenamos? —preguntó mi padre, en tono de reproche.

—Lo siento —me disculpé mientras me agachaba a recogerlo—. Soy un caso evidente de competencias digitales adquiridas demasiado tarde. Seguro que Teresa enseñará a sus hijos desde edades tempranísimas.

Desde debajo de la mesa me pareció percibir un suspiro colectivo, y seguro que intercambiaron miradas de exasperación. Cuando reaparecí y dejé el celular boca abajo junto al plato, mi madre anunció a todo el mundo:

—Esta tarde Matilda recaudó mucho dinero para el entierro de la señora Jakob. Fue muy amable por su parte.

Pues sí, lo era. Hasta había repuesto la cantidad que pagué por el dragoncito de la suerte.

Por desgracia, ahí terminaban los elogios. Mi madre me clavó la mirada y se inclinó un poco hacia adelante.

—Me dijeron que estuviste por ahí con el chico de los Von Arensburg —dijo, y con la misma entonación podría haber añadido: «Después de atracar una joyería y de bailar desnuda en el escaparate».

—Pues sí —contesté, lo más tranquila posible. Preguntar quién se lo había contado significaría admitir que había hecho algo prohibido—. Lo saqué a pasear en la silla de ruedas. Para que respirara un poco de aire fresco.

—¿Cómo? ¿Saliste a pasear con el demoñuelo? —se sorprendió mi hermana.

Teníamos otras denominaciones mucho menos halagadoras para nuestros vecinos. Para mí «demoñuelo» entraba en la misma categoría que «vergüenzoso».

—Creía que lo teníamos en la lista negra —añadió Teresa.

—¡Aquí no hay ninguna lista negra! —Se apresuró a negar mi madre—. Pero es verdad que no son gente recomendable. Aunque siento mucho lo del accidente, por supuesto. ¿Alguien quiere un dulce? Los hizo la señora Harfner en la casa parroquial.

Salvo Matías, nadie se sirvió. Todos imaginábamos que sabrían a adhesivo para dentaduras. El párroco Peters tenía más de ochenta años.

Mi madre se giró hacia mí.

—Por cierto, precisamente hoy hablé de ti con la señora Harfner. —Ajá, ahí estaba. Ese era el momento que esperaba. Repasé la estrategia que tenía preparada mientras ella seguía diciendo:

—Está desesperada buscando voluntarios para organizar las misas infantiles. Otra vez se le fueron los que tenía.

140

No me extrañaba nada. Aquella señora ya me daba miedo cuando yo asistía a las misas infantiles. Disfrutaba diciendo a inocentes niñitos de cinco años que se condenarían si no rezaban todas las noches. Adornaba sus descripciones del infierno con tal lujo de detalles que muchos niños acababan llorando y llamando a sus mamás.

—Ahora que la señora Jakob nos dejó, puedes ayudarle —remató mi madre.

Negué con pesar.

—Lo siento, pero no tengo tiempo. —Debía prestar mucha atención a todos los matices de mi voz. Era fundamental no exagerar—. La mamá de Aurora me preguntó si querría colaborar en el servicio de atención a mujeres del centro de refugiados.

Matías levantó la mirada mientras masticaba.

—Eso es… —buscaba la palabra correcta— *¿admirabloso?*

Desde luego. Era una tarea que habría hecho con mucho gusto, pero ya conocía la opinión de mis padres. Aunque nada les habría gustado más que evangelizar a todos y cada uno de los refugiados, no consideraban que aquel fuera un ambiente adecuado para su hija de dieciséis años. Así eran las cosas con ellos: el amor al prójimo se limitaba a ciertos ámbitos de la sociedad, mientras otros quedaban excluidos siguiendo unos principios que ya desde niña me resultaban totalmente ilógicos.

Mi padre puso cara de horror y entonces añadí con astucia:

—Pero ya sé que el lugar no les convence y, además, no tengo ninguna experiencia en ese campo. Así que le dije que no. Después de pensarlo, decidí dedicar mi tiempo a la familia de Quinn.

—¿Vas a ayudar a los Von Arensburg? —Mi madre dejó a un lado la cuchara.

Asentí.

—Es que necesitan mucho apoyo —expliqué con gran seriedad—. Estaré con Quinn los lunes y los viernes: lo acompañaré a las terapias, lo sacaré de paseo, en fin, ese tipo de cosas...

—Pensaba que la mujer había pedido un permiso en el trabajo para poder cuidarlo —apuntó mi padre, muy bien informado.

—Y otra cosa: ¿es que Quinn no tiene amigos que lo saquen de paseo? —agregó mi madre.

Buena pregunta. Y lo malo era que no tenía preparada una respuesta.

—A ver, el chico tiene daño cerebral —intervino mi hermana, como si esa fuera la razón. Puesto que jugaba a mi favor, no la contradije.

—¡Ahí lo tienen! —exclamó mi madre—. ¡Matilda no puede quedarse sola con él! Nada, ni hablar del tema. Esa gente solo quiere aprovecharse de ti.

Cierto. No como la señora Harfner, que en realidad les hace un favor a sus voluntarios...

—A mí tampoco me parece buena idea —opinó mi padre.

Fingí sorpresa.

—Pero si te pasas el día diciendo que debemos ayudar a quien Dios ponga en nuestro camino. —Había llegado el momento de utilizar toda la artillería moral, de atacar a mis padres con sus propias armas—. ¿Recuerdan que el año pasado me prohibieron viajar a la Bretaña con la tía Berenike, el tío Ansgar y los niños? Y en lugar de eso me mandaron al campamento de Biblia...

Pues claro que se acordaban, no estaban dementes.

—Sí, hija, sí. —Suspiró mi madre—. Estuviste un montón de días quejándote y muy enojada. Y eso que al final te la pasaste bien.

Necesité controlarme. Una cosa era que le sacara el lado bueno al campamento y otra muy distinta que no hubiera preferido estar en Francia con Julie. ¡Pero lo importante era no dejarme despistar!

—Bueno, pues allí se habló mucho del amor hacia los enemigos. —Analicé las expresiones de sus caras para ver si me estaba pasando, pero me miraban exactamente como había imaginado—. En aquel momento me pareció una cosa muy teórica pero hoy, cuando me pidieron ayuda, recordé aquellas lecciones y pensé que quizá Dios me mandó al campamento precisamente para esto. Para que ahora pueda comprender que debo ayudar a Quinn.

¡Ajá! ¡Qué gran golpe!

Mis padres se quedaron muy confundidos, a pesar de saber perfectamente que no era Dios quien me había mandado al campamento, sino ellos.

Por el modo en que se miraron comprendí que me había salido con la mía.

—Los caminos del Señor son inescrutables —sentenció Matías.

Y Teresa añadió con una risita:

—Vaya, vaya, así que ahora Matilda va a pasearse por el barrio con el demoñuelo… ¿Se acuerdan de que una Navidad la dejó hecha una sopa?

—Claro que sí —contestó mi madre—. Y a sus papás les pareció gracioso. Estoy segura de que fueron ellos los que me estropearon la calcomanía del coche, era justo ese tipo de humor.

Mira nada más, yo sabía que no era cierto. La calcomanía en cuestión decía: «Por sus hechos los conoceréis», y alguien, con un marcador Edding, había convertido los «hechos» en «pechos». Mis padres no podían enterarse jamás de que habíamos sido Julie y yo. Ese era nuestro tipo de humor. A los trece años, claro.

—Es una familia muy poco recomendable. Pero en fin, si a pesar de todo Matilda quiere ayudarles, no se lo impediremos.

—Pues claro que no —convino mi padre, y me dedicó una cálida sonrisa de las que solía reservar para Teresa—. Estamos orgullosos de ti, hija.

Me quedé impactada. Aquel día no dejaba de darme sorpresas. Julie no se lo iba a creer. Seguro que hasta mi diario sacudía las hojas muerto del asombro.

Quinn

—Te llamó Lilly —anunció mi madre.

—Otra vez no…

En cuanto alguien la mencionaba me entraba el sentimiento de culpa. Me pasó también en aquel momento, a pesar de que me sentía tan cansado que apenas podía mantenerme derecho y me daba la sensación de que la cabeza me iba a estallar.

Lo sucedido aquella tarde me había dejado hecho polvo. Pero no quería contárselo a mis padres porque se preocuparían muchísimo y eran capaces de pedir cita para una resonancia magnética.

—Estaba llorando. Si no quieres verla, al menos deberías llamarle. —Mi madre me sirvió una buena cucharada de culpa para acompañar a la col lombarda navideña.

—No sabría qué decirle —me excusé.

La situación con Lilly estaba siendo un desastre. En lugar de saltar por la ventana del baño, debí haber bajado a la fiesta para cortar con ella, tal como tenía planeado.

De haber podido retroceder en el tiempo lo habría hecho justo hasta aquel instante, cuando se me ocurrió la absurda idea de meterme en los asuntos de una desconocida de pelo azul. Lancé un suspiro.

Aún en el hospital, en cuanto pude manejar el celular, le escribí para decirle que lo sentía mucho y que nuestra relación había terminado. Debí darle alguna explicación más y haber sido más amable, pero ya solo aquella frase resultó tan agotadora para mis ojos perturbados y mis dedos temblorosos que me quedé exhausto, bañado en sudor. Hasta mi padre consideró que, de manera excepcional, se permitía cortar por chat si estabas en cuidados intensivos con un montón de tubos en la cabeza. No obstante, mi madre y él se ofrecieron a redactar el mensaje para que no resultara tan brusco. Les habría gustado incluir frases de su cosecha, como: «Eres una persona muy especial pero ahora debo centrarme en mí y en recuperarme», o: «El tiempo que estuvimos juntos fue maravilloso, nunca lo olvidaré», o: «Ven a visitarme y trae los hojaldritos de salmón que le encantan a mi papá». Pero yo insistí en hacerlo a mi manera. Quizá fuera muy brusca, pero al menos era sincera.

Desde entonces había conseguido no hablar con ella y tan solo contesté escuetamente a algunos de sus innumerables mensajes. Mis padres me hacían el favor de impedir que me visitara, como hacían también con mis amigos y con la loca de mi tía Mieze. Sin embargo, Lilly no desistía. Yo estaba seguro de que, si no fuera por el accidente, ya me habría dejado para buscarse otro cielito. Me molestaba que se comportara de manera distinta debido a mi situación y que, encima, me hiciera sentir culpable.

Mi padre carraspeó.

—¿Sabes, Quinn? Las heridas no te hacen menos…, eeeh…, masculino —comenzó con tacto.

Lo miré perplejo. ¿Qué se estaba imaginando?

—Todo lo contrario, en mi opinión —continuó, dedicándome una mirada de lo más ingenua—. Ya solo cómo lo has soportado todo y cómo sigues enfrentándote a la situación es muy…, es admirable.

—Ya, bueno. Gracias, papá.

—Además, las cicatrices resultan muy sexis —añadió mi madre—. Es que tú eres muy sexi.

Me atraganté con la guarnición.

—¡Mamá! ¡Esa frase encabeza la lista de cosas que jamás se le dicen a un hijo! —la regañé en cuanto pude volver a hablar.

Se quedó muy confundida.

—¡Oh!

—Lo que tu mamá quiere decir es que… —retomó mi padre—. En fin, para ver a Lilly no necesitas esperar a que te crezca el pelo o a caminar mejor. Ahora mismo ya estás… Te ves totalmente…

—No empieces tú también —lo interrumpí. Más valía cambiar de tema—. La comida está buenísima. La salsa de naranja te quedó espectacular, mamá.

Pero por desgracia no funcionó.

—No queremos que te entren complejos injustificados solo porque necesites la silla de ruedas o porque estés un poco bajoneado... —insistió él, y noté que mi madre respiraba profundamente.

—Los complejos no son la razón de que no quiera ver a nadie —expliqué, con toda la paciencia que pude reunir—. Es que me agobia estar con gente que no sabe qué decir por la lástima que le doy, y que me mira como si en cualquier momento se me fueran a salir los sesos por la oreja.

Mi padre asintió comprensivo, pero mi madre no cedía:

—No puedes saber si Lilly también reaccionará así. Además, deberías darles a tus amigos la oportunidad de acostumbrarse a tu situación. Estoy segura de que si los dejaras venir, su relación volvería a la normalidad.

—Claro, como ha pasado con Lasse —contesté con sarcasmo.

—El caso de Lasse es especial —admitió ella—. Quedó muy afectado por tu accidente... De hecho, su mamá estaba pensando en pedirle también cita con la doctora Bartsch-Kampe. Puede que ya haya estado en la consulta.

—¿Qué? ¿Lo mandaron con mi loquera? —La miré incrédulo—. ¡Pero si es horrorosa!

—Quinn, solo has tenido una sesión. —Era lógico que la defendiera, la había elegido ella—. La doctora Bartsch-Kampe es la máxima autoridad en psicoterapia infantil y juvenil, y una gran experta en neurología.

Solté un resoplido.

—Más bien es experta en preguntas indiscretas y malintencionadas. Solo le interesa hacerme llorar.

En su momento fui tan tranquilo a su consultorio porque creía, muy equivocadamente, que los psicoterapeutas solo te hacían acostarte en un sofá, te dejaban hablar de lo que quisieras y de vez en cuando asentían diciendo «ajá, ajá». Para nada me esperaba preguntas del tipo: «¿Y cómo te sientes al mirarte al espejo y verte tan demacrado?».

—Si no tenías ya una depresión, a la salida te dan ganas de suicidarte —rematé—. Lasse no aguantaría allí ni diez minutos.

—Pero me habías prometido darle otra oportunidad el lunes por la mañana. —Mi madre frunció el ceño con preocupación—. Cambió otra cita para poder recibirte antes.

Era cierto, por mucho que no quisiera acordarme. Para tranquilizar a mis padres después de la historia con la lápida de Hermann Kranz, había tenido que hacer varias concesiones. Entre ellas, no ir el lunes a fisioterapia con Severin, sino a psicoterapia con la doctora Bartsch-Kampe o, como yo la llamaba, la doctora Baj-Ona.

—Puede que llorar te siente bien… —aventuró mi padre, con toda su buena intención—. Te has mantenido muy entero todo este tiempo.

—A veces la única manera de saber si puedes confiar en alguien es atreverse a confiar. —Otra de las frasecitas de mi madre.

Bueno, ya estaba bien. Había que cambiar de tema.

Y de manera drástica.

Dejé el tenedor en la mesa y solté:

—¿Todavía conservas la caja con las cosas de mi padre biológico?

Se quedó perpleja.

—¿A qué viene esa pregunta? Y no es una caja, solo es un sobre con unos recuerditos que guardé para ti.

Y que, para ser sincero, jamás me habían interesado.

—Pues porque... esta tarde Hoyuelos y yo nos encontramos a un hombre mayor que lo conoció. Un tal profesor Cassian. ¿Les suena de algo?

Hicieron un gesto negativo.

—¿Dónde se lo encontraron? —preguntó ella.

—¿Y cómo salió ese tema? —añadió mi padre, muy confundido.

Esa pregunta me la esperaba y por eso contesté, fingiendo la mayor naturalidad:

—Pues nos pusimos a hablar de mi ascendencia japonesa y una cosa llevó a la otra. Creo que pasamos de los cerezos a los apellidos, y yo comenté que mi papá se apellidaba Watanabe y entonces él dijo que había conocido a un Yuri Watanabe. Vaya coincidencia, ¿no?

Así contado parecía que me pasaba el día hablando con completos desconocidos sobre cerezos y apellidos japoneses, como si fuera súper lógico. Pero la realidad (que me había llamado por mi nombre en el cementerio, que conocía al hombre del sombrero cuyo lobo asesino por poco acaba conmigo y que la mujer de la florería me había dado una poción mágica) tampoco se caracterizaba por derrochar lógica y verosimilitud.

—A lo mejor se refería a otro Yuri Watanabe —aventuró mi padre, frunciendo el ceño—. Debe de ser un nombre bastante común.

—En Japón quizá, pero ¿aquí? —Mi madre rellenó las copas con vino tinto—. Me parece una coincidencia extrañísima.

—A mí también. —Me encogí de hombros. Menos mal que el cambio de tema había funcionado.

—¿Podría ser un profesor que le diera clase a Yuri en la universidad? —sugirió mi padre.

Gracias a mis búsquedas por internet sabía que, efectivamente, el profesor Cassian enseñaba en la universidad, aunque su campo era la Filosofía. El seminario que impartía en aquel momento se llamaba: «Nietzsche: *La genealogía de la moral*».

—Quizá. Pero ¿por qué iba a acordarse de un estudiante después de veinte años? —se preguntó mi madre, dejando los cubiertos en el plato—. Qué raro…

—Entonces ¿no te suena de nada ese profesor? —quise asegurarme.

—No, que yo recuerde. De todas maneras, no conocí a casi nadie del entorno de Yuri. —Se rascó la nariz, algo incómoda—. Estuvimos juntos un mes escaso, y de una manera muy… informal. Antes de que muriera solo me presentó a algunos amigos suyos, de los que casi no me acuerdo. Salvo de Sarah, su roomie. —Levantó la copa y tomó un sorbo—. Porque en diciembre me la encontré por casualidad en la peluquería, fue poco antes de tu accidente. Como Yuri, Sarah estudiaba Medicina. Me reconoció al instante, al parecer sigo igualita que a los veintidós. —Soltó una risita.

—Por supuesto —corroboró mi padre—. Aunque estás más guapa ahora.

Puse los ojos en blanco.

—Ay, Albert, eres un cielo. —Le sonrió con mucho cariño y tomó otro sorbo de vino—. Pues el caso es que mantuvimos una conversación muy agradable mientras nos cortaban el pelo y luego nos estuvimos enseñando fotos. Ni se imaginan lo que me contó: el trabajo ideal, una casa súper chic, un viaje a África inolvidable, unas hijas listísimas…

Cuando mi madre se lanzaba no había quien la parara. ¿Cómo me las arreglaría para redirigir el tema hacia el profesor Cassian?

—Casi me entra complejo de inferioridad —continuó—. Sarah es una de esas súper mujeres que lo han conseguido todo en la vida: tiene su carrera como médica jefe, un mega departamento de ocho habitaciones en un barrio buenísimo y un cuerpo atlético. Además, el marido, las hijas superdotadas y hasta el perro parecían modelos de revista.

—¡Eh, Quinn y yo también! —bromeó mi padre, dándose unas palmaditas en la barriga—. Bueno, yo por lo menos. A Quinn le sobran unos kilitos.

—A ver, yo presumí muchísimo de ustedes. —Se rio—. Pero no hay punto de comparación: por ejemplo, a su hija mayor la adelantaron dos semestres. Y a pesar de los piercings y del pelo azul eléctrico, parecía una súper modelo.

¡Un momento! Le clavé la mirada y pregunté:

—¿Qué dijiste?

—Yo lo intenté de joven. —Se tocó la melena—. Me puse un mechón azul. Pero en una semana estaba verdoso y al final acabó totalmente desteñido...

—¿Esa hija no se llamará Kim? —la interrumpí.

—Eeeh... Pues si se llama así, ya se me olvidó. —Frunció el ceño—. ¿Por qué lo preguntas? ¿La conoces?

—Puede ser —contesté.

¿De verdad era solo casualidad que la hija de la mujer con la que mi padre biológico compartió departamento llevara el pelo azul y piercings? ¿Cuántas chicas con esas características podía haber en la ciudad?

—Sarah se quedó lívida al enterarse de que había tenido un hijo de Yuri sin contárselo a nadie. ¡Pero es que entonces ni yo misma sabía que estaba embarazada! Solo lo descubrí tres semanas después.

Y nos relató por enésima vez que lo había sabido justo antes de una entrevista para un puesto de becaria en una editorial. Se puso tan contenta que abrazó al otro candidato que esperaba para la prueba, y aquel hombre no solo se retiró para cederle el puesto, sino que resultó ser el amor de su vida. Mi padre, que nunca se cansaba de aquella historia, contribuía con sus frases habituales: «Me enamoré de ti en cuanto te vi» y «desde entonces soy el hombre más feliz del mundo» mientras yo me acababa el plato e intentaba organizarme las ideas. Si la hija de Sarah era la chica de la fiesta, no podía resultar muy difícil encontrarla.

—¿Cómo se apellida esa médica amiga tuya? —pregunté.

—Pues es que claro, se casó. Pero creo que su apellido de soltera era Halabi. O Habidi. O... Ay, no sé, en cualquier caso tenía varias aes y varias íes.

Reprimí un resoplido. A mi madre se le daban fatal los apellidos. Para recordarlos se inventaba jueguecitos de palabras que a la hora de la verdad no la ayudaban, porque llegado el momento no sabía lo que representaban. Ese fue el caso con mi orondo profesor de Química de hacía algunos años, el señor Flotedick, al que en una reunión de padres llamó «señor Moby Dick». Desde entonces, yo le tenía prohibido hablar con mis profesores.

El problema era que sin conocer el apellido de Sarah no podría seguirle la pista.

—¿Sabes al menos en qué hospital trabaja?

—Buena pregunta. ¿En el del Espíritu Santo? ¿En el universitario? El caso es que me lo dijo... —Puso cara de concentración—. Creo que era algo de cirugía... ¿O de anestesiología? Ay, ya no sé. Pero el perro era un terrier tibetano, de eso me acuerdo perfectamente.

Vaya panorama.

—Te vamos a tener que regalar cápsulas de ginkgo biloba para la memoria, como a la abuela —comenté, y a mi padre le dio un pequeño ataque de risa. Se levantó para sacar del congelador el parfait de canela.

Con la emoción de que quizá podría localizar a la chica del pelo azul casi se me había olvidado el dolor de cabeza. Pero en ese momento reapareció con toda su intensidad en forma de fuerte martilleo en las sienes. No creía que aquella noche pudiera hacer el experimento con la poción angélica y el olivo, pero al menos intentaría obtener de mi madre la máxima información posible antes de que se olvidara de todo por completo.

—¿Y qué hay de mis abuelos biológicos? —abordé desde otra perspectiva—. Seguro que me lo has contado alguna vez, pero no lo recuerdo.

—Nunca los conocí. —Otra vez se rascó la nariz, incómoda—. Yuri y yo para nada estábamos en la fase de presentarnos a los suegros, y me pregunto si habríamos llegado a eso. Además no era tan sencillo, sus papás vivían en Inglaterra. Cuando por fin los localicé para comunicarles que iban a tener un nieto, resultó que habían fallecido.

—¿Tan poco tiempo después de la muerte de su hijo? —Qué extraña coincidencia. ¿O no era una coincidencia? Probablemente no.

—Pues sí, imagínate —suspiró ella—. Eso de que las desgracias nunca vienen solas a veces es verdad. Eran músicos de una afamada orquesta de cámara, no recuerdo el nombre. Algo así como British Chamber Orchestra. Conseguí un programa de mano, está en el sobre con las otras cosas. Dentro salen fotos suyas, ella era japonesa y tocaba el violonchelo, él era inglés y tocaba el clarinete. Habían salido de gira por Europa, un día viajaban en autobús por una carretera italiana cuando un corrimiento de tierra los arrastró por un barranco. Murieron los veinticinco músicos y el director.

—Salió en todos los periódicos, me acuerdo muy bien —comentó mi padre mientras dejaba en la mesa el molde con el helado—. Qué tragedia.

Mi madre se levantó.

—Espera un momento, voy ahora mismo a buscar el sobre, aunque no creas que haya gran cosa, tan solo dos fotos en las que salimos Yuri y yo, una notita que me escribió una vez, una entrada de cine, un guante que olvidó en mi casa y algunos recortes de periódico sobre el accidente. Nada más. Lo siento.

—¿Y no dejarían alguna herencia? —pregunté, por seguir la idea de Matilda.

—No, no lo creo. —Se encogió de hombros—. Normalmente los músicos no ganan un dineral. Aunque, para ser sincera, nunca lo investigué. Ahora que lo pienso, quizá debí buscarme un abogado. Porque a lo mejor poseían bienes inmuebles, o lingotes de oro, que irían a parar al Estado por no haber herederos.

—Quinn tendrá suficiente con lo que le dejemos nosotros —opinó mi padre—. Y la tía Mieze, si es que le queda algo después de su «formación» como curandera. Siéntate, Anna, para cuando vuelvas se habrá derretido el postre. Si Quinn no se ha interesado por su familia biológica hasta ahora, bien puede esperar otro rato para ver ese sobre.

—Claro que sí —confirmé.

Se dejó caer en la silla.

—¡Qué tonta fui! A lo mejor poseían vajillas de porcelana antigua, o plata inglesa, o cosas que te habría gustado tener.

—Mejor aún, un libro desconocido de Leonardo da Vinci. —Es lo que habría sugerido Matilda y se me escapó una sonrisa al pensarlo.

—O unas primeras ediciones de Oscar Wilde... —añadió mi padre, también con un deje de desencanto.

—Me bastaría con algunos recuerdos, como álbumes de fotos de la infancia de Yuri. Seguro que alguien los tiraría sin más. Y ahora ya expiró cualquier derecho a la herencia.

—Ah, ¿sí?

Si eso era cierto, nadie podía temer que yo le arrebatara nada. De manera que la hipótesis de Matilda quedaba descartada. Una lástima, porque habría sido una buena explicación.

Mi padre cortó el helado y lo sirvió en platitos de postre.

—Quinn, ¿a qué viene de pronto este interés por Yuri y por su familia? ¿Es por ese profesor Kaspian?

—El apellido es Cassian. Sí, puede ser. Me pregunto... —Dudé un momento y al final continué, a pesar de que iba a sonar raro—: Me pregunto si Yuri Watanabe tenía algo especial.

—¿A qué te refieres? A ver, era inteligente, yo diría que muy inteligente. Aunque no soy la más objetiva a la hora de juzgar... Y bueno, era guapísimo. —Le lanzó a mi padre una sonrisa de disculpa—. Igual que tú, Quinn.

—Estaba pensando más bien... En alguna capacidad... que yo haya podido heredar. Más allá del físico.

—Pues sí, sonaba muy raro.

—¡Su alergia a los frutos secos! Recuerdo que fue casi lo primero que me contó al conocernos. Tú eres alérgico por él. Aparte de eso, no se me ocurre nada. Él aspiraba a ser cirujano, ¿no querrás estudiar Medicina, por casualidad?

Pues no, la verdad que no. Y por desgracia una alergia a los frutos secos no respondía ninguna de mis preguntas, a menos que las personas alérgicas vieran caritas en los arbustos y fueran perseguidas por hombres con sombrero dueños de lobos salvajes.

En silencio, me fui tomando el helado mientras me esforzaba por reprimir la frustración. También la pista de Ivar Vidfamne había resultado ser un callejón sin salida. Según había leído en internet, supuestamente en el siglo séptimo existió un rey sueco que se llamaba así. Aparecía en varios escritos y sagas nórdicas desempeñando un papel pequeño pero de lo más antipático: saqueó y asesinó a placer, y al final murió ahogado. De todo eso hacía unos mil trescientos cincuenta años. Y no eran más que suposiciones.

Las indirectas de Héctor en la florería no parecían encajar con nada. En realidad, nada encajaba con nada. Me planteé ignorar el dolor de cabeza y tomarme la pócima esa misma noche. Quería obtener respuestas lo antes posible.

Sin embargo, al acabar la cena me sentí tan mareado que apenas logré subir las escaleras y mi padre tuvo que sostenerme mientras me lavaba los dientes. Así que descarté la idea y me alegré muchísimo de meterme en la cama. Al poco rato la habitación dejó de dar vueltas. Cascabel se acurrucó a mi lado y el dolor de cabeza empezó a remitir. A pesar del aluvión de preguntas, de pronto me sentí muy cómodo. En realidad, podía soportar un día más sin tener respuestas.

—¡Después de esta cena navideña, para mañana pensamos hacer una fondue de Año Nuevo! —gritó mi padre desde su dormitorio.

—Yo también te quiero —contesté. Y me quedé dormido al momento.

Matilda

Las farolas del camino principal llevaban varias horas apagadas. Sin embargo, la noche no es tan oscura como creemos, solo nos lo parece cuando salimos de un lugar iluminado. Pero en cuanto los ojos se acostumbran a la penumbra, te las arreglas de maravilla. De hecho, existen un montón de cosas que solo pueden verse en la oscuridad. Los misterios, por ejemplo. Y las estrellas. Aunque aquella noche se ocultaban tras una espesa capa de nubes. Llovía.

Julie me había obligado a prometerle que no volvería a casa por el camino del cementerio. Pero como mientras lo hacía mantuve los dedos cruzados a la espalda, podía incumplir la promesa. Me sorprendió encontrar el gran portón principal cerrado y por eso, una vez dentro, me preocupé de volver a echar muy bien la llave. Una razón más para tomar aquel atajo: la probabilidad de toparme con un asesino en serie o con un delincuente sexual en un cementerio cerrado era muy baja. Hasta los zombis tendrían que salir de allí si querían encontrar alguna persona que devorar. Según las leyes de la lógica, en ese momento el cementerio era el lugar más seguro del mundo.

Por supuesto habría preferido quedarme arrebujada bajo las cobijas en el cómodo sofá de Julie, no es que caminar por el cementerio en las noches de lluvia fuera una de mis aficiones. Pero bueno, ya que no quedaba más remedio, al menos iba tranquila y no sentía miedo.

Llevábamos un buen rato en la agradable habitación, charlando medio adormiladas (especialmente de Quinn, claro está). Ya se me hacía agua la boca al pensar en el espléndido desayuno dominical de la tía Berenike cuando de pronto me di cuenta de que había olvidado el diario bajo la almohada y mi madre lo encontraría por la mañana al cambiar las sábanas. En su momento me pareció muy bien que me hiciera ese favor, dado que yo no iba a estar en casa.

Julie comprendió al instante que el diario no podía caer en manos de mi madre: calculábamos que las probabilidades de que no lo leyera rondarían como dos por ciento. Aunque se ofreció a acompañarme, conseguí disuadirla mientras me vestía. Se sentía mucho más cansada que yo y no valía la pena que pasara un mal rato por culpa de un despiste mío. Yo iría de una carrera a través de la lluvia y me quedaría a dormir en casa. Aunque me daba mucha rabia, lo más importante era poner a salvo mis secretos.

—Pero mañana tendrás que ir a la iglesia —objetó Julie.

Pues sí. Y aún peor: tendría que desayunar en mi casa. Nada de jugo recién exprimido ni de huevos revueltos...

Casi cedí a la tentación, a lo mejor podía correr el riesgo. Quizá mi madre no prestaría atención al diario y lo dejaría sin más en el escritorio sin leer ni una palabra...

Claro, y a lo mejor la Tierra dejaba de girar.

—Pero ¿quién te manda escribir un diario? —se quejó Julie—. ¡Si ya me tienes a mí!

—Es verdad...

Aunque sabía que era una imprudencia reunir todo lo que los padres nunca deben saber en un solo librito, y encima con letra bien legible, no conseguía quitarme esa costumbre. Escribir me ayudaba a ordenar mis pensamientos y, además, solo me funcionaba si lo hacía de la manera tradicional: con lápiz y papel. Estaba bastante segura de que mis padres no se dedicaban a revolver mi habitación en busca de un diario pero si les caía mágicamente en las manos mientras hacían la cama, seguro que querrían averiguar qué asuntos preocupaban a su «ovejita problemática». Sinceramente, no sé si yo en su lugar podría resistirme (por si algún día tengo hijos: ¡les pido perdón desde ya!). La última entrada era muy comprometedora: mi madre descubriría el acuerdo con la señora Von Arensburg, incluidos unos cálculos optimistas y otros menos optimistas de mis posibles ganancias hasta las vacaciones de Pascua, salpicados con repetidas menciones a cierta «tacaña amargada». Evitar que leyera todo aquello bien merecía un paseo nocturno.

Al final Julie permitió que me marchara, aunque exigió que le enviara un mensaje en cuanto entrara en casa. De lo contrario, dijo, llegaría a la conclusión de que me había pasado algo malo por el camino y, puesto que no tenía nada que ella pudiera heredar, se pondría muy, muy triste. Prometí que le escribiría enseguida y que a partir de entonces escondería el diario bajo un tablón del suelo porque, según ella, si se llevaba un diario ese era el lugar más indicado para ocultarlo. En aquel momento no nos preocupó que el suelo de mi habitación fuera de alfombra.

El tiempo casi primaveral del día anterior había cambiado; llovía desde mediodía y además soplaba un viento muy frío. Si la temperatura bajaba uno o dos grados más, las gotas se convertirían en copos de nieve.

Cuando estaba en mitad del cementerio vi pasar al zorro Gustav, a tan solo unos metros de mí. Se detuvo un momento al verme y luego reanudó su marcha a la misma velocidad y desapareció entre dos lápidas antes de que me diera tiempo de sacar el celular para tomarle una foto. De todos modos nuestro breve encuentro me alegró: al menos no era la única que andaba por allí con aquel tiempo desapacible. Se oían el rumor del viento y el golpeteo de la lluvia, y entre las copas de los árboles resonó el ulular característico de un cárabo. Aquellos sonidos me resultaban familiares: eran los que me rodeaban cuando dormía con la ventana abierta y me encantaban. Aunque los gritos de lechuza podían resultar algo inquietantes y los gañidos de zorro eran también un poco extraños, si conocías a los animales tan bonitos que los emitían no te daban ningún miedo.

Entonces (de repente) percibí algo muy distinto. Voces. Fragmentos de frases traídos por el viento. Alguien decía:

—Es el mejor sueño que he tenido nunca.

Y otra persona contestaba:

—Disfrútalo mientras dure. —Y añadía—: Mañana... odiar los efectos secundarios.

Me quedé petrificada.

Aunque me encontraba muy cerca de la puerta que daba a la calle del Cementerio Viejo, de todos modos era demasiada distancia para que llegaran voces de fuera. Sin duda provenían del cementerio, de algún lugar por delante de mí. Yo estaba en la avenida de los mausoleos, muy próxima al panteón con la estatua de la mujer pájaro, y me pareció que las voces avanzaban hacia mí.

—... como si pudiera volar —decía la primera.

El corazón me dio un vuelco. ¡Quinn! No había duda, era su voz. En mitad de la noche. En el cementerio. Pero eso no era posible...

—¿Puedo volar? —preguntó.

Salí de mi estado de parálisis y abandoné el camino para ocultarme tras un alto tejo que crecía junto a la banca que el profesor Cassian había ocupado el día anterior. En realidad no sabía por qué me escondía, fue más un acto reflejo que una acción planeada.

—¿Tienes alas? —inquirió la segunda persona, a la que entonces también reconocí: era la voz melodiosa y aterciopelada de Ada, la dueña de la florería.

—No, no parece —contestó Quinn, y soltó una carcajada.

—Pues entonces no creo que puedas volar. —Se rio también—. Por lo menos de momento.

Ahora distinguía además ruido de pasos, las pisadas de dos pares de pies. ¿Cómo era posible? No lograba encontrar ninguna explicación para el hecho de que Quinn se paseara por el cementerio con la mujer de la florería en una noche lluviosa y además, por lo que parecía, sin usar la silla de ruedas ni las muletas.

Cuando los pasos se detuvieron me asomé cautelosamente. Distinguí dos figuras paradas ante el mausoleo de la familia König, a menos de diez metros de mí. Al principio solo veía los contornos, pero al fijarme mejor fui distinguiendo más detalles. La melena rizada de Ada caía sobre su largo abrigo y parecía desprender destellos rojizos incluso en medio de la oscuridad. A juzgar por la fina silueta de Quinn, no llevaba abrigo ni chamarra. ¡Y se confirmaba que caminaba sin muletas!

¿Y si estaba sonámbulo? Me di cuenta de que, para colmo, iba descalzo y la camiseta y el pantalón a rayas que vestía tenían toda la pinta de ser una piyama. No parecía molesto en absoluto por haber metido un pie en un charco. El sonambulismo podía ser una explicación. Pero en ese estado, ¿la gente es capaz de hablar? ¿Si caminas dormido ya no necesitas muletas? ¿Y qué hacía Ada con él? Me parecería mucha casualidad que se hubieran encontrado en pleno ataque de sonambulismo y hubieran decidido darse un paseíto por el cementerio… En fin, no iba a darle más vueltas. Saldría de mi escondite y le preguntaría directamente a Quinn cómo se le ocurría andar descalzo y sin chamarra una noche de lluvia como aquella, y más recién salido del hospital. Y después me lo llevaría a su casa. Seguro que eso querría su madre.

Pero justo cuando empezaba a moverme resonó una tercera voz. Era masculina y no la conocía.

—¿Quién cabalga tan tarde en la noche y el viento? Díganselo al guardián con apresuramiento.

Si pretendía ser una poesía, pasaban dos cosas: primero, estaba copiada de Goethe (desde los doce años me sabía de memoria *El rey de los elfos*, lo habíamos analizado en clase hasta el aburrimiento) y, segundo, le sobraban sílabas por todas partes. Busqué sin éxito a aquel guardián trovador. Necesité un momento para comprender que la voz pertenecía al poeta popular Clavigo Berg o, más bien, a su estatua de bronce, que se inclinaba en una cortés reverencia. Me asusté tanto que casi me fallaron las piernas.

—Deberán perdonarme, no hace mucho que soy el centinela y estoy un poco nervioso. —Carraspeó—. Disculpen, damas y caballeros distinguidos que a este portal han venido; soy desde hace poco guardián y mi tarea es... todo un afán. —Carraspeó de nuevo—. Bueno, aún no es la versión definitiva... Tengo que pulirla un poco...

—¡Pero si eres una estatua viviente! —Se alegró Quinn—. ¡Lo sabía! ¡Sabía que te habías movido! Tú eres el poeta que permanecía inolvidable en sus versos, ¿verdad?

—Correcto. Soy Clavigo Berg, poeta propicio. A su servicio —respondió halagado, y se tocó el ala del sombrero mientras insinuaba otra inclinación—. Aunque solo si tienen permiso para el portal atravesar. En ese caso, se les dejará pasar.

Quinn alzó la mirada hasta la enorme figura de la mujer pájaro.

—¿Ella también…?

—No, es solo una estatua —lo tranquilizó Ada—. Y muy favorecedora, por cierto. Está claro que el escultor no tenía ni idea de lo horripilante que es una verdadera sirin. Tampoco es de extrañar porque aquí en la Tierra son invisibles, solo se les puede oír. Bueno, también puedes notarlas, aunque muchas veces es lo último que sientes. Son criaturas malvadas y sedientas de venganza pero, al mismo tiempo, increíblemente tontas. Llevamos siglos reclamando que las eliminen de la Legión. Solo individuos como Héctor insisten en seguir trabajando con ellas.

—Seres invisibles que atacan desde el cielo —dijo alegremente Quinn.

Estaba tan pegada al tronco del árbol que casi me había incrustado en él. Mi cerebro era incapaz de comprender lo que veía y oía. Ni siquiera intentaba sugerirme explicaciones, se limitaba a contemplar la escena con fascinación. Y aún más se maravilló cuando la pesada puerta del mausoleo se abrió con un crujido y una tenue luz que dibujaba una sombra se proyectó en el suelo. En el umbral se alzaba la inconfundible silueta del profesor Cassian; la luz lo iluminaba de tal modo que el pelo blanco y ondulado parecía una aureola.

—Buenas noches, queridos, qué bien que ya estén aquí —saludó como quien recibe en la puerta de casa a unos buenos amigos invitados a cenar.

Recordé que el día anterior el profesor le había propuesto a Quinn hablar con más tiempo y una buena taza de té. Obviamente, en aquel momento no imaginé que vivía en una cripta. ¡Dios mío! ¿Y si era un vampiro?

—Tu guardián no es muy eficaz que digamos —dijo Ada, señalándolo—. Como no use los versos para matar de aburrimiento a los intrusos...

—Se trata más bien de un puesto poético. Clavigo necesitaba una ocupación, ¿no es verdad, viejo amigo? —El profesor miró a derecha e izquierda y yo me apreté aún más contra el tronco—. Espero que esta noche todo esté tranquilo.

—En cualquier caso debemos darnos prisa. No sé cuánto tiempo duran los efectos —advirtió Ada.

—Espero que para siempre —contestó Quinn.

—Procuraré ser breve. —Se rio muy bajito mientras los invitaba a pasar con un gesto.

—Jacinto se ocupó de los papás —informó Ada—. Disponemos de una hora, o quizá de un poco más.

—¿Y no puedo tomarme otra botellita? —preguntó Quinn.

Pero de pronto reinaron el silencio y la oscuridad porque el profesor había cerrado la puerta tras ellos. Solo quedó un leve eco flotando entre las tumbas.

En ese momento me di cuenta de que estaba tiritando. No por el frío, sino porque mi cuerpo no sabía qué hacer con tantas emociones.

O bien todo aquello acababa de suceder de verdad, o bien... No, no solo no estaba loca sino que me encontraba perfectamente lúcida y despierta, ni siquiera necesitaba pellizcarme para comprobarlo. Respirando con dificultad, me derrumbé en la banca sin que me importara lo más mínimo que se me mojara el pantalón. Me quedé mirando aquella puerta, totalmente desconcertada.

Nunca había entrado en el mausoleo de la familia König, pero sí en algunos otros. Tras la puerta había un pequeño espacio y después una escalera descendía hasta la cripta, que era la verdadera tumba. Allí no era extraño que las calaveras y los huesos de los difuntos se dispusieran, perfectamente visibles, en nichos excavados en las paredes. Un lugar nada apetecible para tomarse una taza de té. Por el contrario, era un alojamiento muy apropiado para un vampiro. Pero ¿acaso los vampiros no salían de noche a morder los cuellos que no estuvieran protegidos por una cruz o una ristra de ajos? No tenían ninguna necesidad de llevarse a sus víctimas a las criptas. Además, había visto al profesor Cassian a pleno sol. Y bueno, los vampiros no existían y punto.

De todos modos, si había acabado metida en una novela fantástica, prefería por favor que no fuera en una de vampiros.

«¿Y no puedo tomarme otra botellita?», fue la última pregunta de Quinn. ¿Quería eso decir que le habían suministrado alcohol o alguna droga? ¿Por eso estaba como sonámbulo? ¿Qué pasaba con sus padres, de los que Jacinto se había «ocupado»? En las películas, «ocuparse de alguien» nunca significaba nada bueno... ¿Debía llamar a la policía?

Me imaginé su parte de la conversación: «¿Dónde dice que se encuentra? ¿En el cementerio? Ah, que tiene una llave que suele usar de noche. ¿Cómo? ¿Que el chico que va en silla de ruedas se curó milagrosamente y se metió con otros individuos en un mausoleo? ¿Junto a la estatua de quién? Del poeta popular Clavigo Berg, ya veo…».

Me acerqué al poeta en cuestión, que se mantenía como siempre inmóvil en su sitio salvo por el detalle de que tenía las manos en los bolsillos de la levita. Se me ocurrió que a lo mejor la escultura de bronce había sido suplantada por un artista callejero de esos que se disfrazan de estatua, se suben a un pedestal y permanecen totalmente quietos. Sí, tenía que ser eso. Un truco bien sencillo.

—Hola, Clavigo —lo saludé. Sentía tanto alivio por haber encontrado una explicación que de pronto me inundó la valentía—. ¿Qué pasa, hace demasiado frío para tener la mano en el corazón?

—No me avisaron de que vendría alguien más… —Sacó de los bolsillos las manos enguantadas—. Soy el guardián del portal, vigilo los bienes…, eeeh…, fenomenal.

—Ya, no hay muchas palabras que rimen del todo con «portal». «Postal», a lo mejor. Pero ¿para qué necesitan vigilante unas postales?

Lo miré fijamente. La oscuridad difuminaba sus rasgos, pero sentía que él me devolvía la mirada con la misma intensidad.

—Si deseas atravesar el umbral, al guardián respuesta darás.

—Por supuesto. Pregúntame lo que quieras, se me dan bien los acertijos. Pero nada de cálculo mental.

Quizá no era mala idea: me presentaría sin más en la cripta y me llevaría a Quinn antes de que sufriera una hipotermia. Al profesor Cassian y a Ada les diría que había avisado a la policía.

Clavigo pasó un buen rato aclarándose la voz, seguro que mientras tanto estaba buscando rimas. Envalentonada, le toqué una manga. En lugar de tejido, mis dedos se toparon con metal duro y frío. Pero no pensaba darme por vencida tan fácilmente, así que le di unos golpecitos con el índice en la mejilla. También era de metal.

—¡Por favor, señorita! —se quejó indignado.

Maldita sea, aquello echaba por tierra la hipótesis del artista callejero. Al parecer de verdad me enfrentaba a una estatua viviente.

Okey.

Tampoco había razón para salir corriendo. Cosas así pasaban todo el rato en los libros y los protagonistas no se permitían el lujo de quedarse pasmados durante horas porque debían actuar. Además, no estábamos hablando de una bruja malvada o de una esfinge terrorífica, sino de una estatua de bronce inofensiva con los pies bien anclados a su base y que, en realidad, era casi como una vieja amiga.

—Nos conocemos bien, Clavigo. Soy Matilda. —La que te quitó de encima un montón de caca de pájaro—. ¿Cómo es que nunca te he visto moverte o hablar?

—Porque no siempre estoy aquí dentro. Y cuando estoy, no puedo darme a conocer si hay personas cerca. Las normas al respecto son muy estrictas.

—¿Y por qué me hablas ahora?

—Porque… Un momento, ¿quieres decir que eres humana? —preguntó asustado.

¿Qué otra cosa podría ser?

—¿Qué creías que era? —traté de averiguar con cautela.

Ya repuesto del susto, hizo un gesto negativo con la cabeza.

—No me lo trago. Si fueras humana, dudo mucho que quisieras atravesar un portal.

—¿Y eso por qué?

—Porque caerías muerta al instante. Nosotros los humanos no podemos pasar al otro lado con nuestros cuerpos.

«Nosotros los humanos», había dicho la estatua viviente. En otras circunstancias me habría parecido gracioso.

—Pero Clavigo, tú falleciste en 1899.

Al decirlo me di cuenta de que había sido muy cruel y descortés. Y algo tonta, porque nuestro juego de preguntas y respuestas estaba funcionando bien y ahora el poeta se había distraído.

—Bien lo sé. —Suspiró—. La tuberculosis todas las luces apagó y el joven poeta para siempre enmudeció… De haber sabido que mi vida sería tan corta habría escrito cosas más importantes. Pero pensaba que me quedaba mucho tiempo para alcanzar la cúspide de mi carrera.

—Lo siento mucho, en serio. Pero, oye, ¿no podrías abrirme la puerta?

Se inclinó hacia mí con aire confidencial.

—Pues verás, la verdad es que no puedo. Yo solo soy el guardián y, además, desde hace poco tiempo. Hay muchos otros portales en este cementerio, pero este es nuevo. Junto a la tumba del poeta muerto, de guardián le dieron el puesto…

Me acerqué a la puerta del mausoleo. No tenía manija de ningún tipo, tan solo una cerradura oculta tras una plaquita de metal. Estaba encajada al milímetro, sin la llave no había modo de entrar.

—¿Y dónde están los otros portales? —pregunté—. ¿Llevan todos al mismo lugar?

—Eso sería una tontería. Como es lógico, cada uno lleva a un lugar distinto. —Señaló un punto vago en la oscuridad—. En la calle Teófano hay uno muy frecuentado…, en una tumba por la que… muchas veces he cruzado… Aunque hay allí mucha gentuza… Palabra que rima con lechuza, merluza, gamuza… —Soltó un suspiro.

—A mí me parece que en los buenos poemas no todo tiene que rimar —opiné.

—Señorita, soy con su parecer respetuosísimo, pero ¿qué sabe usted de problemas «versísticos»?

—Por ejemplo, que esa palabra no existe. —Me apoyé en la puerta con el hombro e hice fuerza, pero no se movió lo más mínimo. A lo mejor lo más fácil sería llamar…—. Cuéntame más cosas de los portales. ¿Todos están cerrados con llave?

—Pueden estar cerrados, pueden estar vigilados, o las dos opciones —me informó muy dispuesto. Llevado por sus ganas de conversar, se olvidó de las rimas—. En todo este tiempo jamás me he encontrado uno abierto. Cosa que, por otra parte, debería ser una cortesía para con nosotros.

Me habría encantado preguntarle si al decir «nosotros» se refería a personas fallecidas que, por alguna razón incomprensible, acababan metidas en estatuas. Pero no quería cortar de nuevo su discurso.

—Es la desventaja de ser incorpóreo: no puedes ni accionar una manija, siempre tienes que colarte detrás de alguien que entra. Como un triste gato sarnoso —se lamentó—. Al principio, al poco de fallecer, usaba un portal que está en la iglesia de la plaza. Pero parece que últimamente ha caído en el olvido.

En ese punto no pude evitar interrumpirlo:

—¿Hay un portal en la iglesia de Santa Inés?

Él asintió.

—Bajo la vidriera que representa a santa Inés en la hoguera.

¡Qué fuerte!

Cuando pensaba en la cantidad infinita de horas que había pasado en aquella iglesia sin imaginar siquiera que…

En ese momento alguien me agarró por detrás y cargó conmigo. Habría gritado, pero aquella persona me había tapado la boca y aunque me resistí y pataleé con todas mis fuerzas, me mantenía férreamente sujeta. Mientras me transportaba por la avenida dijo entre jadeos:

—¡No armes alboroto, maldita sea! Soy yo. No voy a hacerte daño.

La voz pertenecía sin duda a Jacinto, el joven de la florería. Eso explicaba la agradable fragancia floral que me inundaba la nariz. Traté de decir su nombre pero solo me salió una especie de gimoteo: «Hmmmhm».

Al ver que ya no me resistía, se detuvo. Mis pies volvieron a tocar el suelo.

—Solo te dejo hablar si me prometes que no vas a gritar.

—Hmmmhm —contesté.

Me quitó la mano de la boca, aunque con la otra me tenía bien agarrada del brazo y me jalaba con fuerza en dirección a la entrada principal.

—Maldita sea, joven Matilda. ¿Se puede saber qué haces en el cementerio a estas horas?

—Podría preguntarte lo mismo —repliqué—. Yo pasaba por aquí de casualidad pero ustedes le hicieron algo a Quinn y ahora mismo está dentro de un mausoleo. ¡Descalzo y sin abrigo! Y además, ¿qué pasó con sus papás?

—Tienes mucha suerte de que te haya encontrado yo, y no uno de los lobos sanguinarios de Héctor o vete a saber quién que esté de patrulla por aquí en secreto. Créeme, otros no tendrían el menor miramiento con un testigo humano. Nosotros somos los buenos.

—¿De qué hablas? —balbuceé.

¿Qué eran los lobos sanguinarios? Y si Jacinto pertenecía a los buenos, ¿quiénes eran los malos? Y, sobre todo, ¿dónde estaban?

—Tu cadáver no aparecería nunca, Matilda —dijo en voz muy baja mientras yo miraba a mi alrededor muerta de miedo—. Nadie podría plantar nomeolvides en tu tumba. Y por eso ahora mismo te vas a ir a casa como una buena chica y te vas a olvidar de todo lo que has visto aquí, ¿entendido?

—Pero Quinn...

—Quinn está bien, confía en mí. Es más fuerte de lo que piensas.

Su voz sonaba convincente y pareció surtir en mí un efecto hipnótico y tranquilizador que me llevó a creer lo que decía. Hasta se me regularizó el pulso, que se me había disparado.

—¿Y sus papás?

—Ellos también se encuentran bien. Tan solo duermen un poco más profundamente que de costumbre.

Ya estábamos en la entrada principal. Allí había un poco más de luz porque llegaba el resplandor de las farolas de la calle. Eso me permitió distinguir el rostro bello y amable de Jacinto. Por fin me soltó el brazo.

—Te ayudaré a saltar al otro lado, luego tengo que volver —dijo—. Pero prométeme que te irás derecho a casa.

—Tranquilo, tengo una llave. Pero solo me iré si... —Intenté mantener la serenidad, pero no lo conseguí. Estaba al borde de las lágrimas—. ¿Cómo sé que de verdad eres de los buenos? ¿Quiénes son? ¿Qué quieren de Quinn? ¿Cómo puedo ayudarlo?

Sonrió y sus dientes resplandecieron.

—Ay, qué bonito. —Me acarició levemente la mejilla—. Estás enamorada de él.

—Solo quiero evitar que se resfríe —contesté mientras forcejeaba con la cerradura.

—Volverá a casa sano y salvo, te lo prometo. Y ahora, vete.

Al abrir la puerta se levantó una ráfaga de viento que, literalmente, me empujó a la calle. La reja se cerró y, cuando me giré para mirar, Jacinto había desaparecido.

Quinn

La puerta del mausoleo se cerró con un estruendo muy efectista. El profesor Cassian exclamó: «¡Mecachis!» y me pareció súper gracioso. Mientras me reía entre dientes dejé que Ada me tomara de la mano (¡era tan linda!). Al dar el siguiente paso me pareció que de pronto nos tragaba una tormenta de nieve, por un instante todo a mi alrededor, y todo dentro de mí, se volvió blanco y helador; los copos me golpeaban desde todas direcciones y hasta me pareció que me diluía en ellos. Luego mis pies volvieron a tocar tierra y la ventisca se desvaneció. Aunque no había durado ni un segundo, de repente todo era distinto.

La agradable sensación algodonosa que tenía en la cabeza desapareció y, con ella, las ganas de reírme de todo. Le solté la mano a Ada (¡no la conocía de nada!) y miré a mi alrededor. Estábamos en una biblioteca amueblada con estanterías de madera oscura que llegaban hasta el techo, sillones de cuero café desgastado y largas mesas en las que, además de libros, se acumulaban pilas de papeles, globos terráqueos, lámparas y toda clase de objetos. La habitación era tan inmensa que no se distinguía su fondo. En una chimenea ardía un agradable fuego y, si había ventanas, seguramente las ocultaban las pesadas cortinas de terciopelo verde que, alternadas con las estanterías, caían desde el techo hasta el suelo de parqué, a su vez cubierto con grandes alfombras. Una cosa estaba clara: era imposible que aquella estancia fuera un mausoleo.

—¿Así quieres que nos imaginemos a un alto consejero y sus aposentos? ¿Es en serio, Cassian? —Ada soltó un resoplido burlón—. ¿Un señor con tus pintas y una biblioteca que parece sacada de una película antigua? ¿Se te olvidó algún cliché? ¿Qué tal una lechuza que se te pose en el hombro? ¿O un conejo apresurado con chaleco y reloj de bolsillo?

El interpelado se limitó a sonreír.

—Bienvenidos a mi casa. Por favor, póngase cómodos. —Señaló unos sillones colocados alrededor de una mesa en la que aguardaban una tetera humeante y un juego de tazas—. Debemos darnos prisa y aprovechar los efectos de la poción angélica.

—Creo que ya se me pasaron —contesté con sinceridad—. La sensación de alegría eufórica desapareció. Y también la confianza en unas personas desconocidas que me administraron alguna droga para meterme en un mausoleo. Aunque creo que sigo alucinando.

Ada se acomodó con elegancia en un sillón.

—Angélica produce esa sensación de felicidad en el cuerpo humano. Pero aquí, en el Límite, ya no tienes cuerpo. Es bueno que puedas pensar con claridad, lo vas a necesitar para entender todo lo que te contaremos durante la próxima hora.

—Como si con una hora bastara —gruñó una voz masculina—. Yo aún sigo sin comprenderlo, y eso que se me considera uno de los más grandes pensadores de mi tiempo.

Semioculto tras una estantería había alguien sentado en un anticuado sofá de respaldo curvo en el que antes no me había fijado. Se trataba de un hombre joven vestido de uniforme, con un bigote enorme y unos lentecitos finísimos. A su lado en el sofá había un sable y un casco prusiano. No se podía saber de qué color eran el uniforme, su pelo o su piel porque toda su persona y todas sus pertenencias estaban en blanco y negro, como una fotografía antigua. Por el contrario el estampado del sofá, que era verde y dorado, resultaba tan vivo y colorido como el resto de la biblioteca. Me revisé de arriba abajo, asustado. Pero yo seguía estando en color, distinguía a la perfección el barro café del cementerio que se me había pegado a los pies. ¿Cómo podían decirme que no tenía cuerpo? Notaba hasta el último músculo y me sentía capaz de arrancar un árbol de cuajo. O de hacer un doble mortal allí mismo.

En casa, una vez terminado el fondue de Año Nuevo, me había declarado oficialmente loco al colocar el olivo en el zócalo de la ventana de mi habitación. ¿De verdad iba a confiar en Ada y a beberme aquella poción? Ella misma había admitido que se trataba de algún tipo de sustancia psicotrópica, y una cosa así no te la puedes tomar alegremente. ¿Y si no la toleraba debido a los daños cerebrales? ¿Y si mis padres me encontraban tieso en la cama con los ojos en blanco? Repasé una y mil veces con todo detalle la conversación de la florería, sopesando los pros y los contras, y al final se impuso el deseo de obtener respuestas. Si la única manera de conseguirlas era mediante una droga, tendría que arriesgarme. Aunque, la verdad, dudaba de que aquella minúscula cantidad de líquido pudiera tener algún efecto.

A esas alturas, todas las dudas se habían disipado. En primer lugar, la poción me dejó fuera de combate: caí profundamente dormido al meterme en la cama. Al despertar encontré a Ada y a Jacinto en mi habitación. Ni me sorprendió ni me molestó, todo lo contrario, me alegré de corazón de volver a verlos y me sentía de un buen humor increíble. Tenía la cabeza como cuando llevas una copa de más y sabes que solo piensas y dices tonterías, pero te la estás pasando bien. Con el cuerpo era distinto: no notaba la pesadez de la borrachera, al revés, me sentía en plena forma y muy alerta. Me levanté sin ayuda y caminé sin marearme y sin tocar las muletas. Mi cuerpo respondía como antes del accidente, cuando las escaleras, las aceras e incluso los muros no representaban ningún obstáculo. Era milagroso. Por supuesto tenía clarísimo que no podía ser real, pero disfruté a fondo aquella sensación de salud absoluta. Eso sí, no podía parar de reírme, todo me parecía súper gracioso: deslizarnos sigilosamente por las escaleras hasta la puerta de casa, caminar descalzo por la banqueta, que las caritas de las plantas me miraran asombradas cuando escalé la reja del cementerio como en los viejos tiempos, que la estatua del poeta empezara a hablar... Cualquier cosa me divertía muchísimo.

Sin embargo, una vez en la biblioteca aquella alegría tan extraña desapareció de golpe y solo quedó la fabulosa sensación de plenitud física.

El hombre del sofá no parecía de muy buen humor. Carraspeó descontento, como para que le prestaran atención.

—Permítanme que los presente —reaccionó entonces el profesor Cassian—: él es el señor Friedrich Nietzsche. Un buen ejemplo de lo que les sucede a los humanos en el Límite.

—¿Nietzsche? ¿El filósofo? —inquirió Ada mientras se quitaba con dificultad el abrigo—. ¿El que dijo que la naturaleza es tonta?

—Bueno, eso se ha sacado mucho de contexto. —El joven en blanco y negro se retorció el bigote, malhumorado.

—¿Y se puede saber qué hace Friedrich Nietzsche en tu biblioteca, Cassian? —insistió Ada cruzando las piernas.

Mientras servía el té, el profesor contestó en voz baja:

—Yo preferiría la compañía de Kierkegaard, pero..., en fin, alguien tiene que cuidar de este. Quinn, siéntate donde quieras.

Me acomodé junto a Ada sin quitarle la vista de encima al hombre en blanco y negro.

—Nietzsche está muerto, ¿no? —pregunté en voz muy baja.

—Es Dios quien ha muerto —replicó el filósofo, que al parecer tenía un oído finísimo—. Y gracias, como siempre, por no ofrecerme té. Aquí no soy más que decoración. ¡Relleno! ¡Atrezo!

Ada soltó un resoplido de impaciencia.

—¿Podemos ir al grano? No hemos venido a hablar de Friedrich Nietzsche, sino del Límite.

—Pero ¿qué es el Límite? —Agarré la taza sin atreverme a beber—. ¿Es otro mundo al que se llega a través de una tumba? ¿Ustedes son una especie de fantasmas?

¿Era yo un fantasma? ¿Significaba eso que mi cuerpo yacía muerto en mi cama? Traté de no pensar en mis pobres padres.

—Nosotros no, pero Nietzsche sí —aclaró Ada. Ladeó un poco la cabeza y me sonrió con afecto—. Dime, Quinn, ¿eres de esa gente que piensa que está sola en el universo, o crees que quizá haya algo más?

La miré fijamente.

—¿En qué sentido lo dice? En plan: «¿Dios existe?» o en plan: «¿Habrá marcianitos verdes ahí afuera?».

Se rio.

—Bueno, los marcianitos verdes son distintos, son una leyenda inventada. Pero muchas otras leyendas y mitos contienen un poso de verdad y su origen está aquí, en el Límite.

—Así es, casi todas —aseguró el profesor.

—Okey, pero a ver: ¿qué es el Límite?

La poción debía de seguir haciéndome efecto: ¡estaba en mitad de un viaje alucinógeno! No había otra explicación para aquella locura.

184

—La verdad, resulta difícil de describir —comenzó Ada—. Pero imagínatelo como una especie de mundo paralelo al que pueden acceder los seres como nosotros, mientras que...

—Para ser exactos, el Límite no es un mundo paralelo, sino otra dimensión del mundo —la interrumpió el profesor antes de que yo pudiera preguntar a qué se refería con «seres como nosotros»—. Porque la Tierra y el Límite constituyen una sola unidad desde el punto de vista filosófico, místico y de la física cuántica. Verás, en el mundo material todas las cosas (nosotros incluidos) están compuestas de átomos: el agua, la tierra, las piedras, las plantas, los animales, las personas. Sin embargo, aquí en el Límite todo está compuesto de espíritu. Todo lo que ves y tocas procede de nuestra imaginación, es un mundo infinito creado a partir de la fuerza espiritual individual y colectiva, y que continúa generándose constantemente...

—¡Así explicado no hay quien lo entienda! —lo cortó Ada—. Mira qué cara pone el chico. Le basta con saber que hay un mundo material en el que viven las personas y otro, el Límite, que los humanos no pueden pisar...

—Salvo cuando se mueren —se entrometió Nietzsche—. Entonces te quedas aquí como un tonto, con este ridículo uniforme de artillero... Ya de joven me apretaba demasiado y me hacía estos pliegues tan feos en la barriga.

—Pues todo eso es una creación de su conciencia, querido Friedrich —apuntó el profesor—. O de su subconsciente.

—Y quedarse aquí no es obligatorio —completó Ada. Se volteó a verme para explicar—: Efectivamente, cuando las personas mueren vienen al Límite. Sus cuerpos, es decir, la materia, se quedan en la Tierra. Lo normal es que los humanos atraviesen el Límite con el único fin de llegar al famoso túnel y alcanzar la luz del final.

—Una especie de luz que supuestamente lleva a otra dimensión a través de una especie de túnel —especificó en voz baja el profesor.

Ella no le hizo caso.

—Quinn, seguro que conoces historias de experiencias cercanas a la muerte. Lo que describen no es otra cosa que el recorrido del moribundo por el Límite. A veces sucede que alguien se niega a ir hacia la luz, como el señor Nietzsche, aquí presente. En esos casos, se quedan en el Límite y se convierten en fantasmas.

—Por otro lado, hay algunas ocasiones en que los humanos pueden entrar aquí sin morir, aunque solo por poco tiempo y la mayor parte de las veces sin saberlo —retomó el profesor—. Por ejemplo cuando sueñan, o si han perdido el conocimiento, o a veces cuando meditan. En esos casos, desde un punto de vista metafórico, se encuentran en el Límite.

Ajá. Por fin nos acercábamos a lo importante.

—¿Eso quiere decir que todo esto es un sueño? —Desde luego, me parecía mejor opción que estar muerto.

Siempre se dice que las experiencias y los recuerdos se almacenan en el inconsciente y allí se procesan sin que lo sepamos. Yo había pasado varias semanas en coma, más cerca de la muerte que de la vida. Al parecer, mi inconsciente necesitaba hacerse a la idea y había elegido aquella noche (con la inestimable ayuda de la poción angélica) para hacer una buena limpieza general. La verdad, me asombraba que mi cerebro se sacara de la manga expresiones como «fuerza espiritual colectiva» y se las arreglara para citar a Nietzsche. Mi profesor de filosofía estaría encantado.

—No, Quinn, esto no es un sueño —contestó Ada, sin ninguna compasión.

Maldita sea. Empezaba a estar harto.

—A ver, con toda esta palabrería, ¿me están diciendo que existe un lugar más allá de la Tierra al que los seres humanos no pueden acceder a menos que estén soñando, muertos o en coma? —resumí—. ¿Y que si se quedan ahí atascados se convierten en fantasmas?

—Exactamente, muy bien. —Asintió satisfecha y el profesor puso cara de querer corregirme. Por eso me apresuré a continuar:

—¿Y entonces ustedes qué son? No son fantasmas, ¿verdad?

—No —contestó ella, muy seria—. Porque no somos humanos.

Bueno, por fin hablaba claro.

—Y los seres…, los seres del Límite son por ejemplo ustedes dos, Jacinto, el lobo, el monstruo alado y el hombre del sombrero, ¿es así? ¿Tienen un nombre?

—«Seres del Límite» es bonito —repuso Ada con una cálida sonrisa.

—Si necesitamos usar un término general, nos denominamos eones —explicó el profesor—. Somos los ancestros, los otros, los eternos. A lo largo de los siglos, los seres humanos nos han dado muchos nombres: dioses, inmortales, ángeles, creadores, demonios, genios, magos...

—Fantasías —se entrometió Nietzsche—. Delirios de locura. Quimeras...

—¿Y ustedes son inmortales? —pregunté sin pensarlo.

—Más o menos. Al contrario que a los humanos, a nosotros no nos aquejan las enfermedades ni el paso de los años.

Y Ada completó:

—Por mucho que algunos, como el bueno de Cassian, prefieran tener el aspecto de un respetable anciano barbudo. —Se rio.

El aludido se acarició la barba, un poco avergonzado.

—Como iba diciendo, podríamos vivir eternamente pero en la Tierra nuestros cuerpos no son inquebrantables. Podemos fallecer de muerte violenta. Al igual que los humanos, los eones también se han masacrado en guerras sangrientas.

Ada suspiró y dijo:

—Por eso algunos seres han desaparecido por completo y muchos otros están tan diezmados que solo encuentran refugio en el Límite. Y algunos ni siquiera aquí. —Lanzó al profesor lo que me pareció una mirada de reproche y entonces fue él quien suspiró.

—Así es. Ada lo mencionó antes: todos los seres legendarios, todos las figuras mitológicas tienen su origen aquí. En una época, la Tierra estaba poblada de dragones, en los océanos había enormes ciudades submarinas, por las praderas galopaban unicornios, los gigantes y los elfos oscuros habitaban en...

—Hay tantos tipos de seres que nos eternizaríamos enumerándolos —interrumpió ella—. Pero no te preocupes, cielo, hoy día ya no quedan dragones ni gigantes en las montañas. Y el bueno de Cassian no nos va a impartir una conferencia sobre las grandes guerras, ni sobre el hundimiento de la Atlántida, ni sobre los matadragones de la Edad del Bronce... Se va a limitar a exponer lo fundamental y, además, de una manera simple y comprensible, ¿verdad que sí?

Deseé que así fuera porque la cabeza me daba vueltas de tantos nombres.

El profesor soltó un suspiro.

—Simple y comprensible... Está bien. A ver, por ejemplo Ada y Jacinto son hadas, criaturas vinculadas a la naturaleza y muy empáticas. Poseen extraordinarios poderes curativos y pueden comunicarse con plantas y animales. Por eso, a menudo los humanos los toman por brujos o magos.

—¿De verdad es usted un hada y se llama... Ada? —No pude contener la pregunta, a pesar de que nos desviaba del tema.

Ella se rio.

—Bueno, el nombre completo es Adalina, pero sí. —Se inclinó hacia mí y me posó la mano en el brazo—. La diferencia fundamental entre los humanos y los eones es esta: mientras que para nosotros los siglos duran tan solo un pestañeo, la vida humana es muy corta.

Por eso, antes o después todos ustedes van hacia la luz, cosa que a nosotros nos está vedada.

—¡La luz! ¡Dios! ¡El alma inmortal, el espíritu, el más allá! —exclamó Nietzsche con desdén—. No son más que conceptos inventados para hacernos creer que existe un ente superior, una instancia moral y divina, algo verdadero fuera de la realidad.

—Si no existen el alma ni el espíritu, ¿cómo explica usted su presencia aquí cuando su cuerpo murió en el año 1900? —preguntó el profesor, molesto—. ¿Cuánto tiempo más piensa pasarse en mi biblioteca, negándose a entender que aún existe? —Se giró hacia nosotros para susurrar—: No hay que hacerle caso, el pobre pasó los últimos años de su vida en estado de enajenación mental. Es probable que no note la diferencia.

—¡No soy un hombre, soy dinamita! —Y el filósofo se puso a mordisquearse el bigote.

—¡Yo sí que voy a explotar! —estalló Ada, muy enojada—. ¡Cierre el pico de una vez, señor pensador más grande de la historia! Estamos intentando explicar algo muy complejo y nos quedamos sin tiempo.

Eso me temía yo también.

Ella se inclinó hacia mí un poquito más.

—Quinn, seguro que tienes un montón de preguntas. Cassian y yo intentaremos responderlas lo mejor que sepamos.

Así era, durante la conversación se me habían pasado por la cabeza unas mil preguntas. Pero en aquel momento, con los dos mirándome expectantes y Nietzsche de malas en su sofá, no se me ocurría por dónde empezar.

—Todo esto, ¿qué tiene que ver conmigo? —me salió por fin. Me parecía la pregunta más importante de todas—. Si esto es el Límite y yo no estoy soñando, ¿por qué razón me encuentro aquí? No veo el túnel ni la luz por ningún lado.

—No estás muerto, cariño —aclaró Ada, sobresaltada—. Te lo teníamos que haber dicho antes.

Pues sí, habría estado muy bien. Me relajé un poco, aunque solo me duró un segundo.

—Tú eres lo que llamamos un descendiente —continuó ella, como si fuera lo más natural del mundo—. Tu papá solo era medio humano: bien su papá o bien su mamá debieron de ser arcadios.

—Los arcadios constituyen el…, el grupo más numeroso dentro de los eones —explicó el profesor—. Yo mismo lo soy. Nuestro aspecto es como el de los humanos.

Ajá.

—Por desgracia Yuri Watanabe… —Ada carraspeó un momento— falleció antes de que pudiéramos descubrir quiénes eran sus progenitores.

—Pero… sus papás eran unos músicos británicos —contesté.

—En realidad lo habían adoptado. No hemos logrado localizar a sus padres biológicos.

—Normalmente es obligatorio inscribir a los descendientes —retomó el profesor—. Procuramos no perderlos de vista. Los humanos en los que se mezcla nuestra esencia a menudo son un poco… Bueno, digámoslo así: muchos de los problemas de la historia de la humanidad se explican por el mal carácter de un descendiente. Por eso para muchos arcadios, como por ejemplo Héctor, los descendientes suponen un dolor de cabeza.

—Héctor sí que es un dolor de cabeza para todo el mundo —resopló Ada.

—Así que soy el descendiente de un descendiente —dije muy despacio, porque me resultaba increíble—. ¿Es algo fuera de lo normal?

El profesor negó con la cabeza.

—La verdad es que no. A lo largo de la historia siempre se han producido uniones entre eones y humanos, y sigue sucediendo hoy en día. Los hijos son mitad humanos, y por lo tanto mortales, pero cuentan con algunas cualidades sobrenaturales heredadas de la otra mitad. Esas capacidades se transmiten durante dos o tres generaciones y después se pierden. A esas personas ya no las consideramos descendientes.

—Seguramente en uno de cada tres humanos corre una gota de sangre de eón. Si en el árbol genealógico de una familia se encuentra un hada es posible que, muchas generaciones después, una persona de esa familia posea unas dotes especiales para las profesiones sanitarias, o para hacer felices a los demás. Los tataranietos de un descendiente pueden disfrutar de una vista excepcional hasta edades muy avanzadas. Pero, como dijo el profesor, las cualidades realmente mágicas se pierden como muy tarde en tres generaciones.

—Entonces ¿tengo poderes mágicos? —Por fin una buena noticia—. Si hay más personas como yo, ¿se arma todo este alboroto con todos los descendientes y sus hijos?

Intercambiaron una rápida mirada y Ada respondió:

—Así es, Quinn, heredaste cualidades mágicas. —Le centellearon los ojos al decirlo. Me di cuenta de que dejaba la otra pregunta sin contestar—. Pero ahora tienes que aprender a manejarlas. Eres más fuerte y más rápido que la gente normal y tus sentidos de la vista, el oído y el olfato deberían estar muy por encima de la media. Tu percepción alcanza hasta los niveles más sutiles, por eso puedes ver criaturas y espíritus elementales que se ocultan al ojo humano, y seguramente posees extraordinarios poderes de telequinesia. Si sobreviviste al accidente fue gracias a que tienes una constitución más sólida y una capacidad de recuperación mayor que las personas corrientes.

—Y, por supuesto, porque hicimos cuanto pudimos para ayudarte al conocer lo ocurrido y saber quién eras —se apresuró a añadir el profesor—. Te enviamos a una de nuestras mejores sanadoras, la conociste como la enfermera Maya.

Maya, la enfermera de la sonrisa amable y el tatuaje que se movía. Pues claro. Poco a poco algunas cosas iban encajando. Otras, por el contrario… No sabía por dónde empezar.

—¿La chica del pelo azul es una de ustedes?

—No. Forma parte de un grupo de humanos que conocen la existencia del Límite y que han realizado algunos experimentos muy peligrosos. Por eso aquella noche la perseguían Héctor y sus cazadores y… —El profesor se ganó otra mirada fulminante de Ada. Se encogió de hombros y añadió—: En fin, explicar cómo y por qué nos llevaría muy lejos. No sería nada simple y comprensible.

La mujer asintió y dijo:

—Aquella noche te viste atrapado entre los dos frentes. Para Héctor y sus cazadores eras un testigo que debían eliminar. Los cazadores no sienten ningún aprecio por la vida humana.

—No sabíamos que Yuri había engendrado un hijo antes de morir —contó el profesor—. No teníamos ni idea de que existías hasta que nos informó la chica del pelo azul.

—¿Héctor llegó a atraparla? ¿Qué fue de ella? ¿Y cómo sabía quién era yo? Fue a la fiesta solo por mí…

—Esa es una historia muy larga y complicada, te la contaremos en otra ocasión. Te lo prometo. Ahora lo importante es que hayas comprendido las cuestiones fundamentales y que entiendas que no estás loco.

—Pero… todo esto me lo podían haber contado sin más. En el… mundo material. —Dios mío, ya hablaba como ellos—. En la florería. O en mi habitación, me da igual. ¿Por qué tenían que sacarme al cementerio en plena noche para traerme a otro mundo atravesando un portal?

En ese momento, antes de que el profesor Cassian pudiera volver a precisar que, estrictamente hablando, no se trataba de otro mundo, sucedió algo muy extraño: de la manga demasiado corta de mi piyama salió algo rojizo que se encontraba a la vez por encima y por debajo de la piel, parecía un tatuaje tridimensional magistralmente ejecutado. Salvo que se movía. Era un pulpo un poco más pequeño que la palma de mi mano. Se impulsó con los tentáculos y nadó graciosamente por el brazo hasta la muñeca.

—¡Por esto! —exclamó el profesor, mirando maravillado aquel ser—. Por tu lentigo.

—¿Mi qué?

Le di unos toquecitos con el dedo. La sensación era normal, igual que si me tocara la piel. Pero el animal se sobresaltó como si notara el contacto. Resultaba tan real que esperaba percibir un cosquilleo o un hormigueo cuando se movía. Pero lo único que sentía era un extraño cariño por aquel ser tan extraordinario.

—Un calamar —observó Ada—. Interesante.

—Un octópodo —especificó el profesor—. Y muy bonito. Miren, no tiene ocho brazos, sino nueve. Así que en realidad es un nonápodo. —Eso pareció agradarle mucho—. Quinn, los lentigos solo resultan visibles en el Límite, son algo así como las huellas digitales de sus habitantes.

—Pero… —Señalé los brazos de Ada—. Yo pude ver sus lentigos. Y los de Maya.

Ella negó con la cabeza.

—Esto no son lentigos, son tatuajes. Lo que sucede es que a veces ciertos espíritus elementales se meten dentro para poder darse una vueltecita por la Tierra.

—Las hadas sienten debilidad por los tatuajes de colores. No conozco ninguna que no lleve el cuerpo entero tatuado —explicó el profesor—. La tradición surgió de la necesidad de ocultar los verdaderos lentigos en los controles.

—Pues sí, en determinados momentos ese truco ha resultado muy útil. —Ada acarició su caballito de mar—. Nosotros tenemos dos lentigos, uno por cada progenitor. Lógicamente, los descendientes solo tienen uno.

—¿Y eso es importante? —pregunté.

—Es importante porque aquí habrá alguien que tenga el mismo lentigo que tú. Y, si lo encontramos, habremos identificado a tu abuelo.

—O a tu abuela —puntualizó el profesor.

Estaba a punto de preguntar si eso realmente importaba cuando el tapiz por el que habíamos entrado se transformó como por ensalmo en un remolino de nieve y Jacinto apareció en la biblioteca.

—Perdonen la interrupción, pero creo que debemos regresar —anunció—. Los papás de Quinn se despertarán de un momento a otro.

Matilda

Me desperté porque alguien me tocaba el pie y al abrir los ojos descubrí que ese alguien era Luise. Desde los pies de la cama me dijo:

—Sabes que duermes con la boca abierta, ¿verdad? No es una imagen muy bonita que digamos.

En ese momento creí que estaba teniendo una pesadilla, más aún cuando vi a Leopold sentado en la silla de mi escritorio, jugueteando con una regla.

—Vaya habitación más pequeña —criticó.

Pues sí, lo era. Pero ofrecía una visión fantástica de la casa de Quinn y era la más alejada del dormitorio de mis padres. Por eso hacía ya mucho tiempo que no me quejaba de que la habitación de Teresa fuera el doble de grande. Me gustaba mi cuartito.

Comprendí que, por desgracia, aquello no era un mal sueño.

—¿Se puede saber qué hacen aquí?

Me incorporé apresuradamente y me subí la cobija hasta la barbilla para que mi prima no viera que llevaba la camiseta que decía: «NO soy Luise».

—Creíamos que estabas en casa de Julie, como todos los domingos —se excusó—. Tu mamá nos dijo que subiéramos y tomáramos lo que nos hiciera falta. Mañana a primera hora tenemos examen de mate y necesitamos papel milimetrado. María gastó el nuestro haciendo manualidades.

—Me pregunto qué clase de manualidades se hacen con papel milimetrado —apuntó Leopold mientras subía y bajaba el asiento de la silla.

—¿Me están diciendo que cuando no estoy me registran la habitación?

Una razón más para esconder el diario bajo el tablón suelto que, por desgracia, mi cuarto no tenía.

—¡No! —respondió Luise.

Pero Leopold concretó:

—Solo si no encontramos las cosas a la primera. Por ejemplo, hace poco necesitaba una goma y sigo sin saber dónde las guardas. Al final Teresa me dio una de las suyas.

—¡No lo puedo creer! —exclamé indignada.

Luise puso los ojos en blanco.

—A ver, ¿tienes papel milimetrado o no?

—No lo encuentro, por eso te despertamos —explicó Leopold.

Mi madre asomó la cabeza por la puerta. Más cuerpo no habría cabido en la habitación porque con aquellos dos «invitados» ya estaba hasta el tope.

—¡Cómo! Creía que dormías en casa de Julie, no te oí volver anoche. ¿No se habrán peleado?

—No, es que…

«Tuve que volver y esconder el diario para que no descubras que me van a pagar un dineral por cuidar de Quinn. Bueno, eso en caso de que Quinn siguiera necesitando mi ayuda», pensé.

La noche anterior, en el cementerio, caminaba perfectamente... ¡Oh, Dios! Los recuerdos de lo sucedido me asaltaron como... Bueno, me asaltaron. Una estatua viviente, un portal en un mausoleo... Por un milisegundo volví a sentir la mano de Jacinto tapándome la boca y reviví el miedo atroz que pasé. Como es lógico, al regresar no me metí en la cama, sino que me aposté en el escritorio para aguardar el regreso de Quinn. Pero me quedé dormida y cuando me desperté una hora después con la mejilla llena de marcas comprendí disgustada que ya no podría saber si había vuelto en ese rato.

¿Qué demonios había pasado en el cementerio? ¿Quinn estaba bien? Tenía que enterarme lo antes posible. Es decir, en ese mismo momento.

—Pues ya que estás aquí, haz tú la cama. Toma, pásale esto a tu prima. —Mi madre le dio a Luise el juego de sábanas—. Matilda, nos agradaría que vinieras a la iglesia.

—Y a mí me agradaría que no dejaras entrar a nadie en mi habitación sin mi permiso —respondí, pero no llegó a oírlo. Ya me daba igual que Luise viera la camiseta, aparté la cobija y salí de la cama con decisión—. Pues no, no tengo papel para darles, ni milimetrado ni de rayas ni nada. Así que hasta nunca. ¡Adiós!

Leopold giró la cara «vergüenzosamente» al verme en camiseta y ropa interior. Esperaba que aquella imagen, junto con el hecho de no tener el maldito papel, fuera suficiente para expulsarlos. Pero Luise aún tenía un tema que tratar:

—He oído que vas por ahí paseando al demoñuelo.

—A Quinn —la corrigió su hermano—. Acordamos dejar de llamarlo así ahora que está…

—Pues sí —interrumpí, cortante.

Abrí el armario. El estante donde guardaba las partes de arriba estaba completamente vacío. Y en la barra solo colgaban un vestido de verano de tirantes finos y una blusa de holanes feísima que mi madre me había regalado el día de Navidad «para que tengas una prenda elegante, apta para cualquier ocasión». La iglesia habría sido una de esas ocasiones, pero me sentía incapaz de ponerme aquella cosa. Tenía holanes no solo en el cuello y a lo largo de los botones, sino también en los hombros. Era la reina de las blusas de holanes.

El 26 de diciembre Julie y yo nos metimos en internet para descubrir si de verdad era posible comprar una cosa así. Para nuestra sorpresa resultó que las vendían ya hechas, no hacía falta contratar a una modista del siglo XIX. Eso sí, las modelos que posaban con la blusa tenían como máximo ocho años y unos huecos lindísimos en los dientes. Lo que no logramos averiguar fue por qué semejante prenda existía en mi talla.

Al final me decidí por la parte de arriba de una piyama azul celeste que, aunque estaba hecha de un tejido muy fino, podía pasar por una camiseta normal.

—Si hubiéramos sabido que la familia Von Arensburg necesitaba ayuda, nos habríamos encargado nosotros. —Como siempre, Leopold fue más directo que su hermana—. A ver, conocemos mucho mejor a Quinn. Fuimos juntos a la guardería, tenemos confianza.

—Ya, ¿y qué? —respondí mientras sacaba unos jeans. Al menos me quedaban bastantes pantalones.

—Pues que con nosotros estaría más a gusto y mejor cuidado, ¿no te parece? —Luise me clavó la mirada—. Leopold y yo hicimos unos cursitos en el hospital y hemos leído mucho sobre discapacidad. Mientras que tú te dedicas a hacer tonterías. Eres experta en pasarte el día riendo con Julie.

—En lo que soy experta es en echarlos de mi habitación —repliqué. No podía creérmelo, ¡me tenían envidia!

—¿Sabías que la mamá de Quinn paga a su asistenta dos euros más la hora de lo que se paga en esta zona? —insistió ella—. Mi mamá dice que con eso está elevando los precios.

—Puede ser. Pero yo no cobro por ayudar —mentí, adoptando un tono moralista.

—Bueno, solo era un comentario.

Leopold continuaba arriba y abajo con la silla y dijo:

—La verdad, es sorprendente que te hayan confiado la tarea precisamente a ti. Sospecho que te confundieron con Luise.

—Imposible. Llevaba esta camiseta. —Me señalé el pecho con gesto triunfal y leí en voz alta—: «NO soy Luise».

No se había fijado hasta ese momento porque se mordió el labio muy confundido.

—Ya sé que crees que esa camiseta es graciosa —Luise me miró con aire de superioridad—, pero en realidad es súper triste. Para ti, claro. Si tan segura estás de que no se confundieron, no tendrás problema en que hablemos con los papás de Quinn.

—Solo para informarles de nuestro fuerte compromiso social —completó Leopold, entrelazando las manos.

Decidí empujarlo fuera de la habitación con silla y todo.

—Menos conmigo, pueden hablar con quien les dé la gana. ¡Largo de aquí! Voy a vestirme.

Para que la silla con su hermano no la atropellara, Luise tuvo que dar marcha atrás hasta el pasillo. Cerré la puerta antes de que pudieran volver a entrar.

—¡Estoy desnuda! —grité para disuadirlos.

Después los oí bajar las escaleras entre gruñidos de desaprobación.

—¡Matilda, en un cuarto de hora salimos hacia la iglesia! —gritó mi madre cuando se cerró la puerta de la calle—. Si quieres desayunar, ya puedes darte prisa.

Entonces fui yo la que gruñó, mientras me vestía a toda velocidad. Remetí la camiseta de la piyama por dentro del pantalón; al ocultar el bajo raído, nadie sospecharía lo que era en realidad.

Yo misma tenía la culpa de que mi armario estuviera casi vacío. Durante las vacaciones, Julie y yo habíamos hecho una limpieza siguiendo un método tan popular como radical: solo podías quedarte las prendas que te hacían feliz y te sentaban bien. Con la mayoría de mis cosas, especialmente vestidos y partes de arriba, la decisión había sido muy fácil porque, tras el estirón de los

202

últimos seis meses, muchas me quedaban pequeñas. Otras me sentaban bien pero para nada me hacían feliz. La única excepción fue la blusa de holanes, que conservé solo por evitar una pelea con mi madre. Necesitaba ropa nueva con urgencia. Cuando se me juntaban varias prendas para lavar, realmente no tenía qué ponerme. El problema era que carecía de dinero y que, si se lo pedía a mi madre, se empeñaría en venir de compras conmigo. Y eso era… Bueno, bastaba con ver aquella blusa. Como Julie decía: «¡Antes iría desnuda!».

Mientras me lavaba los dientes y me peinaba, pensaba en cómo descubrir con discreción si Quinn estaba a salvo o si continuaba muerto de frío en el mausoleo de la familia König. Y qué podría hacer en ese caso. No apartaba la vista de la colorida cocina de su casa, pero allí no había nadie. Ni siquiera veía al gato por ningún lado. A lo mejor aún estaban acostados. O a lo mejor no. Como tantas otras veces, lamenté no tener visión de rayos X.

Cuando salí de casa con mis padres, con Teresa y con Matías aún no se me había ocurrido un plan. Y por desgracia, en la ventana del número 17 no había aparecido un cartel que dijera: «Querida Matilda: Quinn está bien. No te preocupes».

Cuanto más nos acercábamos a la plaza de Santa Inés, más comprendía que no soportaría el servicio religioso con aquella incertidumbre.

—¿Qué te pasa? —preguntó mi padre cuando me paré en seco en la banqueta.

—Creo que… me bajó la regla —susurré—. Tengo que volver para ir al baño y…

—Ya, ya, entiendo —contestó él, mirando rápidamente a Matías por el rabillo del ojo—. Te guardaremos un lugar.

—Pero date prisa —apremió mi madre.

Eso hice. De hecho, me lancé a correr por la banqueta. Cuando me aseguré de que ya no me veían, crucé la calle y a los tres segundos estaba pulsando el timbre de la casa de Quinn. A veces hay que seguir el instinto y pasar a la acción aunque no tengas un plan.

La puerta se abrió tan deprisa que no me dio tiempo ni de pensar la primera frase. Me encontré ante el señor Von Arensburg, que iba en piyama y bata y llevaba en la mano una taza de café.

—Buenos días —saludó amablemente. No tenía el aspecto de alguien cuyo hijo ha desaparecido sin dejar rastro en mitad de la noche. Aunque podía ser que no lo supiera y creyera que aún seguía durmiendo. Debía encontrar el modo de averiguarlo.

—Buenos días. —Me ardía la cara de vergüenza, pero no tenía elección—. Soy… Luise Martin, de la casa de enfrente. Venía a preguntar si… si Quinn puede prestarme papel milimetrado. Mañana a primera hora tenemos examen de Matemáticas y mi hermana pequeña usó el papel para hacer manualidades…

—Ah. —Por un momento se me quedó mirando sin saber qué hacer. Luego se giró hacia dentro y gritó—: ¡Quinn! ¿Tienes papel milimetrado?

—¿Papel milimetrado? ¿Para qué lo quieres? —contestó su hijo desde arriba. Fue tan grande mi alivio al oír su voz que casi me temblaron las piernas.

—No es para mí, es para... —Me miró con gesto interrogativo.

—Luise —le recordé.

—¡Es para Luise!

—¿Para quién?

Se oyeron algunos ruidos y golpes en el piso de arriba, parecía que Quinn estaba saliendo al pasillo. Con muletas.

—Perdón, creo que... —balbuceé—. Me acabo de acordar de que a lo mejor sí tengo papel... En el cajón de las emergencias. Pero muchas gracias por... Salude a Quinn de parte de Luise, ¿okey?

Apenas había pronunciado esas palabras y ya había bajado de un salto los escalones. Recorrí todo el camino a la iglesia con ganas de bailar, tanto me alegraba saber que Quinn estaba bien. Nunca había cantado el himno *Alegraos con jolgorio y regocijo* con tanto sentimiento y tan de corazón como ese día. Durante el sermón del párroco Peters me dediqué a observar la pared bajo el colorido vitral ojival de la nave lateral, que representaba a santa Inés en la hoguera. Me preguntaba dónde estaría el portal que mencionó Clavigo. ¿Tras el tríptico de la Resurrección? O quizá en el confesionario, donde tantas veces iba de niña; no por tener muchos pecados que confesar, sino porque el párroco Peters escuchaba con paciencia y, sobre todo, poseía un gran sentido del humor. La cosa se ponía especialmente divertida cuando hablábamos de mis padres, que le parecían más papistas que el papa. Siempre era muy agradable charlar con él. Qué raro sería que aquel vetusto confesionario ocultara un portal para acceder a otro mundo. Aquellos pensamientos no lograron mantenerme mucho tiempo despierta. Los sermones siempre ejercían sobre mí un efecto soporífero, y también en aquella ocasión se me cerraron los ojos enseguida. Al fin y al cabo, tenía mucho sueño que recuperar.

Quinn

—Así que últimamente te interesan las lápidas...
—La doctora Bartsch-Kampe hizo como que leía el dato en sus notas. Su gesto de empatía me pareció tan falso como su necesidad de usar lentes. Habría apostado lo que fuera a que los cristales no eran graduados y los usaba solo porque creía que el armazón redondo disimulaba su mirada inquisidora.

—No es de ahora. Me han interesado siempre —mentí, por una simple cuestión de principios—. Son muy buen recurso para practicar el latín de la escuela.

Sin duda lo serían, si yo estudiara latín.

—Hmmmhm —repuso ella.

Nos encontrábamos frente a frente en su escritorio, ni siquiera me había ofrecido acomodarme en uno de los confortables sillones o acostarme en el sofá, que estaba pegado a la pared bajo un cuadro abstracto muy feo. Sin duda lo del sofá no era más que un cliché, como la absurda idea de que los terapeutas asentían comprensivamente en silencio y solo hablaban para decir cosas reconfortantes. Con la doctora Lentes Falsos nada de eso era cierto. Ella no tenía tiempo que perder con silencios amables ni con palabras de ánimo.

—¿Entiendes por qué tus papás se preocupan tanto? —continuó—. ¿Cómo te sientes al saber que no se encuentran bien?

La última vez había hecho lo mismo: camuflar reproches en forma de preguntas, esa era su técnica. Seguro que las reseñas positivas de internet se las había escrito ella misma. ¿Qué esperaba que contestara? Pues claro que lo sentía por mis padres, habían pasado muy malos momentos. Pero yo no provoqué el accidente, y mucho menos con intención de hacerles daño. Es natural que los padres sufran cuando a sus hijos les pasa algo malo.

—Así es la vida —contesté, con esa idea en la mente—. ¿Usted tiene hijos?

—Hmmmhm. O sea que no te importa que tus papás se sientan mal si tú te sientes mal... —Escribió algo y hojeó de nuevo sus notas. Si tenía hijos, seguro que estaban deseando darse en adopción—. ¿Quieres contarme por qué te resulta tan incómodo ver a tus amigos?

«Pues no, no quiero. Porque lo utilizarás en mi contra, doctora Baj-Ona. ¿Te crees que soy tonto?». Ya estaba harto. Le había prometido a mi madre dar otra oportunidad a la terapia, pero nada me impedía hacerlo guardando silencio. Me crucé de brazos y dejé vagar la mirada por el librero de detrás del escritorio. Allí había libros de aspecto importante, títulos enmarcados y el modelo anatómico de una calavera humana más grande

208

que el tamaño natural. Se componía de piezas desmontables, entre ellas los globos oculares y las distintas partes del cerebro. Un lóbulo temporal, pintado de amarillo, colgaba un poco torcido.

—¿Puede ser porque no acabas de asumir el cambio de posición en tu grupo de iguales? —La doctora (me ahorré mentalmente el apellido compuesto, ya solo pensarlo era un trabalenguas) pasó al instante a la siguiente observación—: Seguro que es difícil dejar de ser el más popular, el más deportista y el más admirado del grupo para convertirte en alguien de quien todos sienten lástima, ¿no es así?

Me quedé boquiabierto. Pero no por la pregunta maliciosa, sino porque la calavera del librero había empezado a moverse. Abría y cerraba la mandíbula imitando a la terapeuta. Si no se trataba de un artículo de broma que la señora doctora utilizaba para enloquecer aún más a sus pacientes, solo había dos opciones: o bien sufría una alucinación, o bien no estábamos solos en la consulta.

La doctora me acercó una caja de pañuelos que había en el escritorio.

—Es normal que te cueste hablar de ello —dijo con voz suave y melosa—. El duelo por la pérdida de la integridad física puede ser como el duelo por un ser querido. Y tu pérdida ha sido enorme. —De nuevo hojeó sus notas.

La calavera entrechocó los dientes sin hacer ruido y puso varias veces los ojos en blanco. Luego me lanzó una sonrisita como buscando mi aprobación.

Dios mío. Seguramente aquello se debía a que mi percepción alcanzaba «hasta los niveles más sutiles», como había dicho Ada. Habría preferido que mis capacidades mágicas se revelaran de otra forma. Si es que de verdad las tenía. Por el momento, se hacían esperar.

Cuando me desperté el día anterior no recordaba cómo había vuelto de la biblioteca del profesor Cassian a mi cama. Pero al apartar las cobijas y verme los pies sucísimos al menos supe que mi excursión por el cementerio y por el Límite (¡qué cosas!) no había sido un sueño. Por desgracia cometí dos errores: el primero fue creer que podía salir de la cama de un atlético salto para ir al baño; y el segundo, intentarlo. El batacazo contra el suelo no tuvo nada de atlético y, además, me raspé el codo con el borde de la cama y me saqué sangre. No solo padecía los mismos malditos problemas de antes, el paquete completo de mareos-cojera-piernas flojas, sino que además me atacaba un dolor de cabeza y de músculos asesino, acompañado de náuseas y de una espantosa sensibilidad a los olores y a la luz. Era cierto que Ada había comentado que necesitaría descansar uno o dos días porque la poción angélica causaba algunos efectos secundarios incómodos, pero entonces no imaginé que sentiría una resaca tan intensa. De hecho, me pasé casi todo el domingo en la cama. Solo me arrastré a la planta baja para comer con mis padres, y encima tuve que esforzarme muchísimo para que no me notaran nada raro. Hacia el final del día empecé a sentirme mejor y conseguí abrir la laptop, aunque aún no podía pensar con claridad. Estuve haciéndome el tonto por internet, leí algunas cosas sobre Nietzsche (¡sin duda era él!), vi un video de experiencias cercanas a la muerte e intenté en vano encontrar información útil sobre espíritus elementales o dragones. Tampoco mis investigaciones sobre la chica del pelo azul tuvieron ningún éxito. El nombre de pila y la profesión de la madre no eran datos suficientes para localizar a nadie en nuestra ciudad.

El camino al baño supuso un verdadero reto por lo menos hasta medianoche. Era un misterio que aquella poción me hubiera permitido incluso saltar la reja del cementerio; por más vueltas que le daba, no conseguía encontrar una explicación lógica. ¿Y si solo me lo había imaginado, en aquel estado como de borrachera? O a lo mejor desconfiaba tanto de toda la historia de los descendientes y los seres del Límite que mi inconsciente se negaba a creer que de verdad me hubiera curado. Recordaba con toda claridad la sensación de poder arrancar un árbol de cuajo y de poder hacer saltos mortales. Tan claramente que no lograba sacármela de la cabeza.

—¿Le parece a usted posible que mi discapacidad sea imaginaria? —le solté a la doctora Baj-Ona. Llevaba como cuatro minutos sin escuchar ni una de sus palabras.

Se inclinó hacia adelante y me miró como si hubiera dicho algo que la alegrara especialmente.

—¿Piensas que tus problemas son de naturaleza psicosomática? —inquirió, siempre al acecho—. ¿Crees que podrías caminar?

Asentí.

—¿Y hacer deporte? —Incapaz de contenerse, sonreía encantada.

Asentí de nuevo intentando ignorar a la calavera, que seguía entrechocando los dientes y poniendo los ojos en blanco. Tuve la sensación de que, más que molestarme, pretendía darme ánimos. En aquel momento hacía subir y bajar el cerebro, pintado de azul.

—Veamos. —La señora doctora se inclinó sobre las notas y pasó varias páginas—: rotura de tobillo, en concreto fractura trimaleolar, lo que significa que no solo se ven afectadas las partes internas y externas sino también la tibia, ¿no es cierto? Además, rotura del metatarso y fractura abierta del peroné. —Levantó un momento la vista para asegurarse de que la estaba escuchando—. En cuanto a las lesiones de la cabeza, tenemos un politraumatismo abierto con hundimiento, creo que eso quiere decir que una parte del hueso se mete hacia el cerebro, ¿no? Pérdida de líquido encefalorraquídeo a través de la herida, hemorragia en el oído medio, hemorragias intracraneales, hematomas en el tejido cerebral, edemas en los ventrículos laterales y en el tercer ventrículo... ¿Continúo?

Ya era oficial, aquella señora era una sádica. Y si seguía haciéndole preguntas sin pensarlas bien, estaría encantada de internarme en alguna institución. No podía ponérselo en bandeja.

—Solo era una pregunta teórica —me apresuré a contestar—. Me gustaría saber si desde el punto de vista psicológico es posible que una persona se sienta enferma aunque se haya curado hace tiempo, y que eso pase porque no se cree la curación.

En lugar de contestar me miró fijamente durante unos segundos.

—¿Y de dónde sacaste esa idea? —inquirió con voz suave—. ¿Fue una especie de inspiración?

—Eeeh, quizá.

La señora doctora tomó notas frenéticamente y la calavera imitó los movimientos de su cabeza. El lóbulo temporal se iba saliendo cada vez más.

La doctora me observó con expresión de euforia, como si estuviera a punto de entregarme un regalo especialmente valioso.

—Y esa inspiración... ¿es como una especie de voz interior?

«¡Pues claro que no!», podría haber respondido. «Las voces interiores son cosa de locos. En mi caso, la inspiración son un hada llamada Ada y un señor mayor que vive con Friedrich Nietzsche en una biblioteca de un mundo paralelo al que se accede por un portal situado en el Cementerio Viejo. Ah, y por cierto, me parece que su calavera le está sacando la lengua, aunque no tiene».

Ni hablar, no se lo pondría tan fácil. Entonces (y debido a que la calavera no paraba de poner los ojos en blanco) se me pasó por la cabeza un pensamiento: ¿y si la señora doctora Bartsch-Kampe era una de ellos? Un ser del Límite. Si lo había entendido bien, vivían entre nosotros. Y, como en el caso de Héctor, no todos querían lo mejor para mí. ¿Y si el plan de la señora doctora era librarse de mí internándome en alguna institución?

Genial, además de todo ahora estaba también paranoico.

La doctora seguía esperando mi respuesta.

—Por supuesto que no —contesté sonriendo un poco—. Es que mientras estaba en el hospital leí un libro que decía que el cerebro es capaz de curarse solo. Y quería saber si es verdad.

Decepcionada, dejó a un lado el bolígrafo.

—No cabe duda de que la mente desempeña un gran papel en la autopercepción física y también en los procesos de recuperación —comenzó, y pensé que por fin diría algo positivo—. Pero si te leí estos informes médicos es para que tomes conciencia de la gravedad de tus lesiones. No te conviene aferrarte a tu estado de antes del accidente, ni albergar fantasías de una recuperación total. Lo importante es que entiendas lo afortunado que fuiste al sobrevivir. Volviste a nacer, como quien dice. El objetivo de nuestra terapia consiste en ofrecerte una base para comenzar de nuevo en unas condiciones muy diferentes, y no en alimentar la falsa ilusión de que todo volverá a ser como antes.

Dicho en otras palabras: que ya podía irme acostumbrando a que mi vida fuera una mierda. Y rapidito.

¡Pero qué fuerte! La próxima vez la grabaría con el celular para enseñárselo a mi madre. Ella me había criado con frases como: «Puedes conseguir lo que quieras», «Ningún sueño es demasiado grande» o «¡No te rindas nunca!». Se horrorizaría al saber que la psicoterapeuta que supuestamente iba a salvarme de la depresión me decía justo lo contrario.

Yo no tenía la menor intención de volver a poner un pie (para ser exactos, una rueda de la silla) en aquel consultorio pero, por si la señora doctora era un ser del Límite, no me convenía mostrar mis cartas. No me citaría hasta dentro de dos semanas, para entonces esperaba tener más información y haber preguntado a Ada o al profesor Cassian de qué lado estaba esa mujer. En caso de que fuera una de ellos, claro.

Durante el resto de la sesión colaboré en preparar un plan de diez puntos para mi nueva vida, con el objetivo de volver a la escuela después de las vacaciones de Pascua. De volver en silla de ruedas, claro. La doctora asentía satisfecha, imitada por la calavera, que seguía intentando captar mi atención con sus muecas. Cuanto menos caso le hacía, menos parecía divertirse. Al final volteó al revés los globos oculares y se quedó quieta.

Mi madre me esperaba en la puerta. De nuevo, dio efusivamente las gracias a la doctora por haberme hecho un hueco con tan poca antelación. Aseguró que nos habíamos desmañanado de muy buen grado.

—Me alegro mucho, de verdad —contestó con falsedad aquella víbora—. Le avisaré enseguida si se produce una cancelación. Ahora mismo su hijo necesita apoyo constante, ¿no es cierto? —Me dedicó una dulce sonrisa—. Hasta la próxima, Quinn. No olvides lo que te dije: un día detrás de otro.

Pero ¿de qué hablaba? ¡No había dicho nada ni parecido! Sin embargo, como mi madre parecía muy contenta, me esforcé por mantenerme en mi papel y me callé. Si me quejaba de cómo me trataba realmente la señora doctora, se sentiría fatal. ¿Y qué sentido tenía que pasara un mal rato? Para mí la terapia había terminado.

Eran las nueve de la mañana cuando salimos de la clínica en la que se encontraba el consultorio. Disimuladamente agarré el folio con el plan de diez puntos, lo arrugué y lo eché en el primer bote de basura que encontramos.

—¿Quieres que desayunemos juntos? —propuso mi madre mientras se peleaba con una acera—. Después podríamos visitar la florería nueva.

A la florería quería ir a toda costa. Y también al mausoleo, para ver al profesor Cassian. Tenía muchísimas dudas. El día anterior las había escrito y colocado por orden de importancia para no hacer preguntas tontas llevado por los nervios. Pero claro, no podía presentarme con mi madre. Y yo solo no me las arreglaba. Necesitaba ayuda. Necesitaba... a Hoyuelos. Mientras nos acercábamos a la parada del tranvía, contesté:

—Okey, desayunamos en el café Fritz. Pero a la florería mejor vas tú sola, la silla casi no cabe. Por cierto, ¿te importaría si esta tarde voy a fisioterapia sin ti?

—Pero cariño, ¿eso cómo va a ser? —Aunque no la veía, sabía que negaba con la cabeza—. Si ya los dos juntos tenemos muchísimos problemas para entrar y salir del tranvía... A lo mejor somos especialmente torpes pero, la verdad, recordaba a la gente más amable. Cuando eras pequeño y te llevaba en la carriola todo el mundo me ayudaba. De verdad, me voy a poner contentísima cuando te libres de la silla.

La señora doctora tendría un par de cositas que decir al respecto. En lo más alto de su plan de diez puntos figuraba la adquisición de una silla motorizada de gama alta que me diera independencia y sustituyera la que me habían proporcionado en el hospital.

—Podría preguntarle a Matilda Martin si quiere acompañarme... —dije, como si se me acabara de ocurrir.

Mi madre guardó silencio durante un rato inusualmente largo.

—Ah, pues sí. Eso ya sería otra cosa —contestó al final. Estaba sonriendo, lo supe por su voz. Seguro que se felicitaba por lo bien que le había salido el plan de meterme a Matilda en la habitación—. Esa chica sí que se maneja bien con la silla.

Totalmente de acuerdo. Bueno, pues aquello ya estaba arreglado. Ahora solo faltaba que Matilda tuviera tiempo.

«Hola. ¿Puedes acompañarme a fisioterapia esta tarde?», escribí. Mi madre leyó el mensaje por encima de mi hombro y soltó un resoplido.

—Mira que eres bruto, hay que ser más amable cuando se piden favores.

Pero no era necesario. No con Hoyuelos. A los cuatro segundos llegó la respuesta.

«Okey», había escrito Matilda.

Matilda

Al pulsar el timbre de casa de Quinn por tercera vez en cuatro días me alegré muchísimo de no tener que inventarme una excusa ni hacerme pasar por Luise. En esa ocasión solo era una chica que tenía una cita con un chico y que, además, se presentaba muy puntual a su primer trabajo. En fin, no era una verdadera cita, eso lo tenía claro; y seguramente tampoco era un trabajo de verdad porque nadie podía enterarse de que me pagaban. Pero en ese momento la combinación me pareció maravillosa.

La señora Von Arensburg abrió la puerta y me guiñó un ojo con aire de complicidad. Ni siquiera intenté devolverle el guiño porque yo solo era capaz de cerrar los dos ojos a la vez, no cada uno por su lado. Lo mismo me pasaba con las cejas, me daban mucha envidia las personas que enarcaban una sola, resultaba súper elegante. Pero a pesar de mis muchos intentos ante el espejo, siempre parecía un conejo de dibujos animados que acaba de encontrar una zanahoria. De modo que me limité a sonreír y saludar:

—Buenas tardes.

—¡Quinn! ¡Es Matilda! —le avisó.

Él bajó cojeando por las escaleras. No sabía qué sustancia le habría permitido andar sin muletas por el cementerio pero en cualquier caso había dejado de hacerle efecto. Llevaba un pants gris claro y una sudadera cuyo color resaltaba el azul de sus ojos. Era como si el pelo le hubiera crecido unos milímetros durante el fin de semana, al menos me parecía menos rapado. Como siempre que lo veía se me aceleró el corazón. Al recibir el mensaje en clase aquella mañana, Julie tuvo que pellizcarme varias veces para convencerme de que no estaba soñando. Cuando, ya en la puerta de su casa, Quinn me sonrió y me dijo «hola», por poco solté un suspiro de felicidad.

Cosa que, por supuesto, no hice. Contesté con toda la calma:

—Hola.

Bueno, quizá no fue con tanta calma y a lo mejor me puse un poco roja. Pero por suerte nadie lo vio porque, con gran presencia de ánimo, me agaché para agarrar los reposapiés y armarlos en la silla.

—No vayas a mandar un equipo de rescate si tardamos un poco —advirtió Quinn a su madre mientras ella le ayudaba a ponerse el abrigo. Entretanto, yo bajaba la silla por los escalones de la entrada—. Después de fisioterapia me gustaría… tomar un poco el aire.

—Entendido. —Le dio un beso en la mejilla—. ¿Llevas dinero por si quieres invitar a Matilda a un café?

—¡Mamá! —exclamó él, poniendo los ojos en blanco.

Había llegado cojeando hasta el último escalón. Aunque perdió un poco el equilibrio, se agarró con habilidad a la silla y luego se acomodó en ella.

Recogí las muletas, las encajé en los enganches y solté los frenos.

—¿Listo? —le pregunté.

Su madre no había podido reprimir un gritito de angustia cuando lo vio tambalearse. Ya no parecía tan contenta.

—¡Tengan cuidado, por favor! —gritó mientras nos alejábamos.

—Creo que, como la otra vez, le gustaría acompañarnos —susurré mientras me giraba para tranquilizarla con mi mejor sonrisa.

—Debe superarlo —contestó Quinn—. Y nosotros debemos tomar el tranvía.

No se me escapó que lanzaba una ojeada al cementerio mientras avanzábamos por la acera. Me mordí la lengua para no soltar de golpe todas las ideas que llevaba veinticuatro horas rumiando en la cabeza y que no me habían llevado a ningún lado.

El día anterior, después de la iglesia, comprendí que no podía contarle a Julie lo que había visto en el cementerio. A pesar de que ella lo sabía todo de mí, literalmente todo, y yo lo sabía todo de ella. Pero lo sucedido era demasiado disparatado para expresarlo con palabras. Resultaba imposible intentar decir algo razonable: «Imagínate, Julie: ¡la estatua de Clavigo Berg habla! Su misión es vigilar un portal que se encuentra en el mausoleo de la familia König, donde vi entrar a Quinn. Que, por cier-

221

to, iba sin muletas pero acompañado de la señora de la florería nueva. Y oye, ¿tú no sabrás por casualidad qué son los lobos sanguinarios?».

Ni siquiera ella daría crédito a algo así. Esas cosas solo te las crees si las ves con tus propios ojos.

El domingo por la tarde volví al cementerio y me pasé como media hora rondando el mausoleo, bajo la llovizna y azotada por el viento frío. Clavigo permanecía en su pedestal en su postura de siempre, con la mano en el corazón. No se movió al darle unos golpecitos ni cuando lo examiné centímetro a centímetro, igual que hice con el suelo a su alrededor. Yo misma no sabía muy bien qué esperaba, solo quería comprobar si había alguna trampilla secreta o algún otro escondrijo que pudiera ocultar un micrófono. Pero no encontré nada parecido. Tampoco Clavigo contestó a mis preguntas, y eso que en su honor las formulé rimadas: «Estoy ante esta puerta y me pregunto, ¿qué sucede con todo este asunto?». Después de revisar a fondo la puerta, de darle una vuelta completa al mausoleo y de que una pareja de ancianitos comentara algo sobre «dejar descansar a los muertos» y «generación sin respeto», decidí regresar a casa. Estaba claro que aquellos misterios no iban a revelarse a plena luz del día.

Ni se me había ocurrido que tendría la posibilidad de hablar con Quinn de todo aquello. Pero ahora que se me presentaba la ocasión, no sabía cómo hacerlo. Debía encontrar la manera de darle a entender que lo sabía todo. Porque él no me contaría nada, de eso estaba segura.

Le miraba la nuca sin saber qué hacer. Él también parecía sumido en sus pensamientos. Llegamos a la plaza de Santa Inés y aún no habíamos dicho una palabra.

La florería estaba llena de clientes, como pudimos apreciar a través del escaparate. Jacinto nos saludó levantando un ramillete de iris azules y le devolvimos el gesto al pasar. A pesar de nuestro encuentro en el cementerio, me seguía cayendo muy bien.

—Me alegro de que el negocio funcione —comenté—. Aunque me cuesta creer que sean floristas...

—Son hadas —murmuró Quinn—. Tienen un don natural para las plantas.

—¿Qué dices?

Él soltó un gran suspiro.

—Bah, olvídalo. Solo era una broma.

—Bueno, la verdad es que eso explicaría unos ojos verdes tan increíbles —me lancé. Si no aprovechaba la oportunidad, quizá no volvería a presentarse—. A ver, podrían ser lentes de contacto de colores, como pensaba yo hasta que entró el hombre del sombrero y le vi esos ojos amarillos tan raros. Pero no es muy probable que todos los usen, ¿no? A menos que su organización secreta se llame precisamente Logia de los Lentes de Contacto Coloreados.

Quinn guardó silencio como dos segundos. Cuando habló, su voz sonaba de pronto más alegre.

—Ya extrañaba tu parloteo... No, el hombre del sombrero no pertenece a las hadas. Es el jefe de un grupo de cazadores. Así que la palabra que empezaba por «ge» seguramente sea «general».

—Sí, eso encajaría. —Intenté imitar aquella voz metálica—: «Soy el más alto general y por eso llevo este sombrero horroroso de jefe supremo». En fin, ¿y qué son esos cazadores? —Quinn volteó y me lanzó una mirada escrutadora. Me apresuré a añadir—: Siempre hablando de un mundo teórico habitado por hadas, cazadores y generales, claro.

Volvió a mirar hacia adelante.

—Bueno, pues en ese mundo hipotético los cazadores se dedican a capturar humanos. Con ayuda de unos seres alados invisibles y de lobos sanguinarios.

—¡Lobos sanguinarios! —exclamé para mí. Entonces fue Quinn quien preguntó:

—¿Qué dices?

Esquivé la pregunta con otra:

—¿Y qué tienen los cazadores en contra de los humanos?

—Creo que intentan mantener su existencia en secreto. Es decir, la existencia de las hadas y de muchos otros seres mágicos e inmortales que viven tranquilamente entre nosotros. —La explicación me resultó lógica. Pero solo hasta que Quinn añadió—: Hoy día ya solo viven aquí los que tienen apariencia humana. Los dragones, los gigantes y los unicornios, ya no.

—Ajá…

Aquello de los dragones, gigantes y unicornios me desconcertó un poco. ¿Seguía hablando de lo que le había sucedido aquella noche? Aunque pensándolo bien, en realidad los unicornios tampoco eran más raros que las estatuas vivientes.

—¿Y entonces esos dragones y unicornios dónde viven? —pregunté como si fuera lo más normal del mundo.

—En un lugar metafísico intermedio llamado el Límite que los humanos atraviesan cuando mueren y van hacia la luz —respondió al instante, de un jalón.

Me quedé asombrada.

—¿Quieres decir que al morir vemos unicornios? Pues en realidad es bonito, ¿no? Los gigantes y dragones ya no me hacen tanta gracia. En cuanto a la luz…, los científicos dicen que todo eso del túnel, la luz y la vida que nos pasa ante los ojos no es más que un fenómeno neurológico. —Había visto unos cuantos videos mientras Quinn estaba en coma—. Al parecer, es el cerebro el que monta toda la representación.

Estábamos ya en la parada y justo llegaba el tranvía de la línea 5 en dirección a la universidad.

—¿Este nos sirve? —le pregunté, porque no tenía ni idea de dónde estaba el consultorio de fisioterapia. Él asintió.

Por suerte el vagón estaba casi vacío y no tuvimos problemas para maniobrar con la incómoda silla. Quinn puso los frenos. Una vez se me olvidó hacerlo con la señora Jakobs y, cuando el tranvía llegó a la siguiente parada, acabó rodando por todo el vagón mientras me lanzaba agrios insultos.

Quinn me señaló un asiento libre.

—Son solo dos paradas, pero por mí no te quedes…

—¿Dónde nos habíamos quedado? —pregunté al mismo tiempo, y nos echamos a reír.

Me situé de manera que podía verle la cara y, al mismo tiempo, lo protegía de las indiscretas miradas de una señora mayor que lo observaba sin ningún disimulo.

—Hablábamos de la luz que vemos al morir —retomó con una sonrisa algo amarga—. Y de los científicos que afirman que todo eso son tonterías. ¿Tú qué crees?

—Pues... ni idea. No sé, espero que los científicos se equivoquen. Me parece bonito pensar que hay algo después de la muerte. Y que no se trata solo de la hiperactividad neuronal del cerebro. —Mierda, nos desviábamos del tema—. Pero cuéntame más detalles de ese mundo intermedio habitado por unicornios y dragones. Decías que los humanos vamos allí al morir, ¿verdad?

Me miró directamente a los ojos. Su mirada era tan intensa que casi me olvidé de agarrarme cuando el tranvía arrancó.

—Exacto, antes de llegar a la luz. Pero eso es solo para los humanos. Los..., los seres del Límite pueden cruzar de su mundo al nuestro cuando quieren, utilizando unos portales.

Asentí.

—Portales, claro. No pueden faltar en cualquier buena novela de fantasía.

—Ojalá hubiera leído más libros de esos. A lo mejor así me tomaría las cosas con tanta calma como tú. —Seguía sin quitarme los ojos de encima—. Y... ¿Y si te dijera que todo esto no es una novela..., sino la realidad?

Era el momento: ahora o nunca.

—¿Quieres decir que esos portales existen de verdad, por ejemplo en nuestro cementerio? ¿Y que están vigilados por estatuas vivientes que hablan en verso? —pregunté en voz baja. Quinn abrió los ojos como nunca. Reuniendo valor, continué—: Yo también estaba en el cementerio el sábado por la noche. Vi cómo entrabas en el mausoleo de la familia König con Ada y el profesor Cassian.

Ya estaba dicho.

—Pero… ¿qué hacías tú allí?

Frunció el ceño con desconfianza y sentí que me ponía muy roja.

—No…, no pienses que te estaba siguiendo ni nada de eso… —balbuceé—. Iba de camino a casa. Siempre acorto por ahí cuando vuelvo de estar con Julie porque es un atajo buenísimo, incluso de noche. Aunque a partir de ahora ya no sé… Jacinto me advirtió sobre Héctor y los lobos sanguinarios, me dijo que nadie encontraría mi tumba si me atrapaban. Me asustó mucho. Es la primera vez que he pasado miedo en el cementerio.

—¿Viste a Jacinto? —Aunque él también susurraba, tuve la sensación de que todo el vagón nos escuchaba.

—Bueno, es que ibas descalzo y parecías bastante desorientado. No tenía ni idea de qué pretendían hacerte Ada y el profesor Cassian. Estaba preocupada. Así que me quedé un buen rato intentando entrar en el mausoleo.

Quinn respiró profundamente.

—Para… ¿para salvarme?

Otra vez se me subió la sangre a las mejillas. Deseé que mis vehementes gestos de asentimiento lo disimularan al menos un poco.

—Pero no conseguí abrir la puerta. Clavigo acabó reconociendo que, por mucho que sea el guardián, no tiene capacidad para abrir el portal. Entonces fue cuando apareció Jacinto. Me llevó de allí a rastras y me dejó muy clarito que debía marcharme y que no podía contarle a nadie lo que había visto.

—Increíble —susurró Quinn.

—¿Verdad? ¿Quién podría callarse algo así? —contesté en voz baja, muy emocionada—. Dime, ¿entonces los unicornios existen?

—Al menos eso dicen el profesor Cassian y Ada. También dejaron entrever la razón por la que Héctor tiene un problema conmigo. Y no solo él, seguramente hay un montón de esos seres que...

—El hombre de ahí atrás nos mira muy raro —lo interrumpí—. ¡Oh! Justo acaba de desviar la mirada, como si me hubiera oído.

—Parece que los seres del Límite tienen un oído excepcional —me informó en un susurro—. Quizá es uno de ellos.

—Pues en el café Fritz te sirven una tarta de queso con moras y nata que te mueres —dije a volumen normal mientras miraba a mi alrededor con disimulo.

De pronto todos los pasajeros me parecieron sospechosos, incluidos una chica modosita peinada con la raya en medio y un niño pequeño que viajaban juntos dos filas más allá.

—La tarta de grosellas tampoco está nada mal. —Quinn me siguió la corriente.

Empecé a sudar.

La señora mayor que nos miraba con curiosidad, ¿no tenía unos ojos muy brillantes? Y su pelo corto y ondulado, ¿no desprendía un brillo lila sobrenatural?

—Mi favorita es la de frambuesa, chocolate y crema agria —contesté mientras me abría el abrigo. Buf, así que eso se sentía cuando padecías manía persecutoria...

Nos pasamos el resto del trayecto enumerando todos los pasteles y tartas que conocíamos y además nos inventamos unos cuantos, como el pastel de paranoia crocante o la locura de bizcocho con ciruelas. Cuando al llegar a nuestra parada ni el-señor-de-la-ventanilla ni la-señora-del-pelo-lila ni la-chica-con-la-raya-en-medio se bajaron con nosotros, nos sentimos bastante estúpidos. Aun así, noté que de camino a la consulta Quinn miraba varias veces a su alrededor. Yo tenía tanto calor que me moría por quitarme el abrigo.

—¿Cómo es posible que aquella noche caminaras sin muletas? —pregunté para aprovechar el tiempo.

Tomé nota mental de un cuervo que, posado en un bote de basura, nos observaba con la cabeza ladeada. Los cuervos no faltan en ningún buen libro de fantasía, y este parecía especialmente inteligente.

—Fue gracias a Angélica. Al final resultó que no era una persona, sino una poción mágica que me dio Ada. Y que..., bueno, para ser sincero no tengo ni idea de cómo funciona. Solo sé que a mí me funcionó.

—Una poción mágica... —repetí. Busqué al cuervo con la mirada pero había desaparecido—. ¿Ya es oficial que estamos locos?

Quinn soltó una carcajada.

—Eso me temo. Pero estar loco contigo es mucho más divertido.

Me dio un vuelco el corazón.

El consultorio se encontraba en un centro médico situado en el campus universitario, frente a la facultad de Medicina. Ya conocía el edificio porque nuestro dentista ejercía allí. Cuando era pequeña les echábamos pan a los patos y cisnes del parque de al lado, hasta que nos enteramos de que es perjudicial para los animales. Habían pasado un montón de años y seguía teniendo sentimiento de culpa.

Al edificio se entraba por una enorme puerta giratoria que suponía un problema para la silla de ruedas, pero por suerte encontré una entrada lateral más accesible.

También había un elevador, que resultó esencial porque el consultorio estaba en el séptimo piso. Nos subimos, apreté el botón y, apoyándome en una de las paredes, pregunté:

—Entonces lo que te pasó después de la fiesta de Lasse no fue un accidente, ¿verdad?

Las puertas se estaban cerrando y Quinn se disponía a contestar cuando una persona se coló por el hueco. Ya era mala suerte, en la cabina habríamos podido hablar sin que nadie nos escuchara. Por si fuera poco, no era una persona cualquiera. Se trataba (casi se me escapó una exclamación de asombro) de la mismísima Lilly Goldhammer. La exnovia de Quinn.

Palideció al vernos. Tampoco Quinn parecía muy contento.

—Hola, Lilly —la saludó a pesar de todo.

Se había quedado muda. Nos miró primero a él y luego a mí. Mientras me escrutaba de arriba abajo recordé que llevaba el abrigo abierto y, por lo tanto, la horrible blusa de holanes (también conocida como la última prenda limpia de mi armario) asomaba en todo su esplendor. Seguro que además tenía la cara colorada y todo el rímel corrido. La apariencia de Lilly, por el contrario, era la de un post de moda: llevaba un gorro modernito del que escapaba su brillante melena castaña, que caía en cascada sobre unas prendas de marca tan doradas y brillantes que convertirían a cualquier otra chica en un árbol de Navidad y no en una súper modelo. Hasta las gruesas botas parecían hechas a medida para acentuar sus largas piernas. Aun así, tenía el rostro desencajado y solo cuando el elevador se puso en marcha se recuperó lo bastante para poder hablar.

—Te cortaste el pelo —le dijo a Quinn.

Él se pasó la mano por la cabeza.

—Ya ves. Quería probar algo nuevo.

Quinn

Me sucedió algo bastante extraño: durante los segundos que Lilly dedicó a observarnos en silencio se despertaron en mí varias emociones desagradables, empezando por la ya conocida culpa, que se combinó con un vago arrepentimiento (¡me había olvidado de lo bonitas que tenía las piernas!) y con algo parecido a la vergüenza. Me avergonzaba, por un lado, de haber cortado el contacto de manera tan cobarde. Por otro, de que nuestro reencuentro me agarrara sentado en la silla de ruedas y, para colmo, en pants. Además, no necesitaba mirarme al espejo del elevador para recordar el feo aspecto de mis cicatrices.

De pronto se me pasaron por la cabeza todos y cada uno de los mensajes negativos de la doctora Bartsch-Kampe. Por primera vez pensé que quizá tenía razón y que más me valía empezar a acostumbrarme al complejo de inferioridad.

Pero entonces Lilly soltó, sin el más mínimo asomo de ironía:

—Te cortaste el pelo.

Aquella frase barrió de un plumazo todas las emociones desagradables. Si lo primero que le importaba era mi pelo, podía quedarme bien tranquilo.

O quizá no.

—¿Sabes cuántos mensajes te he mandado? —atacó al instante.

Obviamente no le pude responder porque no había contado sus mensajes. Algunos ni siquiera los había leído o escuchado. Por suerte se contestó a sí misma con voz cortante:

—Cincuenta y tres.

Vaya. Tantos.

—¿Y a cuántos me has contestado? O mejor aún, ¿tú qué crees? —le espetó a Matilda—. ¿Cuántas veces dirías que me ha escrito?

Matilda se mordió el labio.

—Lilly... —comencé.

—¡Nueve! ¡Solo me has escrito nueve veces! Treinta y seis palabras en total. Eso hace una media de cuatro palabras por mensaje. ¡Cuatro!

¿Desde cuándo le interesaban tanto las matemáticas? Era una afición nueva.

Sin un momento de respiro, continuó:

—Siempre intentaba excusarte: quizá se siente mal, quizá aún está en shock, quizá es demasiado orgulloso, quizá necesita más apoyo o le hace falta tiempo... ¡Y ahora esto! —Tomó aire profundamente—. ¡Ahora apareces en el elevador de mi dentista!

Pues sí. Y era el elevador más lento del mundo. En aquel momento se detenía en el segundo piso. Las puer-

234

tas se abrieron con espantosa lentitud y ni siquiera había alguien esperando.

—¿Te has parado a pensar cómo me siento? ¿Has considerado que necesitaría hablar contigo para poder mirar de nuevo al futuro? —Como no dejaba ni medio segundo entre preguntas, no habría podido responder aunque quisiera—. ¿Has pensado en mí alguna vez? ¿O en alguien que no seas tú mismo? Tenemos... Yo tengo derecho a ser feliz. —La frase le pareció tan importante que la repitió una vez más para cerrar su monólogo—: Tengo derecho a ser feliz en esta vida.

—Bueno, pues sé feliz —contesté.

—¡Quizá lo haga! —replicó con un tono tan dramático como si le hubiera propuesto tirarse por un puente.

Por fin las puertas se cerraron y vi a Matilda pulsar ansiosamente el botón del séptimo piso. Muchas veces.

—Me alegro de que lo hayamos hablado —dije.

Ella sonrió con amargura.

—¡Y luego la gente dice que soy un monstruo sin corazón!

—¿Por qué dice eso la gente? —preguntó Matilda, y al momento se arrepintió de sus palabras.

Lilly la examinó de nuevo mientras ella se cruzaba apresuradamente el abrigo sobre el pecho.

El elevador retomó su lenta subida.

—Tú eres la hermana pequeña de los gemelos Martin, ¿no? —inquirió escrutándola—. Es increíble lo que se parecen. ¿Vienes con Quinn?

—Prima —corregí.

—¿Qué?

—Que esta chica es la prima de Luise y Leopold, no su hermana.

Si yo hubiera sido Matilda habría enarcado una ceja. Pero ella se limitó a mirarme y fui incapaz de adivinar lo que pensaba.

—¿Hay algo entre ustedes? —insistió mi exnovia.

Se me escapó una carcajada. Matilda bajó los ojos y clavó la vista en el suelo.

—Bueno, perdona —dijo Lilly—. No tengo ni idea de las secuelas que te dejó el accidente. Lasse dice que tienes problemas de visión.

Vaya. Qué colección de golpes bajos en solo dos frases. Casi estaban al nivel de la doctora Bartsch-Kampe.

Por suerte al fin habíamos llegado al séptimo piso. Mientras las puertas se abrían a cámara lenta y Matilda se soltaba las solapas del abrigo para agarrar la silla, miré a los (había que reconocerlo, muy bonitos) ojos de Lilly y le dije:

—Créeme que lo siento. Todo ha salido fatal. Pero no tiene arreglo. Debes intentar superarlo pronto. ¿Lo ves? Son todo frases de cuatro palabras. Es posible expresarse con total claridad usando solo cuatro palabras.

—Yo también lo creo —corroboró Matilda—. Ahora apártate, por favor. No nos dejas pasar.

No pude reprimir una sonrisa. Lilly se hizo a un lado sin decir nada.

—Diviértete en el dentista —le dije por encima del hombro, solo porque también eran cuatro palabras.

El elevador se cerró a nuestras espaldas y entramos en el consultorio por una puerta de cristal.

—El dentista está en el cuarto piso —comentó Matilda—. A Lilly se le olvidó pulsar el botón. Espero que ahora la hagan subir hasta el décimo.

—Y yo espero que tenga una muela cariada —contesté—. No la recordaba tan... cruel.

Aunque parecía que el elevador había tardado una eternidad, en realidad llegábamos con diez minutos de antelación. Matilda se desplomó agotada en una silla de la sala de espera.

—Es muy guapa —observó.

—Cierto.

Miré a mi alrededor. Aparte de la señora de recepción, no había nadie que pudiera escucharnos.

—Y seguro que nunca ha tirado a nadie a un bote de basura ni va por ahí llamando a la gente «bebé del suavizante» —continuó, más bien para sí misma.

—Si te consuela, sus papás la llaman «pastelito».

Busqué caritas en la planta hidropónica que crecía junto al mostrador de recepción, pero no encontré ninguna.

—«Pastelito» es muy tierno. Para mis papás soy «la hija problemática».

—¿Problemática? ¿Tú? Y qué has hecho, ¿robar el vino de misa?

Como no contestó, intenté volver a lo importante y retomar nuestra conversación anterior. El encuentro con Lilly había sido de lo más inoportuno.

—Por cierto, tenías algo de razón con tu hipótesis de la herencia.

—¿En serio? —Al momento dejó de juguetear con la extraña blusa que llevaba y se inclinó hacia mí con mucho interés—. ¿Y qué heredaste?

En aquel momento se abrió la puerta de un gabinete y salió una señora. Tras ella se asomó Severin. Por la manera en que Matilda lo miró, boquiabierta, comprendí que se había quedado tan impresionada como yo la primera vez que lo vi. Era bastante joven, no llegaría a los veinticinco años. Medía casi dos metros y tenía un cuerpo muy atlético, pero sin pasarse de músculos. Llevaba la melena oscura recogida en una coleta y una profunda cicatriz le recorría todo un lado de la cara: comenzaba en la línea del pelo, le cruzaba la frente, le atravesaba una ceja, pasaba de refilón por el ojo y bajaba por la mejilla hasta la marcada línea de la mandíbula. Severin Zelenko no era solo el ejemplo viviente de que se puede resultar súper atractivo a pesar de las cicatrices, sino que además era el mejor fisioterapeuta del mundo.

Sus ojos castaños brillaron al verme.

—¡Mi paciente favorito! ¿Pasas ya, Quinn? Deja fuera el abrigo y la silla. Dentro de nada no la vas a necesitar.

—Mi psicóloga opina otra cosa —comenté mientras me ponía de pie.

Matilda me dio las muletas, que fueron muy necesarias hasta que se me pasó el mareo.

—Tu chica puede entrar si quiere. —Sonrió con amabilidad a Matilda—. A lo mejor te sirve de aliciente.

—No es mi... —comencé y ella explicó, casi a la vez:

—Mi…, mi trabajo solo es traerlo a la consulta. —Se le pusieron rojas las mejillas.

—¡Ah! —La sonrisa de Severin se hizo aún más amplia—. Pues te vas a quedar sin trabajo enseguida. —Echó un vistazo al gran reloj de pared—. Acabamos a las cuatro y media, estos cinco minutos extra nos vendrán muy bien.

—Hasta luego —me despedí. Quería decirle algo agradable, así que me giré desde la puerta y añadí—: Pero no se te ocurra irte a comer tarta de paranoia crocante sin mí, ¿eh?

Me sonrió, aunque noté que se esforzaba.

Severin cerró la puerta.

—Explícame eso de la psicóloga y la silla de ruedas.

—Pues primero me leyó los informes médicos y luego me dijo que tendría que acostumbrarme a vivir en silla de ruedas —la acusé bien a gusto.

—¡Pero será…! —Estaba realmente indignado—. ¿De verdad te dijo eso?

—Creo que tiene algo en mi contra. —Con cierto esfuerzo evité añadir: «Seguramente porque soy un descendiente y ella, un ser mágico del Límite».

Aunque entre Severin y yo existía desde el principio un sentimiento de confianza, decidí no ponerlo a prueba contándole la novela de fantasía en que se había convertido mi vida.

—Vamos, ¡a la colchoneta! —ordenó, furioso—. Vamos a demostrarle a esa bruja de lo que eres capaz.

Terminé la sesión bañado en sudor y con los gemelos temblorosos, pero había logrado dar quince pasos totalmente solo, sin muletas y sin ayuda. Severin intentaba convencerme de que suponía un progreso enorme; sin embargo, en el paso número dieciséis me fallaron las piernas y tuvo que sostenerme para que no me cayera.

—El miércoles caminarás el doble —aseguró mientras me hacía unos estiramientos antes de despedirnos—. En cuanto a la psicóloga esa, mándala al infierno. Quinn, nunca hay que escuchar a la gente que te dice que no puedes hacer algo. Créeme, te hablo por experiencia. —Se señaló la cicatriz.

—¿Qué te pasó?

Sonrió.

—Es una larga historia. A lo mejor te la cuento en la próxima sesión, cuando consigas levantarte solo de la colchoneta.

Si llegaba a lograrlo sería únicamente gracias a la confianza ciega que él tenía en mí. Era extraño, en sus sesiones siempre me transmitía esa gran esperanza. Era así desde el hospital, cuando lo máximo que conseguía era mantenerme derecho en aquellos aparatos de rehabilitación diseñados para recuperar la masa muscular. Incluso en esos momentos me hacía creer que los Juegos Olímpicos estaban a la vuelta de la esquina.

Aunque me quedé físicamente agotado, hacía mucho que no me sentía tan optimista. Desde el sábado por la noche, para ser exactos, cuando me paseé por el cementerio sin notar la más mínima debilidad en las piernas. Pero claro, estaba bajo los efectos de la poción mágica. Allí, con Severin, no había tomado nada y sin embargo me sentía súper motivado. Quizá era cierto que solo me hacían falta paciencia y mucho entrenamiento, y que en algún momento conseguiría caminar sin necesidad de sustancias extrañas.

—Bueno, Quinn, pues hasta la próxima. Rendirse no es una opción, ¿de acuerdo? —Como en otras ocasiones, sospeché que tenía en casa el mismo calendario de frases que mi madre. Me pasó las muletas—. Y recuerda tomar muchas proteínas, los músculos te lo agradecerán.

Al acercarme a la puerta de pronto oí a Matilda, que decía:

—Creo que Lilly sigue enamorada de él.

Me sobresalté. La voz me llegaba fuerte y nítida, como si ella se encontrara a mi lado y no en la sala de espera. Pero eso no era todo. De pronto, sentí como si el cuerpo se me llenara de sonidos. La recepcionista tecleaba en la computadora, en el descansillo se abrían las puertas del elevador, siete pisos más abajo, en la calle, una pareja discutía si pedir sushi o pizza para la cena, en los árboles del parque piaban los pájaros y una araña se descolgaba con su hilo desde el techo del gabinete.

—¿Estás bien? —me preguntó Severin. Cuando parpadeó, percibí el rumor de sus pestañas al cortar el aire.

Me las arreglé para hacer un gesto afirmativo mientras todos los ruidos de la ciudad se me echaban encima. Al mismo tiempo, oía el latido de mi propio corazón y la sangre circulando por mis venas.

—Solo es un momento de bloqueo —expliqué al fin.

—Quinn, a veces… —Me miró con aire inquisitivo y luego continuó—: A veces, después de un accidente tan grave, el mundo resulta muy raro y desconocido…

—¡No! —susurraba Matilda en la sala de espera—. No me atrevo. Además, lo prometí. —Oí el roce de la tela cuando se guardó el celular en el bolsillo.

Y de pronto todo volvió a la normalidad. Los sonidos se retiraron como el agua que abandona la orilla después de una ola.

Solté un suspiro de alivio.

—Esa psicóloga no es la adecuada para ti —declaró Severin al sujetarme la puerta—. Te iría muy bien contar con alguien en quien de verdad puedas confiar.

—Es cierto. —Miré la cabeza rizada de Matilda, que seguía en la sala de espera—. Por suerte, creo que cuento con alguien así.

Matilda

La puerta de la iglesia se cerró a nuestras espaldas con su acostumbrado chirrido. Dejé a Quinn en la entrada, junto a la pila de agua bendita.

—Voy a comprobar que no hay nadie —dije, pero él no estuvo de acuerdo.

—No me dejes aquí solo. Esto es súper lóbrego y da mala espina. Y además huele raro.

—Cómo se nota que no frecuentas iglesias. —De pronto, sentí la necesidad de defender Santa Inés—. No huele raro, huele… pues a iglesia.

—¿Todas tienen olor a moho y a cerrado con un toque dulzón?

—No, huelen a incienso, a historia y a eternidad. —Suspiré y al final tuve que darle la razón—: Y al agobiante perfume de la señora Harfner. —Avanzamos lentamente por el pasillo central—. Estos muros tienen más de ochocientos años, inculto descreído.

—Así es. Pero en el siglo XV el coro románico y la cripta de esta basílica de tres naves fueron sustituidos por un coro nuevo de estilo gótico —contestó el inculto descreído, para mi inmensa sorpresa—. Solo se preservó la torre románica del crucero, caracterizada por su singular tejado renano y con una altura de cuarenta y ocho punto seis metros.

—Pero ¿cómo sabes…?

—Por cierto, ¿sabías que la disposición tonal de las cuatro campanas constituye un tetracordio dórico?

—¿Un… tetra qué? —Solo entonces me di cuenta de que estaba leyendo un folleto que había agarrado al pasar.

Se rio con malicia.

—¡No hagas tanto ruido! —susurré, mientras el eco parecía repetir «órico…, órico…, órico…»—. No nos conviene llamar la atención.

—Cierto, lo que nos interesa es colarnos en otra dimensión por un portal secreto —bromeó, aunque bajando la voz.

No habíamos tomado el tranvía de regreso por miedo a que nos espiaran, y nos pasamos todo el camino hablando en susurros. En realidad habló él casi todo el rato, mientras yo lanzaba incrédulos «ohs» y mantenía vigilados a los cuervos. Me parecía muy sospechoso que justo aquel día hubiera tantos por las calles, pero a Quinn le faltaba entrenamiento en películas de terror y no les dio importancia.

—Mientras no caigan muertos aquí mismo, son el menor de mis problemas. —Se limitó a decir.

Había salido de fisioterapia lleno de energía. Cuando le dije que en la iglesia de Santa Inés había otro portal (siempre que diéramos credibilidad a las palabras de una estatua de bronce viviente) quiso ir de inmediato a comprobarlo con sus propios ojos.

Y no parecía dispuesto a cambiar de opinión.

—Bueno, ¿dónde está el portal ese? —preguntó mirando a su alrededor mientras avanzábamos entre las bancas.

—Debajo del vitral de santa Inés. Eso al menos dijo Clavigo.

Giré a la izquierda cuando llegamos al altar. La puerta de la sacristía estaba cerrada, aunque eso no significaba necesariamente que estuviera vacía. Por lo demás, era lunes a media tarde y no había misa, ni rezo del rosario, ni confesiones, ni ensayos del coro. No encontraríamos un momento mejor para registrar la iglesia en busca de portales ocultos.

—Tiene que ser allí adelante —susurré, dirigiendo la silla hacia la nave lateral. Entonces caí en la cuenta de que casi me había criado en aquella iglesia. —Aunque… no estoy segura de que esto sea una buena idea.

—¡Pero si fue idea tuya! Y a mí me parece fantástica.

Ni era fantástica ni era mi idea. Yo tan solo le había contado lo que me pasó en el cementerio. Es verdad que a lo mejor me entusiasmé un poco por poder proporcionarle información útil. Pero no esperaba que decidiera pasar a la acción en aquel mismo momento.

—De todos modos no vas a poder entrar. Clavigo me aseguró que todos los portales están cerrados con llave y vigilados —señalé, intentando tranquilizarme a mí misma.

Me lanzó una sonrisita por encima del hombro.

—Ya, pero también te dijo que este de aquí había caído en el olvido…

Mierda. ¿Por qué no mantendría el pico cerrado?

—¡Es peligroso! No tienes ni idea de lo que puede haber al otro lado —siseé.

—Pues por eso mismo tenemos que descubrirlo —contestó alegremente—. Por suerte hoy me acompaña una experta en pasadizos secretos que conoce todos los resortes ocultos y todas las palabras mágicas.

—Ja, ja.

A lo mejor no tenía que haberle soltado una clase sobre *Harry Potter* y Alí Babá, como si yo solita hubiera abierto el callejón Diagon y la cueva de los cuarenta ladrones. No obstante, tenía la sensación de que Quinn se alegraba de que hubiera leído tantos libros fantásticos y de que para cualquier situación se me ocurrieran al momento dos hipótesis convincentes. Aunque bueno, lo de «convincente» era un poco relativo.

—Yo seré la experta, pero aquí el descendiente con poderes mágicos y una percepción sobrenatural eres tú. Abrir el portal debería resultarte un juego de niños.

—Ojalá —suspiró.

Aquellos poderes, al parecer heredados de uno de sus abuelos, se hacían esperar y eso empañaba su buen humor.

—¿Y cuáles son exactamente tus poderes? —inquirí. Antes no me había dado detalles.

Se encogió de hombros.

—No tengo ni idea. Ada me habló de ver, oír y oler mucho mejor, y de ser más rápido y más fuerte. Y también comentó algo de percepciones sutiles y telequinesia...

—¡¿Puedes leer la mente?! —exclamé horrorizada, olvidándome de bajar la voz.

Recordé mi conversación con Julie en la sala de espera. Por supuesto, repasamos juntas cada detalle del encuentro que habíamos mantenido en el elevador Lilly, Quinn, yo y la reina de las blusas de holanes. Eso sí, le oculté todos los elementos fantásticos.

—No, lo de leer la mente se llama telepatía. —Sonrió un momento—. La telequinesia es la capacidad de mover cosas sin tocarlas y todo eso.

—Ah, es verdad. —Respiré con alivio—. Bueno, no te preocupes por los poderes. En los libros siempre tardan un poco en aparecer. Entre tanto, deberás tener cuidado.

—Cuidado es mi segundo nombre —repuso, de muy buen humor.

—Hemos llegado.

Me detuve tras la gigantesca estatua de san Cristóbal. Justo en ese momento un rayo de sol del atardecer atravesó el vitral, iluminando el manto azul de santa Inés y todos los cristales de colores. La iglesia se inundó de una luz suave y sentí una especie de orgullo al verla tan bonita. ¿Quién podía encontrarla mohosa y lóbrega?

Quinn alzó la vista.

—Entonces ¿a la pobre santa Inés la quemaron en la hoguera?

—Lo intentaron pero las llamas retrocedían porque..., bueno, porque era santa.

—Me alegro mucho.

—No te hagas ilusiones. Después la degollaron, y a eso no sobrevivió.

—¡Qué salvajada! —Apartó los reposapiés y se incorporó.

—Pues sí. Y todo por rechazar al hijo del prefecto.

Saqué las muletas de los soportes y se las acerqué. Como siempre, tardó un momento en poder agarrarlas porque se mareó y los ojos le hicieron movimientos raros.

—Gracias, Matilda —dijo al recuperarse, con un tono tan agradable y una voz tan suave que enrojecí por enésima vez aquel día.

Me giré a toda prisa y me asomé al confesionario para comprobar si estaba vacío. Lo revisé muy a fondo. Por teléfono, Julie me había dicho: «Enhorabuena. Desde hoy tu enamoramiento ya no es enfermizo. Quinn y tú podrían acabar juntos».

Qué tontería. Nos habíamos convertido en una especie de aliados, eso era cierto, pero se debía exclusivamente a aquellos acontecimientos misteriosos: tanto a los dos juntos como por separado nos habían pasado cosas que nadie más creería. Sin embargo, él siempre me vería como la chica con hoyuelos de la despreciable familia Martin. Aunque últimamente Quinn ya era capaz de distinguir a las distintas chicas con hoyuelos, e incluso de llamarme por mi nombre. Por maravilloso que eso me resultara, no era razón para caer desmayada en cada ocasión. Más me valía recuperar la compostura.

—¿Qué pasa? ¿Hay algún cuervo acechando en el confesionario? —preguntó en tono burlón.

—Solo quería asegurarme. Una vez el párroco Peters se quedó dormido aquí dentro.

Pero esa tarde tan solo encontré un chal rosa tirado en el suelo. Lo recogí y lo enrollé. Quinn miró a su alrededor y dijo:

—Bueno, volviendo a Clavigo. ¿Te dio alguna otra pista?

—No, solo dijo que el portal estaba debajo del vitral.

—¡El cuadro! —exclamamos los dos a la vez. Me imaginé la voz triunfante de Julie diciendo: «¿Lo ves? ¡Te lo dije!».

En realidad nuestra conclusión simultánea no tenía mucho mérito. El tríptico estaba colgado justo debajo del vitral. Su parte inferior quedaba a la altura de la rodilla y no hacía falta mucha fantasía para imaginarse en él una puerta.

—Parece viejísimo. —Quinn hojeó el folleto y leyó—: «Tríptico de la Resurrección… Óleo sobre roble… Hecho a la medida del muro…». Cielos, parece un libro infantil de buscar y encontrar cosas.

—Pues sí, hay miles de figuras.

Quinn probó a apretar el panel central y luego dio unos golpecitos con la muleta en el muro.

—A lo mejor la respuesta está en el cuadro… ¿Quién es toda esa gente y qué hace este hombre volando desnudo por los aires?

—Ay, Dios. ¿Es que ni siquiera has leído una Biblia para niños? Este es Jesús, saliendo del sepulcro cerrado. Si te fijas, puedes ver las heridas de la crucifixión.

—¿Y este de aquí?

—También es Jesús, hablando con María Magdalena. —Señalé un poco más arriba—. Aquí lo ves con los dos discípulos camino de Emaús. Y esta escena de la izquierda es la cena en Jerusalén. —Ladeé un poco la cabeza—. Pero no tengo ni idea de quién es el tipo que está arrodillado aquí adelante, ni de qué hace con un libro. En aquella época solo había rollos de papiro, ¿no?

—¿Y si esta inscripción en el marco esconde alguna pista?

Examiné las letras y los números romanos de la parte inferior del marco:

—MDLXXXVII... Mil quinientos...

—... ochenta y siete —completó Quinn—. Será el año en que se pintó. Y el resto...

—... es ilegible. —Suspiré al recordar lo que estábamos intentando—. Pero seguramente no importa. ¿O crees de verdad que por decir unas cuantas palabras en latín se abrirá la puerta de ese... Límite?

—Pues no lo sé —contestó. Su entusiasmo seguía intacto—. Pero si la pista proviene de una estatua de bronce viviente, yo me la tomaría en serio.

Por desgracia, su razonamiento tenía cierta lógica.

—¡Okey, Matilda! —Me sonrió—. Vamos a pensar estratégicamente. A ver, en este cuadro hay tres partes, varias escenas con muchos participantes y una inscripción. En un caso así, ¿qué recurso utilizaría un escritor de fantasía?

—¡Un enigma! Los enigmas siempre gustan.

—¿Algo como esto de aquí? —Se inclinó tanto que casi tocaba el cuadro con la nariz. Tenía los ojos fijos en el libro abierto ante el hombre arrodillado. Leyó—: «De María a Cleofás a Pedro y otra vez a María».

—Déjame ver... —Me incliné yo también, tratando de ignorar el hecho de que nuestras mejillas quedaban muy cerca.

Efectivamente, las minúsculas pinceladas que se veían en las páginas del libro conformaban una frase.

—«De María a Cleofás a Pedro y otra vez a María» —repetí pensativa mientras me incorporaba—. María podría ser María Magdalena. Aunque claro, en el Nuevo Testamento todas las mujeres se llaman María... Cleofás es uno de los discípulos del camino a Emaús, este de aquí. ¿O quizá es este otro? —No estaba segura—. En cuanto a Pedro, es este de la cena, con tanta pinta de culpable. —Lo señalé y seguí reflexionando—: Hmmmhm, a lo mejor hay que calcular el recorrido entre los distintos lugares. O poner las iniciales de los nombres en otro orden para obtener una clave...

—O a lo mejor solo hay que unir los tres puntos —sugirió él.

—¿Aquí en el cuadro? ¿Cómo, con el dedo?

—No sé, en los videojuegos de aventuras funciona. Aunque bueno, son bastante más claros y directos que tus escritoras.

¿Mis escritoras? Qué curioso que tuviera en cuenta el género justo en ese momento. ¡Típico!

—Ya ves. Es que los libros son para gente con neuronas. En cualquier caso, el problema es que Cleofás sale varias veces y, la verdad, no sé bien cuál de los dos es —dije retomando el tema y señalando con cuidado las posibles cabecitas.

—A ver, si empezamos por esta mujer de aquí, después vamos al tipo de arriba, luego a Pedro y luego otra vez al punto de partida, nos sale un triángulo isósceles.

Me entregó una muleta y su dedo dibujó sobre el óleo un triángulo que partía de María Magdalena ante el sepulcro, subía a la posada de Emaús, bajaba hasta Pedro y volvía a María Magdalena.

No sucedió nada. Salvo que el índice se le quedó lleno de polvo, cosa que pondría los pelos de punta a cualquier responsable de patrimonio.

—¿Lo ves? —dije—. Olvídate de tus videojuegos, tiene que haber otra relación. A lo mejor si tomamos la frase en sentido figurado…

Pero tuve que callarme. Ante mis ojos la imagen empezó a emborronarse, como si los colores se mezclaran. Después fueron palideciendo y en cuestión de segundos se habían convertido en una especie de niebla brillante que recordaba a la imagen de una televisión sin señal y que producía el mismo sonido como de chisporroteo.

Retrocedí un paso, asustada. Las tablas laterales no se habían alterado, pero la central se había convertido en un espacio brillante y chisporroteante del que no podía apartar la mirada.

—¡Pues fue fácil! —La entonación de Quinn demostraba que estaba tan fascinado como yo. Se tambaleó un poco y le devolví a toda prisa la muleta.

—Bueno, pues ya sabemos que el portal existe y cómo se abre —susurré, deseando agarrarlo del abrigo y apartarlo del resplandor—. Ahora vámonos, ya pensaremos un plan.

Quinn apoyó un pie en el borde del muro.

—Eso será cuando vuelva —contestó.

Y antes de que pudiera impedírselo, se había metido en el cuadro y se perdió entre la niebla brillante.

Por si aquello no fuera horror suficiente, en ese mismo momento resonó una voz a mis espaldas:

—¡Alto, en nombre de...! ¡Mierda, llego tarde...!

Me giré sobresaltada. Encontré ante mí una criatura agazapada en el suelo que parecía un animal tallado en piedra. Era algo más grande que un gato y tenía alas de murciélago, unas patas terminadas en garras y una cola de dragón cubierta de escamas. La cabeza, con sus grandes orejas puntiagudas y su largo hocico, parecía la de un zorro pero estaba coronada por dos cuernecitos retorcidos. De algún modo, me resultaba conocida.

—Eres..., eres una gárgola —logré decir.

—Si lo quieres reducir a eso, pues okey. —Al hablar dejó al descubierto dos hileras de afilados dientes.

Se paseó por delante del tríptico, que de nuevo lucía su aspecto normal. El resplandor había desaparecido, al igual que Quinn.

—¡Para una vez que salgo, pasa esto! A ver, ricitos de oro, ¿quién era el tipo que se coló por mi portal? —Su voz parecía la de un niño resfriado y afónico. De pronto, se me ocurrió por qué me resultaba familiar.

—¿No tendrás…, no tendrás por casualidad una prima en Londres? —pregunté, mientras contemplaba fascinada su cola escamosa y triangular, que se movía como la de un gato nervioso—. ¿Una gárgola daimon llamada Xemerius?

Volteó a verme.

—Hombre, pues claro. Porque por supuesto todas las gárgolas somos familia y nos reunimos una vez al año para el cumpleaños del abuelito… —Puso los ojos en blanco—. ¿Y tú quién eres?

Alguien que había leído demasiados libros de fantasía, por eso aquella criatura no me daba miedo. Aunque no entendía por qué estaba allí. Pregunté:

—¿Eres el guardián de esta puerta?

De pronto salió volando y se posó en una banca de la nave central.

—¡Tú eres… humana! ¿Quieres dejar de hacerme preguntas y empezar a contestar las mías? ¿Por qué sabían tu amigo y tú cómo abrir el portal?

—Es fácil, está escrito en el propio cuadro: «De María a Cleofás a Pedro y otra vez a María».

Me dejé caer en otra banca, de tantas emociones me temblaban las piernas. Menos mal que solo había cobrado vida aquella pequeña gárgola, y no la estatua de dos metros y medio de san Cristóbal que tanto miedo me daba de niña. Primero Clavigo y después aquella criaturita, realmente los guardianes de los portales no resultaban muy temibles. Continué:

—La verdad, me sorprende que no se abra todo el tiempo. Incluso por descuido, por ejemplo al quitar el polvo.

—Eso ha sucedido una sola vez en quinientos años —gruñó—. Y no por culpa mía. Aquel sacristán era un maniático de la limpieza, se pasaba el día frotando el tríptico con un paño húmedo. ¡Pero no me distraigas! ¿Quién eres? ¿Cómo sabes cuál de todas las figuras es Cleofás? Siempre me toca prestar una ayudita, eso sí, con toda la discreción del mundo.

—Me llamo Matilda —contesté, tendiéndole la mano—. ¿Y tú cómo te llamas?

Se quedó contemplando la mano.

—No te pregunté cómo te llamas. ¡Lo que quiero saber es quién demonios eres para conocer este portal! Y quién es la persona que lo atravesó.

—Es mi compañero. Bueno, no mi compañero, sino un compañero. ¿Puedes decirme qué hay al otro lado? No es peligroso, ¿verdad? ¿Es posible regresar sin más o también hay truco para volver? Porque si es así, necesita mi ayuda. No ha leído nada, ni la Biblia para niños ni *Harry Potter*. Y decía que Cuidado era su segundo nombre… ¡no se lo cree ni él!

—¿Cómo dijiste que te llamabas? ¿Charlatana? —me interrumpió la gárgola, dando golpes de impaciencia con la cola—. Mi misión es preguntar qué intenciones tienen a todos aquellos que quieren atravesar el portal. Llámame antiguo, pero en mi opinión estas tradiciones hay que mantenerlas. Así que dime: ¿qué pretende tu amigo?

Me encogí de hombros.

—Creo que no tiene un plan concreto. Es un tipo espontáneo, de esos que primero actúan y luego piensan. Por eso saltó desde la ventana de un cuarto de baño para ayudar a una chica a la que no conocía de nada. Seguramente esa es la clave para vivir aventuras: salir de tu zona de confort, ¿verdad? Por eso me alegra haberme atrevido a llamar al timbre de su casa. Eso fue el viernes pasado, y desde entonces la vida se me ha puesto patas arriba.

La criatura me escrutó, entrecerrando sus ojillos de zorro.

—Pero ¿a ti qué te pasa? ¿Tengo que amenazarte para que me contestes?

—Tu prima de Londres es mucho más agradable que tú. Y sé que no puedes hacerme nada porque eres un fantasma, en el peor de los casos me escupirás un poco de agua. Lo que no entiendo es por qué puedo verte y oírte. —Contuve un momento la respiración—. ¡A menos que yo también tenga poderes sobrenaturales! Eso significaría…

—¡Pero qué poderes ni qué poderes! —me interrumpió—. Cualquiera puede verme si yo quiero. —Saltó al respaldo de la banca y empezó a balancearse. Mientras hablaba, su figura se desvaneció en el aire—. ¿Te das cuenta? Ahora soy invisible para ti. Con los humanos es lo mejor porque se ponen histéricos si me aparezco. Pero como el estúpido de tu amigo se coló en el portal, no me quedó otro remedio.

—Vaya… —Me quedé muy desilusionada. Ya me había imaginado que yo también era descendiente de unos seres del Límite y que mis papás me habían adoptado—. Entonces ¿eres como Pumuki? ¿Puedes mover objetos?

—Si pudiera, hace rato que te habría tirado este misal a la cabeza. —Se hizo visible de nuevo y se lamió las patas con una lengua muy larga—. Y ahora, ¿podemos mantener una conversación civilizada?

—Que en mí no quede. Dime, ¿cómo te llamas?

—¿Has leído el cuento *El enano saltarín*?

—Pues claro.

—Entonces ya sabes lo que pasa si la gente conoce tu nombre.

—¿Que te pones a saltar de cojito y te partes por la mitad?

—Pero ¿qué...? ¡No! —Empezó a balancearse otra vez en el respaldo—. Si la gente mala se entera de tu nombre puede usarlo contra ti en conjuros mágicos. Así fue como me condenaron a una vida de gárgola, dicho sea de paso.

—Yo no soy una hechicera malvada.

—Ya, no hace falta que lo jures.

—Pues entonces puedes decirme tu nombre.

En aquel momento resonaron el conocido chirrido de la puerta y una voz que decía:

—Tú vete a mirar en el confesionario mientras yo reviso la banca.

Muerta de envidia, vi cómo la gárgola se evaporaba en el aire. Luego me giré y, tratando de parecer muy calmada, saludé:

—Hola, tía Bernadette.

Quinn

De nuevo tuve la sensación de estar en medio de una ventisca y de deshacerme en remolinos de nieve. Duró solo una milésima de segundo y luego todo pasó. Me encontré en una calle muy empinada que me recordó a un pueblo de Liguria en el que habíamos pasado unas vacaciones: las pintorescas hileras de casas altas y estrechas se veían interrumpidas acá y allá por escaleras o arcos que comunicaban con otras calles, y por altos muros que ocultaban jardines. Sin embargo, faltaban los coches estacionados, las Vespas estridentes y las cuerdas con ropa tendida de una fachada a otra, que en aquellas vacaciones mi padre no paraba de fotografiar. No se veía a nadie en las calles ni en las casas, todo parecía un inmenso set de rodaje. No había ni siquiera un gato sesteando.

Me dí la vuelta hacia el portal y me encontré con una hornacina en un muro, más o menos del tamaño de la tabla central del tríptico. A su lado habían hecho un grafiti que, con letras verdes y temblonas, decía: «¡Libertad para los ogros!». Ay, cielos.

Me había lanzado de cabeza dentro del cuadro, sin pensármelo dos veces ni hacer caso a Matilda, porque me moría de ganas de disfrutar otra vez de una salud física total. Era una acción muy poco inteligente cuando *a*) no sabes qué te espera al otro lado y *b*) no tienes ni idea de si podrás regresar.

Para comprobar esto último golpeé la hornacina con la muleta, que se hundió como si la piedra estuviera hecha de flan. Alrededor de la muleta se encendió un resplandor y comenzó a oírse un chisporroteo. Parecían buenas noticias. La saqué y probé en otra parte del hueco. Tampoco allí encontré ninguna resistencia. Después introduje mi propia mano y fue rarísimo, sentía como si me faltara la muñeca aunque podía mover los dedos. Me imaginé lo gracioso que resultaría ver desde el otro lado mi mano sobresaliendo del cuadro. Por si Matilda estaba mirando, le hice un gesto positivo levantando el pulgar. Bien. El portal no estaba asegurado desde dentro. Eso me dio la tranquilidad de poder escapar cuando quisiera.

Satisfecho, me di la vuelta, apoyé las muletas en el muro y di un pequeño salto, simplemente para comprobar que podía. Para estar todo hecho de «espíritu», como el profesor Cassian había explicado, las cosas parecían totalmente reales. La impresión de encontrarme en un pueblecito de Liguria se veía reforzada por el sol de mediodía, que brillaba en un cielo intensamente azul. Sin embargo no desprendía ningún calor, parecía pintado en el cielo con gran realismo. A esas horas tampoco en la verdadera Liguria habría nadie por la calle, excepto los pocos turistas que se atrevían a abandonar la sombra.

Pero ya me imaginaba que no me iba a encontrar ninguno.

A pesar de todo, la sensación de vacaciones no desaparecía. Frente a la hornacina, un naranjo en flor sobresalía por encima de un muro. Ya solo faltaba un café que sirviera helados italianos y la escena sería perfecta. Me acerqué para oler el azahar y no noté su intenso aroma característico. De hecho, no olía a nada.

Okey, o sea que allí no había ni temperatura ni olores. Por lo demás, todo parecía igual que en el «mundo real», las hojas eran lisas y suaves, las piedras eran rugosas y duras y mi cuerpo realizaba las funciones de siempre: respiraba, tragaba y tenía que parpadear si miraba al sol.

Recordé de nuevo las palabras del profesor. Si todo aquello era producto de la imaginación, ¿a quién se debía aquella escena? ¿A los seres del Límite? ¿O se trataba de una imagen elaborada por mí, sacada de lo más profundo de mi memoria?

Mientras reflexionaba, el sol se oscureció un momento, eclipsado por un enorme objeto volador que surcaba el cielo. En un primer momento me pareció un zepelín pero luego me di cuenta de que era una ballena que navegaba por el azul del cielo como si fuera el mar. De ella colgaba una góndola para pasajeros con ventanas de ojo de buey y remaches metálicos que centelleaban al sol. Okey, eso contestaba mi pregunta. Aquello no podía ser invención mía: me faltaba fantasía para imaginar una cosa así.

Me quedé un rato observando la ballena y entonces, en la casa que tenía delante, me llamó la atención una cornisa que se encontraba a unos dos metros del suelo. Tomé impulso y salté. Me encaramé al estrecho saliente con gran facilidad. La verdad, fue una imprudencia. No me convenía nada llamar la atención, pero llevaba tantos meses sin practicar parkour... Y la sensación era tan buena... Loco de alegría, hice equilibrios por la cornisa.

Ni siquiera desde allí arriba se distinguía el final de la calle flanqueada de casas altas y estrechas. Tampoco pude curiosear por las ventanas porque tenían los postigos echados. Con un «salto de bravucón», como lo llamaba Lasse, aterricé en el suelo y decidí caminar un poco. Si me mantenía en línea recta no había pérdida posible, lograría regresar al portal cuando quisiera. Deseaba descubrir algo más sobre aquel mundo, cualquier cosa que me ayudara a comprenderlo aunque solo fuera un poquito más.

Por precaución agarré una de las muletas. No para apoyarme en ella, sino por si me encontraba de pronto con..., quién sabe, un ogro o un unicornio. Después me puse en marcha. Apenas había dejado atrás varias coloridas puertas y algunos arcos que conducían a otras callejuelas cuando oí voces y pasos que se acercaban deprisa.

—¡Alto! ¡Detente! —Una orden retumbó por uno de los arcos.

Di un respingo. Así que aquello no era solo un decorado. ¿Y si existía una especie de servicio de seguridad al que se alertaba cuando un extraño se colaba por un portal?

—¡Gunter, córtale el paso! —ladró otra voz.

Miré apurado en todas direcciones.

—¡Esta chusma no nos deja tranquilos ni a la hora de comer! —se quejó una tercera voz, ya muy cercana. En ese momento distinguí tres figuras que salían de un arco algo más arriba y corrían hacia mí.

Sin pararme a pensarlo, levanté la muleta para defenderme.

Pero entonces escuché unos gimoteos:

—¡Yo no hice nada! ¡Déjenme en paz!

En ese instante comprendí que no me perseguían a mí. Pero era demasiado tarde para regresar al portal porque las tres figuras ya me tenían en su campo de visión.

La voz lloriqueante pertenecía a un hombrecillo jorobado. El pelo, ralo y de color violeta, le crecía como a mechones en una cabeza extrañamente plana. Tenía la piel del mismo color. Los bracitos y las piernas eran muy delgados pero el tronco estaba bien almohadillado. Lo perseguían dos hombres y una mujer. En comparación con las andrajosas ropas de su víctima, los tres tenían un aspecto muy cool, con sus prendas negras ajustadas y sus cortes de pelo asimétricos.

El hombrecillo corría deprisa, pero no lo suficiente. Lanzó un chillido cuando se vio agarrado por el cuello y zarandeado en el aire como un gato. Tenía el tamaño de un niño de nueve años.

—¡Suéltenme! ¡Suéltenme! —exigía, braceando y pataleando.

El hombre de pelo oscuro que lo sujetaba soltó una carcajada. Era alto y fornido, y tenía los mismos inquietantes ojos amarillos que el hombre del sombrero. Me cayó mal al instante.

—¡Yo no hice nada! Por favor, respetados nex, idéjenme ir! —Cesó en su pataleo y se echó a llorar desconsoladamente.

—¿Qué andas haciendo aquí? A la escoria como tú no se le ha perdido nada en la ciudad. —La mujer lo miró con desprecio.

Llevaba el pelo rubio platino rapado en un lado de la cabeza mientras que, en el otro, una melenita le llegaba hasta la oreja. De no ser por su expresión de asco, podría haber resultado guapísima. Pasó una de sus largas uñas por la mejilla violeta del hombrecillo, que se echó a temblar.

—Bueno, bueno, ¿y qué vamos a hacer contigo? —se preguntó.

—Pues habrá que darle una lección —contestó el segundo hombre.

Era más bajo que el primero pero igual de musculoso. Se parecía mucho a la mujer, con rasgos delicados y el pelo rubio platino; quizá fueran hermanos. De la caña de una de sus botas militares sobresalía un cuchillo bien visible.

No debí dejarme engañar por la imagen de pueblecito idílico: al parecer allí la vida estaba muy lejos de ser agradable y apacible.

—Por favor… —imploró el pobre hombrecillo—. Solo fue un despiste. ¡No volveré a perderme en esta zona!

—Por supuesto que no. —La mujer esbozó una sonrisa malvada—. No volverás a perderte en ningún lugar.

—No nos dejas otra opción. —El que lo sujetaba lo zarandeó un poco—. De lo contrario, tus amiguitos tullidos acabarán invadiéndonos, en lugar de quedarse confinados donde les corresponde.

¡Bueno, ya estaba bien!

—¡Suéltenlo ahora mismo! —ordené, y de pronto me imaginé la cara de indignación de Matilda.

Todos los ojos, incluyendo los ojos saltones del hombrecillo, se dirigieron a mí. Me pregunté qué aspecto tendría, allí plantado en mitad de la calle, con mi pants y esgrimiendo en alto la muleta. ¿Se me notaría que no pertenecía al Límite? ¿Conocerían el portal por el que me había colado?

—Vaya, vaya, ¿qué tenemos aquí? —La mujer se me acercó despacio. Con igual lentitud el hombre bajó al suelo a su víctima, aunque lo mantuvo bien agarrado por el pescuezo.

—Un amigo del tullido —respondí.

Me sorprendió la rabia explosiva que sentía. Aquellos matones vestidos de negro no solo aterrorizaban a un pobre hombrecillo. Además me estropeaban la excursión, un momento maravilloso en el que podía olvidarme de la silla de ruedas y no sufría mareos ni dolores.

—Ah, ¿sí? ¿Eres amigo de este engendro? —preguntó el rubio.

La víctima gritó:

—¡No lo conozco! ¡No lo conozco!

La mujer se plantó delante de mí y me examinó con las cejas levantadas. En sus pupilas brillaba un azul acuoso.

—¿No serás un defensor de compartir nuestras calles con esta escoria?

—Pues no lo sé. —Me encogí de hombros—. Pero sí sé que tres contra uno es un abuso muy injusto. Y más teniendo en cuenta que no les llega ni a la cintura.

Esbozó de nuevo su malvada sonrisa.

—Hablas demasiado, chico. ¿Cómo te llamas? —No contesté al momento porque dudaba entre Ivar Vidfamne o Cleofás, de modo que ella añadió—: Es solo por saber a quién voy a sacudirle una paliza.

—A mí desde luego que no —repliqué.

Los tres matones se rieron a coro. Agarré más fuerte la muleta.

El moreno, distraído, había soltado al hombrecillo, que se frotaba el cuello y procuraba hacerse más pequeño de lo que ya era.

—Gunter, ¿dónde está el portal más próximo? —preguntó la mujer.

Mientras yo contenía la respiración, el rubio (Gunter) señaló por encima del hombro hacia algún lugar indeterminado que se encontraba cuesta arriba.

—Allí detrás hay uno que lleva a Buenos Aires, a una estación del metro llamada Plaza Miserere. *Nomen est omen.*

De nuevo prorrumpieron en carcajadas, pero yo solté un suspiro de alivio. Al parecer, desconocían la existencia de mi portal.

Ella respondió:

—Pues nos viene de perlas. Así este engendro podrá tirarse a las vías cuando hayamos acabado con él. Y en cuanto a ti... —Se acercó un paso más y me miró directamente a los ojos—... vas a demostrarnos lo que vales. A juzgar por tus cicatrices, parece que tienes experiencia en la lucha.

Bueno, no exactamente. En el metro de Buenos Aires sería incapaz de demostrar nada. Allí, sin embargo... Aunque mi única arma era la muleta, si la usaba con habilidad quizá ganaría el tiempo suficiente para saltar por encima de un muro y poner tierra de por medio. Y mientras me persiguieran a mí, el hombrecillo podría ponerse a salvo. Empuñé la muleta y clavé la vista en aquellos ojos de un azul acuoso. ¿Y si le daba un golpe en el cuello? ¿O sería más efectivo cargar de frente, apuntando a la barriga?

—Para que no digas que no jugamos limpio, me ocuparé yo solita de ti —anunció ella, cosechando otra ronda de carcajadas.

En ese momento, algo pequeño y rojo me pasó entre las piernas y alguien gritó:

—¡Confucio, ven aquí! ¡Dragón malo! ¡Quieto!

Lo que se me había colado entre las piernas era un dragón de escamas rojas, más o menos del tamaño de una rata. Guardaba un parecido asombroso con la figurita que Matilda había comprado en la florería. Se quedó parado entre la mujer y yo, soltando unos sonidos parecidos a toses.

—Perdonen, se me escapó —se disculpó un hombre de mediana edad.

Se nos acercó y se agachó junto al dragón. Tenía grandes rizos pelirrojos, como Ada y Jacinto, y los ojos del mismo verde intenso. Sus fuertes brazos estaban cubiertos de coloridos tatuajes.

La mujer soltó un resoplido y exclamó:

—¡Emilian!

—Hola, Gudrun —la saludó mientras se incorporaba. Había levantado en brazos al dragoncito, que seguía tosiendo.

Cielos, Gudrun y Gunter, vaya nombres horrendos. Solo faltaba que el otro se llamara Rüdiger.

—Nos estás molestando, hada —gruñó este último. Distraído como estaba, no notó que su víctima reculaba unos pasos.

—Lo siento mucho, nex. —Para mi sorpresa, me apoyó la mano en el hombro—. Mi ayudante y yo ya nos íbamos. Así podrán retomar tranquilos la ocupación preferida de los cazadores: martirizar a criaturas indefensas.

El hombrecillo aprovechó aquel momento para desaparecer a toda prisa tras el saliente de un muro. Emilian continuó:

—Pero claro, nuestras fuerzas del orden se encuentran por encima de las leyes que deberían salvaguardar. Por fortuna todos los ciudadanos se hallan bajo la protección de los nex. La Legión es nuestra amiga y salvadora.

Aunque sus palabras rebosaban ironía, su voz era suave y reposada. Obraba sobre mí un efecto tranquilizador, como la mano que sentía en el hombro. Poco a poco, la ira que me había inundado un momento atrás desapareció.

—¡Ciudadanos, dice! —se burló Gunter—. Típico de un hada.

De las solapas de su chamarra de cuero surgió una araña enorme de patas peludas que le trepó por el cuello. Aunque parecía totalmente real y tridimensional, era un dibujo viviente de la piel. Un lentigo. Me alegré de que el mío fuera un pulpo precioso y no una horrible araña peluda. Aunque a Gunter le quedaba como anillo al dedo.

Gudrun me señaló con la barbilla.

—¿Este es tu ayudante? No quería decirnos su nombre. Un chico muy insolente.

—Se llama Hieronymus y les pide disculpas —afirmó, empujándome para apartarme de allí—. Sean indulgentes, aún es muy joven y no sabe reprimir el desagradable instinto de proteger a los débiles.

—Te voy a… —amenazó Gunter, pero la mujer lo retuvo con un gesto de la mano y ordenó a Emilian:

—Dile a tu ayudante que aprenda a ser más educado. De lo contrario, la próxima vez no se irá tan tranquilo.

El hada sonrió.

—La próxima vez bajará los ojos y los dejará pasar con una reverencia, admirados nex.

Mientras nos alejábamos lancé una última mirada por encima del hombro y vi que Gudrun no nos quitaba la vista de encima. Emilian me empujó por un portón que estaba abierto. Después lo cerró y corrió con energía un pesado cerrojo.

Desde dentro, oímos a Gunter gruñir:

—¡El enano de mierda se largó!

Y Rüdiger exclamó:

—¡Odio a las hadas!

—Con Emilian más vale no meterse. Es muy amigo de Macuina, el miembro del Alto Consejo. —La voz de Gudrun se iba alejando, junto con sus pasos.

—¡Cómo no! —resopló Gunter—. ¡Las hadas y las aves! No me sorprende nada…

Por fin sus voces se apagaron del todo y, girándome hacia Emilian, dije:

—Gracias.

Nos encontrábamos en un jardincito plantado de olivos, protegido por muros en los cuatro costados.

Él dejó al dragón en la hierba y me observó moviendo la cabeza con pesar.

—Pero ¿en qué estabas pensando al enfrentarte a los tres nex más crueles de toda la Legión?

La verdad, no pensaba en nada: sentía una rabia tan grande que me habría enfrentado a diez como ellos. Pero entonces comprendí lo insensato que había sido, sobre todo considerando que no tenía ni idea de cómo funcionaba el Límite. A pesar de parecer una banda de rock de extrema derecha, aquellos cazadores o nex eran una especie de policía que se aprovechaba de su poder para maltratar a los débiles. Sin duda, Héctor y su gente pertenecían al mismo grupo. Menos mal que en esta ocasión no llevaban lobos.

Me extrañó no haber sentido miedo en ningún momento. De hecho, había estado a punto de atacar a la mujer con la muleta.

—No sé qué me pasó, de verdad —contesté algo avergonzado—. Nunca me he metido en peleas, te lo juro.

—Seguramente despertaron tu espíritu de lucha arcadio. —Señaló al dragoncito—. Tuve que lanzar a Confucio al rescate, de lo contrario te habrían hecho papilla.

—¿No se te había escapado?

—Qué va, el pobre es muy dependiente. Este sitio es una pequeña reserva para dragones enanos, apoyada por el gobierno. La deforestación de las selvas y el cambio climático de la Tierra están acabando a gran velocidad con sus hábitats y no damos abasto. Si logramos rescatarlos con vida, los traemos aquí para cuidarlos y alimentarlos durante unas semanas y luego los ponemos en libertad en un lugar seguro. Aunque bueno, cada vez quedan menos lugares seguros y, además, no se pueden soltar dragones en zonas donde viven hámsteres vulgares, que también están en peligro de extinción... En fin, aunque Confucio lleva ya un año con nosotros, sigue tosiendo. —Bajó la voz—: No es verdad, finge para no volver a la Tierra porque allí perdió a toda su familia.

El dragoncito voló hasta un olivo y se acurrucó en una rama. Matilda se habría vuelto loca por él, estaba seguro.

—¿Qué tienen esos... nex contra el hombrecillo violeta? Por cierto, me llamo Lasse. —Esperaba que el nombre no desentonara mucho en ese mundo.

Emilian sonrió.

271

—Ya veo que eres tan joven como pareces, Lasse. Me imagino que tus papás te han protegido mucho, seguro que nunca has visto una quimera, ¿verdad? —Asentí—. Se encuentran muy desprotegidas, pero todavía son numerosas ahí afuera. Y eso a pesar de que muchos arcadios preferirían acabar con ellas. —Soltó un suspiro.

Si lo había entendido bien, «arcadio» era un término genérico para todas las criaturas del Límite que tenían aspecto humano, ¿no? Aunque ahí no entraban las hadas, que también parecían personas. Ada y Cassian me habían contado que uno de mis abuelos debió de ser arcadio. Al parecer, ellos mandaban en el Límite. Me habría gustado preguntarle a Emilian si mis suposiciones eran ciertas, pero no quería delatarme. Ni los nex ni él parecían sospechar que era un infiltrado. Aunque hubiera acudido en mi ayuda, me convenía ser muy precavido. Aquellos seres pelirrojos aprovechaban la ventaja de hacerte sentir muy bien en su presencia.

Por debajo de la manga de mi suéter surgió un tentaculillo provisto de ventosas. Mi lentigo, el pulpo, aparecía de nuevo. Asomó la cabeza con precaución y echó a nadar hasta el dorso de la mano, como si quisiera saludarme. Igual que me sucedió en la biblioteca, me inundó un sentimiento de cariño arrollador por aquel animalito de nueve patas. Me esforcé en disimular mi fascinación para que Emilian no notara que era solo el segundo encuentro con mi lentigo y que todo me resultaba totalmente nuevo.

—¿Y las quimeras…? —comencé.

—Eso mejor se lo preguntas a tus papás —me interrumpió con amabilidad—. Pídeles que te hablen también de los gigantes, los elfos oscuros, los ogros y todos los seres condenados a una vida apartada de la sociedad. Espero de verdad que esa injusticia termine ahora que se ha elegido el nuevo Alto Consejo. Ya era hora de poner freno a los arcadios reaccionarios que, en calidad de gobernantes, han tiranizado durante siglos a todas las demás criaturas.

—Eeeh... Sí, claro —asentí en voz baja. El pulpito se había vuelto a esconder bajo la manga—. ¡Ya era hora!

—Creo que por fin las perspectivas son buenas. No soy muy fan de la Rectora Themis, pero al menos no se deja amedrentar por Frey, Morena y los seguidores exaltados de su partido. Y es lo bastante decidida para imponerse.

—¿Y el profes...? ¿Y Cassian? —pregunté, citando el único nombre que conocía.

Esbozó una gran sonrisa.

—Desde que Cassian es miembro del Consejo han mejorado mucho las cosas, ¿verdad? Me alegro de que tras un descanso tan largo haya regresado a la política. Con él y Macuina, en el Alto Consejo vuelven a oírse dos poderosas voces que se manifiestan a favor de la Naturaleza.

Asentí como si comprendiera mientras trataba de asimilar la información. Poco a poco se iban aclarando algunas cosas. Al parecer, los arcadios no solo tenían aspecto humano, sino que se comportaban igual que no-

273

sotros, exceptuando algunos detalles como ser más o menos mortales y hacer magia.

Tenían un gobierno que se elegía y distintos partidos políticos que defendían cada uno lo suyo. Esa Rectora Themis debía de ser una especie de presidenta del Gobierno. El profesor Cassian era un pez gordo y un protector de la Naturaleza, y por ello se enfrentaba a unos cuantos reaccionarios que marginaban a los hombrecillos violeta y veían con buenos ojos la desaparición de las selvas. Todo esto sin olvidar a los infames policías, llamados nex, que defendían la ley y el orden siempre que no estuvieran demasiado ocupados martirizando a algún inocente.

En realidad no resultaba tan complicado. De hecho, era exactamente igual que en la Tierra.

Lo que seguía siendo un misterio era el interés que mostraban por mí Cassian, Ada, Jacinto y el hombre del sombrero. Esa era la primera pregunta que me había hecho Matilda.

El dragoncito levantó la cabeza, bostezó profundamente, se acurrucó de nuevo en la rama y cerró los ojos. Dije:

—Es muy lindo. ¿Tienen aquí otros...? —Maldita sea, no podía decir «animales raros». ¿Habría un término que no resultara ofensivo?

Pero Emilian me había comprendido.

—¿Te interesan los animales? Vamos, te enseño todo esto. No nos ocupamos solo de los dragones enanos, sino también de otras criaturitas a las que no defiende ningún lobby. Tenemos caracoles de luz, moscas ciervo

y polillas vampiro, además de gusanos voladores y sal-
taplantas. Todos son fundamentales para el ecosistema
pero están en peligro de extinción. Me apuesto lo que
sea a que jamás te hablaron de ellos en la escuela.

Y habría ganado. Me pregunté cómo serían las es-
cuelas para los niños del Límite.

—Estoy deseando verlo todo —acepté.

Matilda

Al principio todo parecía controlado. La tía Bernadette y María habían vuelto a la iglesia para buscar el chal. Aunque me miraron con cierto escepticismo, se creyeron que me encontraba allí para rezar y encender una vela por la paz mundial. Y que al llegar me había encontrado la prenda.

Después, en un mundo ideal, la escena se habría desarrollado de la siguiente manera: les devolvería el chal, se pondrían muy contentas, se despedirían y se marcharían para que yo pudiera retomar mi conversación con Pumuki-Xemerius. Pero en el mundo Matilda-siempre-saca-la-peor-carta, las cosas fueron de otro modo: les devolví el chal, se pusieron contentas y entonces a María se le antojó encender otra vela por la paz mundial.

Y claro, descubrió la silla de ruedas.

No habría sido María Acusona si no se hubiera olido algo raro y no hubiera corrido a contárselo a su madre.

—¡Mamá! ¡Allí hay una silla de ruedas!

Aunque había cumplido catorce años, seguía teniendo la misma vocecita infantil y exasperante que a los seis. En fin, al menos ya pronunciaba la erre.

—Qué cosa más rara —se extrañó la tía Bernadette.

Ni se imaginaba cuánto.

Mientras María inspeccionaba la iglesia, consideré mis posibilidades. Podía fingir no saber a quién pertenecía la silla, pero me arriesgaba a que mi tía la confiscara y Quinn se quedara perplejo al regresar. También podía confesar que la había llevado yo, pero en ese caso se me tenía que ocurrir una razón para estar allí con una silla vacía.

Me decidí por la segunda opción porque ya veía a la tía Bernadette donándola a la residencia de la tercera edad, de donde me sería imposible recuperarla. ¿Y cómo se lo explicaría a la madre de Quinn?

—En el confesionario no hay nadie —anunció mi prima. Estaba en su salsa.

—Es la silla de Quinn. —Pronuncié las palabras súper despacio con la esperanza de que entre tanto se me ocurriera algo.

—¿Te refieres al hijo de los Von Arensburg? —se quiso asegurar mi tía.

Y entonces María formuló una pregunta que era inevitable:

—¿Y dónde está el demoñu..., digo..., Quinn?

Ah, Quinn. Nada, salió un momentito al Límite atravesando el Tríptico de la Resurrección. Cuando vuelva lo podrán comprobar con sus propios ojos y se caerán redondas del susto. La parte buena es que al parecer todo eso del túnel con la luz al fondo es cierto.

—Bueno…, es que…, no vine con él —contesté—. Solo traje la silla.

¡Ay, Dios! ¿Y por qué se suponía que había hecho eso?

La tía Bernadette me miró con extrañeza. Pero fue solo un momento, luego se sentó en el extremo de la banca en la que yo estaba y dijo:

—Entiendo.

Ah, ¿sí? Pues me llevaba ventaja.

—Ya me comentó tu mamá que te estabas involucrando demasiado.

María se sentó en el otro extremo y me miró con compasión.

—La vela no era por la paz mundial, ¿verdad? Estabas rezando por Quinn.

—Y eso está muy bien —afirmó mi tía—. Pero no deberías… Quiero decir que podemos pedir ayuda a Dios, pero no debemos olvidar que él tiene su plan. Y que quizá su manera de ayudar sea distinta de como imaginamos.

Okey, o sea que creían que me había llevado la silla para rezar, como una especie de talismán. Era súper absurdo, una verdadera estupidez. Pero no se me ocurría nada mejor, así que asentí como si me avergonzara.

—Todo esto es culpa de Heidi —sentenció de pronto María, dándose aires de importancia—. Quinn es tu Clara.

—¿Perdona?

—¡Heidi! La del abuelito y Pedro y la señorita Rottenmeier. Tienes que conocerla. —Me miraba con tanta intensidad que solo le faltaba cantar la cancioncita de la serie—. Al final, Clara se cura milagrosamente. Papá dice que por culpa de esa serie tenemos una idea errónea de la enfermedad y la discapacidad.

¡Oh, no! Seguro que pretendían impartirme alguna de sus lecciones para la vida.

—Yo creía que Clara se curaba gracias al saludable aire alpino y a la leche de cabra —repliqué.

En circunstancias normales me inventaba cualquier excusa para alejarme de ellas lo antes posible. La tía Berenike lo llamaba «táctica de sonrisa y despedida». Pero en aquella ocasión no era factible porque «mi Clara» podía regresar en cualquier momento. Quinn me necesitaba. Debía librarme de ellas enseguida. Pero ¿cómo?

—Da igual, el resultado es el mismo —insistió María—. Según papá, que Clara vuelva a caminar transmite un mensaje distorsionado. ¿Entiendes?

Aunque sabía que cometía un gran error, contesté la verdad:

—Pues no.

Mi prima apretó los labios como ofendida y la vi estrujarse el cerebro buscando algún ejemplo absurdo en el que apoyar su idea. Tenía en los ojos un brillo evangelizador. Jamás me libraría de ella si seguía llevándole la contraria.

Y no había que olvidarse de la tía Bernadette, que intervino diciendo:

—Lo que tu prima quiere decir es que Dios tiene un plan para cada uno de nosotros y debemos aceptarlo. —Usaba el tono de condescendencia con el que siempre se dirigía a la ovejita negra—. También el chico de los Von Arensburg.

Lo peor de aquellas conversaciones era que se me ocurrían miles de cosas y me resultaba muy difícil contenerme para no decirlas.

Con mucho esfuerzo bajé los ojos y murmuré:

—Creo que tienes razón. Debería… rezar por él pero pidiendo otras cosas. —Puesto que hizo amago de quedarse para comprobarlo, añadí—: Me gustaría estar sola.

—Por supuesto —accedió, para mi inmenso alivio. Se levantó—. Lo harás bien. Por cierto, qué blusa tan bonita llevas. Vamos, María, que todavía nos falta ir a la carnicería. Haz el favor de ponerte bien el chal para no perderlo otra vez.

Mi prima parecía decepcionada al pasar por mi lado. Pero mientras se marchaban, aventuró:

—Mamá, a lo mejor Matilda no ve a Quinn como su Clara. A lo mejor lo que pasa es que está enamorada de él, como dice Luise.

¿Cómo? ¡Qué malvada era Luise! Y qué lista, para mi desgracia…

—¡Tonterías! —contestó su madre. Aunque hablaba en voz baja, la buena acústica de la iglesia transmitía cada palabra—. El chico tiene daño cerebral y está en silla de ruedas.

Necesité todo mi autocontrol para no saltar y negar todo aquello.

—Pues por eso. Matilda se cree que ahora tiene alguna posibilidad. Eso es lo que dice mi hermana.

Durante unos segundos el eco susurró… mana… ana… villana… tirana… y después la puerta se cerró de un golpe.

Al momento reapareció la gárgola, posada en el respaldo del asiento de adelante. Agradecí que me distrajera de las últimas palabras de María. ¿Habría estado ahí todo el rato?

—Dos cositas —dijo—. La primera, esa blusa no es nada bonita. Y la segunda, ¿cómo es que ese tal Quinn puede atravesar portales?

—Primero, lo de la blusa ya lo sé. Y segundo, solo contestaré a tus preguntas si tú respondes a las mías. —Me subí el cierre del abrigo para ocultar los holanes.

—De acuerdo —aceptó de inmediato—. Vamos por turnos. Pero no te diré mi nombre.

—Pues me lo invento.

—Mejor me lo invento yo. No sea que elijas algo como Fifí o Frufrú. —Soltó un suspiro—. Puedes llamarme Bax.

—¿Bax? —Me mordí la lengua para no decirle que a mí se me habría ocurrido algo mucho más bonito y sonoro—. Okey, pues aquí va mi primera pregunta, Bax.

—Haz el favor de no pronunciarlo como si fuera raro o ridículo —me interrumpió enojado—. Viene de Baximilian. Baximilian Grimm, es un nombre muy respetado y temido en los círculos de los daimon.

—Muy bien. —No tuve duda de que acababa de revelarme su nombre real pero no hacía falta meter el dedo en la llaga—. Si eres el guardián de este portal, ¿a quién tienes que contarle…? O mejor, ¿a quién tienes que informar cuando alguien lo atraviesa?

Arrugó su hocico de zorro mientras reflexionaba y después contestó:

—A nadie. Soy mi propio jefe. Además, por aquí no entra ni sale nadie desde hace una eternidad. Con el paso de los años, el conjuro que me ata a este portal ha ido perdiendo efecto. Ahora puedo pasearme por media ciudad.

Era evidente que se alegraba de tener alguien con quien hablar. No me había hecho falta ninguna estratagema para que me explicara todo aquello. A cambio, le conté que Quinn acababa de descubrir que era un descendiente y quería explorar el Límite por sus propios medios. A Bax le pareció muy comprensible. Mientras charlábamos el sol se ocultó tras los tejados y la iglesia quedó sumida en la penumbra. A pesar de que la conversación me distraía, cada vez me ponía más nerviosa. Enseguida caería la noche. ¿Dónde se había metido Quinn? ¿Por qué pasaba tanto tiempo al otro lado?

—Vamos, no te agobies —graznó Bax que, encaramado al confesionario, me observaba dar vueltas.

Me paseaba inquieta, primero por delante del tríptico y luego por toda la iglesia, sin perder nunca de vista la tabla central. La gárgola continuó:

—Los descendientes son tipos duros. Piensa en Alejandro Magno: no había quien acabara con él. Si tu amiguito es de verdad uno de ellos, se las arreglará perfectamente al otro lado.

—Ya, siempre que no se encuentre con Héctor o con un lobo sanguinario —repliqué.

—O con un pájaro caimán muerto de hambre. —Parecía que se divertía alimentando mis miedos—. También sería una lástima que se subiera sin pagar en un zepelín ballena. Los revisores son elfos oscuros con muy malas pulgas que te arrancan un dedo si no llevas boleto.

Genial, muy tranquilizador todo. Y no podía llamar a Quinn porque, aunque sabía que llevaba el celular, seguro que en el Límite no había cobertura.

Como tampoco su madre podría hablar con él, seguro que me escribiría de un momento a otro preguntándome dónde nos habíamos metido. ¿Qué haría entonces?

Paseaba arriba y abajo por delante del cepillo de limosnas cuando resonó de nuevo el crujido de la puerta. A toda prisa, me giré para mirar. Pero no eran la tía Bernadette y María que volvían para controlarme, sino Jacinto.

¡Maldita sea! Esos... seres del Límite no debían descubrir que habíamos encontrado otro portal.

El joven se detuvo en la entrada y paseó la mirada por toda la iglesia hasta que me localizó. Me llamó la atención que llevara un cuervo posado en el hombro. Aunque seguramente no era nada raro porque, según me había dicho Quinn, Jacinto era un hada.

—Efectivamente —dijo, y no supe si hablaba conmigo o con el cuervo.

No quedaban dudas de que antes tenía razón: aquellos pájaros nos estaban vigilando.

La gárgola se había evaporado en el aire.

Jacinto me sonrió y sentí el encanto de su sonrisa incluso desde tan lejos.

—Hola, joven Matilda. ¿Dónde está Quinn?

Otra vez: ¡Maldita sea!

Quinn

Me resultó difícil despedirme del Límite y, con él, de mi cuerpo súper sano, pero me consolé pensando que podría regresar por ese portal siempre que quisiera. Además, me moría de ganas por contarle a Matilda todo lo que acababa de pasar.

Había perdido la noción del tiempo, debía de ser otro de los efectos producidos por aquel mundo. Me parecía que llevaba horas allí. Seguro que Matilda estaba preocupada y mi madre, a punto de llamar a emergencias. Y eso que ni se imaginaba que andaba dando vueltas por un mundo paralelo y casi me había metido en una pelea con un grupito de nex racistas.

Me maravillaba la facilidad con la que ya empleaba la terminología del Límite. Podía deberse a la locuacidad de Emilian, que me consideraba arcadio como si fuera lo más natural y eso me ayudaba a interpretar mi papel. Aunque bueno, en realidad era arcadio, o al menos en una cuarta parte.

Al parecer Emilian dirigía la reserva él solo, durante nuestro paseo no nos encontramos a nadie más, ni hada ni arcadio. A cambio, había un número aterrador de polillas vampiro, unas mariposillas negras con cara de murciélago que vivían en una especie de invernadero oscuro. El suelo estaba cubierto de plantas rastreras de color violeta. Parecían serpientes que, con las cabezas juntas, decidían el mejor momento para atacarme. Las polillas vampiro no perdieron el tiempo en ponerse de acuerdo: en cuanto Emilian abrió la puerta de cristal oscurecido, se abalanzaron sobre mí con las fauces abiertas y vi brillar unos dientes afilados como cuchillos. Sin embargo, en el ultimísimo momento giraron en redondo delante de mis narices.

Mi guía dijo, en tono divertido:

—No tengas miedo, acabo de darles de comer.

Eso me calmó solo a medias. No respiré tranquilo hasta que por fin salimos del invernadero.

Después visitamos a los inofensivos caracoles de luz y a un adorable erizo de orejas de gnomo con brillantes ojitos negros y una patita rota. No descubrí nada nuevo sobre Cassian y su implicación política en el Límite. En cambio, Emilian me contó que la mayoría de las quimeras animales, y de las quimeras como el hombrecillo violeta, provenía de experimentos realizados hacía siglos por los elfos oscuros. A pesar de los severos castigos, muchos elfos continuaban fascinados por los cruces prohibidos de especies y por ello contravenían constantemente las leyes. Eso daba argumentos a los arcadios, que insistían en que haber erradicado sus colonias de la Tierra para condenarlos a una existencia en el Límite era la mejor decisión. Quería pedirle que me diera más detalles, pero eso me habría obligado a reconocer que no era un joven arcadio lejos de su casa, sino alguien que oía hablar por primera vez de los elfos oscuros y de todos los demás seres.

Es probable que hacia el final de nuestro recorrido me pusiera en evidencia, cuando surcó el cielo un zepelín ballena aún más grande que el anterior. Lo escoltaba una bandada de enormes pájaros con la cola ahorquillada, cuyo plumaje centelleaba al sol como si fuera de oro puro. Me di cuenta demasiado tarde de que me había quedado mirando con la boca abierta. Era una reacción excesiva para un habitante del Límite. No obstante, si Emilian lo encontró raro no se le notó en absoluto.

Me despidió en la puerta como a un viejo amigo y me ordenó que me apartara del camino de cualquier nex. Por supuesto que se lo prometí.

Ya en el portal, encontré la otra muleta donde la había dejado. Lancé un vistazo rápido para asegurarme de que nadie me veía. Como antes, las callejuelas estaban desiertas. Empuñé las dos muletas y las introduje en la hornacina hasta que toqué suelo firme al otro lado. Entonces, de un ágil empujón, me impulsé a través de la tormenta de nieve para volver a la iglesia.

Sentí al instante que mi cuerpo pesaba el doble y tuve que apoyarme con fuerza en las muletas para no caerme.

En ese mismo momento percibí una voz alegre y juvenil que decía: «Efectivamente». La reconocí enseguida: era de Jacinto, el de la florería.

Lo oí preguntar:

—Hola, joven Matilda. ¿Dónde está Quinn?

Mi celular me vibró como diez veces en el bolsillo del abrigo. Se ve que mientras estaba en el Límite me habían llegado un montón de mensajes.

No veía a Matilda, tan solo la oía tartamudear en algún lugar cerca de la entrada:

—Este… Pues… Quinn está…

—¡Estoy aquí! —exclamé mientras me sentaba en la silla.

—¡Exacto! —En un abrir y cerrar de ojos, Matilda apareció por detrás de una columna—. ¡Está aquí! ¿Por qué lo preguntas?

Sonreía con expresión de alivio y al mismo tiempo ponía los ojos en blanco. Era verdad que me había entretenido, pero al fin y al cabo había vuelto justo a tiempo. Y menos mal porque me habría enojado muchísimo que Jacinto me viera salir del cuadro, se habría enterado de todo. Aún peor, nuestro portal secreto, del que aún esperaba muchas respuestas, dejaría de ser un secreto.

Al parecer Matilda pensaba de manera similar porque, sin perder un segundo, giró la silla para alejarnos del tríptico. Nos dirigimos a la nave central y allí nos reunimos con Jacinto.

El joven llevaba un cuervo posado en el hombro. Pero aquel día yo había visto cosas mucho más raras.

—Los busco desde hace rato —nos dijo. Sus ojos verdes brillaban incluso en la penumbra de la iglesia—. ¿Qué hacen aquí?

Su voz resultaba tan suave y tranquilizadora como la de Emilian. Tras la excursión estaba casi seguro de que las hadas pertenecían al bando de los buenos. A pesar de eso, no me atrevía a confiar ciegamente en Jacinto.

—Pues rezar, lo que se hace en las iglesias —respondí—. Tantas emociones… me superan un poco.

—Te entiendo. —Sonrió con cierta inseguridad, o quizá fuera compasión—. Seguro que te asaltan miles de preguntas. Por eso, Cassian organizó otra reunión en el Límite. Esta vez con la Rectora Themis. Acompáñame.

—¿Ahora mismo? —preguntó Matilda.

Sentí que me inundaba la rabia. Pero ¿qué les pasaba? Primero me tiraban delante de un coche, supuestamente por error; luego me hacían creer que me había vuelto loco; después, en lugar de respuestas, me daban una poción mágica y me secuestraban en mitad de la noche para presentarme a Nietzsche, hacerme un anuncio de importancia vital y arrojarme unas migajas de información para que las rumiara yo solo con una resaca espantosa. ¡Y ahora encima pretendían que acudiera a una reunión con su maldito Alto Consejo! ¿Quiénes se creían que eran?

Jacinto miró el celular.

—Bueno, la reunión era hace dieciocho minutos. Me llevó un rato encontrarlos. Mejor dicho, los encontraron mis cuervos, les pedí que me echaran una mano.

Intercambié una mirada con Matilda. Así que no estábamos tan paranoicos…

El joven me apremió con un gesto.

—No podemos hacer esperar a la Rectora, se molestará.

—¡Me da igual! Ahora no puedo ir —me negué. Me di cuenta de que no había sonado tan calmado y adulto como pretendía, sino justo todo lo contrario. Saqué el celular del abrigo—. Mira, dos mensajes de mi mamá. A ella tampoco puedo hacerla esperar.

Además tenía un mensaje de Lilly y tres de Lasse: «Bro, necesito hablar contigo ya».

—Lo entiendo, Quinn, pero...

—¡Que no! —lo interrumpí antes de que me convenciera con su dulce tono—. ¡Nadie me informó de ninguna reunión con ninguna rectora! Si quiere verme, como mínimo debería consultarme cuándo me queda mejor.

—¡Exacto! Y no estaría de más que nos dijera de qué quiere hablar. —Matilda parecía tan alterada como yo. No me extrañaba, llevaba un rato larguísimo esperándome.

Rodeó a Jacinto con paso decidido y avanzamos hacia a la salida. Entonces añadió:

—Y una última cosa: ¿por qué no pueden contarle lo más esencial aquí? ¿No tienen un «manual rápido para descendientes», o algo así?

Él nos adelantó y nos sujetó la puerta. El cuervo alzó el vuelo y se unió a sus compañeros, que lo recibieron con fuertes graznidos.

—Me caen muy bien, de verdad —nos aseguró con una gran sonrisa—. Son muy simpáticos. Y estoy de acuerdo con ustedes, a mí tampoco me gusta la manera en que los arcadios lo manejan todo desde hace mil doscientos años. Son arrogantes y presuntuosos, y exigen que todo el mundo se supedite a ellos como si fuera lo normal. Quizá esté en su naturaleza… Pero con Cassian y la Rectora Themis en el poder, por fin podrían explorarse nuevos caminos y quizá la profecía… —Se interrumpió y soltó un suspiró—. En fin, por desgracia no hay ningún manual. Los descendientes suelen crecer sabiendo que lo son. Es muy raro que nos enteremos de su existencia cuando ya son adultos. O casi adultos, como en el caso de Quinn.

—¿Qué profecía es esa? —interrogó Matilda mientras pasábamos bajo los altos tilos.

Jacinto caminaba a nuestro lado y volvió a suspirar.

—Joven Matilda, no le he contado a nadie que estuviste en el cementerio. Ya te advertí de lo peligroso que es para los seres humanos inmiscuirse en los asuntos de los arcadios.

—¿Es que hay una profecía relacionada con Quinn? —insistió implacable, sin dejarse amedrentar. Parecía decidida a obtener toda la información posible en el corto camino hasta casa—. ¿Por eso abrieron una tienda de flores en su misma calle? ¿Acaso es especial, distinto de otros descendientes? ¿Tan especial que el Alto Consejo se interesa por él?

El joven se quedó algo desconcertado, aunque luego sonrió y contestó:

—Si viene conmigo podrá plantearle todas esas preguntas al Consejo ahora mismo. Vamos, Quinn, no quiero que te metas en líos.

Estuve a punto de ceder. Se me acumulaban las preguntas y anhelaba respuestas que pusieran un poco de orden en mis aturullados pensamientos. Sin embargo, había sido un día súper largo, estaba cansado, tenía sed y necesitaba ir al baño. Y además era una cuestión de principios. Maldición, en los últimos meses la había pasado fatal por culpa de esa gente del Límite. Acababa de encontrar un acceso a su mundo y quizá podría descubrir por mí mismo todo lo que me ocultaban. «Toma el control de tu vida antes de que otro lo haga por ti», otra de las frasecitas de mi madre que a lo mejor encerraba cierta verdad.

En ese momento mi celular me vibró de nuevo. Era mi padre: «¿Dónde andas, hijo?».

—Otra vez será —declaré con firmeza—. Un día que no vaya en pants.

Jacinto no insistió. Como solo lo veía de perfil, no llegaba a distinguir si se había disgustado o simplemente lo dejaba estar. También Matilda guardó silencio hasta que llegamos a la calle del Cementerio Viejo. Una vez allí, no pudo reprimirse y dijo:

—Tengo una pregunta más sobre los portales.

Para mi sorpresa, el joven estalló en carcajadas. No conseguía parar. Matilda comentó con cierta irritación:

—¿Qué es tan gracioso?

Aquella risa era contagiosa y de pronto sentí una descarga de buen humor. No llegué a reírme pero sí que sonreía, igual que las caritas semiocultas en los setos por los que íbamos pasando. Seguramente transmitir emociones positivas formaba parte de las cualidades mágicas de las hadas.

Cuando Jacinto pudo volver a hablar, habíamos llegado a mi casa. Matilda se detuvo en la banqueta, a unos metros de la entrada al jardín, quizá para que mi madre no nos viera desde la ventana.

—Bueno, pues me marcho para informar al Alto Consejo de que hoy tienes otros compromisos. ¿Qué día les propongo para la reunión? ¿Mañana?

—Pues no lo sé. —Me di la vuelta hacia Matilda—. ¿Tú puedes mañana?

Por alguna razón, se puso súper roja.

—Yo puedo venir por ti, así no dependes de ella —ofreció Jacinto.

Sin hacerle caso, insistí:

—Matilda, ¿puedes acompañarme al cementerio mañana por la tarde?

Se le marcaron los hoyuelos y de pronto me pareció muy guapa.

—Me temo que no. Mañana tengo nueve horas de clase. Pero pasado mañana sí podría, a partir de las tres.

—Okey, pues pasado mañana. —Me giré para mirar a Jacinto—. Diles a esos señores del Alto Consejo que podemos vernos el miércoles a las tres y cuarto.

—Será para mí un placer transmitir el mensaje —contestó con un amago de reverencia nada rígida, sino grácil como la de un bailarín.

Y así, como danzando, se alejó por la banqueta. Había varios cuervos posados en la reja del cementerio que parecían esperarlo.

Dos minutos. Ese fue el tiempo que logramos permanecer callados. Nos quedamos intercambiando miradas expresivas y observando a Jacinto hasta que desapareció entre los arbustos y las lápidas.

—¡No vas a creer lo que me pasó! —estallé cuando consideré que se había alejado lo suficiente, por mucho que las hadas oyeran toser a una mosca a cien metros de distancia.

—Yo tampoco me aburrí —contestó ella al momento. Empujó la silla por el caminito del jardín hacia la puerta—. Mientras no estabas apareció… ¡Mierda!

Enmudeció de pronto y cuando entendí la razón mi buen humor se esfumó al instante. Lasse estaba sentado en los escalones de la entrada y nos miraba fijamente. Había dejado la bici apoyada en la fachada y parecía llevar mucho tiempo allí: se había subido el cuello del abrigo y tenía los brazos cruzados como si se muriera de frío. Me pregunté cuánto habría oído de nuestra conversación con Jacinto… Al parecer lo bastante para quedarse con la boca abierta.

—¿Qué haces aquí? —le espeté con aspereza. Ya intuía que me iba a estropear la conversación con Matilda.

Se levantó.

—¿Es que no te llegaron mis mensajes? —¡Dios mío! ¿Estaba a punto de echarse a llorar otra vez?—. Tenemos que hablar.

«Pues fórmate en la fila». No había dejado plantados a la Rectora Themis y al Alto Consejo para que ahora Lasse me soltara un rollo sobre lo mucho que sentía haberle contado a mi madre del asunto de la lápida.

—No es buen momento —contesté.

Plegué los reposapiés y me incorporé. Como siempre, Matilda me ofreció las muletas sin decir nada. Mientras luchaba contra el mareo la veía borrosa, pero imaginé que se le dibujaba en la cara la misma desilusión que yo sentía. Me sorprendió tener tantas ganas de contárselo todo sobre el adorable dragoncito y las polillas vampiro.

En ese momento se abrió la puerta y apareció mi padre, por lo que ya no había duda de que nuestra charla tendría que posponerse.

—Nos vemos pasado mañana —me despedí en un susurro.

—Okey —contestó ella también en voz baja.

—Tu mamá estaba empezando a preocuparse —dijo mi padre. Luego sonrió—. Hola…, Luise. ¿Qué tal te fue en el examen? ¡Oye, Lasse, sigues aquí! Podías haber esperado dentro.

—No pasa nada —repuso él.

Matilda no contestó. Se puso colorada, seguramente le dio rabia que la confundieran otra vez con Luise. Empezaba a entenderla, tenía que resultar muy molesto.

—Se llama Matilda —corregí mientras subía los escalones—. Y Lasse tiene que irse porque cenamos enseguida, ¿verdad que sí, papá? —Era una excusa absurda porque había cenado mil veces con nosotros, pero pensé que captaría una indirecta tan poco sutil.

—La cena va a tardar un poco —repuso mi padre. Como siempre, no se daba cuenta de nada y no captaba mis miradas insistentes—. Estuvo aquí la tía Mieze, te manda saludos. Y luego tuve una llamada de trabajo.

Pero me pongo ya a cocinar y en una hora el risotto estará listo.

—Con una hora es suficiente. —Lasse no estaba dispuesto a dejarse disuadir, se coló en el recibidor y se agarró al perchero como si temiera que lo echáramos a empujones—. De verdad que es importante.

Cuando volteé a ver a Matilda, ya se había marchado. La miré alejarse esperando que se girara un momento pero no lo hizo. Cruzó la calle y entró en su casa.

Por un momento me invadió una extraña sensación de soledad.

—¡Lilly tenía razón! ¡Hay algo entre Hoyuelos y tú! —exclamó mi amigo.

Lo que faltaba.

—Qué tontería, si casi no nos conocemos. Perdónenme, necesito ir al baño desde hace rato.

Rodeé a mi padre y a Lasse para entrar en el baño y cerré la puerta. ¡Hoyuelos y yo! Vaya tontería. Ella…, bueno, estaba cuando la necesitaba y había resultado mucho más simpática y aventurera de lo que esperaba. Y divertida. Y lista. ¿Acaso alguien más sabría quién era Cleofás?

Torpe de mí, no había encontrado un momento para darle las gracias. A veces era de verdad un creído y un idiota. Mientras me lavaba las manos recordé que tenía su número, le mandaría un mensaje en cuanto me librara de Lasse.

Al salir del baño me sentía menos enojado, a pesar de que mi amigo seguía plantado junto al perchero y me miraba con ojos de cordero degollado. Mi padre se había metido en la cocina.

—¿Podemos ir a tu habitación? —me preguntó.

—Pues okey. —Me moría por acostarme en la cama y estirar los doloridos músculos—. Pero deja de mirarme con ojitos de Bambi.

Puso aún más cara de angustia y no pude reprimir un suspiro. ¿Quién era aquel tipo y qué había hecho con mi mejor amigo? ¿Dónde estaba mi compañero de parkour, el que contaba chistes de mal gusto siempre en el peor momento y se metía papas fritas en la nariz para hacerme reír? La última vez que lo vi llorar se le había muerto un conejillo de indias: tenía nueve años.

Que se emocionara cuando fue a visitarme al hospital me parecía comprensible. Pero ¿por qué seguía tan llorón? ¡No había motivo! Yo ya me paseaba por ahí tan fresco como antes.

Bueno, más o menos... Justo en ese momento sentí cierta debilidad, menos mal que logré apoyarme en la pared además de en las muletas.

Subí las escaleras con bastante esfuerzo. Lo único que se me antojaba era encerrarme en mi cuarto para descansar de todo lo que me había pasado. Y para escribirle a Matilda.

Por desgracia, Lasse no se apartaba de mi lado.

—Hoy vi en el centro a una chica de pelo azul y la seguí durante más de cien metros. Cuando conseguí adelantarla, resultó que era un chico. —Soltó un suspiro—. Si encontrara a la tal Kim la zarandearía hasta que me contara qué te pasó la noche del accidente.

¡Ja, ja! Lasse zarandeando a alguien. No sucedería jamás.

—¿Me creerías si te contara que se había metido en líos con unos cazadores mágicos y que aquella noche nos persiguieron unos lobos y unos extraños seres alados? —Me miró estupefacto—. Ya... me lo temía.

Entré en la habitación y me dejé caer de espaldas en la cama.

Él cerró la puerta y tomó aire varias veces.

—Es que... De verdad me preocupas cuando dices cosas tan..., tan raras. Por eso le conté a tu mamá lo de la lápida. Oye, ¿por qué tienes un árbol en el suelo?

Todos aquellos rodeos me estaban poniendo nervioso.

—Porque si lo pongo en la ventana las hadas pensarán que tomé la poción angélica —contesté, cerrando los ojos—. Suéltalo ya, Lasse, ¿de qué querías hablar con tanta urgencia?

Como tardó unos segundos en responder, casi me quedé dormido.

—Verás, la doctora Bartsch-Kampe opina que mi sentimiento de culpa... Es decir... Según ella, tu estado de ánimo no es responsabilidad mía. Por eso quería...

—¡No fastidies! —Me senté en la cama—. ¿De verdad fuiste a ver a esa señora? ¿Sin que te obliguen?

—Son tres sesiones de prueba. —Se apoyó en la puerta y, para variar, me lanzó una mirada desafiante—. La primera fue el viernes y me pareció muy útil. Desde el accidente estoy hecho polvo...

No era el único.

—Mis papás estaban muy preocupados —añadió.

Enarqué una ceja.

—A ver, para que yo me entere: ¿vas a ver a mi loquera y se dedican a hablar de mí? —Eso explicaría muchas de las cosas que me había dicho la doctora Baj-Ona: tenía acceso a información privilegiada.

Se puso colorado y pensé al momento en Matilda. A ella le quedaba mucho mejor. Solo se le encendían las mejillas, no le salían en el cuello aquellas manchas rojas tan feas.

—Bueno, si eres parte de mis problemas tendré que hablarle de ti... Ay, Dios, ahora me siento fatal... —Se quedó en silencio.

Aquella horrible doctora lo había perturbado totalmente.

—Pero ¿está permitido preguntar a un paciente sobre otro paciente? ¿Qué pasa con el secreto profesional?

Pasaba que a las psicólogas del Límite les daba igual. Con ellas no había opción de presentar una queja al colegio profesional ni nada de eso. Me dejé caer otra vez entre los almohadones y dije:

—Bueno, da igual. En una cosa tiene razón: es una tontería que te sientas mal por mi culpa. Todo va bien. Si dejas de gimotear y de sentir lástima por mí, nuestra amistad volverá a ser como antes. Y ahora perdóname pero... necesito descansar. Ha sido un día muy largo.

—Nunca me había sentido tan agotado.

Lasse tomó aire varias veces, como preparándose para decir algo más, pero al final hizo un gesto de resignación y se despidió a toda prisa.

¡Por fin! No habría aguantado despierto mucho tiempo más.

Ya se me habían cerrado los ojos cuando salió por la puerta. Lo oí bajar por la escalera, cerrar la puerta de la calle y alejarse por el caminito del jardín.

De pronto, noté que tenía otra vez súper oído: percibí sus pasos por la banqueta y cómo sacaba el celular del bolsillo para decirle a alguien con voz llorosa:

—No, no fui capaz de decírselo. Volvió a contarme cosas raras de hadas y lobos...

Pero quién sabe, a lo mejor eso lo soñé. Porque ya me había quedado dormido.

Matilda

Pasé los dos días siguientes maravillada por la naturalidad con la que había aceptado que hubiera un mundo paralelo llamado «Límite» y que las hadas, las gárgolas vivientes y los espíritus no solo existieran, sino que me hubieran permitido conocerlos en persona. Comprendía que tenía motivos para estar aterrorizada, acurrucada en la cama temblando de miedo, con las cobijas subidas hasta la barbilla y murmurando palabras sin sentido. Pero en lugar de eso me sentía más viva y más contenta que nunca, y en ningún caso más loca que antes. Al contrario, me parecía que el hecho de que la magia existiera convertía el mundo en un lugar más lógico.

De haberme enfrentado yo sola con aquel secreto habría dudado de mi cordura, eso seguro. Contárselo a alguien habría provocado un ingreso urgente en psiquiatría. Mis intentos por explicarle a Julie qué hacíamos Quinn y yo cuando salíamos habían dado un resultado patético: mi mejor amiga pensaba que nos dedicábamos a un complicado juego de misterio y aventuras que nos habíamos inventado. Y que me servía como base para una novela fantástica que estaba escribiendo a escondidas. Me dijo:

—Soy tu fan número uno, ya lo sabes. Pero las novelas de fantasía no son lo mío. Solo las leo por la historia de amor. Y esta tuya entre la chica insignificante pero muy lista y el chico malo que tiene un accidente promete muchísimo... Parece que Quinn y tú encontraron lo más importante: un interés común (uno que es súper raro, pero okey). Seguro que cortó con Lilly porque a ella nunca le interesaba buscar portales secretos.

Yo prefería no imaginarme qué cosas sí habían hecho juntos. En cualquier caso, le sacaba a Lilly tanta ventaja en cuanto al número de palabras por mensaje que la sonrisa no se me borraba de la cara.

Desde la visita a Santa Inés, Quinn y yo nos escribíamos a cada momento. Por una vez me pareció útil la clase de Matemáticas: aproveché para hacer unos cálculos. Me salieron en promedio unas fabulosas cuarenta y seis palabras por mensaje, y eso sin contar los emojis. Ni los audios: también nos mandábamos mensajes de voz, algunos en mitad de la noche.

Precisamente de noche era cuando más confusos me resultaban todos aquellos acontecimientos, informaciones y datos tan insólitos. Y sentía alivio al poder comentar con Quinn lo extraño que era todo, aunque siguiéramos sin respuestas para un montón de preguntas. ¿De verdad Alejandro Magno era un descendiente? En ese caso, ¿de quién descendía? ¿Por qué los seres sobrenaturales de un mundo inmaterial e imaginado utilizaban un zepelín ballena como medio de transporte? ¿Cómo conocía la chica del pelo azul la existencia de Quinn? ¿Qué quería de él la noche de la fiesta? ¿Y qué pasaba con aquella profecía a la que se había referido Jacinto?

En cuanto a la chica del pelo azul, hicimos un gran avance inesperado. En la página del Hospital Universitario encontré a una tal Dra. S. Halabi-Horvat, médica jefe y especialista en anestesiología. Cuando metí en el buscador «Kim Horvat» me salieron algunos resultados interesantes, aunque sin fotos. Tampoco encontramos perfiles en redes sociales con ese nombre. Aun así, la edad coincidía y también la información de que había superado el examen de acceso a la universidad con dieciséis años. Nuestra Kim Horvat estudiaba primero de Medicina y, con un poco de suerte, quizá podríamos localizarla.

A pesar de tan buenas perspectivas, el tiempo que quedaba hasta nuestra cita del miércoles por la tarde se me hacía eterno.

Obviamente, la tía Bernadette le contó a mi madre que me había visto en Santa Inés con la silla de Quinn, de manera que la cena fue más tensa que de costumbre. Mis padres deseaban que mantuviera la fe, pero incluso a ellos les pareció inverosímil que de pronto creyera tanto en el poder de la oración como para llevarme a la iglesia una silla de ruedas. A mí también me parecía una explicación pésima. Por desgracia, por más vueltas que le daba no se me ocurría otra excusa, de manera que no me quedó más remedio que soportar estoicamente su desconfiado interrogatorio.

El único consuelo fue que el martes pude enfrentarme a ellos muy bien vestida. Julie había convencido a la tía Berenike para que hiciera una limpieza de armario tan radical como la nuestra, siguiendo el lema: «Quédate con lo que te hace feliz». Como en aquel momento eso solo lo conseguían los colores vivos y los estampados atrevidos, heredé todos sus looks marineros: una caja llena de prendas azul marino y a rayas blancas, por supuesto libres de holanes. Ni siquiera mi madre tuvo nada que objetar, ya que no había camisetas con frases provocadoras. Por su parte, Julie se apropió de toda la ropa de color negro. Como resultado, nuestros armarios rebosaban tanto como antes pero ahora nos hacían muy felices…, al menos mientras la maldita blusa estuviera para lavar. No tenía la menor intención de volver a ponérmela, ya fue mala suerte encontrarme con Lilly justo ese día. Porque, para mi desgracia, no estaba dispuesta a que se le olvidara.

Después del encuentro en el elevador me topé con ella dos veces en la prepa. La primera vez fue el martes, en las escaleras. Contestó a mi «Hola, Lilly» casi susurrado exclamando «¡Hola, Holancitos!» con amabilidad exagerada. La segunda vez fue el miércoles, nos cruzamos con ella y con su amiga Smilla delante del gimnasio.

—¿Cuál es la Holancitos? ¿Esa? —preguntó la amiga en voz muy alta cuando pasamos por su lado con las raquetas de bádminton—. *No way*, es imposible que esté con Quinn, no es su tipo *at all*. Se parece *totally* a la matadita de Luise. —Y lanzó un gritito porque Lilly le había dado un codazo. Luego se echaron a reír.

Yo las ignoré, pero Julie no pudo contenerse:

—Vaya, Smilla, *your English* ha mejorado mucho *during* tu intercambio. Seguro que tus *parents* están *proud of you* porque casi no das pena con tu *mix* de *languages*.

Las risitas se cortaron en seco y nos metimos en el pabellón antes de que Smilla pudiera contestar. Una vez dentro, Julie me miró enojada:

—¿Por qué nunca me haces caso? ¡Te dije que era mejor ir desnuda que ponerse esa blusa!

Se me escapó la risa. Si aquel día no hubiera llevado nada debajo del abrigo, la cara de Lilly habría sido un poema. Por no hablar de Quinn...

Aunque le prometí a Julie que siempre le haría caso, incumplí mi palabra enseguida. Al acabar la clase de gimnasia me aconsejó que me dejara el pelo suelto para la cita de la tarde. Pero hacía tanto viento fuera que a los dos minutos habría parecido una escoba electrocutada: la lluvia y el viento eran una combinación terrible para mis rizos. Así que después de bañarme me hice una coleta como siempre, por mucho que según mi amiga fuera un peinado de niña buena. Para compensar, hice uso de su maquillaje y por una vez me sentí perfectamente arreglada, con mis jeans preferidos y la sudadera azul oscuro de cachemir de la tía Berenike. Antes de llegar a casa de Quinn me quité el labial rojo, tampoco era cuestión de exagerar.

Por desgracia no era la única persona que acudía allí esa tarde. De improviso Leopold y Luise aparecieron por el caminito del jardín. Mientras subía los escalones de la entrada con uno a cada lado, sentía que se me iba borrando la sonrisa de la cara.

—Vaya, qué casualidad —dijo ella con una mueca malvada.

—¡Largo de aquí! —gruñí. No se me ocurrió otra cosa.

—¿Por qué eres siempre tan agresiva? —me reprendió él mientras pulsaba el timbre—. Solo queremos preguntar una cosa para la clase de Sociales. Y ofrecer nuestra ayuda.

—Bonita sombra de ojos. —Luise se me acercó tanto que sentía su respiración—. Cualquiera diría que te pusiste guapa para una cita. Por cierto, ayer Lilly me preguntó si tenías algo con Quinn. Entonces recordé que en primaria estuviste enamorada de él a pesar de que te echó a un bote de basura. Sin olvidar que te tiró una cubeta de agua…

No podía enojarme porque estaba demasiado ocupada pensando qué decir cuando el padre de Quinn abriera la puerta y se encontrara con dos Luises (y un Leopold). Comprendí que la coartada del examen de mate saltaría por los aires y tuve que hacer un esfuerzo para no salir corriendo. Por suerte, fue la madre quien abrió. Aquel día llevaba un vestido color frambuesa con lunares amarillos: se habría entendido de maravilla con la tía Berenike. Se nos quedó mirando bastante confundida, pero después sonrió con su amabilidad habitual y me guiñó un ojo.

—Buenas tardes —se me adelantó mi primo. Adoptó un tono rimbombante de vendedor de seguros—. Soy Leopold Martin, vivo en la casa de enfrente. Ella es mi hermana Luise. Seguramente nos conoce, vamos a clase con Quinn y estamos muy preocupados por él ahora que toda la sociedad le da la espalda.

—¿Toda la sociedad? —repitió ella con perplejidad. Leopold asintió con energía.

—Así es. Se trata de un instinto despreciable. Las gaviotas también marginan a los individuos enfermos o heridos. ¡Hasta los matan a picotazos!

La mujer puso aún más cara de confusión... y de miedo.

Luise tomó la palabra:

—Por eso es tan importante recordar al mundo que lo que nos convierte en humanos es la compasión y la misericordia. Mi hermano y yo tenemos un canal de Instagram llamado «Haz el bien sin que nadie se entere» donde vamos reuniendo contenido inspirador. Ya organizamos un taller online sobre el tema, si le interesa puede ver un video en YouTube que ya ha conseguido un montón de likes.

La madre de Quinn hizo un gesto de impaciencia.

—Pero ¿qué quieren?

Por fin Leopold fue al grano:

—La semana que viene tenemos una presentación en clase sobre la exclusión social, y Quinn es el ejemplo perfecto. Queremos mostrar a nuestros compañeros el egocentrismo que impera en el mundo. —Sacó una agenda encuadernada en cuero—. Es el martes que viene. La clase empieza a las once y cuarto. Si usted lo deja en la puerta de la escuela a las once y cinco, nosotros saldremos a recogerlo.

—El título de la presentación es: «Asomarse al corazón del otro» —informó Luise.

Entonces ella reaccionó con decisión:

—Lo siento, pero el martes Quinn tiene citas médicas todo el día —contestó a toda velocidad. Me agarró del brazo y me metió en el recibidor—. Adiós.

Cerró la puerta tan rápido que no me dio tiempo de fijarme en las caras de mis primos. Durante unos segundos contuve la respiración, segura de que volverían a tocar el timbre o a llamar a la puerta. La señora Von Arensburg parecía temer lo mismo, porque dijo en voz muy baja:

—«Asomarse al corazón del otro»… Cielos… Me dan escalofríos.

—Pues esto es la versión light. Su última presentación se llamaba «Arder de amor por la vida» —susurré—. Todos temimos que acabarían quemando la escuela porque encendieron en el aula doscientas setenta y cuatro velas, una por cada alumno de los últimos semestres.

La señora Von Arensburg comprobó por la mirilla que mis primos se habían marchado. Después sacó un sobre de encima del armario y me dijo en voz baja:

—La paga de este mes. Lo estás haciendo muy bien, muchas gracias por haber aceptado. Veo a Quinn fenomenal.

Noté que me ponía muy roja. Me había olvidado del dinero y de pronto me resultó casi inmoral aceptarlo.

—La verdad, creo que preferiría…

Pero no pude continuar porque Quinn se asomó desde lo alto de la escalera. Me pareció que caminaba mucho más erguido que dos días atrás. Llevaba jeans y una sudadera azul oscuro, como si hubiéramos acordado ir a juego. Sonrió al verme.

—Hola, Matilda —saludó. Al oír su voz el corazón me dio un vuelco y sentí un cosquilleo por todo el cuerpo.

Me guardé disimuladamente el sobre en un bolsillo del abrigo, ya hablaría con su madre en otro momento. Ahora teníamos que enfrentarnos a nuestra próxima aventura.

Bueno, a lo mejor la palabra «aventura» era un poco exagerada, sobre todo en mi caso. Quinn había insistido no mover la fecha de la reunión, pero de pronto ese día le entró prisa. Llegamos al mausoleo de la familia König en un tiempo récord. Había llovido por la noche y los caminos del cementerio estaban embarrados, por lo que la silla se atascaba todo el rato. Sin embargo, Quinn me pedía que corriera y eso tenía la desventaja añadida de que no podíamos charlar: el zigzag esquivando charcos solo me permitía jadear.

Al llegar al mausoleo me pidió las muletas y se levantó. Examinó la puerta y dijo entusiasmado:

—Mira, alguien dejó puesta la llave. —Y abrió sin llamar.

La estatua de bronce de Clavigo Berg carraspeó con intención.

—Quizá lo hicieron a propósito —advertí—. Podría ser una trampa. ¿No deberías esperar a que te recojan? Venimos con seis minutos de antelación.

—Pues mejor. —Me sonrió y luego traspasó el umbral. Dejó las muletas apoyadas en la pared de dentro—. Así tendré tiempo de hojear esos libros imaginarios guardados en estanterías inmateriales que solo existen en la imaginación. A ver si dicen algo o están todos en blanco…

El supuesto guardián no hizo el más mínimo amago de detenerlo. Con muy poco convencimiento, comenzó a declamar:

—Entrar allí es tu anhelo, mas… —se interrumpió y terminó con resignación—: ¡Bah, qué más da! Total, los pelirrojos ya entraron sin hacerme ningún caso…

Quinn se despidió alegremente y se internó en el mausoleo. Alcancé a ver un intenso fogonazo y al momento la puerta se cerró.

Agotada, me derrumbé en la silla y de pronto sentí lástima de mí misma.

El reparto de papeles me parecía muy injusto: Quinn podía acceder a un mundo paralelo mientras yo me quedaba esperando afuera, cuidando la silla y preocupándome por si le ocurría algo o volvía sano y salvo. Al menos en la iglesia hacía calorcito, pero en el cementerio soplaba un fuerte viento y el cielo amenazaba lluvia. Se me ocurrió ir a casa a buscar un paraguas, pero desistí porque si me veían empujando la silla vacía empezarían otra vez las preguntas.

Así que me puse la capucha de la sudadera e intenté sin éxito mantener una conversación con Clavigo Berg. Pero estaba obsesionado con dedicar un poema al preludio de la primavera y no me escuchaba. Me interesaba mucho que me contara por qué al morir no había ido hacia la luz, sino que se había quedado como fantasma. Y dónde iba cuando no estaba dentro de la estatua. Pero al preguntarle por el túnel que aparece tras la muerte me contestó con impaciencia que nada rimaba con túnel y que semejantes palabras habría que prohibirlas.

—Es como «preludio», llevo todo el día buscando algo que rime. Hay que ser un sádico para inventarse una palabra así, un verdadero enemigo de la poesía.

Solté un hondo suspiro. Por desgracia, se lo tomó como una invitación a mostrarme sus progresos.

—Así avanza el preludio, aún mitad invierno, ya mitad esperanza... —Me miró expectante—. Después algo con «primavera», «violetas» y «eterno». O «tierno». Es un principio muy bueno, ¿no te parece? Si no fuera por «preludio»...

—Pues dale la vuelta a la frase, pon: así el preludio avanza —sugerí impaciente—. Con «avanza» te riman «esperanza» y «andanza»..., luego usas «eterno» y «tierno». Y listo: con un seis y un cuatro, aquí tienes tu retrato.

A Clavigo, que no captaba las indirectas, le encantó librarse de «preludio» pero entonces se obsesionó con «violetas». Como poeta era un fracaso mayúsculo.

Entonces pasó por allí una señora mayor que se me quedó mirando con curiosidad. Ya me había dado cuenta de que cuando vas en silla de ruedas la gente o te observa muchísimo o ni siquiera se fija en ti.

—Con la paciencia de un asceta ya florecen las violetas —le solté a la señora, que se marchó acelerando el paso.

Como Clavigo seguía inmerso en su búsqueda de malas rimas, me dediqué a probar la silla dando vueltas a un charco. Después intercambié varios mensajes con Julie y estuve mirando la web de la facultad de Medicina por si encontraba alguna pista sobre la chica del pelo azul. Luego escuché un audiolibro hasta que casi se me acabó la batería del celular. Al final me acordé del sobre con la paga. ¿Cuánto dinero habría metido la madre de Quinn? Pero antes de que me diera tiempo de sacarlo del bolsillo apareció por el camino una pareja, los dos muy agarraditos. Aunque la chica llevaba un abrigo amarillo súper llamativo, tardé un momento en distinguir que era Lilly Goldhammer.

También reconocí al chico que le pasaba el brazo por los hombros: no era otro que Lasse Novak, el mejor amigo de Quinn.

Se llevaron un buen susto al verme y se separaron al instante.

Ajá. Así que eso era. Ahora entendía por qué Lilly había montado aquella escenita en el elevador mostrándose tan agresiva: tenía sentimientos de culpa. Con toda la razón, diría yo.

—¡Tú otra vez! —exclamó, mientras Lasse se ponía rojísimo y me miraba horrorizado.

—Este..., verás... —tartamudeó—. No creas... Es solo... Estamos...

—... yendo a casa de Quinn para hablar con él —completó Lilly—. Porque Lasse es incapaz de hacerlo solo.

—Lo he intentado varias veces pero siempre está distraído y solo habla de cosas raras —se defendió. Le habían salido manchas rojas en el cuello—. Según mi psicóloga, es posible que haya desarrollado un trastorno de la personalidad como consecuencia del trauma cerebral. —Se le quebraba la voz como si fuera a echarse a llorar—. No puedo presentarme y soltarle sin más que le robé la novia mientras luchaba por su vida en el hospital.

—Nosotros también luchamos —dijo Lilly, dirigiéndose a Lasse más que a mí—. Nos resistimos, pero no pudimos evitarlo. Simplemente sucedió. En realidad es todo culpa de Quinn: debido a su accidente tuvimos que apoyarnos uno en el otro mientras estaba en coma. Y, en fin, una no es de piedra...

Ajá. Y guau. Vaya una explicación.

—Oigan, yo no soy su psicóloga. A mí no tienen que contarme nada. Pueden irse tranquilos.

Y rapidito, antes de que Quinn salga del mausoleo. Una estatua de bronce parlante los habría espantado seguro, pero Clavigo eligió justo ese momento para respetar las normas y permanecer totalmente inmóvil. Igual que la parejita.

Lasse preguntó con desconfianza:

—¿Por qué estás sentada en...? ¿Esa es la silla de Quinn?

Tuve un déjà vu bastante desagradable y contuve un resoplido.

—No —contesté, por variar un poco—, esta es mía. La heredé de la señora Jakobs. Resulta muy práctica cuando te cansas de caminar.

Me miraron con escepticismo. Saqué el celular: Quinn llevaba más de una hora en el otro lado, podía regresar en cualquier momento. Tenía que librarme de ellos como fuera, le daría algo si al volver se los encontraba a los dos a la vez y sin previo aviso. Astutamente, les dije:

—Vi a Quinn hace un momento, en su casa. Salía con su mamá al café Fritz, seguro que lo encuentran allí.

Lasse me rodeó, aunque para eso tuvo que meterse en el charco.

—Esta silla no es tuya. Aquí detrás tiene el nombre de Quinn.

¡Mierda! Me había olvidado de la etiqueta.

—Entonces ¿dónde está? —inquirió, mirando a su alrededor. Lilly puso los brazos en las caderas.

Era de verdad urgente que me inventara un par de respuestas creíbles. Porque todo lo que se me ocurría era absurdo. Rollos como: «Quinn está en su casa, es que a la silla se le antojaba un poco de aire fresco» o: «Vaya, pues me confundí de silla» no eran opciones viables. A lo mejor podía probar a decir la verdad, así Lasse se quedaría tranquilo al ver que su amigo no era el único loco: «Pues verás, Quinn fue un momento a un mundo paralelo donde no necesita la silla. Qué pena que el celular allí no funcione, porque les mandaría unas fotos buenísimas de dragones enanos y de Nietzsche».

—¿Qué pasa, Holancitos? ¿No puedes contestar una pregunta tan sencilla? —Lilly me lanzó una mirada agresiva.

Aquella pregunta no tenía nada de sencilla. ¡Si ella supiera...!

—¿Dónde está Quinn? —insistió Lasse.

«¿Y a ti qué te importa?», iba a contestarle. Pero en ese momento la puerta del mausoleo se abrió con un suave chirrido y Quinn salió de ahí.

—¡Mierda! —exclamó al encontrarse de frente con Lilly y Lasse, que se quedaron boquiabiertos.

Quinn

Me adentré con paso inseguro en el mohoso mausoleo y al momento el mundo y yo mismo nos deshicimos en copos de nieve. Enseguida me encontré de nuevo en la biblioteca del profesor Cassian, y mis problemas para caminar desaparecieron junto con el olor a moho.

Por aquel lado, el portal era un colorido tapiz que se cerró a mis espaldas sin hacer ningún ruido. Como la vez anterior, un agradable fuego ardía en la enorme chimenea sin desprender calor y las pesadas cortinas estaban echadas.

—… otro ataque —percibí la voz del profesor. O hablaba muy bajito o los libros amortiguaban el sonido, porque solo me llegaban fragmentos—: muerto antes de que pudieran interrogarlo… un elfo oscuro llamado Tann.

¡Qué interesante! Traté de aproximarme con el mayor sigilo. Ponerme de puntitas me causó la misma sensación de bienestar eufórico que la vez anterior. Aquella mañana había practicado precisamente ese ejercicio con Severin. A pesar de su paciencia y de su capacidad para motivarme, tan solo conseguí mantenerme de puntitas unos segundos. Por el contrario, en el Límite los músculos me respondían de maravilla y tenía el control total de mi cuerpo. Nadie había notado mi presencia, al menos de momento.

—¡No fue un ataque! —Era la voz de Jacinto, muy alterada—. Esto es cosa de Frey. Quiere hacer fracasar su proyecto de ley para la repoblación de las antiguas colonias de elfos oscuros en las montañas de Noruega. ¡Qué curioso que no se pueda interrogar al terrorista! Me apuesto lo que quieran a que el señor miembro del Consejo salió del supuesto ataque sin un solo rasguño.

Pasé sigilosamente junto al sofá que ocupaba Nietzsche la última vez y me oculté tras una estantería rebosante de libros. Ya había oído antes aquel nombre, Frey. ¿Quizá Emilian lo había mencionado?

—Pues no exactamente —respondió la melodiosa voz de Ada—. Al parecer la cuchillada casi rozó el corazón. Si Frey no hubiera tenido un portal cerca para venir al Límite, ahora mismo estaría muerto. Lil me informó de que la herida era real.

—Ya, ¡qué casualidad que Frey tenga dos portales en su fortaleza de Noruega! —Jacinto hervía de cólera—. Una prueba más de que todo es un montaje. ¡Cómo odio a ese tipo! Considera escoria a todo aquel que no posea genes nórdicos arcadios, pero luego bien que va por ahí dejando embarazadas a mujeres humanas. Y todo porque a él se le permite, mientras que otras criaturas deben quedarse encerradas en el Límite. ¡Qué gran injusticia!

—Es una cabaña, hijo, no una fortaleza —corrigió Ada en voz baja.

—¡Una cabaña de ochocientos metros cuadrados con albercas, cines y un piso subterráneo que casi llega al centro de la Tierra! —rugió su hijo—. Carajo, pero si es el dueño de la montaña, que tiene hasta teleférico y vistas al mar… Eso es una fortaleza.

—Pero, hijo, la ira no ayuda en nada —trató de tranquilizarlo—. ¡Y menos aún a las hadas!

El profesor Cassian soltó un suave suspiro.

—Entiendo a Jacinto. Es todo muy injusto. Y además nos da mucho trabajo. Conociendo a Frey, seguro que ahora mismo está solicitando que el Alto Consejo se reúna en sesión extraordinaria. Y eso significa que tendré que aguantarlos a él y a los otros intransigentes con sus insoportables discursos. Tenemos que tomar rápidamente una decisión sobre Quinn: quiero sacarlo de la primera línea por si el interés en él crece demasiado. —Se oyó un crujido—. Pero, como siempre, debemos esperar a conocer la opinión de Themis. Voy un momento a comprobar si ya llegó Quinn.

Carraspeé con fuerza.

—Estoy aquí. Llamé a la puerta, pero como no apareció nadie entré sin más. Espero no haber hecho mal.

Jacinto rodeó la estantería. Llevaba una camiseta en la que decía: «Las flores son la sonrisa de la Tierra». Me lanzó una gran sonrisa y supe que había sido él quien había dejado la llave en la cerradura.

—¿Llevas aquí mucho rato? —me preguntó. La rabia había desaparecido de su voz.

—Lo bastante para saber que existe un tal Frey que tiene dos portales en su cabaña de súper lujo —contesté, también sonriendo—. ¿Se pueden crear portales donde se quiera? ¿Cuántos hay en total?

Aquellas preguntas no encabezaban mi lista ni la de Matilda, pero venían muy a cuento y ella había insistido en que reuniera toda la información posible.

La sonrisa del joven se ensanchó aún más.

—Hay incontables portales que comunican el Límite con casi cualquier lugar de la Tierra. Sin embargo, los arcadios capaces de crearlos se cuentan con los dedos de la mano. Casualmente, nuestro buen profesor posee esa cualidad, ¿verdad, Cassian?

Me guiñó un ojo como indicando que entendía que en esa ocasión no me contentaría con respuestas vagas e inconcretas. Salimos de detrás de la estantería y encontramos a Ada sentada sobre una mesa, con los pies colgando. Llevaba un vestido verde tan colorido y profusamente bordado que no se distinguía dónde acababa el tejido y dónde empezaban los tatuajes. El profesor Cassian se apoyaba en una columna; parecía preparado para salir, con abrigo, un elegante chal y guantes de cuero. Ambos me saludaron con amables sonrisas. Las de Ada eran tan contagiosas que no pude evitar devolvérselas. Las hadas eran realmente encantadoras.

El profesor pronunció una de sus breves lecciones:

—La creación de un portal no se produce chasqueando los dedos. Es necesario presentar una petición que debe ser aprobada por todos los miembros del Alto Consejo. Por tanto, no es algo que suceda a menudo.

Jacinto soltó una carcajada y dijo en tono burlón:

—¡Claro, Cassian! Porque nadie crearía un portal sin tener el permiso oficial, por mucha falta que le hiciera… Y tú menos que nadie…

—Un poco de respeto, Jacinto. —Aunque su madre le lanzó una mirada de desaprobación, era evidente que se divertía—. Puedo asegurarte que el mundo sería un lugar peor si Cassian se hubiera atenido siempre a las normas.

—Ya ves, Quinn, esta es la parte mala de la inmortalidad —dijo el aludido, de buen humor—. Todo el mundo recuerda lo que hiciste hace mil años y te lo echan en cara a la menor oportunidad.

—¿Y qué hizo usted hace mil años?

Los tres se rieron al unísono como si hubiera contado un chiste estupendo que yo mismo no entendía. ¿Acaso lo que el profesor había hecho hacía mil años estaba súper claro? ¿O solo había mencionado una cifra al azar? ¿O quizá ya no recordaba sus acciones? A ver, había pasado muchísimo tiempo… Entonces caí en la cuenta de que aquello no era importante y me imaginé a Matilda regañándome por perder el tiempo con semejantes tonterías. Teníamos una lista muy larga de preguntas y debía concentrarme en ellas.

—La risa no es más que malicia con la conciencia tranquila —sentenció una voz gruñona. Entonces descubrí a Nietzsche que, en blanco y negro y con su uniforme, ocupaba un sillón semioculto tras una estantería baja. Me hizo un gesto arisco con la cabeza.

Le devolví el saludo con otro gesto, pero no me dejé desviar de mi objetivo.

—Okey, entonces el millonario ese al que atacaron ¿es...?

—Un malvado —me cortó Nietzsche—. Quienes anhelan la grandeza suelen ser personas malvadas, es el único modo de soportarse a sí mismas.

Negué con la cabeza, algo irritado.

—No, quería preguntar otra cosa: ese Frey habría muerto si en lugar de meterse en un portal se hubiera quedado en la Tierra, ¿verdad?

—Veo que prestas atención —comentó Ada con orgullo. Ignoró por completo a Nietzsche, que musitaba algo sobre la «naturaleza guerrera»—. Por graves que sean nuestras heridas, aquí en el Límite el dolor no existe y nos curamos al instante. Así, cuando volvemos a la Tierra estamos como nuevos, como si nada hubiera pasado. A algunos les gusta conservar las cicatrices para recordarse a sí mismos, o a los demás, cómo se las hicieron.

Ajá.

—¿Y por qué conmigo no funciona? Cuando vuelvo a..., a la Tierra, las heridas y los problemas de salud reaparecen. De hecho, incluso aquí sigo teniendo las cicatrices. —Me toqué la cabeza.

Ella asintió, compasiva.

—Imagino que se debe a que tres cuartas partes de ti son humanas. Quizá la mente también tenga algo que ver, la autosugestión es un campo inexplorado. En cualquier caso, cada vez que vienes al Límite tu curación se acelera de un modo que sería imposible en la Tierra.

Eso me recordó a la psicóloga sádica y a su deprimente plan de diez puntos. No debía olvidarme de preguntar por ella. Pero las palabras del profesor Cassian me llevaron en otra dirección.

—Puesto que todo cuanto ves aquí es tan solo una creación espiritual, podrías librarte de las cicatrices cada vez que vienes.

—¿Cómo? ¿Deseándolo?

—No, creándolo —Con una mano enguantada, dibujó en el aire unos preciosos arabescos—. Es el mismo procedimiento por el que puedes dar forma a un sueño cuando cobras conciencia de que estás soñando.

—Creo que no lo entiendo... —confesé.

Ada se rio y Jacinto gruñó divertido.

—Nadie lo entiende —me consoló—. Solo Cassian. Era súper amigo de Platón, con eso te lo digo todo.

—Platón solo era un viejo conocido. A Sócrates sí que lo consideré un buen amigo —contestó el profesor, con la mirada perdida—. Su muerte me entristeció muchísimo.

—Así que aquí, en el Límite, pueden crear todo lo que se les antoje. Además, no sufren heridas ni sienten dolor —resumí, y Ada asintió—. Entonces ¿por qué no se quedan aquí todo el tiempo?

Esa parte se me escapaba del todo.

Jacinto repuso:

—Pues porque muchas cosas solo se disfrutan en la Tierra. El sexo, por ejemplo. Aquí no es ni la mitad de bueno.

Su madre puso los ojos en blanco.

—Lo que Jacinto quiere decir es que existe una gran diferencia entre experimentar la naturaleza y tener de ella tan solo una imagen. Los olores, los sabores, notar sensaciones (aunque sean dolorosas)… Todo eso solo es posible en la Tierra. En eso radica su belleza.

—En eso y en su carácter efímero —completó en voz baja el profesor.

Miré la mesa redonda.

—Entonces ¿el té de la última vez…?

—Pura simulación. Sin sabor ni temperatura. Solo en la Tierra puedes tomarte un buen té oolong chino con pasteles de Bélem portugueses. —En su rostro se dibujó cierta nostalgia—. Pero muchacho, ya hemos hablado bastante. La Rectora Themis nos espera en el observatorio astronómico. —Se apartó de la columna y me tomó del brazo como si fuéramos abuelo y nieto—. Aunque no sé si celebraremos la reunión, el ataque lo puso todo patas arriba.

—El ataque fingido —refunfuñó Jacinto—. Que sin duda creará más divisiones. Eso les va de maravilla a Morena y Na'il. Que, al contrario que Frey, no se caracterizan por su estupidez, sino por ser una verdadera amenaza.

—¡Jacinto! —lo amonestó su madre.

—Okey, okey. Ya voy.

Nietzsche se quedó rezongando en el sillón y las hadas nos siguieron. Por una puerta de doble hoja salimos de la biblioteca a un gran espacio del que partía una amplia escalera, que ascendimos hasta alcanzar un vestíbulo inundado de luz. Por cómo estaba decorada, me había imaginado que la biblioteca formaría parte de una especie de castillo inglés. Pero aquel vestíbulo resultaba casi futurista. Esperaba vistas al pueblecito de Liguria y me paré en seco, totalmente impresionado. Una gran cristalera permitía ver otros edificios hipermodernos, o directamente extrañísimos, de todas las formas posibles. El que teníamos enfrente parecía una concha de caracol convertida en torre, hecha de madreperla y coronada por una cúpula de cristal. Otros eran como árboles de acero de los que colgaban innumerables viviendas-nido que podrían ser obra de insectos extraterrestres. Al fondo se distinguía una isla que flotaba en el aire, poblada de casas que eran como cubos de cristal; estaban construidas bajo grandes árboles cuyas raíces sobresalían por debajo de la isla y se mecían al viento como si fueran tentáculos.

Si en la biblioteca resultaba imposible distinguir el momento del día, desde aquel vestíbulo se veía brillar el sol en un cielo azul intenso. En aquel momento se cruzaban despacio dos zepelines ballena.

—Es como estar en la mente de un arquitecto loco atascado de LSD, ¿verdad? —me susurró Jacinto.

—No es del gusto de todos —comentó Ada cuando reanudamos la marcha, agarrándose de mi otro brazo—. La verdad es que las hadas preferimos los barrios periféricos, que son más tradicionales y pintorescos.

Señaló unas colinas que se alzaban a la derecha, densamente construidas. Distinguí tejados rojos y fachadas de piedra. Seguramente allí se encontraban la reserva de Emilian y el portal que conducía a la iglesia de Santa Inés.

Las puertas de cristal que daban al exterior se abrieron automáticamente al acercarnos. Lo que me había parecido un enorme espacio vacío entre nuestro edificio y la torre-caracol resultó ser un hueco colosal, como pude comprobar cuando cruzamos el puente que lo salvaba. Pero no se trataba de un hueco como los que llevan a un estacionamiento subterráneo, sino de un profundísimo abismo cuyas paredes de piedra caían con pesadez. Sin embargo, las paredes se iban aproximando hasta que en el fondo enmarcaban un circulito negro con destellos de luz. Parecía un recorte de cielo nocturno.

—¿Eso son estrellas? —pregunté incrédulo.

—Así es. —El profesor me jaló para que no volviera a pararme—. Quinn, este mundo no se rige por las leyes de la Física. Por decirlo de modo sencillo, no es más que un sueño que creamos junto con muchas otras mentes. Todo es posible.

Mi cara debía de reflejar una gran confusión porque Ada me dedicó una sonrisa tranquilizadora y Jacinto me susurró:

—No intentes entenderlo.

No éramos los únicos en el puente, había individuos que nos adelantaban y otros que venían de frente, y todos me parecían seres humanos. Algunos llevaban una ropa que no llamaría para nada la atención en la Tierra, otros lucían peinados raros, ropa extraña o incluso adornos de plumas en la cabeza. Una mujer paseaba un dragoncito como si fuera un perro; me recordaba a Confucio, solo que era más grande y verde. Cuando llegamos al otro lado, un hombre salía de la torre-caracol. Llevaba un elegante traje negro y de su espalda surgía un imponente par de alas blancas.

Inclinó un poco la cabeza al cruzarse con Cassian. Cuando sus ojos se posaron en mí, sentí un escalofrío por todo el cuerpo.

—Cassian —saludó brevemente al pasar.

Este también hizo un gesto con la cabeza, sin parar de caminar, y contestó con la misma concisión:

—Uriel.

—¿Era un…? —empecé.

—Un ángel, sí —me informó Ada en voz baja—. Es un nex, lucha en la novena centuria de Héctor, que tiene muy mala fama.

—Pero si los ángeles son… —Iba a decir «buenos», pero a lo mejor resultaba que eso no era cierto. Recordaba vagamente algunas representaciones de ángeles con espadas. Seguro que Matilda me habría ayudado.

—No intentes entenderlo —repitió Jacinto, y me resigné a seguir su consejo.

Con la sobrecarga de información mi montaña de preguntas ya era más alta que aquella torre. Muchas eran completamente estúpidas, del tipo: «¿Por qué viste tan elegante ese ángel? ¿Es que va a la ópera?». «¿Por qué camina en lugar de volar?». Hasta que de pronto pensé: «¡Mierda! ¿Esa de ahí es Gudrun?».

Cassian avanzaba decidido hacia una de las entradas de la torre-caracol, ante la que había un grupito reunido. Y la mujer vestida de negro con una melena asimétrica rubio platino se parecía muchísimo a la Gudrun de mi excursión secreta. «Por favor, por favor, que no sea», deseé. Pero cuando volteó para escrutarnos con sus ojos de un azul acuoso no me quedó la menor duda. Y el hombre moreno que la acompañaba era Rüdiger. Seguro que el horrible Gunter no andaba lejos.

Maldita sea… Aquello pintaba muy mal.

A toda prisa solté el brazo de Ada y me cubrí la cabeza con la capucha de la sudadera para que las cicatrices no me delataran. Encorvándome un poco entre Ada y el profesor, me oculté lo mejor que pude.

Por desgracia pasamos justo al lado de la pareja y, aunque no dejé de mirar al suelo, me pareció sentir los penetrantes ojos de Gudrun clavados en mí. A nuestro paso se alzó un murmullo, algunas voces saludaban a Cassian dirigiéndose a él por su nombre y otras lo llamaban «Alto Consejero». Él contestaba a todos con un amable «buenos días». Al parecer era muy respetado. A juzgar por el interés que despertaba, no debía de ser habitual encontrarse a un Alto Consejero.

Por fin entramos en el edificio y pude enderezarme, sintiendo cierto alivio. Allí no había cristaleras por las que Gudrun pudiera verme y la pesada puerta se había cerrado a nuestras espaldas con un sonido vibrante.

Si a Ada le había extrañado mi comportamiento, no hizo el menor comentario. Lo que dijo fue:

—Bienvenido al observatorio astronómico, la sede de nuestro Gobierno.

Y Jacinto completó:

—No te creas el lema, es solo una ironía. —Señalaba una frase en una lengua desconocida para mí, escrita en la pared con grandes letras de formas extrañas.

—«Por el bien de todos» —tradujo el profesor—. Algunos nos tomamos este lema muy en serio, Jacinto.

Una vez dentro, la torre solo recordaba a una concha de caracol por el material nacarado similar a la madre-perla que recubría paredes y suelos. Por lo demás, el gran espacio estaba construido en ángulos rectos como un edificio de la Tierra normal y corriente. Vi elegantes grupitos de sofás y sillones como si aquello fuera el vestíbulo de un hotel de lujo. Al igual que en estos, también allí había unos grandes elevadores hacia los que se dirigió el profesor Cassian. «No intentes entenderlo», me repetí cuando me descubrí preguntándome si las cosas funcionarían con electricidad.

Las puertas doradas del gran elevador central se abrieron y de la cabina salieron tres figuras. Enseguida reconocí a Héctor, a pesar de que no llevaba ni el sombrero de cuadros ni la gabardina, sino una camiseta negra con la que se veía mucho más joven y temiblemente musculoso. La segunda figura era también un hombre: se parecía a Toro Sentado tal como aparecía en mi libro de Historia, con la cara llena de arrugas, dos trenzas y grandes plumas en la cabeza. Tenía un lentigo en la frente, un ciervo volante de color dorado que se ocultó enseguida bajo la línea del pelo.

La tercera figura pertenecía a una mujer delgada de edad indefinida, tan alta que les sacaba una cabeza a sus acompañantes. Llevaba corto el pelo castaño claro, con un peinado muy elegante; también el ajustado traje verde era súper chic (hasta donde yo podía juzgar). La falda hasta la rodilla dejaba ver unas piernas preciosas. Toda ella resultaba preciosa, y solo cuando Cassian le dirigió la palabra y Ada y Jacinto hicieron una pequeña reverencia comprendí que no se trataba de una súper modelo, sino de la Rectora Themis en persona.

Me apresuré a inclinar respetuosamente la cabeza. Aunque aún llevaba la capucha, los ojos amarillos de Héctor me habían reconocido al instante. Sin embargo, parecía demasiado nervioso para prestarme atención.

—Cassian, me alegro de que ya estén aquí. Seguro que ya sabes lo que sucedió. —La Rectora saludó al profesor besándolo en ambas mejillas—. Macuina y yo nos dirigimos a la sala del Consejo porque Frey convocó una sesión extraordinaria.

—¡Vaya, qué sorpresa! —murmuró Jacinto, aunque cerró el pico al momento.

Al parecer aquella señora infundía verdadero respeto a todo el mundo, él incluido. Lo cierto era que la Rectora ni siquiera había reparado en las hadas que acompañaban al profesor.

—Sabes que todo esto es cosa del propio Frey, ¿verdad, Themis? —preguntó este con mucho tacto.

Pero ella respondió en tono cortante:

—Cassian, la cuchillada le desgarró el corazón. Estaba casi muerto cuando lo metieron en el portal. Ni siquiera Frey llevaría las cosas tan lejos para evitar un asentamiento de elfos oscuros en las montañas de Jotunheimen. —Se pasó una mano por el pelo—. Espero que en esta sesión podamos controlar la situación y evitar una escalada de violencia. Ya se extiende el rumor de que las especies oprimidas de la Tierra se están organizando en la clandestinidad con ayuda de seres humanos para dar caza a los arcadios.

El profesor asintió.

—Tienes razón, esto podría desembocar en un peligroso conflicto.

—Justo lo que Frey pretendía —me susurró Jacinto—. Solo estará contento cuando estalle la guerra.

Lo miré aterrorizado. Ya me había dado cuenta de que las relaciones no eran precisamente cordiales, pero ¿una guerra? ¿Dónde me había metido?

Lo único bueno de todo aquello era que quizá mi reunión con la Rectora Themis no llegaría a celebrarse. La verdad, me inspiraba cierto miedo. Estaba pensando justo en eso cuando se acercó a mí para examinarme. Tenía los ojos verde oscuro y su mirada era tan intensa que necesité esforzarme para sostenérsela.

—Así que tú eres el joven al que Héctor casi mata por error...

—No es así, yo... —comenzó él, pero la Rectora lo mandó callar con un gesto autoritario. Aunque aquella orden no se dirigía a mí, me sentí igualmente intimidado.

Continuó observándome, y era como si sus ojos pudieran penetrar hasta lo más profundo de mi ser. No me habría sorprendido que me agarrara de la barbilla para verme mejor la cara, como hacía la loca de mi tía Mieze cuando era pequeño. Odiaba aquel gesto.

—¿Te hablaron ya de la profecía? —me preguntó.

Decidí mentir, a pesar de que sentía que podía leerme el alma.

—No —contesté sin pestañear.

En realidad, Jacinto solo la había mencionado.

—Muy bien, pues ahora tienen permiso para hacerlo. —Sonrió sin que la sonrisa se extendiera a sus ojos—. No es que espere mucho de una vieja profecía polvorienta… Pero en tiempos como estos más vale considerar todas las opciones. —Hizo una inclinación de cabeza—. Ya nos conoceremos mejor en otra ocasión, lo estoy deseando. Cassian, Macuina, ¿vamos?

Al parecer, mi audiencia había terminado.

El profesor me puso la mano en el hombro.

—Ada y Jacinto se ocuparán de ti —dijo.

Después siguió a la Rectora Themis, a Héctor y al hombre de las plumas hasta una puerta dorada de doble hoja que se abrió sola y volvió a cerrarse cuando el grupito pasó.

Ada y Jacinto soltaron a la vez un profundo suspiro de alivio y el joven dijo:

—Bueno, pues al final el viajecito valió la pena.

Su madre se volteó a verme:

—¡Por fin! ¡Por fin podemos hablarte de la profecía! ¡Ya era hora!

Su enorme sonrisa demostraba que llevaba mucho tiempo esperando aquel momento.

Para que pudiéramos hablar con calma, Ada y Jacinto propusieron regresar a la biblioteca del profesor. Sin embargo, al saber que tendríamos que desandar el camino y pasar sin más remedio por delante de Gudrun y Rüdiger, no me pareció muy buena idea. Con la excusa de que me sentía agotado me dejé caer en uno de los sofás y fingí que me moría de ganas de que me contaran la profecía. Para salirme con la mía necesité argumentar además que las continuas interrupciones de Nietzsche me impedían concentrarme. En cuanto mencioné al filósofo, ambos se sentaron conmigo sin dudarlo.

—Pues sí, aquí no nos molesta nadie —convino Ada, y tenía razón. Aquel gran vestíbulo era inmenso, todos los sillones y sofás estaban libres y solo de vez en cuando pasaba gente que entraba y salía de los elevadores.

Me relajé. Con un poco de suerte, cuando saliéramos Gudrun y Rüdiger ya no estarían en la puerta y nadie se enteraría de mi excursión secreta.

—Bueno, entonces, ¿qué pasa con esa profecía? —pregunté, quitándome la capucha.

Ada me miró con seriedad.

—El vaticinio es más antiguo que cualquiera de nosotros. Narra la historia de un joven por cuyas venas corre sangre de dos mundos. Ese joven conseguirá evitar el fin de ambos mundos porque nos traerá la luz. —Tomó aire y continuó solemnemente—: Creemos que ese joven puedes ser tú.

—Ya… —contesté.

—Algunos creen que puedes ser tú —corrigió Jacinto—. Otros creen… otras cosas. La mayoría de la gente piensa que todo esto de la profecía es una tontería. —Resultaba evidente que en ese grupo se encontraba él.

Ada comenzó a recitar:

—Hijo del viento del este, nacido en la luna negra, visible a todos los ojos y sin embargo oculto. En una noche de tormenta dominada por el lobo de invierno fue arrastrado al mundo de los muertos, el pólipo describe el círculo... En fin, puede significar cualquier cosa.

Vaya.

Aquello sonaba... mal. Y muy...

—¿Eh? —logré articular.

—Ya, no se puede decir otra cosa —me apoyó Jacinto—. Y eso que esas frases son las más comprensibles del supuesto vaticinio.

—Bueno, el texto no es muy preciso pero...

El joven cortó a su madre:

—Mira, Quinn, imagínate veinticuatro versos absurdos llenos de palabras que hoy nadie conoce y que de una manera totalmente confusa quizá pronostican el fin del mundo y la manera en que a lo mejor se puede impedir. Por el camino aparecen escorpiones y monstruos marinos que luchan entre sí, árboles de tamarisco que lloran y conspiradores del traicionero amanecer y la tiniebla.

—La niebla —lo corrigió Ada, meneando la cabeza.

—Qué más da. Pero si es que esa mierda ni siquiera rima, en ninguna lengua del mundo. Al parecer, hace miles de años un oráculo del que nada se sabe pronunció los versos y luego, cientos de años después, un listillo los talló de memoria en unas rocas, utilizando escritura cuneiforme. Una escritura, por cierto, que hoy día nadie maneja y que corresponde a una lengua que hoy ya no se habla. Así que hay como mil traducciones distintas, y nadie sabe cuál se acerca más al original. Porque, además, agárrate: esas malditas rocas desaparecieron hace muchísimo tiempo. —Cruzó las manos detrás de la cabeza y se echó atrás en el sillón—. ¡Es todo pura cuestión de fe! Como te decía, a la mayoría de la gente la profecía le parece una sarta de tonterías, pero eso no impide que algunos la utilicen con fines políticos siempre que les viene bien. Cada pocos siglos se la sacan de la manga para intentar imponer alguna ideología, cosa que resulta más fácil si primero proclamas el fin del mundo para meter miedo y luego te presentas como el salvador que lo impedirá. Si el apocalipsis llega alguna vez, todo el mundo está advertido y resignado, y nadie se queja. Así ha sucedido ya en ocasiones anteriores.

Esbocé una sonrisa amarga.

Ada se encogió de hombros.

—Es verdad que en el pasado se cometieron algunos errores de interpretación, pero ahora... Algunas partes del texto describen exactamente fenómenos como el cambio climático, la extinción de las especies, la super-población, la contaminación del medio ambiente...

—¿«Exactamente»? —repitió su hijo, en tono burlón—. Ya me dirás qué tiene de exacto que llueva fuego sangriento del cielo o que un pez de tres ojos baile sobre las aguas...

Ella lo miró con una sonrisa de paciencia.

—Hijo mío, es poesía ancestral, no un informe de la policía. El significado de muchas cosas solo se nos revelará cuando realmente sucedan.

—Pues la verdad, no se antoja nada que sucedan —comenté. Y pregunté temeroso—: Entonces... ¿se supone que yo debo salvar el mundo? ¿No es mucha responsabilidad para un chico en silla de ruedas?

Ada me tranquilizó con una sonrisa y poniéndome una mano en el brazo.

—El mundo no se va a hundir mañana. Además, cuando llega el momento todos nos ponemos a la altura de nuestras responsabilidades. Y no te olvides de que nos tienes a nosotros.

Jacinto asintió y añadió:

—Y con un poco de suerte, al final el elegido será uno de los otros.

—¿Es que hay otros?

Eso supondría un alivio inmenso.

—Pues sí. —El joven puso los ojos en blanco—. Cada vez que se anuncia el fin del mundo aparecen como por arte de magia varios redentores potenciales. Hay unos cuantos descendientes a los que la verborrea de la profecía se les puede aplicar igual que a ti.

—¡No es igual para nada! —saltó Ada al momento—. ¡El chico al que ha criado Zaojun en su templo ni siquiera nació en luna nueva!

Su hijo se desesperó.

—Pero a lo mejor ha hecho llorar a un tamarisco, ¡yo qué sé! Al final siempre se las arreglan para inventar cosas que encajen… En cualquier caso, Frey ha adjudicado el papel de salvador a su propio hijo. En cuanto a Morena y Na'il, o bien presentarán a alguien que les convenga, o bien se arrimarán a ti, Quinn. Y apuesto por lo segundo.

Enarqué las cejas. Ajá. ¿Qué significaba aquello?

—No te preocupes —dijo Ada con una sonrisa cariñosa, como si me hubiera leído la mente—. Lo importante es que sepas que un montón de partidos distintos van a mostrar interés por ti en cuanto se enteren de que la profecía te encaja como un guante. Has surgido en el panorama de forma totalmente inesperada, por así decirlo eres el candidato sorpresa.

—Para algunos de esos partidos, «mostrar interés» significa aprovecharse, manipular o incluso quitar de en medio. —Jacinto suspiró—. Es hora de que te enseñemos un par de cosas para que puedas defenderte. Mañana mismo empezamos.

—Y además, nosotros cuidaremos de ti —me aseguró su madre—. No te pasará nada.

Él hizo un gesto afirmativo.

—Pero me temo que tu existencia ya no es un secreto. En fin, como decía antes, con un poco de suerte se fijarán en otro descendiente y tú te librarás. Que se ocupe otro de salvar el mundo.

Pues sí. Y aún mejor sería que Jacinto tuviera razón y la profecía fuera una tontería.

¡Mierda! No había sobrevivido al accidente para que ahora se hundiera el mundo. Aún quería hacer muchas cosas en la vida.

Mientras hablábamos, otros miembros del Alto Consejo llegaban al edificio e iban entrando en la sala. Resonó una campanada cuyas ondas se expandieron por todo el vestíbulo y lo hicieron vibrar.

Jacinto y Ada se sobresaltaron.

—Vámonos, Quinn. Es la campana del Consejo, la tocarán cada cuarto de hora. Es un verdadero suplicio para los sensibles oídos de las hadas.

No me quedó otro remedio que seguirlos, deseando que Gudrun y Rüdiger se hubieran marchado a casa. O yo qué sé, a martirizar hombrecillos color violeta.

Pero cuando salimos por la puerta (Ada me había vuelto a tomar del brazo) nos los encontramos exactamente en el mismo lugar donde estaban cuando llegamos. Los acompañaba Gunter. Al contrario que los demás viandantes, entre ellos una mujer que viajaba a lomos de un ser que parecía una hormiga gigante con riendas y silla de montar, aquellos tres nos miraban fijamente como si estuvieran esperándonos.

—Saludos, hadas. —Rüdiger pronunció la palabra como si decirla le diera arcadas.

En aquella ocasión ni me molesté en ocultarme, bajar la mirada o ponerme la capucha. Miré a Gudrun directamente a los ojos. Sus claras pupilas brillaron al reconocerme.

—Saludos, cazadores —contestó Ada. Por primera vez su voz me resultó fría e incluso un poco arrogante. Jacinto ni siquiera saludó.

—Vaya, vaya, y este es Hieronymus. —Gudrun me sonrió, por llamarlo de algún modo. A mí me pareció una bestia enseñando los dientes.

Maldita sea, ese era el nombre que se había inventado Emilian. A mí se me había olvidado pero estaba claro que a ella no.

—No, soy Jacinto —corrigió este alegremente, rodeando a Gunter—. Aunque han pasado más de mil años, recuerdo muy bien un tiempo en que no te cansabas de repetir mi nombre, querida Gudrun Gunnarsdóttir.

Ella frunció el ceño, aunque me pareció advertir un relámpago en sus ojos al oír las palabras del joven. ¿Habrían estado involucrados?

La expresión de Rüdiger también era ceñuda.

—No se refiere a ti, hada. Se refiere al chico —gruñó, señalándome con la barbilla—. Pero se ve que es demasiado fino para saludar.

—Buenas —dije, y noté que a Ada se le tensaban todos los músculos del cuerpo. Quizá sentía el mismo extraño impulso que yo, un deseo irracional de soltarle a Rüdiger una buena cachetada.

Gudrun se limitó a mirarnos con enfado y fue Gunter quien tomó la palabra:

—Primero lo vemos con Emilian, el preferido de Macuina. Y ahora del brazo del Alto Consejero Cassian. Veo que su amiguito Hieronymus conoce a mucha gente importante...

—¿Cómo que Hieronymus? —Jacinto me lanzó una mirada inquisitiva.

—Es mi segundo nombre —expliqué, cerrando con fuerza los puños.

De pronto me invadió un deseo irrefrenable de empezar una pelea. Si en el Límite no se sentía dolor, ¿tampoco era posible partirle la cara a nadie?

Los ojos azules de Gudrun volvieron a clavarse como puñales en mí.

—¿Quiénes son sus papás? —preguntó.

—Créeme, nex, es mejor que no lo sepas —contestó Ada en tono gélido. Me empujó para que avanzara—. Tenemos que irnos.

—Pero ha sido una charla muy agradable. —Jacinto sonrió a la mujer—. Por cierto, felicidades por el ascenso. He oído que ahora capitaneas el batallón veintitrés.

—Y yo he oído que tú has abriste una florería. —Aquella nueva voz pertenecía a una joven delicada con una melena larga y oscura.

Se había separado de un grupo de arcadios que se dirigía a la torre. Portaba una espada que utilizaba como bastón. Al parecer, las armas eran un accesorio muy apreciado en el Límite. Llevaba los nudillos tatuados con letras que conformaban la palabra «PRAY».

Jacinto soltó la carcajada alegre y sonora típica de las hadas.

—Vaya, vaya, ¡si es Juana de Arco! Parece que cuando el Alto Consejo se reúne, esto se llena de nex famosos.

¿Juana de Arco? ¿La auténtica Juana de Arco? Claro, por eso me resultaba conocida. La había visto en varios cuadros, con su pálido rostro y su melena peinada con raya en medio como la de una Madonna.

—Pues sí, es una florería muy adorable —continuó el joven—. Si un día andas por el barrio, pasa y charlamos un rato.

—Quizá lo haga —repuso ella.

Aunque lo dijo en tono distendido, de alguna manera sonó como una amenaza. Al momento me encontré calculando cómo arrebatarle la espada. Pero ¿qué me pasaba?

Cuando nos apartamos de su lado, Rüdiger y Gudrun nos chistaron. Aquel sonido bastó para que deseara soltarme de Ada y estrangularlos. Pero Jacinto me agarró con firmeza del otro brazo y me dirigieron al puente mientras sentía clavadas en la espalda las miradas de aquel trío y de Juana de Arco. Al alejarnos unos metros sentí que la rabia se aplacaba un poco. Pero cuando oí a Rüdiger decir «odio a las hadas», me inundó el impulso de volver para tirarle todos los dientes. Ada y Jacinto continuaron jalándome. No sabía si darles las gracias o enfurecerme aún más.

Aquella inexplicable agresividad solo desapareció cuando estuvimos al otro lado del puente. Entonces me di cuenta de que era del todo irracional. Y extrañísima. Me habían entrado verdaderas ganas de tirar dientes y partir caras, ya solo imaginarlo me había encantado. Como en el anterior encontronazo con Gudrun y sus secuaces, no había sentido ni pizca de miedo, sino un fuerte deseo de luchar, incluso contra la delicada Juana de Arco. «Han despertado tu espíritu de lucha arcadio», eso había dicho Emilian. ¿Y si mi antepasado arcadio era un guerrero? ¿Y si era un odioso nex…?

Durante un buen rato, Ada y Jacinto no hicieron ningún comentario. Después me soltaron y me interrogaron con la mirada.

—Ya estoy bien —los tranquilicé—. Gracias por sacarme de allí. Cada vez que veo a esos tipos me hierve la sangre.

Ella frunció el ceño.

—¿Es que los conocías de antes?

Mierda, me acababa de poner en evidencia.

—¿Y también conoces a Emilian, el de la reserva? —Jacinto se echó a reír—. ¡Ay, chico, cómo sabía que

343

tramaban algo en la iglesia! Aunque en esto no había pensado…

—¿Me van a explicar qué pasa aquí? —Ada se puso con las manos en las caderas.

—Pues parece que nuestro pequeño elegido se las ha arreglado para acceder él solito al Límite. —Creí notar cierto orgullo en su voz—. ¿Es que esto no lo decía tu profecía?

Matilda

La puerta del mausoleo retumbó al cerrarse de manera muy efectista, como para asegurarse de que Quinn acaparaba toda la atención.

Lilly fue la primera en reaccionar.

—¿Acabas de salir de una... tumba? —preguntó incrédula.

Y Lasse balbuceó:

—Pero ¿qué...? ¿Por qué...? ¿Qué locura es esta?

Quinn me miró como pidiendo ayuda pero así de repente no se me ocurrieron explicaciones creíbles, tan solo pretextos absurdos del tipo: «Ahí está enterrado su tío favorito, es normal que vaya a visitarlo, ¿no?» o «¿Es que no les gustan las carreras de obstáculos?». En realidad lo que más me preocupaba era cómo iba a tomarse Quinn que su mejor amigo empezara a salir con su novia mientras él estaba en coma. De eso hacía dos meses. ¿Por qué no se lo habían contado ya, aunque fuera por mensaje? Me parecía bastante menos cruel que hacerlo en persona (y con tantísimo retraso) precisamente en aquel momento.

Debo decir que justo en ese momento Quinn estaba guapísimo, ni las cicatrices ni las muletas lograban afearlo. Le brillaban los ojos como nunca y el pelo le había crecido algunos milímetros más, de manera que en poco tiempo las marcas de la cabeza quedarían ocultas. La cicatriz del cuello parecía menos roja, quizá fuera un efecto de sus visitas al Límite, o quizá ya me había acostumbrado a ella. Con su postura decidida y su expresión de enfado, le daba mil vueltas al tembloroso Lasse. Aun así, noté que tenía problemas para mantener el equilibrio y que se apoyaba disimuladamente contra el muro.

—A ver, no quiero ser maleducado, pero ¿se pueden ir? —preguntó sin miramientos—. Están interrumpiendo. Y mucho.

—¿Qué interrumpimos? —En su indignación, Lilly casi me salpicó de saliva. No controlaba ese defecto cuando se enfurecía—. ¿Tu cita en el cementerio con..., con esa?

Al señalarme, caí en la cuenta de que seguía sentada en la silla de ruedas y me levanté al instante. Cuando hice amago de acercársela a Quinn, él negó con la cabeza de manera casi imperceptible, y yo asentí del mismo modo. Comprendí que quisiera enfrentarse a la situación de pie. Además estaba guapísimo, ahí apoyado en el mausoleo.

—Estoy súper preocupado, bro —tartamudeó Lasse, con la cara muy roja—. ¿Has vuelto a tener visiones...? ¿La tumba...? Mira, esto es morboso y enfermizo... Yo... Nosotros...

—Yo también estoy muy preocupado —contestó Quinn con irritación—. Desde el accidente eres incapaz de decir frases completas.

—Yo solo... —De pronto volteó a verme y entonces sí que pronunció una frase entera—: ¿Qué clase de cuidadora eres tú? ¿Le permites hacer locuras como meterse en tumbas? —ladró—. ¿Es que quieres que acabe en el psiquiátrico?

¿Cómo?

—¿Perdona? ¡Ni yo soy su cuidadora ni él ha hecho ninguna locura! —exclamé—. ¡Para ya de decir que está loco!

—Deja en paz a Matilda. —Aunque Quinn no había levantado la voz, su tono resultaba... amenazante—. ¿Qué parte de «están interrumpiendo» no entienden?

—Pero ¿es que no te das cuenta? Hoyuelos te ayuda en tus... locuras... porque... —Lasse se interrumpió y a Lilly le faltó tiempo para terminar la frase:

—Porque lleva años enamorada de ti, me lo contó Luise la matadita. Ahora que te acompaña a todas partes encontró la oportunidad de ligar contigo... Y parece que le funciona...

Esa afirmación era tan cierta y al mismo tiempo tan falsa que ni siquiera me puse roja. Tampoco cuando Quinn me lanzó una mirada interrogante.

Levanté un poco la barbilla y le sostuve la mirada, casi desafiante. Pues sí, así era: siempre había estado enamorada de él. En la distancia y sin conocerlo, tan solo porque era el «demoñuelo» de enfrente, un chico algo descarado, cool, súper guapo... e inalcanzable. Al tener ocasión de conocerlo realmente, me sorprendió que me cayera tan bien. Desde luego, lo último que iba a consentir era que aquellos dos le hicieran daño. Deseé poder lanzarles un hechizo para hacerlos desaparecer.

Apartando lentamente la vista de mí, Quinn afirmó:

—Lo que hagamos no es asunto suyo.

—¿Hola? ¡Acabas de salir de una tumba! —A Lasse se le quebró la voz al decir «tumba» y le salió un gallo—. ¡Claro que me importa lo que hagas!

—¿Y qué, vas a llamar a mi mamá? ¿O a nuestra psicóloga? —preguntó Quinn con sarcasmo.

—Es que… tienes un interés morboso por la muerte y las tumbas, no es nada normal. —Se cruzó de brazos—. La doctora dice…

—Ese no es el tema, Lasse —lo interrumpió su novia—. Deja ya de sentir lástima por Quinn. Llevas semanas dándome lata con lo mal que estaba y lo enfermo que parecía… Pues míralo ahora: ¡está perfecto!

—Gracias. —Quinn esbozó una sonrisa amarga.

Se tambaleó un poco al cambiar el peso de una pierna a la otra. Por precaución me puse a su lado, así podía agarrarse a mí si le hacía falta. El tono de Lilly se volvió aún más malicioso.

—No te imagines que eres el único que empieza una nueva etapa. ¡Vamos, Lasse, díselo! —Le lanzó una mirada imperativa y el chico tomó aire.

Recé para que a Quinn no se le aflojaran las rodillas con la noticia. Por si acaso, me acerqué un poco más y él me lo agradeció con una leve sonrisa.

Pero Lasse volvió a las andadas y empezó a tartamudear otra vez:

—No… No sé si es buena… Lo conozco mejor que tú… Somos amigos desde la guardería… Éramos… Siempre hemos… —Miró a Quinn con gesto implorante—. Amigo, sé que te pasa algo… Has cambiado por completo desde…

Lilly puso los ojos en blanco.

—¡Si no lo sueltas ya, se lo digo yo!

¡Sí, por favor! Y rapidito, aquella escena se estaba volviendo insoportable.

—Mira, Quinn, mientras estabas en el hospital y nadie sabía si sobrevivirías ni si despertarías del coma, Lasse y yo nos convertimos en compañeros de fatigas. —La chica hizo una pausa teatral que rellenó con un fuerte suspiro—. Perdimos una semana entera de escuela, éramos incapaces de ir. Estábamos hechos polvo. Nos veíamos todos los días y esperábamos juntos algún mensaje de tus papás. Nos pasábamos las noches hablando porque no podíamos dormir…

—La doctora Bartsch-Kampe dice que es algo habitual entre personas que viven el mismo acontecimiento traumático —la cortó Lasse. A pesar del viento frío, sudaba. Se le formaban gotitas en el labio superior, entre los pelillos del bigote—. Es una reacción muy natural entre los supervivientes.

—¿Supervivientes? —repitió Quinn con ironía.

Dios mío… Ya podían habérselo preparado mejor, desde luego tiempo habían tenido de sobra. Quinn pareció comprender por dónde iban los tiros, porque enarcó una ceja.

—La primera vez que nos besamos acabamos llorando —apostilló la chica con una dramática caída de ojos.

—Vaya, pobrecitos… —murmuré.

—Bro, te puedes imaginar que me sentí como una mierda… —se disculpó Lasse con voz ronca.

Quinn guardaba silencio. Su expresión no permitía adivinar qué pensaba o qué sentía. Por el contrario, a Lasse le temblaba el labio como si fuera a echarse a llorar de un momento a otro. Se le veía de verdad muy angustiado por el sentimiento de culpa. Sentí lástima por él.

—La pasamos realmente mal —confirmó Lilly—. Nos preguntábamos sin parar qué sería de ti.

Me entraron unas ganas locas de arrojarle algo. Pero Quinn se mantuvo muy tranquilo.

—Ya comprendo —contestó con mucha calma—. La tuvieron muy difícil. Menos mal que se apoyaron el uno al otro. —Meneando la cabeza, miró a Lasse—. Pero, amigo, ¿por qué no me dijiste nada? Créeme, me preocupan problemas mucho más serios. No me importa nada que estén juntos, tienen mi bendición.

—Como si nos hiciera falta —replicó Lilly.

Lasse se secó el sudor del bigote.

—Te lo iba a contar en el hospital, de verdad. Pero empezaste a decir cosas raras sobre un abuelito desnudo y ya no me atreví… Y luego la doctora Bartsch-Kampe…

—Por favor, no me hables de ella. —Sus ojos hicieron un movimiento extraño y temí que no aguantaría mucho más tiempo de pie.

—Bueno, pues todo aclarado, se pueden ir —intervine con decisión—. Costó un poquito, pero por fin está todo dicho. Ya no tienen que esconderse. Quinn ya lo sabe, pues todo correcto.

—¡Ja, ja! —contestó Lilly—. ¿Cómo crees que reaccionará la gente al enterarse de que estamos juntos? Vamos a quedar como los malos de la película por haber engañado al pobrecito Quinn mientras estaba en coma.

Ya, pues tendrán que irlo asumiendo. Quinn me miró. Por el leve temblor de sus comisuras entendí que aquello le parecía gracioso. Me había acercado tanto a él que casi lo rozaba con el hombro.

—Vaya, qué sorpresa —contestó con sarcasmo—. Lo que te preocupa es lo que piensen los demás… Pues quédate tranquila, porque la noche del accidente pretendía cortar contigo. Y ahora, ¿pueden dejarnos en paz y largarse de una vez?

—¿Esperas que eso me consuele? ¿Y qué será lo próximo? ¿Que para quitarme el sentimiento de culpa me digas que estás con la Holancitos? —Me señaló con el dedo—. No hacen falta más pruebas de que estás chiflado: basta con mirarla a ella.

Se me hizo un nudo en la garganta.

—Vamos, caramelito… —Lasse trató de apaciguarla—. Por fin hemos… —Pero Quinn lo interrumpió:

—Pues sí, a lo mejor me volví loco —admitió con sencillez, y me clavó la mirada.

Se me aceleró el pulso. ¿Qué quería decir con eso?

Sus ojos brillaron mientras me recorrían la cara hasta pararse en los labios.

—Matilda es la chica más divertida que conozco, y además es lista y maravillosa.

Y entonces se inclinó y me besó en los labios, con mucha suavidad primero y luego con más decisión. No pude evitar responder al beso, mi cuerpo reaccionó por sí mismo mientras mi cabeza se preguntaba una y otra vez: «¿Qué está pasando aquí?».

Quinn dejó caer una muleta para acariciarme la mejilla y sentí un calor intenso que me recorría el cuerpo y que dejó a mi razón fuera de combate.

Es posible que Lasse y Lilly dijeran algo pero no lo oí. No volví a ver ni a oír nada hasta que Quinn se separó de mí y pude recobrar el aliento. No sé cuánto duró el beso, pero lo suficiente para que la parejita hubiera puesto un par de tumbas de por medio. Los localicé tras la enorme lápida del director de preparatoria Berner, fallecido en 1973, desde donde nos miraban totalmente estupefactos.

—¿Vamos a mi casa? —propuso Quinn alegremente—. Tengo muchísimas cosas que contarte.

—Si la profecía es anterior a la escritura cuneiforme, entonces tiene al menos seis mil años de antigüedad.

Quinn lanzó un ratón de peluche contra el techo y lo atrapó de nuevo. Estaba acostado en la cama, donde se había tirado al entrar por la puerta. Solo se había quitado los zapatos, que estaban en el suelo junto a las muletas.

—Ada y Cassian ya vivían en aquella época, cuando se inventó esa escritura. ¿Lo puedes creer? Comparada con ellos, Juana de Arco es un bebé. Bueno, siempre que sea cierto que nació en la Edad Media…

El ratón salió despedido otra vez y casi rozó los anillos de Saturno del móvil que colgaba sobre la cama. El gato anaranjado, Cascabel, lo observaba desde el zócalo de la ventana con gran atención, seguramente porque era su juguete.

—Jacinto tiene mil doscientos años, nació cuando Ada tenía cuatro mil. Súper fuerte, ¿no? Si lo entendí bien, hay por ahí algunos hermanos y medio hermanos suyos, pero no tantos como se podría pensar. Para esa gente los anticonceptivos son un tema muy importante. Aunque a lo mejor la inmortalidad les quita las ganas de reproducirse y por eso solo lo hacen una vez cada varios siglos... Además, solo es posible en la Tierra. Por eso los pobres elfos oscuros, los ogros y no sé cuántas criaturas encerradas en el Límite llevan una eternidad sin multiplicarse. No como los arcadios, que van por ahí acostándose alegremente con los humanos a pesar de que no está bien visto porque los descendientes causan muchos problemas. Como Alejando Magno o Ivar Vidfamne, que... ¡Oye! ¿Me estás escuchando?

Sí, sí. Y me parecía todo interesantísimo. Pero, tras nuestro beso, no entendía que a Quinn le resultara tan fácil volver a la normalidad. Quizá él no le diera mucha importancia, pero yo seguía totalmente en shock, en el sentido literal de la expresión.

Aún sentía flojas las rodillas y me alegré mucho de poder sentarme en la silla del escritorio.

Debía reconocer que mi experiencia se contaba con los dedos de una mano. De una mano sin índice ni pulgar, para ser exactos. Y aquellas tres veces habían sido...

mediocres. En cada ocasión se me pasaron por la cabeza pensamientos como: «Bueno, al menos no chocamos con la nariz», «Menos mal que acabo de masticar un chicle» o «Mierda, mañana es la presentación de Biología»... En fin, cosas de lo menos emocionantes. Sin embargo, cuando Quinn me besó por sorpresa se hizo en mi mente un silencio total, fue algo casi solemne. Simplemente me sentí de maravilla, mucho mejor de lo que me había imaginado. Y me lo había imaginado muchas veces.

A lo mejor los chicos anteriores no tenían ni idea, o no había química entre nosotros, o por estadística solo uno de cada cuatro chicos sabía besar... Daba igual, lo importante era que en ese momento no podía ni pensar en seres mágicos del Límite ni en misteriosas profecías, por apasionante que fuera todo aquello.

—¿Matilda?

—¿Hace un rato me besaste solo para librarte de Lasse y Lilly? —le solté sin más.

Se apoyó en el codo con una sonrisita.

—Y funcionó genial.

—¿O sea que sí? —insistí con un hilo de voz.

—¡Pues claro que no! —exclamó, poniéndose de pronto muy serio—. Cuando Lilly dijo que solo había que verte para comprender que estaba loco, realmente te miré y pensé: «Vaya, qué guapa es...». —Su voz se hizo más grave—. El beso me salió solo, sin pensarlo.

Me pareció que sus palabras me traspasaban y por fin entendí a qué se refiere la gente cuando habla de sentir mariposas en el estómago. «Deja de portarte como la

Bella Durmiente recién despertada por el príncipe», me ordenó en la cabeza una voz tajante, igualita a la de Julie. «¡Entra en razón ahora mismo, Matilda Martin!».

—Ya... —murmuré.

Quinn me miró en silencio durante unos segundos.

—¿De verdad siempre has estado enamorada de mí? —preguntó al final.

A mi pesar, asentí.

—Pero ¿no habíamos quedado en que soy un creído y un idiota?

Asentí otra vez.

—Totalmente.

Le temblaban las comisuras de los labios como si contuviera la risa.

—¿Y cómo no me di cuenta de que te gustaba?

—Pues porque nunca me has hecho caso. Y si alguna vez te fijabas en mí, me confundías con Luise.

—Qué estúpido... —Puso una sonrisa de arrepentimiento.

—Pues sí —confirmé—. Pero para ser sincera..., en realidad tampoco quería que me hicieras caso. Admirarte en la distancia era muy fácil, no corría ningún riesgo. Además, creía que si te conocía de verdad dejarías de gustarme. Precisamente porque eres un creído y un idiota.

Un relámpago de diversión le cruzó los ojos.

—¿Y ahora qué opinas?

—Bueno, ahora... —«Ya caí y estaré enamorada de ti para siempre», pensé—. Ahora sé que eres un creído, pero besas muy bien.

Su sonrisa se ensanchó.

—¿Por qué no vienes a la cama conmigo? —propuso como si fuera lo más normal del mundo—. Ahí estás muy lejos.

Tragué saliva y deseé que la voz interior me indicara qué hacer. Pero la rapidez con que avanzábamos me había agarrado totalmente por sorpresa. De pronto se puso a cantar *Perfect,* de Ed Sheeran: «*But Darling just kiss me slow…*».

—¿Qué pasa? ¿Te doy miedo? —se burló él.

—Pues sí —reconocí, mirando a la puerta—. Además, ¿qué pensará tu mamá si entra y nos encuentra en la cama besándonos?

Seguro que la buena señora ni se lo imaginaba cuando me ofreció el trabajo. ¡El trabajo! Tenía que contárselo a Quinn antes de que nos besáramos de nuevo, ¿o no? La voz de Julie no respondía porque seguía canturreando: «*I have faith in what I see*».

—Ah, ¿quieres que nos besemos? —Enarcó burlonamente una ceja—. Yo solo pretendía que habláramos. Pero si quieres que nos besemos más vale poner el seguro, mi mamá tiene la mala costumbre de entrar en el momento más inoportuno.

Me ardían las mejillas.

—No quería decir… ¡Maldita sea! ¡No te hagas el príncipe de la Bella Durmiente! —Darle la vuelta a la situación siempre era buena táctica.

—Bueno, okey. —Se incorporó y se bajó de la cama—. Si no vienes tú…

Con dos pasos llegó a mi lado y se inclinó hacia mí apoyando las manos en los brazos de la silla. Nuestras caras quedaron muy juntas.

Aunque quise protestar, solo me salió:

—Hola...

—Hola, Bella Durmiente —susurró.

Y me besó. Aunque lo hizo con mucha suavidad, aquel beso me desbocó el corazón. Me moría de ganas de echarle los brazos al cuello y abrazarlo, pero me contuve al recordar su frágil equilibrio. Así que me aparté, muy a mi pesar, y le dije sin aliento:

—Okey, tú ganas. Vamos a la cama, pero solo para hablar. Y únicamente porque a lo mejor salvarás el mundo.

Él se enderezó y sonrió.

—Tengo que contarte muchísimas cosas.

Quinn

De todo lo que me había sucedido en las últimas semanas, de todas las cosas increíbles e inverosímiles que habían pasado, aquello era lo más asombroso: que Hoyuelos, la hija de los odiosos vecinos de enfrente, estuviera en mi cama y yo no pudiera quitarle los ojos de encima.

—Qué guapa eres —le dije, acariciándole la línea de la barbilla. Tenía su cara muy cerca y notaba en la yema de los dedos su pulso acelerado.

—Pues alguien me dijo una vez que parecía el bebé del suavizante… —contestó.

—Qué imbécil.

Ella sonrió. Me acarició la mejilla y subió hacia la sien. Cuando iba a llegar al comienzo del pelo, le detuve la mano.

—¿Te duele? —me preguntó preocupada.

—No. Es que…

Era muy consciente del tacto tan raro que tenía mi cabeza, con el pelo rapado y todas las marcas y cicatrices causadas por el accidente y las operaciones. Yo mismo aún no me había acostumbrado. Cada vez que me la tocaba sentía como si no fuera mía.

Matilda me miró directamente a los ojos.

Vacilando, le solté la mano y dejé que repasara las cicatrices una a una. Me costó un enorme esfuerzo. No entendía muy bien por qué, puesto que el roce era ligero como el de una pluma. Sin embargo, me parecía el contacto más íntimo que había tenido nunca. Casi me costaba respirar.

—Me alegro muchísimo de que estés vivo —susurró.

—Y yo —contesté, también en un susurro.

Deslizó la mano desde la nuca hasta el cuello. Me miró un momento con mucha seriedad y atrajo un poco mi cabeza hacia sí.

—Si de verdad va a llegar el fin del mundo, hay unas cuantas cosas que quiero hacer antes —dijo a pocos centímetros de mis labios, y me besó con decisión.

Sentí el impulso de sonreír, pero el calor y la intensidad de sus labios me inundaron y le tomé la cara con ambas manos para responder al beso, con menos cautela que la vez anterior. Ella tomó aire y se arrimó a mí con todo el cuerpo.

Tardé una eternidad en reunir fuerzas para separarme de ella. Sin aliento, nos quedamos acostados boca arriba.

—Para ser una chica católica tan modosita, besas muy bien.

—¿Sí? ¿En serio? —preguntó muy contenta.

Volteé a verla y le sonreí. Tenía las mejillas y los labios muy rojos, se le había soltado la coleta y tenía todo el pelo revuelto. Le brillaban los ojos.

—En serio —confirmé.

Verla tan contenta me produjo una oleada de felicidad maravillosa. ¿Cómo era posible que le tuviera tanto cariño a una chica a la que solo conocía desde hacía unos días? Aquella oleada se expandió por todo el cuerpo hasta las yemas de los dedos, donde empecé a notar un cosquilleo. Desde allí parecía propagarse al exterior, era como si compartiera mi felicidad con el mundo entero.

De pronto Matilda abrió mucho los ojos.

—Pero ¿qué demonios...? —susurró.

El móvil que colgaba sobre la cama había comenzado a mecerse suavemente, como si la ventana se hubiera abierto y se produjera una corriente de aire. Necesité un momento para comprender que era yo quien ponía en movimiento las masas de aire. Después me resultó muy sencillo hacer girar los planetas alrededor del Sol, primero muy despacio y luego cada vez más rápido, como un carrusel girando a toda velocidad. La sensación de poder que me recorría las venas era arrolladora. Me parecía que el aire era un ser vivo que obedecía a mi voluntad, podía dirigirlo y arremolinarlo a mi gusto y logré crear un pequeño tornado en medio de la habitación.

Matilda se quedó sin respiración al ver los planetas girar como locos. Júpiter fue el primero en abandonar su órbita y se estrelló contra el armario; luego cedió la cuerdecita que sujetaba a Venus, que salió disparado contra la ventana. Cascabel huyó con un bufido y se escondió bajo la cama.

Me detuve, asustado, y enseguida las masas de aire se apaciguaron como si les hubiera dado una orden.

—¿Eso lo hiciste tú? —me preguntó Matilda boquiabierta.

El cosquilleo me había desaparecido de los dedos.
Me apoyé en los codos y asentí, totalmente confundido.
Los planetas que quedaban en el móvil seguían balan-
ceándose con ímpetu.

—¿Cómo lo hiciste? ¿Fue telequinesia?

Estaba a punto de contestar: «No lo sé. De pronto
podía hacerlo» cuando se oyeron pasos que subían por la
escalera y Matilda saltó de la cama con más agilidad que
el propio Cascabel. Logró acomodarse en la silla, ponerse la computadora en el regazo y abrirla antes de que mi
madre llamara a la puerta y, como siempre, la abriera tan
solo una milésima de segundo después.

—Adelante —dije, cuando ella ya estaba dentro.

—Oí... Ah, está aquí Matilda —se sorprendió—.
Pensaba que estabas solo.

Seguramente lo creía de verdad. Al llegar la oí hablando por teléfono y me limité a gritar: «¡Ya estoy aquí!»
en dirección al estudio antes de subir a mi cuarto.

—Hola —saludó Matilda con mirada inocente, fingiendo leer algo interesantísimo en la laptop.

No era consciente de que tenía las mejillas y los labios sospechosamente rojos y el pelo desgreñado como
si alguien le hubiera revuelto los rizos a propósito. Además, estaba descalza. Oculté con un brazo la liga del
pelo, que se había quedado sobre la cama.

—Hola, cariño —la saludó mi madre con una sonrisa
muy natural. Aunque, por la manera en que me miró,
comprendí que sabía perfectamente quién era el res-

ponsable de aquellas greñas—. Quinn, llamaron del consultorio de la psicóloga. Podría recibirte el viernes por la mañana.

¡Maldición! ¿Es que la maldita doctora Baj-Ona no iba a dejarme nunca en paz? ¿No tenía suficiente con Lasse? Seguro que a él le había faltado tiempo para llamarla lloriqueando y contarle de lo del mausoleo. Y ella estaría deseosa de utilizarlo en mi contra.

—El viernes por la mañana no puedo. Tengo fisio con Severin.

—Lo sé, por eso ya hablé con él —contestó mi madre, a la que Severin también tenía en el bolsillo—. El lunes harán sesión doble, ese chico es un verdadero encanto.

Lo era, por desgracia. Maldita sea, me había dejado sin coartada. Aunque claro, tampoco era culpa suya...

—No soporto a esa loquera —solté. Me arrepentía de no haberle contado el lunes todos los detalles de la sesión y de su deprimente plan de diez puntos—. La verdad, no me ayuda lo más mínimo.

—Pero si te sientes mucho mej... —Se interrumpió y lanzó una mirada a Matilda, que seguía enfrascada en la computadora. Yo sabía que en la pantalla solo aparecía el campo que pedía la contraseña—. Bueno, quizá eso se debe a otras... En fin, no estás obligado a ir si no quieres.

No quería.

—Te hago una propuesta —continuó—: piénsatelo un poco y si mañana sigues sin querer ir, cancelaré la cita.

Nos sonrió una vez más y se marchó. Cascabel salió de debajo de la cama lanzando un maullido enojado y la siguió escaleras abajo.

—Uf, estuvo cerca —suspiró aliviada Matilda—. ¿Crees que notó algo?

Se me escapó la risa. Estaba guapísima con los rizos revueltos, que le caían hasta los hombros. Le lancé la liga del pelo.

—Si lo sospecha, se habrá alegrado. Le caes bien.

Intenté cerrar la puerta con mis poderes de telequinesia recién descubiertos, pero no funcionó. No logré ni levantar el más leve soplo de aire. Sin embargo, de pronto oí todo lo que pasaba en la cocina: a mi padre descorchando una botella de vino y a mi madre abriendo una lata de comida para gatos. Mi súper oído captó incluso el suave ronroneo satisfecho de Cascabel.

—¡Estos poderes mágicos van y vienen como les da la gana! —me quejé un poco frustrado cuando mi oído recuperó la normalidad.

Jacinto tenía razón, ya era hora de que me enseñaran a controlarlos. De hecho, habíamos quedado en vernos al día siguiente.

—¿Me dices la contraseña? —Matilda miraba de nuevo la pantalla—. Antes, en el cementerio, se me ocurrió algo que a lo mejor nos ayuda a encontrar a Kim.

Cierto, teníamos pendiente aquel asunto.

—Quinn 1, 2, 3 —contesté.

Se me quedó mirando con incredulidad.

—¿Es en serio?

Me encogí de hombros.

—¿La tuya cómo es?

—Yo la cambio cada semana. —agarró la computadora y se sentó a mi lado en la cama—. Sigo las recomendaciones de los expertos: me invento una frase que contenga al menos una cifra y uso la primera letra de cada palabra, respetando mayúsculas y minúsculas. Por ejemplo: «Leopold tiene dos hermanas tontas y un oboe». La contraseña sería: «Lt2hty1o». Pero bueno, «Quinn 1, 2, 3» tampoco está mal, seguro que a nadie se le ocurre. —Con una sonrisita, empezó a teclear y entró en la página de la facultad de Medicina—. Pues a ver, sabemos que tu chica del pelo azul estudia primero de Medicina en la universidad, por lo tanto ahora estará en el segundo semestre. Así que busqué las asignaturas correspondientes. Junto con una descripción asquerosa de la asignatura de Disección Anatómica, encontré las fechas de los exámenes de Anatomía e Histología. ¿Lo ves? —Me miró triunfante—. ¡Aquí está! Aula 3, examen final de Anatomía II, obligatoria para todos los estudiantes de primero. Salvo que esté enferma o haya dejado la carrera (que tampoco me extrañaría con la asignatura esa de Disección), tendríamos que encontrarla allí.

—Nada mal pensado...

Realmente me quedé muy impresionado. Y un poco nervioso, porque por fin teníamos una pista. Me moría por preguntarle a la tal Kim por qué me buscaba en la fiesta, qué relación tenía mi padre biológico con todo lo sucedido y por qué la perseguía Héctor. Recordé lo que el profesor había dicho al respecto: mencionó a un grupo de humanos que conocían la existencia del Límite, pero no dio más detalles. Por supuesto que no.

Me fijé en la fecha del examen.

—¡Pero si es este viernes!

Matilda asintió.

—Pasado mañana por la mañana. Pero no importa, es nuestra única oportunidad.

Cierto. Matilda tenía que ir a la escuela, de modo que me vería abandonado a mi suerte. No se me ocurría cómo me las iba a arreglar solo. Gracias a los esfuerzos de Severin caminaba mucho mejor con las muletas pero, aun así, me resultaría imposible llegar hasta la facultad sin la silla de ruedas. Aunque contara con la súper silla que quería venderme la psicóloga, mi madre jamás me permitiría salir solo. Y claro, a ella no podía pedirle que me acompañara.

—No pasa nada, me saltaré las clases —decidió Matilda—. La gente lo hace todo el tiempo. Aurora, por ejemplo, se queda en casa al menos un día a la semana con la excusa de que le bajó la regla. Lo único es que… si mis papás se enteran, me castigarán hasta la universidad. Como mínimo.

—Si vienes a recogerme es fácil que alguien de tu familia nos vea —advertí.

Ella soltó un suspiro de contrariedad.

—¡Es verdad! Los viernes por la mañana casi todo el mundo está en casa. Con la mala suerte que tengo, seguro que justo han pensado arreglar el jardín delantero. —Reflexionó un momento—. A lo mejor podría saltar el muro del cementerio hasta tu casa pero claro, para llevarte con la silla hay que salir a la calle…

—¡Ya lo tengo! —la interrumpí.

Se me acababa de ocurrir una idea: si confirmaba la cita con la loquera, Matilda podía recogerme en el consultorio y lograríamos llegar a la universidad sin que nadie de su familia nos viera. Tendríamos que pensar en cómo explicarle a mi madre su presencia allí un viernes lectivo, pero ya nos inventaríamos algo.

Justo en ese momento se oyeron los pasos de mi madre, primero por la escalera y luego hacia mi habitación.

Matilda volvió a la silla a toda prisa. Yo logré agarrar al vuelo la computadora, un segundo antes de que acabara en el suelo.

—Tu papá está preparando un guiso de pollo con puerros y pregunta si Matilda se queda a cenar. —Hizo como que no notaba nuestra agitación.

—¿A cenar? —Matilda la miró con cara de susto—. ¿Tan tarde es ya?

—Son casi las seis y media.

Yo también me quedé asombrado. Ni nos habíamos fijado en que había empezado a oscurecer.

—¡Ay, Dios! —Se levantó de un salto y agarró el abrigo—. Hoy me tocaba a mí descongelar la sopa, ¡y además hay coro! —Al llegar a la puerta se dio cuenta de que iba descalza y regresó para ponerse los zapatos a toda velocidad. Consiguió decirme en un susurro—: Te escribo en cuanto haya cargado el celular. ¡Adiós!

Salió disparada por la puerta y se precipitó escaleras abajo.

—Va como alma que lleva el diablo… —Mi madre se sentó en la cama. Oímos cerrarse la puerta de la calle—.

Pobrecilla, se ve que sus padres son muy estrictos. Tenía que haberle dicho que se peinara… —Me miró con seriedad—. Hijo, espero que sepas lo que haces.

Pues no, para ser sincero no tenía ni idea. Hoyuelos y yo… Si alguien me lo hubiera insinuado tres meses atrás me habría reído en su cara. Pero bueno, entonces tampoco creía en las hadas.

Le sonreí a mi madre y le dije:

—Al final creo que es buena idea ver a la psicóloga el viernes.

Matilda

Quinn y yo habíamos elaborado un cronograma muy preciso para la mañana del viernes que incluía tan solo un par de minutos de margen. Pero en cuanto salí de la preparatoria con el celular en la mano se presentó el primer problema. Me cortaba el camino a la calle, llevaba un casco de bicicleta y respondía al nombre de Leopold.

—¡Qué sorpresa! ¿Tienes una hora libre, primita? —preguntó.

—No —contesté tajante.

Era la primera vez que me saltaba las clases, pero Aurora me había asegurado que había una excusa que funcionaba siempre, sin excepción: los dolores menstruales.

En cuanto oyó aquellas palabras Leopold me dejó libre el camino. Siempre se podía confiar en su «vergüenzosidad». Pasé rápidamente por su lado pero, por desgracia, justo en ese momento salió de mi teléfono una voz perfectamente audible:

—Okey, ya estoy aquí otra vez.

Mi primo se quedó boquiabierto.

—¿Es Quinn? —susurró, como si le fallara la voz.

Sin saberlo, Quinn contestó la pregunta él solito, porque continuó tan tranquilo y en voz bastante alta:

—¿Matilda? No había cobertura en el elevador.

Logré reaccionar y me llevé el celular a la oreja.

—Sí, estoy en la escuela. Pero me voy a casa porque tengo… mucho dolor menstrual.

—¿Cómo? ¡Qué fastidio! ¡Justo ahora! —Sonaba realmente disgustado.

Puesto que tenía el teléfono en la oreja, Leopold ya no podía oírlo. Seguía con los ojos muy abiertos y gesto de confusión, así que supuse que no había atado cabos.

—Tienes razón, una bolsa de agua caliente es una idea buenísima —continué, a lo mejor exagerando un poco—. Le estoy preguntando ahora mismo a mi primo si tienen en casa una que me puedan prestar. La nuestra se rompió el otro día. —Lancé a Leopold una mirada interrogativa y oí a Quinn suspirar aliviado al otro lado de la línea.

—Menos mal, creía… —Soltó una carcajada—. No dejes que ese hámster te entretenga, ¡vamos con el tiempo justo!

—¿Te serviría un saco de semillas? —ofreció mi primo.

—Sí, claro. Gracias, ahora toco el timbre de la tía Bernadette.

Le hice un gesto rápido de despedida al que respondió con un:

—Que te mejores.

—Bien hecho —me felicitó Quinn—. Por aquí todo va según lo previsto. Mi mamá me espera en una cafetería de aquí al lado y creo que enseguida me tocará entrar. Voy a poner el celular en silencio para que la doctora manipuladora no sospeche que estás escuchando, ¿okey?

—Okey —susurré—. Pero ten cuidado.

Ya no llegó a oír mi advertencia.

Nuestro plan tenía tantas lagunas que en realidad no merecía llamarse plan. Que todo saliera como Quinn se había imaginado era bastante improbable por pura estadística, considerando la enorme cantidad de variables que no podíamos controlar.

Por un lado, debíamos encontrar a Kim después del examen para pedirle explicaciones. Me había pasado horas investigando por internet: para asegurarnos de encontrarla, debíamos llegar al aula como muy tarde media hora después del comienzo de la prueba, y a ser posible un poco antes. Aquellos exámenes eran tipo test y duraban una hora, pero quien se lo supiera todo podía acabar rapidísimo. Por eso no debíamos salir demasiado tarde de la consulta. Había calculado el trayecto hasta la facultad de Medicina dejando solo uno o dos minutos de margen; no podíamos permitirnos retrasarnos o nos arriesgábamos a que Kim y su pelo azul se nos escaparan.

Todo aquello ya era lo bastante difícil. Pero además era importantísimo que Quinn no se enzarzara en una pelea con aquella psicóloga diabólica que a lo mejor era un ser del Límite dotada de Dios sabe qué poderes mágicos.

Por desgracia eso era justo lo que él deseaba y yo no había logrado disuadirlo. Llevábamos desde el miércoles sin vernos en persona y solo intercambiábamos mensajes. «A Kim la encontraremos antes o después. Pero esta es la última oportunidad de desenmascarar a la loquera porque, sea o no sea un ser del Límite, no pienso volver a pisar ese consultorio». Su nota de voz, que no admitía réplica, continuaba: «Quiero que estés al otro lado del teléfono para que luego no intente negarlo todo».

Cuando le expresé mis temores los apartó con un: «Ya lo iremos viendo en el momento». Ya decidiríamos e improvisaríamos según las circunstancias. No me supo explicar cómo nos las arreglaríamos si la psicóloga conjuraba contra nosotros una hormiga gigante, por ejemplo. Por eso me puse súper nerviosa cuando, sentada en el tranvía, oí por primera vez la voz de aquella mujer. Sonaba tan falsa y melosa como Quinn me la había descrito.

—Tranquilo, Quinn, quédate en la silla —le recomendaba en ese momento—. Te irá bien como ejercicio de aceptación. —Una pausa—. Te encuentro muy pálido, ¿duermes bien?

—La verdad es que sí.

Quinn había conseguido colocar el celular de manera que cada palabra me llegaba con total claridad. Para ir sobre seguro, decidí grabar la conversación.

—¿Y qué tal los sueños? ¿Tienes pesadillas?

—A veces… —se detuvo.

—Sí, adelante —lo animó ella.

—A veces oigo en sueños los pitidos de cuidados intensivos —contestó con mucha calma.

Y comenzó a enumerar todos los aparatos médicos, describiendo con voz monótona cada uno de los sonidos que emitían.

Me pregunté si pretendía ganar tiempo o provocar a la psicóloga; si era esto último, le funcionó de maravilla. Pasados varios minutos (mi tranvía había avanzado parada y media), la mujer no soportó más el aburrimiento y lo interrumpió:

—Las experiencias en cuidados intensivos pueden provocar un trastorno de estrés postraumático en muchos pacientes. A partir de ahí, pueden aparecer otros desórdenes. Por ejemplo, el trastorno paranoide de la personalidad produce una gran desconfianza hacia otras personas, así como reacciones hipersensibles. ¿Notas a menudo estos síntomas?

Aquello me pareció indignante. Era mucho peor de lo que Quinn contaba. ¿Dónde se había sacado el doctorado esa mujer? ¿En la Universidad del Terror Psicológico?

Quinn guardó un silencio hermético.

—Bueno, lo intentaremos de otra manera... —retomó ella. Se oyó roce de papeles—. La última vez me comentaste que te interesaban las tumbas y el culto a los muertos, ¿verdad?

—Dije que me interesaban las inscripciones en lápidas antiguas, sí —contestó Quinn con una calma que me pareció sobrehumana—. Especialmente las que están en latín.

—Y dime, ese interés por una lengua que ni siquiera estudias, ¿es la razón de que vayas por ahí colándote en mausoleos a pesar de tu estado? —insistió la voz melosa, sin inmutarse—. Por cierto, a lo mejor no sabes que eso es delito.

¡Increíble! Lasse era aún más chismoso que María Acusona. Y si allí había algo delictivo, ¡sin duda eran los métodos de aquella supuesta terapeuta! Rechiné los dientes de pura rabia.

Quinn se quedó callado unos minutos. Después, con un suspiro, contestó:

—No, la razón era que tenía una reunión en el Límite. Con la mismísima Rectora Themis.

¡Mierda! ¿A eso se refería con improvisar? ¿Por qué había empezado tan pronto? ¡Aún me faltaba una parada para llegar!

—¿Cómo dices? ¿En el Límite? —repitió despacio la loquera—. ¿Con la Rectora…?

—Themis, sí. Pero al final la vi solo un momento porque, por culpa del ataque cometido en Noruega, se celebró una sesión extraordinaria del Alto Consejo. ¿A qué grupo de arcadios pertenece usted? ¿A los intransigentes o a los liberales como Cassian y las hadas?

¡Pero Quinn! ¿Qué demonios estaba haciendo? ¿Y si aquella mujer no provenía del Límite? Le estaría dando muy buenas razones para declararlo loco de remate. Quizá tenía un botón de alarma bajo el escritorio y cuando lo pulsaba aparecían enfermeros con sedantes y camisas de fuerza, como en las películas. Me abrí paso entre la gente para poder bajarme del tranvía en cuanto se detuviera.

—¿Puedes explicarme con más detalle a qué te refieres? —preguntó la voz dulzona, que ya no parecía tan tranquila. No sonaba asustada, sino más bien... ¿victoriosa?

—Por supuesto —contestó él amablemente—. ¿Está usted a favor del reasentamiento de colonias de elfos oscuros en las montañas de Jotunheimen? ¿O cree que deben permanecer desterrados de la Tierra, como los gigantes y los ogros? ¿Y qué opina de las quimeras, los humanos y los descendientes?

El tranvía se detuvo por fin y me bajé de un salto. Me había aprendido el camino de memoria, por eso sabía que debía girar a la derecha y avanzar unos doscientos metros. Había previsto unos cinco minutos pero, puesto que Quinn se lanzaba estilo kamikaze, debía recorrerlos en menos tiempo.

En aquel momento reinaba el silencio en la consulta. Mientras corría, oía tan solo el pasar de papeles. Después, la voz untuosa dijo:

—Bueno, me temo que no tengo ninguna opinión. Es la primera vez que oigo hablar de elfos oscuros y de quimeras. Aunque me encantaría que me contaras más detalles.

Quinn soltó una carcajada.

—¡Vaya! O es usted una actriz buenísima o realmente no sabe de qué hablo.

¡Pues claro que no, maldita sea! Si lo supiera habría reaccionado de manera muy distinta. Aquella mujer seguro que estaba pensando en internar a Quinn en un psiquiátrico para curarle esos delirios.

—Te aseguro que deseo comprenderte, Quinn —afirmó mientras yo corría a toda velocidad, esquivando a los peatones y esforzándome por mantener el celular pegado a la oreja—. Sé que puede resultar difícil explicarle a otra persona lo que nos sucede, especialmente si es… inusual. Pero cuantas más cosas me cuentes, mejor podré ayudarte.

—No, muchas gracias —rechazó él con amabilidad—. Pero esa calavera de la estantería se muere por hacerle confidencias. Mire, ¡no aguanta la impaciencia!

Durante unos segundos no se oyó nada a través del celular. En ese momento vi la cafetería que estaba junto al consulorio y corrí hacia allí. Con suerte, encontraría a la madre de Quinn.

Entonces salió por el auricular un chillido de la loquera. Algo le había dado un buen susto.

—¡Para ahora mismo! —ordenó, y su voz ya no era dulzona sino de pura furia—. ¡No tiene ninguna gracia!

—Pero si yo no estoy haciendo nada —respondió Quinn entre risitas—. ¿Cómo va a ser cosa mía? Vaya, ahora parece que sonríe, ¿verdad? ¡Qué linda, cómo entrechoca los dientes! Yo creo que está genial.

—No sé cómo lo haces pero… ¡Aaah!

Soltó un alarido de terror mientras yo entraba a toda prisa en la cafetería. La madre de Quinn estaba sola en una mesa, tomándose un café. Se mostró muy sorprendida al verme aparecer corriendo.

—¿Matilda? Pero ¿qué haces aquí?

—¡Venga conmigo! ¡Deprisa! —contesté sin aliento—. ¡Esa psicóloga pretende convencer a Quinn de que tiene un trastorno paranoide!

—¿Cómo? —Se puso en pie de un salto.

—Quinn y yo estábamos hablando por el celular. Se le olvidó colgar al entrar en la sesión y lo oí todo. Esa señora está… ¡totalmente histérica! ¡Escuche! —Le acerqué el celular y justo en ese momento resonó otro chillido—. Y todo porque él le pidió acomodarse en el sofá en vez de quedarse en la silla de ruedas —añadí, intentando justificar aquel griterío—. Antes de eso la psicóloga le había dicho que debía aceptar que no se recuperaría jamás. Y que nunca volvería a hacer deporte y tenía que resignarse a una vida en silla de ruedas.

Si Quinn podía improvisar, yo también.

Y su madre reaccionó exactamente como él había previsto: montó en cólera. En menos de un segundo dejó un billete de diez euros en la mesa y se puso la chamarra.

—¡No lo puedo creer! —rugió—. ¡¡¡Vaya con la «máxima autoridad en psicoterapia»!!!

Salí corriendo tras ella. Me resultaba difícil mantener el celular pegado a la oreja porque la psicóloga gritaba tan fuerte que iba a reventarme el tímpano.

—¡¿Pero cómo puede volar la calavera?! —gritaba. Y me imaginé perfectamente aquel objeto dando vueltas por los aires como los planetas del móvil en la habitación de Quinn—. ¡Ayuda! Dios mío, ¡y ahora el reloj de arena! Pero ¿qué es todo esto? ¿Qué está pasando? ¡Tiene que ser un terremoto!

Oí las risitas de Quinn. ¡Qué malvado!

Traté de espolear aún más a su madre, en previsión de que hubieran llegado ya los enfermeros con la camisa de fuerza:

—¡Y además le dijo que en la vida real no sirven las frasecitas motivadoras!

Y ella salió como una flecha. El consultorio se encontraba en el primer piso y subimos corriendo por la escalera, una detrás de la otra. Empujó la puerta con tal fuerza que un cartel que decía «Solo pacientes privados» cayó al suelo con estrépito. A partir de ese momento no necesité el celular para escuchar los alaridos. Tras un elegante mostrador de madera había una recepcionista tan estupefacta como un señor que se levantó de un brinco en la sala de espera, seguramente el próximo paciente.

Entonces se abrió la puerta de uno de los consultorios y una mujer de mediana edad vestida con ropa muy cara salió disparada. Tras los lentes de diseño tenía los ojos desorbitados y mirada de loca.

—¡Ayuda! ¡La yuca! —gritaba—. ¡Un terremoto! ¡Un terremoto! ¡Hay que evacuar el edificio!

Como nadie se movió, pasó por nuestro lado y se precipitó escaleras abajo.

—Al final se volvió loca… —comentó para sí la recepcionista, y el paciente se dejó caer otra vez en su asiento.

—¡Quinn!

Su madre ya había entrado en el consultorio. La seguí. Para mi inmenso alivio no había ni rastro de enfermeros con camisas de fuerza. Quinn estaba en su silla, con el modelo anatómico de una calavera en el regazo. Nos sonrió.

—¡Dios mío, menos mal! —La señora Von Arensburg lo abrazó como si realmente hubiera sobrevivido a un terremoto—. ¿Estás bien? ¿Qué pasó? ¿Qué te dijo esa señora? Matilda escuchó cosas espantosas.

Quinn le dio unas palmaditas en la espalda y me guiñó un ojo.

—Todo bien. Pero me temo que va a ser necesaria una pausa en la terapia. No sé qué experiencia traumática habrá sufrido la doctora Bartsch-Kampe, pero ha desarrollado un trastorno paranoide de la personalidad. ¡Fíjate! Se creía que la calavera estaba viva y que danzaba por los aires con el reloj de arena y la planta de yuca. Pobrecilla…, tendrá que internarse a sí misma.

—¡Quién se lo iba a imaginar! —exclamó su madre, agotada.

Según mis cálculos el camino más corto para llegar a la facultad de Medicina era a través del parque. Sin embargo, ya no resultaba tan importante ceñirse al plan porque, gracias a aquella acción improvisada de Quinn, habíamos ganado veinte minutos. Su madre accedió a que nos fuéramos juntos tras asegurarse cien veces de que su retoño estaba bien. Por suerte no nos preguntó a dónde íbamos, solo le importaba volver a casa lo antes posible para ponerse a enviar quejas a todas las asociaciones de psiquiatras, con el fin de evitar que otros pacientes corrieran la misma suerte. Ordenó a la consternada recepcionista que informara a su jefa de que, si tenía el descaro de emitir una factura, hiciera el favor de enviarla directamente al abogado de la familia. Que, según me contó luego Quinn entre risas, no existía. También su madre tenía talento para la improvisación.

La doctora Bartsch-Kampe no regresó en ese rato, y tampoco vimos ni rastro de ella en la calle. A lo mejor se había marchado derechita a un psiquiátrico, o a lo mejor se había metido de cabeza en alguna cafetería para tomarse un té bien cargado de ron.

Yo me habría tomado otro encantada para calmar los nervios.

—¡Eres un insensato! —empecé por enésima vez en mitad del parque. Aunque a primera hora hacía frío, el sol había ido entibiando el ambiente y la primavera ya se sentía en el aire—. Da gracias de que la loquera no tenía un botón de alarma. Ni cámaras que hayan grabado tus truquitos de magia.

—No son truquitos, ¡es magia pura! —contestó alegremente—. Hay que darle la razón a Jacinto: aprendo muy deprisa.

—¡Mira que eres creído!

Me habría encantado presenciar su primera clase de magia pero, como el miércoles llegué tarde a mis deberes, el día anterior me habían enjaretado el turno de Teresa. Era una injusticia, como de costumbre, porque el miércoles no fue ella quien me sustituyó sino Matías, que preparó una bomba de calorías llamada chivito uruguayo que hizo chuparse los dedos a todos.

—No soy un creído, es que de verdad soy muy bueno. —Se rio—. La clave está en no concentrarte en el objeto que quieres mover, sino en el aire que lo rodea. Me lo enseñó Jacinto.

¡Estupendo! Como el señorito podía hacer levitar un reloj de arena, ya se creía invencible.

—¿Y si esa señora horrible hubiera sido un ser del Límite con el superpoder de reventarte la cabeza? ¿Cómo se lo habría explicado yo a tu mamá?

—Para un momento.

Me detuve al instante y miré a mi alrededor.

—¿Pasa algo?

—Tú eres lo que pasa.

Echando el brazo atrás me tomó de la mano y me hizo rodear la silla hasta tenerme delante.

—Oye —me dijo en voz baja—, al final todo salió bien.

Y antes de que pudiera responderle se había puesto de pie y quedamos frente a frente. Con mucha suavidad me tomó la cara entre las manos y me acarició las mejillas con el pulgar. Se inclinó, me atrajo hacia sí y se me aceleró el pulso. Cuando finalmente me besó, mi enojo literalmente se derritió para convertirse en una sensación maravillosa. Lo mismo sucedió con las dudas que me carcomían desde hacía día y medio y que no había conseguido disipar, a pesar de que Julie me tranquilizaba a cada momento asegurando que, desde fuera, parecía que Quinn estaba enamorado de verdad.

No hace falta decir que la noche del miércoles se lo había contado todo, evitando los acontecimientos fantásticos. Aun así le pareció súper emocionante y me pidió que le repitiera cada detalle. Cuanto más tiempo transcurría, y cuanto más reflexionaba sobre nosotros, más dudas me asaltaban. Es verdad que Quinn me había dicho algunas palabras bonitas, pero ni se acercaban a una declaración. Ni a nada serio, en realidad.

El jueves, la estúpida de Smilla me agarró desprevenida cuando se me acercó en el recreo para preguntarme:

—*¿Is it true* lo de Quinn y tú? ¿Son pareja *really*?

Podría haberle contestado: «Ya me gustaría» o bien: «Pues mira, nos hemos besado *really*». Pero ni siquiera fui capaz de decir sí o no. Me le quedé mirando sin saber qué hacer.

Por suerte me acompañaba Julie, que la aleccionó sin inmutarse:

—Querida Smilla, esto que preguntas, ¿es cierto, es bueno o es útil? Porque si no es ninguna de las tres cosas, siguiendo a Sócrates, te diría que te metas en tus asuntos. Tu amiguita Lilly la cagó y ahora le toca aguantarse. Quinn encontró a alguien mucho más de su estilo.

—¡Pero solo porque Matilda lo ha engatusado con su jueguecito de enfermera! —Y con un golpe de melena se dio la vuelta para reunirse con Lilly, que me observaba desde una distancia prudencial.

¿Jueguecito de enfermera? ¡Pero cuánta maldad!

Ahora que contaban con la bendición de Quinn, Caramelito y Lasse podían hacer pública su relación y hasta manosearse en el recreo si les daba la gana. Pero, en lugar de alegrarse, continuaban manteniéndola en secreto y encima me atacaban. Bueno, en realidad a Lasse no lo había vuelto a ver desde el miércoles, pero con Lilly y Smilla ya iba bien servida.

—¡Qué tontería! No le hagas caso, no sabe de dónde le viene el aire. —Julie me dedicó una gran sonrisa—. El mejor jueguecito es buscar portales secretos.

—Pero… ¿Quinn y yo estamos juntos o no? —le pregunté.

Se encogió de hombros y me miró como si fuera un caso perdido.

—A ver, cariño, ¿qué estás esperando? ¿Que te mande una notita como las de la primaria? Esas que decían: «¿Quieres salir conmigo?» y había que marcar: «Sí. No. Quizá».

Pues sí, para ser sincera una notita de esas me habría resultado muy útil. Con ellas siempre sabías lo que había. Salvo que contestaran «quizá», claro.

Sin embargo en ese momento, en el parque, todas aquellas dudas habían desaparecido. Me sentía ligera y muy feliz. Lo único que me importaba era notar los brazos de Quinn rodeándome la cintura y el calor de sus labios en los míos. Podría haberme quedado así hasta el fin del mundo.

Si me aparté de él fue únicamente porque noté que se tambaleaba. Y bueno, porque teníamos una misión que cumplir. Me enfrenté a la aventura mucho más tranquila porque Quinn, antes de dejarse caer en la silla, me dijo con ternura:

—Te extrañé mucho.

Recorrí el resto del camino con una sonrisa tonta que no lograba quitarme de la cara, y él casi se descoyuntaba el brazo para poder tocarme la mano.

No obstante al llegar al campus tuvimos que concentrarnos en la misión. El edificio de la facultad de Medicina resultó sorprendentemente grande y laberíntico, por lo que el tiempo que habíamos ganado lo perdimos buscando un elevador. Por fin encontramos el camino y llegamos a un pasillo poco iluminado que llevaba al aula 3, donde descubrimos que no estábamos solos. Al parecer en la hora siguiente se celebraba otro examen y un montón de estudiantes nerviosos se arremolinaban cerca de la puerta, paseando inquietos o murmurando palabras como «epitelio estratificado escamoso» o «filamentos del citoesqueleto». En medio de semejante barullo iba a resultar muy difícil localizar a Kim cuando terminara el examen. Para aumentar nuestras posibilidades, Quinn propuso que nos separáramos.

Me aposté a la izquierda de la puerta para vigilar el paso hacia las escaleras. Quinn se colocó directamente enfrente, en un espacio que le abrieron los estudiantes al verlo en silla de ruedas. Observé que se dejaba una muleta en el regazo, en posición horizontal, y me pregunté por qué lo haría. ¿A lo mejor para ponerle la zancadilla a Kim? Me estaba planteando pedirle la otra cuando la puerta se abrió y del aula salió una multitud que me hizo perderlo de vista.

Solo entonces se me ocurrió que a lo mejor la chica ya no llevaba el pelo azul, al fin y al cabo habían pasado más de dos meses desde el accidente. En ese caso, ¿cómo la iba a reconocer?

Pero por suerte mi temor era infundado: en aquel mar de gente solo había una cabeza azul, una chica que salió de las últimas, vestida con una chamarra negra de cuero y un casco de moto en el brazo.

Aunque hubiera llevado un vestido de florecitas y el pelo rubio en dos trenzas me habría dado cuenta de que era ella porque, al ver a Quinn, se paró en seco y se quedó totalmente inmóvil, como en shock.

Sabía que era el momento menos adecuado, pero sentí una punzada de celos. A ver, Quinn se había tirado desde una ventana para defenderla. No solo eso, además la chica tenía un estilito muy cool. Y era súper guapa.

Quinn le dijo algo que no llegué a oír por culpa de dos chicas que comentaban el examen en voz muy alta. La multitud del pasillo se iba dispersando, los que iban saliendo se fueron por las escaleras y el aula se llenó con los estudiantes que tenían la prueba siguiente.

Por fin Kim reaccionó y miró en todas direcciones, como buscando una salida. Y entonces echó a correr justo hacia mí. ¡Ja! Mi aspecto de niña inocente resultó ser muy útil: no se esperaba que la retuviera agarrándola del brazo. Fue tal su sorpresa que se le cayó el casco al suelo.

—Solo queremos hablar contigo —le dije.

—No puedo —jadeó.

¿Quién iba a sospechar que el cuero era tan escurridizo? Aunque la tenía agarrada con las dos manos, Kim logró zafarse. Me pregunté si había llegado el momento de probar una de las llaves del curso de defensa personal. Pero por suerte no hizo falta porque Quinn se había adelantado y le cortaba el camino.

—Me debes una explicación, ¿no te parece? —preguntó en tono cortante—. A lo mejor no me reconoces porque, bueno, la última vez que nos vimos podía caminar.

Kim llevaba los ojos muy pintados con delineador negro y con kohl, y su labial era tan oscuro que también parecía negro. Eso sumado a los piercings, las botas militares y la chamarra de cuero le daba un aspecto muy duro. Sin embargo, la expresión de sus ojos no era dura en absoluto, de hecho era evidente que le costaba enfrentarse a Quinn.

Él pareció darse cuenta y preguntó con más suavidad:

—¿Qué querías decirme aquel día en la fiesta?

—¿A qué viene esto ahora? A estas alturas seguro que sabes muchas más cosas que yo —contestó—. Así que, ¡déjame en paz!

Quinn se acercó un poco más, de manera que la teníamos acorralada.

—¿Cómo sabías quién soy? —insistió, sin alterarse—. ¿Y por qué te perseguían?

Ella lo miró con gesto indeciso.

—¡Prometí no contar nada! Si nos ven juntos…

—¿A quién le prometiste qué? —presionó él, al ver que se interrumpía.

—A un señor de pelo blanco que se hacía el comprensivo y el civilizado. —Ya no sonaba tan a la defensiva—. Al final el tipo de los ojos amarillos obedeció sus órdenes y no cumplió sus amenazas. Pero a cambio tuve que prometer que me mantendría alejada del portal y del otro lado, y también que lo olvidaría todo. De lo contrario me… Para ellos la vida humana no tiene ningún valor.

Quinn le clavó sus intensos ojos azules.

—¿Qué portal es ese? —preguntó con impaciencia—. Cuando dices «el otro lado», ¿te refieres al Límite? Pero los humanos no pueden acceder a él…

Los humanos no pero… De pronto se me pasó una idea por la cabeza: ¿y si Kim era como Quinn, una descendiente con sangre arcadia?

—¿Eres una de ellos? —solté sin más.

—¡No! ¡Claro que no! —Y de nuevo guardó silencio.

Quinn respiró profundamente y se esforzó por recuperar el tono suave.

—Dame algún detalle más, por favor. Por tu culpa estoy en esta silla… —Recurrió al chantaje emocional, se había dado cuenta de que era el único modo de hacerla hablar.

Ella recogió el casco del suelo.

—No era mi intención, de verdad. Te juro que no sabía que me estaban siguiendo. Pretendía advertirte, protegerte… y en lugar de eso los ayudé a encontrarte. Casi te mueres por mi culpa… —Le temblaba la voz y le brillaban los ojos de tal modo que pensé que se echaría a llorar. Pero enseguida se recompuso—. Lo siento muchísimo, Quinn, tienes que creerme. Solo quería impedir que acabaras como tu padre.

Él frunció el ceño.

—Mi papá murió en un accidente de tráfico antes de que yo naciera.

Kim negó con la cabeza.

—Me temo que no. Ellos lo arreglaron todo para crear esa historia. Les resulta muy fácil porque tienen gente en todas partes, hasta en las más altas esferas. Asesinan a cualquiera que se interponga en su camino. Lo he visto con mis propios ojos.

Se me puso la carne de gallina. Por increíbles que sonaran sus palabras, no me daba la impresión de que estuviera mintiendo.

—Ya no voy a arriesgarme más —concluyó con decisión—. Mi vida no es la única en peligro, también tengo que proteger a mi mamá y a los demás. Ya la he cagado bastante. Me imaginé que sería como en *Línea mortal* pero aún más cool. Íbamos a ser unos pioneros, los primeros humanos en explorar el otro lado. Lo veía como un juego cargado de adrenalina. —Enderezó la espalda—. ¡Qué estúpida fui! No tenía ni idea de a quién nos enfrentábamos. Y ahora… solo quiero olvidarme de todo. Así que, ¡déjame en paz!

Miré a Quinn, que se encogió de hombros imperceptiblemente.

De nuevo tomó aire y volvió a intentarlo:

—Mira, Kim, vamos a buscar un lugar tranquilo y pensamos cómo podríamos ayudarnos el uno al…

Pero no pudo continuar porque de repente la chica apartó la silla de una fuerte patada y echó a correr con tanta energía y a tal velocidad que ni se me ocurrió perseguirla. Para cuando Quinn logró volver, ella ya estaba en el rellano, desde donde nos lanzó una mirada furiosa antes de desaparecer de nuestro campo de visión.

Quinn

Nunca me había enfurecido tanto estar en silla de ruedas como en ese momento. Mi yo anterior no solo habría
echado a correr tras Kim, sino que habría saltado el barandal de la escalera y aterrizado en el piso de abajo antes de que ella fuera ni por la mitad. Y habría tenido
fuerza suficiente para retenerla y zarandearla en busca
de respuestas.

Tardamos una eternidad en salir del edificio y ni siquiera me molesté en echar un vistazo a la plaza que se
extendía ante la entrada. En ese tiempo, Kim podía estar
ya en cualquier lugar.

¡Mierda! Quería gritar de frustración. Apreté tanto
los puños que los nudillos se me pusieron blancos. Y entonces, en ese mismo momento, se levantó una súbita
ráfaga de viento que inclinó el árbol junto al que pasábamos. Dos palomas que picoteaban en el suelo se asusta-
ron y levantaron el vuelo. El viento se arremolinó y formó
un torbellino alrededor del árbol, arrancó algunas ramas
y luego avanzó hasta la fuente, donde levantó el agua
creando una ola que se estrelló contra el borde. Un cos-

quilleo se extendió por todo mi cuerpo y al instante el árbol siguiente se inclinó…

—¡Quinn! —Oí en medio del fragor—. ¡Quinn!

Levanté la vista y vi una cara pálida rodeada de rizos rubios que el viento sacaba de la coleta. Era Matilda.

—¡Para! ¡Tengo miedo!

Me agarró las manos. Al sentir su calor, mis dedos se relajaron y de pronto volví en mí. En ese mismo momento el viento se calmó y todo quedó como si nada hubiera pasado. Bueno, salvo por las ramas caídas y los envoltorios que habían salido volando de un bote de basura. Y por la gente, que miraba asombrada a los árboles y al cielo azul primaveral.

Me froté los ojos.

—Fui yo. —No era una pregunta, lo había notado en cada fibra de mi cuerpo.

Matilda no hizo ningún comentario pero me susurró:

—Vámonos de aquí antes de que alguien se dé cuenta de que el chico de la silla de ruedas es capaz de controlar el tiempo.

Pues sí, tenía toda la razón. Además, necesitaba un minuto para calmarme y para comprender lo que me había pasado.

El día anterior Jacinto me había explicado que, especialmente al principio, era posible que mis poderes se dispararan si experimentaba emociones intensas. Pero no me advirtió de que podía suceder de manera tan repentina. Cuando armé la escenita para asustar a la psicóloga tuve una magnífica sensación de control. Sin embargo, allí en la plaza no había logrado controlar nada.

—Los tornados son cada vez más habituales. —Le explicaba una señora a su acompañante cuando nos cruzamos con ellos mientras avanzábamos en dirección al parque—. Es culpa del cambio climático.

—O de un descendiente furioso... —murmuró Matilda.

—Lo siento mucho —me disculpé—. ¡Es que estoy harto! Quiero entender lo que sucede, pero todo el mundo me lanza solo migajas. Ya sospechaba que la muerte de mi..., de Yuri no fue un accidente, pero ¿qué hago ahora con esta confirmación?

—Deja ya de quejarte, no seas como Lasse —contestó ella con firmeza. Habíamos llegado al parque que se encontraba junto al centro médico donde estaba el consultorio de Severin. Matilda se detuvo junto a una banca y se colocó delante de mí—. El encuentro con Kim resultó bastante... útil. No todo fue nuevas preguntas, también nos dio algunas respuestas.

—Ah, ¿sí? —Enarqué las cejas—. ¿Es que dijo por qué asesinaron a Yuri? ¿O quién lo hizo? ¿O si Cassian y las hadas lo sabían? Y si lo saben, ¿por qué no me han contado nada? ¿Cuál es ese portal del que habló? Si ella y su grupo son humanos, ¿cómo consiguieron explorar el Límite? —espeté. Lo cierto es que podría haber seguido así durante horas, pero la mirada de Matilda me hizo enmudecer.

—Si la encontramos una vez, volveremos a encontrarla —afirmó, decidida—. Y entonces tendrá que explicarnos cómo consiguió salir viva del Límite.

En ese momento se me ocurrió una idea.

—*¡Línea mortal!* —exclamé. Matilda tenía razón, Kim nos había dado una pista, aunque en ese momento no la entendí.

Ella frunció el ceño con gesto inquisitivo.

—Es una película súper antigua —le expliqué—. Trata de unos estudiantes de Medicina que se provocan experiencias cercanas a la muerte. Según Cassian, los humanos solo pueden acceder al Límite cuando sueñan o si están en coma. —(O muertos)—. Cassian también me contó que Kim pertenecía a un grupo de humanos que conocían la existencia del Límite y que llevaban a cabo experimentos peligrosos.

A Matilda se le iluminaron los ojos.

—¿Lo ves? Seguramente hicieron algo en el Límite que alertó a Héctor. —Miró la hora en el celular—. Para ser solo las doce del día me parece que hemos hecho unos avances enormes. No se te olvide que también aclaraste la situación de la psicóloga.

Solté una carcajada y sentí que la frustración y las dudas se disipaban.

—Cierto. La verdad es que, en su caso, me pasé con la ración de tarta de paranoia crocante. Estaba convencido de que era una criatura del Límite. Aunque debo decir que la culpa fue de la calavera…

La cara de pánico de la señora doctora cuando la calavera empezó a castañetear los dientes era todo un poema. Solo recordarla ya era un bálsamo para mi alma.

Y además estaba Matilda. Que, para salvarme, había irrumpido en el consultorio con mi madre. Que metió la calavera en la mochila sin rechistar cuando se lo pedí.

Que siempre estaba a mi lado cuando la necesitaba. Y que resultaba tan guapa, allí de pie delante de mí...

Los rizos que el torbellino le había soltado de la coleta le enmarcaban la cara, y su mirada me despertó un agradable cosquilleo en el estómago. Tenía que darle la razón: los avances que habíamos hecho no estaban nada mal. Quizá por aquel día podíamos olvidarnos un poco del Límite.

—Anda, vamos —le dije—. Nos las arreglaremos para que entres en mi casa sin que te vea ninguna de las plagas bíblicas. Porque claro, deberías estar en clase... A ver si encontramos *Línea mortal* en streaming.

Ningún plan me parecía mejor que tirarme en la cama con Matilda para (o al menos con la excusa de) ver una película.

—Buena idea.

Agarró la silla y se dirigió hacia la parada del tranvía. Pero apenas habíamos avanzado unos pocos metros cuando noté un cambio en la visión. Era como si de pronto estuviera usando binoculares, o como si me hubieran colocado lentes de aumento en los ojos. Veía el musgo en las grietas de las fachadas, las plumas de una paloma posada en una cornisa, cada pelo de las cejas de los paseantes, las espinillas en la nariz de un estudiante que, sentado a más de ochenta metros, leía el periódico. Cuyas noticias, por supuesto, yo también podía leer.

Contuve la respiración. Primero el tornado y después aquello. Conocía ya el superpoder de la vista, lo había experimentado la primera noche que salí del hospital, cuando vi a Héctor en el cementerio.

Entonces la distinguí a ella y al momento comprendí que íbamos a tener que posponer el plan de la película.

Estaba al fondo del parque, con la espalda apoyada en una columna publicitaria en la que un cartel anunciaba una exposición de Picasso. Su postura era relajada, tenía un pie apoyado descuidadamente en el anuncio. La melena oscura peinada con raya al medio le caía por la espalda hasta la cintura. La habría reconocido incluso sin leer las letras PRAY tatuadas en sus nudillos. Era Juana de Arco, la joven a la que había visto en el Límite, ante el observatorio astronómico. Contemplaba el edificio que tenía enfrente pero, como si hubiera notado mi mirada, giró lentamente la cabeza hacia mí. Puesto que me era posible distinguir cada detalle y cada movimiento de su rostro, no se me escapó que se le dilataban las pupilas y que hizo un levísimo gesto de sorpresa, como si la hubiera atrapado haciendo algo malo. ¿Acaso me estaba siguiendo?

Bajó el pie al suelo y por un momento creí que haría como Kim y se largaría corriendo. Tenía todos los músculos en tensión, preparados para la huida. Sin embargo, pareció cambiar de opinión. Se cruzó de brazos y esbozó una media sonrisa.

—Cambio de planes. Esa de ahí adelante, donde los anuncios, es Juana de Arco. Vamos a hablar con ella —le susurré a Matilda. Cerré los ojos. El superpoder me causaba una sensación de mareo bastante desagradable.

—¡Maldita sea! ¿Es que no nos van a dejar nunca en paz? —Parecía tan frustrada como yo me sentía antes.

Aun así, puso la silla en movimiento—. Esta es de los malos, ¿no?

La verdad, no tenía ni idea.

—Es una nex, no sé más que eso… Ahora solo quiero averiguar qué hace aquí.

Al abrir los ojos, el superpoder había desaparecido y veía otra vez con normalidad.

Juana de Arco permaneció quieta mientras nos acercábamos. Tampoco se movió cuando Matilda detuvo la silla justo delante de ella.

—Hola, amigo de Jacinto —saludó con su voz suave—. Se me olvidó tu nombre. O a lo mejor no se mencionó en nuestro último encuentro, ¿puede ser?

—Soy Quinn —murmuré.

Matilda se situó a mi lado. Me alegré porque así podía verle la cara, pero al mismo tiempo me daba mala espina que se acercara tanto a la joven.

—¿Qué haces aquí? ¿Me estás siguiendo? ¿O sigues a Kim? —Decidí tutearla, me daba igual que tuviera cientos de años y que la hubieran hecho santa. En realidad, no parecía mayor que yo.

—Quinn, qué nombre tan lindo. Como su poseedor. —Hizo una mueca de diversión—. Así que volvemos a vernos. Qué pequeño es el mundo, ¿verdad?

No tenía nada de ganas de mantener una charla insustancial. Empecé a notar que se despertaba en mí aquella extraña agresividad, a pesar de que no estábamos en el Límite y de que Juana de Arco no llevaba una espada que pudiera arrebatarle.

—¿Por qué me sigues? —insistí.

Ella hizo un gesto de impaciencia.

—¿Por qué estás tan seguro de que vine por ti? Podría tener mil motivos. A lo mejor estudio aquí, por ejemplo. O quedé con algún chico guapo. Por cierto, ¿no me presentas a tu amiguita humana?

Pues preferiría no hacerlo. Pero Matilda tomó la iniciativa por su cuenta. Le tendió la mano y, algo nerviosa, saludó:

—Me llamo Matilda, es un honor conocerte. —Y luego se puso en modo fan—: ¡Dios mío! ¡Santa Juana de Arco en persona, no lo puedo creer! Hice una presentación sobre ti en clase.

A la joven le brillaron un momento los ojos. Después soltó unas risitas y se dispuso a estrechar la mano tendida. Pero no llegó a hacerlo porque, a una velocidad pasmosa, agarré una muleta, la esgrimí en el aire y la detuve amenazadoramente a unos milímetros de su mano.

—¡Quieta ahí! —le ordené.

A Matilda se le escapó un grito de susto y apartó el brazo. Me miró con ojos desorbitados. Me encogí de hombros en gesto de disculpa y bajé la muleta. En esa ocasión debía contener yo solo el instinto de lucha arcadio, sin hadas que me ayudaran. Matilda dio un paso atrás, me apoyó una mano en el hombro y al instante me sentí algo más tranquilo. Aun así, no solté la muleta.

Al contrario que nosotros, Juana de Arco se mostraba tranquilísima. Su expresión vigilante, como de estar al acecho, me recordaba a la odiosa psicóloga.

—Buenos reflejos. Aunque ese instinto de protección te traerá más de un problema. —Sonrió un momento—. Por supuesto, he oído los rumores que corren sobre ti. —Hizo una leve inclinación de cabeza—. Un nuevo salvador del mundo. Mi más sentido pésame, chico.

¡Vaya! Y antes fingía no conocer ni mi nombre… Sabía perfectamente quién era.

—¿Por qué dices eso? —inquirió Matilda.

Pero la joven no le hizo caso. Volvió a recostarse en la columna y a apoyar el pie en el cartel.

—Es normal que te creas tan importante. Lo entiendo: te hacen sentir que eres especial, el elegido, alguien nacido para guiar al mundo hasta una nueva época, blablablá. Todos se interesan por ti… Pero en realidad solo te están engañando. Siempre es así.

—¿Y tú cómo lo sabes? —preguntó Matilda, con voz temerosa.

—Porque en su día me pasó lo mismo que ahora le está pasando a él. —le contestó—. Tenía trece años cuando me dijeron que era la «portadora de la luz», la elegida según esa profecía tan importante en la que todos creen ciegamente.

—¿Es que eras…? —comencé.

—Una especie de predecesora tuya, sí. —Me hizo un gesto afirmativo y luego se dirigió de nuevo a Matilda—: A ver, cerebrito, aquí te dejo algunos datos para otra presentación de clase: resulta que la piadosa campesina que crio a la pequeña Juana no era su madre biológica. Y que en una antiquísima gruta se abría una especie de grieta que parecía conducir directamente al cielo. La devota niña Juana tomó por ángeles a las figuras que salían del resplandor de aquella grieta. Los poderosos le contaron que su madre era un ángel. Y así pudieron situarla como estandarte ante sus carros y utilizarla como mascarón de proa para sus malditos juegos de poder. Todos sabemos cómo acabó la historia...

—En 1431 la doncella de Orleans fue... —comenzó Matilda, pero se contuvo y se mordió el labio.

—«La doncella de Orleans», efectivamente. Era un buen nombre para la época, con todas esas tonterías sobre la virginidad... —Soltó un resoplido.

—Pero... —No conocía la profecía completa, pero los fragmentos que Ada y Jacinto habían mencionado no encajaban con Juana de Arco. Para nada—. En aquel entonces no se esperaba el fin del mundo. Y tú eres mujer, no un «hijo» del viento del este.

—Estábamos en plena guerra de los Cien Años —explicó ella, encogiéndose de hombros—. Edad Media, hambrunas, peste: créeme, la sensación era que el mundo se hundía. Y en cuanto al «hijo del viento del este»... ¿No te han contado que hay miles de versiones de la profecía? Para aplicármela a mí eligieron una traducción según la cual el viento sagrado sopla desde el este. Mi ciudad natal se encuentra al este de Francia, al este de París, de Orleans y de Ruan... Así todo les cuadraba de maravilla.

Asentí despacio. Seguramente Jacinto tenía razón, aquello de la profecía era pura cuestión de fe. Y una basura, en realidad.

—Pero no puedes ser hija de dos mundos distintos —objetó Matilda, que recordaba todo lo que le había contado y además sacaba conclusiones mucho mejor que yo—. Si uno de tus papás fue humano, habrías sido mortal. No podrías estar aquí ahora. Aunque no te hubieran quemado en la hoguera, es imposible: nadie vive seiscientos años.

La joven se encogió de hombros otra vez.

—Cierto. Es que me falta contarles un pequeño detalle: ¡sorpresa!, resulta que mi papá tampoco era humano. —Soltó un suspiro—. Al día de hoy no tenemos buena relación, es una lástima. Aunque heredé de él algunas capacidades muy útiles. Por cierto, Quinn, ¿ya descubriste quién era tu abuelo arcadio?

Pues no. Y para ser sincero, no tenía ni idea de cómo descubrirlo. Si lo había entendido bien, la clave estaba en los lentigos. Mi predecesor debía exhibir el mismo pulpo de nueve patas que tenía yo. Pero era imposible revisar a todos y cada uno de los arcadios. De manera que si no aparecía alguien voluntariamente...

Juana de Arco interrumpió mis pensamientos:

—Circulan por ahí algunos rumores disparatados. Por ejemplo, se dice que el Alto Consejero Cassian te ha tomado cariñosamente bajo su ala. Casi como si fueras su nieto. —Sonrió con malicia al percibir la mirada que intercambié con Matilda.

¿Cassian era mi abuelo? No, seguro que lo decía para confundirme. Por desgracia, lo consiguió.

Acto seguido añadió:

—Quinn, no cometas el mismo error que yo: confié en quien no debía. —Se inclinó hacia adelante para mirarme directamente a los ojos—. Puedes acabar en el lado malo del poder. Y muerto, con gran probabilidad.

—Claro, y tú estás en el lado bueno, ¿verdad? —Empezaba a cansarme de aquella conversación—. Cuéntame, ¿qué lado es ese?

—Mira, con mis seiscientos años de experiencia puedo decirte que las flojas de las hadas no te enseñarán lo que necesitas para sobrevivir. Si todavía existen es solo porque se han mantenido al margen en todas las grandes guerras. Algunos lo consideran un signo de inteligencia y otros, de cobardía. Pero una cosa está clara: las hadas odian la violencia, con ellas jamás aprenderás a luchar en condiciones. En cuanto a Cassian, aunque en apariencia se limite a filosofar y moralizar, por detrás maneja los hilos para lograr sus propios objetivos. Como siempre. Lo que quieren venderte como la salvación del mundo es en realidad la perdición del mundo. O la tuya, como mínimo. —Dejó vagar la mirada por el parque y después me clavó los ojos, aún con mayor intensidad—. Si eres inteligente, considerarás tus opciones y escucharás propuestas de otros bandos. Bandos que te ayudarían a desarrollar todo tu potencial. Y a los que no te conviene tener como enemigos. —Entonces su tono se volvió más insistente—. Yo puedo echarte una mano. Hoy mismo, ahora mismo, podría presentarte a una gente muy interesada en conocerte.

Ah, ¿para eso estaba allí? Cuando Ada y Jacinto me hablaron de la profecía, también me advirtieron que antes o después habría quienes querrían (recordaba las palabras exactas) aprovecharse de mí, manipularme o quitarme de en medio. ¿Era Juana de Arco una de esas personas, o una emisaria suya? En caso afirmativo, ¿qué categoría le interesaba: aprovecharse, manipularme o liquidarme? Las hadas mencionaron algún nombre pero solo me acordaba bien de Frey, el tipo de la fortaleza en Noruega que odiaba a los elfos oscuros. También dijeron algo parecido a «Neal», y otro nombre que empezaba por «M».

—¿Y esa gente tiene nombre? —pregunté. Sentí que Matilda aumentaba la presión en mi hombro.

La joven se rio y pasó por alto la pregunta.

—No solo podríamos ofrecerte un entrenamiento mucho mejor que el de las hadas, sino algo mucho más importante. Lo más importante de todo: la libertad. La libertad de elegir en qué lado quieres estar. ¿No es eso lo que deseas, Quinn? ¿Decidir por ti mismo para qué y para quién quieres luchar?

Bueno…, en principio sí. Pero el problema era que no tenía ni la menor idea de quién perseguía qué aliándose con quién, en cuál de no sé cuántos bandos y por qué motivos.

Por suerte mi madre, amante de las frasecitas de calendario, me había enseñado a escuchar a mi corazón, a mis tripas o a mi voz interior. Y en aquel momento mi corazón, mis tripas y mi voz interior me decían a gritos que Ada y Jacinto estaban con los buenos. Confiaba totalmente en ellos. En cuanto a Cassian…, bueno, quizá en él confiaba un poco menos. De quien no me fiaba para nada era de Juana de Arco. Me molestaba que hablara con tanto énfasis de mi libertad para elegir pero que ni siquiera mencionara los nombres de esas personas a las que quería presentarme.

Ojalá la hubiera ignorado cuando la vi apoyada en la columna. Si lo hubiera hecho, en aquel instante estaría regresando a casa con Matilda y pensando en cosas mucho más agradables.

—No me interesa —contesté.

¿Fue decepción o fue desprecio lo que brilló en sus ojos?

—Ya veo… Eres de los que no corren riesgos y nunca actúan sin pensar, ¿verdad?

—¡Ja! —Se le escapó a Matilda.

La joven levantó una ceja y la miró de nuevo.

—Una última cosa: ¿nadie les ha hablado de la directiva segunda? Los humanos que conocen la existencia del Límite tienden a morir jóvenes. —Sonrió al ver el sobresalto de Matilda y añadió—: Y no suele ser una muerte agradable, se lo puedo asegurar.

Si pretendía asustarnos lo consiguió totalmente. Además, se me pasaron por la cabeza las palabras de Kim: «Para ellos la vida humana no tiene ningún valor». ¿Y acaso no había dicho Ada algo parecido en nuestro encuentro en la biblioteca? En anteriores ocasiones lo había aplicado solo a mi propia vida, pero en ese momento caí en la cuenta de que también incluía a Matilda.

—¿Es una amenaza? —pregunté en tono gélido.

Sin darme cuenta, yo (o mi espíritu de lucha arcadio) había empuñado la muleta como si fuera una espada. Me sentí totalmente ridículo.

Juana de Arco meneó la cabeza como una profesora decepcionada que te devuelve un trabajo con mala calificación y te dice: «Puedes hacerlo mejor».

—No es una amenaza. Es una advertencia hecha con la mejor intención —contestó, dándose la vuelta hacia la columna publicitaria.

No pude ver qué hacía con las manos, pero el brillante resplandor que surgió entre los carteles hablaba por sí mismo.

A Matilda se le cortó la respiración.

¡Increíble! La columna era un maldito portal. Y estaba allí, en un lugar concurrido y a la vista de cualquiera.

—Avísame si cambias de opinión —dijo la joven. Se internó en el resplandor y al momento la columna recuperó su aspecto habitual.

Miré a mi alrededor. Al parecer nadie había notado que aquel elemento de mobiliario urbano acababa de tragarse a una persona. Nadie salvo Matilda, que se había quedado un poco pálida. Sin embargo, se recuperó enseguida.

—¡Al menos podía habernos contado cómo sobrevivió a la hoguera! —exclamó en tono de reproche. Luego me miró—: ¡Muerte y peligro, peligro y muerte! No sé tú, pero yo estoy harta de tantas movidas. —Luego, con una sonrisita maliciosa e irresistible añadió—: ¡Baja la muleta, D'Artagnan! La gente nos está mirando…

De no haber estado ya enamorado de ella, habría caído rendido a sus pies en ese mismo instante.

Matilda

Como apenas había movimiento en Lirio y Nomeolvides, decidimos entrar para contarles a Ada y Jacinto nuestro encuentro con Juana de Arco y para hacerles una o dos de las preguntas más urgentes de nuestra lista. Pero nada más, después nos habíamos ganado el resto de la tarde libre.

Al entrar no vimos a Jacinto, sino solo a Ada, que nos sonrió desde detrás del mostrador azul celeste. Preparaba un ramo de flores para una clienta que le estaba pidiendo que le envolviera para regalo una luna con bigotes. Y un unicornio floreado. Y un pisapapeles. Aunque entendía perfectamente que comprara tantas cosas, después de todo lo que nos había pasado aquel día nos sentíamos bastante impacientes. Intercambiamos una mirada de complicidad y después Quinn soltó:

—Acabamos de tener una conversación muy interesante con Juana de Arco.

Ada enarcó las cejas y contestó, con cierto tono de preocupación:

—Ah, ¿sí?

Molesta, la clienta nos lanzó una mirada de irritación y continuó con sus preguntas:

—¿Cuánto valen esos elfos tan lindos? ¿Y esto de aquí son mariposas o murciélagos?

—Son polillas vampiro —le explicó Ada con mucha amabilidad, y nos guiñó un ojo.

Si seguía así iba a tardar una eternidad en despachar a la mujer, y para entonces ya habrían entrado nuevos clientes. De hecho, en ese momento tintineó la campanilla de la puerta.

—¿Y si volvemos luego? —le propuse a Quinn en voz baja.

Lo fundamental ya se lo habíamos contado a Ada y en realidad no había pasado nada grave, aparte de que Juana de Arco me hubiera vaticinado una vida corta y una muerte horrible, claro. De verdad, la tarde libre la teníamos más que merecida.

Pero Quinn no me respondió, sino que miró a la puerta y masculló algo en voz muy baja.

¡Por favor, otra vez no! Ya habíamos tenido suficientes seres del Límite por aquel día. Me di la vuelta muy despacio, preparada para encontrarme con unos espeluznantes ojos amarillos. Pero quien estaba en la puerta no era Héctor, sino mi madre. Comprendí al instante que lo sabía todo, no solo porque la acompañaba Leopold, sino porque fruncía los labios de un modo muy característico, como hacía siempre que la decepcionaba.

Mierda. Ella era mucho peor que Héctor.

Y esos ojos… Me miraba como si yo, su propia hija, acabara de acuchillarla por la espalda.

Deseé salir corriendo, no tenía fuerzas para soportar la inevitable escena que se iba a producir. ¿Habría alguna puerta trasera? ¿O un baño en el que encerrarme? A lo mejor Ada podía concederme asilo o, mejor aún, transformarme en un minúsculo unicornio que viviría para siempre en la florería y...

—¡Bonita manera de traicionar nuestra confianza! —comenzó mi madre en un tono capaz de congelar un géiser.

Cuando me hablaba así me sentía como una niña de once años a la que descubrieron mintiendo, como la vez que intenté convencerlos de que un erizo enfermo se había metido él solito en una caja en mi habitación.

—Al principio no me lo creía —continuó—. Pero Leopold me asegura que te fuiste de la escuela sin permiso.

El aludido asintió y explicó con aires de importancia:

—Como es lógico, primero contrasté los hechos para no proporcionar información errónea. Ya sospeché que algo no encajaba cuando te vi salir de la prepa. Después recordé que hace poco faltaste al ensayo del coro porque tenías la regla, y entonces comprendí que mentías. Porque el ciclo menstrual dura en promedio veintiocho días, y hoy estamos a...

—¡Pero vamos a ver! —lo interrumpió Quinn—. ¿Quién te crees que eres? ¿El alto comisionado para la menstruación y la vida familiar? —Volteó a ver a mi madre—. Es todo culpa mía. Tenía una cita médica importante y le pedí a Matilda que me acompañara.

—Que es culpa tuya lo tengo clarísimo —replicó ella de modo tan cortante que se me encogió el estómago—. No es ninguna sorpresa que de ti no salga nada bueno. Pero de mi hija esperaba más. Que nos engañe de esta manera resulta... —Inhaló y exhaló ruidosamente por la nariz— muy decepcionante. Mucho.

—Pero si solo se saltó unas clases —replicó él.

Mi madre inhaló y exhaló de nuevo muy ruidosamente.

—Ya sé que tus papás se piensan que hay que ser los mejores amigos de los hijos, fumar marihuana y tomar alcohol con ellos y ser comprensivos con todo lo que hagan. Pero en nuestra familia funcionamos de otra manera.

Procuré sobreponerme a la niña de once años que había tomado posesión de mí. Mirando a la clienta, que en ese momento le explicaba a Ada que quería comprarles los elfos a sus nietas, me apresuré a preguntar:

—¿No podemos hablar de esto en casa?

Montar una escenita en la florería era lo último que se me antojaba. Sabía por experiencia que no soportaba los sermones de mi madre y bajo ningún concepto quería echarme a llorar delante de Quinn..., que era justo lo que me pasaba cuando nos enzarzábamos en una confrontación directa. Por otro lado, debía impedir que mi madre siguiera insultándolos a él y a su familia. De momento Quinn se limitaba a mirarla con los ojos entornados, a medio camino entre la incredulidad y la indignación pero, por si acaso, más valía evitar que desencadenara una tormenta sin querer.

—Este… Hablamos luego, ¿okey? —le dije con una sonrisa temblorosa.

Él negó con la cabeza.

—No te voy a dejar sola con ellos.

—Es mejor así. Solo empeorarías las cosas —le dije en voz baja.

Habría querido darle un beso de despedida, o al menos agarrarle la mano, pero temí enfurecer aún más a mi madre. Así que concentré todos mis sentimientos en una última mirada.

Mi madre ya tenía abierta la puerta.

—Vamos, Matilda. Tu papá llegará enseguida a casa. Nos espera una charla muy seria.

Mis piernas obedecieron mecánicamente. Ada continuaba inmersa en la conversación con la clienta. A cada paso deseaba que se diera cuenta de lo que sucedía y actuara como un hada madrina, convirtiendo a mi madre en un zapato de cristal y a Leopold en una calabaza, por ejemplo.

Pero no sucedió nada parecido. En lugar de eso, Leopold-calabaza se internó en la tienda y se cruzó conmigo con tanto ímpetu que casi volcó una cubeta de tulipanes.

—Quinn, no te preocupes, yo te llevo a casa —anunció—. Vine para eso. Bueno, y para ayudar a la tía Britta con el rastreo de la ubicación. ¿Cómo funcionan estos frenos? No, no me lo digas, tengo que descubrirlo yo solo.

Lo último que oí mientras salía a la calle fue la voz de Quinn que, esforzándose por controlarse, decía muy lentamente:

—Sácame. Las. Zarpas. De. Encima.

La gota que derramó literalmente el vaso no fue que hubiera una aplicación de rastreo en mi teléfono. Al parecer ya estaba instalada cuando heredé el celular de mi padre, que la había puesto con el fin de encontrarlo si lo perdía; y justo ese día se habían percatado de lo útil que resultaba si yo me perdía con él. Tampoco lo fue que Leopold, para ayudar a mi madre a encontrar a su hija infractora, se hubiera saltado él mismo la última clase (o, como ellos decían, la hubiera «sacrificado»). No. Lo que me hizo estallar en lágrimas fue que mi padre me quitara el teléfono.

—Para que reflexiones durante el fin de semana y pienses hacia dónde quieres dirigir tu vida.

—Es por tu bien —remachó mi madre—. Cuando seas mayor lo entenderás.

—¡No pueden hacerme esto! —grité, fuera de mí—. ¡Es…!

A ver, ¿qué era? ¿Una crueldad? ¿Un exceso? ¿Una violación de los derechos humanos? Pero daba igual lo que dijera, por la expresión rígida y al mismo tiempo triunfal de mi madre comprendí que no cambiarían de opinión.

Por eso decidí mendigar: les daría el celular voluntariamente si me lo dejaban media hora más. O un cuarto de hora más. O al menos…

—¡Solo un mensaje! Por favor, déjenme mandar un mensaje. En la cárcel la gente tiene derecho a una llamada, ¿no?

—Esto no es una cárcel —contestó mi padre, muy molesto—. Esto es nuestro hogar.

—Que tú te empeñas en pisotear. —Mi madre lanzó un hondo suspiro.

Puesto que me habían confiscado el celular no podía correr a encerrarme en mi habitación con él. De hecho ni siquiera podía encerrarme porque ya se habían ocupado ellos de quitar la llave de la cerradura. Realmente habían pensado en todo.

Solo me quedó la opción de pegar un buen portazo y después tirarme en la cama a llorar. Por la rabia, por la impotencia y un poco también porque echaba de menos a Quinn.

Sabía que él había logrado sacudirse de encima a Leopold en tiempo récord, porque al medio minuto mi primo nos adelantó de camino a casa. Iba solo. Para asegurarse de que no me escapaba en los últimos metros, me agarró del brazo. Me sentía demasiado agotada para resistirme. Aquel día me había enfrentado a una psicóloga psicópata, había desentrañado el misterio de la chica del pelo azul y había participado en una conversación extrañísima con Juana de Arco… Pero la familia Martin me sobrepasaba.

En la entrada de casa me esperaba un comité de bienvenida, bien pertrechado con miradas cargadas de curiosidad, reproche y compasión: Luise y María Acusona volvían de clase justo a tiempo de presenciar cómo metían en el calabozo a la oveja negra, la tía Berenike limpiaba la ventana de la cocina y el tío Thomas engrasaba la puerta del jardín (por supuesto, si todos coincidían allí en ese preciso momento era por pura casualidad). Estaba segura de que mi foto ya aparecía en el Instagram de Leopold y Luise, con los hashtags #TrackYourChild, #RecenPorNuestraPrima, #TúTambiénPuedesAcabarAsí, #BlackSheepShaming, #OvejaDescarriada.

Seguí llorando un rato en la cama hasta que recordé que tenía una laptop y que existía el correo electrónico. Me incorporé llena de esperanzas. Primero le escribiría a Julie y luego… Pero al encender la computadora me di cuenta de que no tenía acceso a internet.

Lo intenté varias veces, incapaz de entenderlo, hasta que por fin lo comprendí: habían desconectado el wifi. ¡¡¡Increíble!!!

Al parecer les daba igual quedarse sin internet ellos también.

Abrí la puerta con furia y grité:

—Y después de esto, ¿qué viene? ¿Cortarme la electricidad? ¿Y luego la calefacción? —Me salieron unos cuantos gallos pero ya me daba igual, no tenía nada que perder.

—¡Es por tu bien! —respondió mi madre fríamente desde el piso de abajo.

—Si quieres hablar, aquí nos tienes —completó mi padre.

Y Matías, que en ese momento subía por la escalera, me dijo amablemente:

—Ya hablaré por Skype con mi abuelita otro día.

Cerré dando otro portazo y volví a tirarme en la cama. No me quedaban opciones, me habían dejado fuera de combate. ¡Si al menos Julie supiera lo que pasaba! Aunque le parecería raro que no le contestara, se imaginaría que estaba con Quinn en el séptimo cielo. Por un momento fantaseé con rasgar las sábanas y atar los jirones para improvisar una cuerda, pero mi habitación era un ático en el segundo piso y yo tenía mucho vértigo. Además, si lograba llegar al jardín delantero ya habría alguien de mi familia esperándome. No me habría extrañado que montaran guardia a todas horas.

Hasta me habían registrado la mochila de la escuela, ni idea de qué esperaban encontrar. ¿Drogas? Solo dieron con la calavera de la psicóloga, que los dejó perplejos. Por supuesto, se imaginaron lo peor y sospecharon que la había robado del laboratorio de Biología. Leopold fue a la preparatoria expresamente para preguntar en el departamento de Ciencias Naturales si echaban de menos algún modelo anatómico. Deseé con todas mis fuerzas que la calavera le pegara un buen mordisco.

Lo único bueno de aquella situación fue que me libré del encuentro familiar diario. Cuando me llamaron para la cena les contesté a gritos que podían metérsela donde les cupiera. Teresa me subió un plato de sopa pero amenacé con no comer nada si no me dejaban el celular al menos cinco minutos. Como es lógico, mi patético intento de chantaje no los impresionó. De hecho, le dieron la vuelta a la situación diciendo que si me negaba a comer se verían obligados a prolongar sus medidas. No especificaron cómo ni cuánto, pero fue suficiente para meterme miedo.

Por eso (y porque tenía un hambre de lobo), al final agarré dos rebanadas de pan negro, aunque con muchas protestas. Después, estuve llorando hasta quedarme dormida.

El sábado por la mañana el wifi seguía desconectado. Me quedé en la cama porque, total, tampoco iba a perderme nada rico en el desayuno. Teresa me subió hojuelas de avena y leche, mi padre entró para preguntarme si quería que habláramos (¡no quería!) y Matías me llevó una Biblia. Había puesto marcadores de colores en los pasajes que creía que podrían consolarme. Le di las gracias con amabilidad porque sabía que lo hacía con la mejor intención y que él no tenía la culpa de nada. Había subrayado un salmo que encajaba muy bien con mi lamentable estado, porque decía: «Cansado estoy de mis gemidos. Todas las noches inundo de llanto el lecho, con mis lágrimas riego la cama. Mis ojos están consumidos de sufrir». La verdad, pretender que eso me confortara…

De vez en cuando lanzaba miradas anhelantes hacia la casa de Quinn. ¿Qué estaría haciendo? Por desgracia el sol se reflejaba en las ventanas y me impedía ver si había alguien en la cocina.

Cuando oí sonar nuestro timbre recuperé alguna esperanza. Abrí la puerta un poquito para poder escuchar por la rendija. Era la tía Berenike, oí que mi madre la saludaba. Le traía un libro que se había llevado prestado.

Mi madre respondió que no era tonta, que sabía que eso del libro era una excusa para preguntar por mí, y que no iba a permitir que su hermana pequeña se metiera en sus métodos educativos. Pero la tía Berenike se mantuvo firme, asegurándole que no quería entrometerse, sino ayudarla a comprenderme mejor. Porque, añadió, no hacía falta que le recordara que ella misma había sido una adolescente rebelde. Entonces mi madre la dejó pasar. Oí que cerraba la puerta con llave y se la guardaba para que no pudiera escaparme. La verdad, ni se me había ocurrido, de hecho aún seguía en piyama.

En ese momento oí un golpecito contra mi ventana. Y luego, otro.

Me precipité hacia el escritorio, abrí la ventanita y me asomé. Allá abajo, en el jardín, estaba Julie escondida entre las hortensias, con un tigre de peluche bajo el brazo que seguramente les había robado a sus hermanos. Lanzaba piezas de lego contra mi ventana. Me eché a llorar al instante, esa vez de verdadera alegría. Julie se llevó un dedo a los labios, así que me limité a decir su nombre en voz baja mientras me sorbía los mocos. Le expliqué por señas que estaba atrapada y sin celular, como Rapunzel en su torre.

Pero todo eso ella ya lo sabía. La visita de la tía Berenike solo era una operación de distracción para ejecutar el golpe maestro: pasarme el peluche, que ocultaba un teléfono celular.

Para ser sincera tenía poca fe en que la entrega saliera bien, porque a Julie se le daban fatal los lanzamientos y yo no era precisamente la mejor receptora. Además, en cualquier momento alguno de mis captores o delatores podía asomarse a una ventana y descubrirla. Sin embargo, por una vez la suerte se puso de mi parte. Aunque casi me caí por la ventana, tuvimos éxito al primer intento.

Julie levantó los dos pulgares, me lanzó besos con la mano y se marchó sigilosamente. Por si alguien había notado algo raro, camuflé el tigre entre los demás peluches, que guardaba en un estante.

Poco después la tía Berenike se marchó y, como esperaba, al momento mi madre llamó a la puerta e hizo una inspección visual de la habitación. Luego me preguntó hipócritamente si quería jugar con ellos a las cartas. Claro, era fin de semana y a falta de internet tenían que pasar el rato de alguna manera.

Obviamente no quería jugar a las cartas.

Es más, no pensaba participar en ninguna actividad familiar. Mi madre revisó una vez más la habitación y se marchó. Al momento, me metí en la cama con el peluche.

En su interior encontré el smartphone viejo de la tía Berenike, que por detrás llevaba pegada una notita con el código PIN. Estaba lleno de mensajes de Julie.

Me eché a llorar otra vez. En esa ocasión, de alivio. Y de agradecimiento por tener en mi vida a Julie y a la tía Berenike. Debajo de las cobijas y con el celular me fui recuperando poco a poco. Mi amiga había hecho muy bien la tarea. No tenía el número de Quinn pero sí el de Lasse, quien tras un poco de persuasión había accedido a ayudarla. (Ese «un poco de persuasión» había consistido en la amenaza de contarle a todo el mundo que Lilly y él se habían involucrado mientras Quinn estaba en coma, pero eso me lo contó después).

Y así fue como, veinticuatro horas después de nuestra separación en la florería, por fin pude mandarle un mensaje a Quinn.

Mis padres me devolvieron el celular un día después, y para entonces me encontraba totalmente recuperada. Era increíble lo que podían conseguir el contacto con el mundo exterior, varias llamadas en susurros y, sobre todo, infinidad de mensajes cruzados con Quinn.

Junto con el celular recibí una lista de condiciones que debía firmar si deseaba obtener un «voto de confianza», como ellos lo llamaban. No era la primera vez que «negociábamos» contratos de ese tipo, mi madre lo había aprendido en algún manual de educación. En aquel momento yo habría firmado cualquier cosa con tal de salir de casa. Por eso, en realidad el acuerdo me salió bastante barato: me comprometí a no saltarme las clases, a ir al campamento católico en vacaciones de Pascua (donde ya me habían apuntado) y a confesarme los miércoles antes del ensayo del coro. El campamento solo duraba cinco días, sin duda sobreviviría. Y casi me alegraba de charlar de vez en cuando con el párroco Peters, llevaba una eternidad sin confesarme. A lo mejor hasta me sentaba bien hablar con alguien con total sinceridad.

Pero lo realmente increíble fue que, a cambio de aquella firma, mis padres me permitieron continuar mi «voluntariado» con la familia Von Arensburg.

—Ese chico es un egoísta y claramente se aprovecha de que estás enamorada de él. Además, por su culpa vuelves tarde y te saltas las clases. Pero en fin, en el fondo tiene nuestra compasión. Y para ti será un buen entrenamiento.

¿Perdón? ¿Un entrenamiento? ¿Para qué? Como en tantas ocasiones, no entendía su lógica. Seguramente les daba vergüenza prohibirme de pronto aquella labor de voluntariado: lo que más temían en la vida era que se hablara mal de ellos en el vecindario.

Por suerte, ni se les pasó por la cabeza que Quinn no solo me encandilaba para llegar tarde y saltarme las clases, sino también para andar con él. Por eso me cuidé mucho de preguntarles por las razones exactas, que en el fondo me daban igual. Lo único importante era que el lunes podía volver a su casa, de manera totalmente oficial, para acompañarlo a fisioterapia. Puesto que al parecer Lilly había decidido callarse nuestro beso en el cementerio y solo Smilla estaba enterada, no temía que Luise o Leopold lo descubrieran y me delatarán con mis padres.

Por extraño que parezca, tras aquel fin de semana lleno de llanto y drama empecé la semana súper contenta. La verdad, no recordaba haber sido más feliz en mi vida.

Y todo se debía a Quinn y a los mensajes tan bonitos que nos enviábamos. No me hacía falta Julie para darme cuenta de que él estaba tan contento como yo.

Durante mi cautiverio, se había reunido dos veces con Jacinto para entrenar sus superpoderes. Orgulloso, me envió un video del móvil de su habitación con todos los planetas reparados: era capaz de moverlo suavemente en círculos, con el más absoluto control. Además, me mandó un mensaje en el que me decía que no podía esperar a descubrir cómo continuaba nuestra aventura, dejando en el aire si se refería a las aventuras en general o a la nuestra en particular, que hasta cierto punto había empezado bajo ese mismo móvil. Fuera como fuera, me sentía más que dispuesta a continuar en ambos frentes.

El lunes, después de clase, me estaba preparando para nuestra cita. A la vez me escribía con Julie, que estaba en la sala de espera de su ginecóloga y me aconsejaba con la ropa. Me convenció para que me cambiara el suéter azul marino que había elegido por un top azul de manga larga bastante ajustado, con encaje en los puños y unos botoncitos en el cuello. Me quedé muy satisfecha con la imagen que me devolvió el espejo al acabar de maquillarme.

Cuando le envié a Julie la selfi que me había pedido, me escribió: «¡Vaya! Con lo guapa que estás no se enojaría contigo ni aunque le contaras que su mamá te contrató para cuidarlo».

En ese momento entró un mensaje de Quinn: «¿Dónde estás? Creía que saldríamos un poco antes para que nos quedara tiempo en el camino para…, ejem…, hablar».

Le lancé al espejo una sonrisa estúpida de felicidad y agarré la chamarra. Mientras salía de casa y cruzaba la calle le contesté: «Ya casi estoy», con una carita sonriente. Y a Julie: «Mira que eres boba. No, simplemente le diré: "Tu mamá me ha pagado un dineral por ser amable contigo pero, oye, también te besaría aunque no me pagaran". Seguro que le hace gracia», acompañado de tres caritas con el ojo guiñado y la lengua fuera.

Pero no, en realidad ese secreto me lo llevaría a la tumba. El momento de contárselo a Quinn había pasado hacía tiempo, era algo que había comprendido durante mi encierro y Julie lo sabía también.

Acababa de tocar el timbre de los Von Arensburg cuando recibí un mensaje de Julie con tres emojis con cara de asombro: «¿Estás viniendo a mi ginecóloga? Espero que no. Aquí solo hay una recepcionista gruñona regañándome porque los celulares están prohibidos en la sala de espera».

Me quedé helada mirando la pantalla. El susto tardó unos segundos en recorrerme el cuerpo como una descarga eléctrica. ¡Mierda! Si le había mandado a Julie el mensaje de Quinn, ¿había recibido él el mensaje destinado a ella?

La puerta se abrió y solo tuve que mirarlo a la cara para conocer la respuesta. El secreto que pretendía llevarme a la tumba había dejado de ser secreto.

Quinn

—Qué guapo estás —me dijo mi padre al verme bajar por la escalera. Aquel día trabajaba a distancia, mientras que mi madre había vuelto a la oficina por primera vez desde el accidente—. Y qué bien hueles. ¿Te pusiste mi colonia?

Mierda, si él la olía a dos metros de distancia era señal de que me había echado demasiada. Pero ya no estaba a tiempo de remediarlo, Matilda llegaría en cualquier momento.

Me consolé pensando que al salir a la calle el perfume se disiparía.

—Te gusta de verdad, ¿no? —me preguntó, mirándome con ojos ingenuos.

Asentí. Pues sí, ¡ni se imaginaba cuánto!

—Siento que su familia no tenga una tienda de delicatesen… —contesté.

Él esbozó una sonrisita.

—¡Ya, pobre chica! No debe de ser fácil tener de papás a unos exorcistas como esos. Pero en fin, la familia no la elegimos. Lo importante es que te haga feliz.

Aunque a lo mejor me daba aspecto de bobo, no podía borrarme la sonrisa de la cara. Sí, Matilda me hacía feliz. Porque era increíblemente, indescriptiblemente…, yo qué sé, maravillosa.

No hacía aún tanto tiempo, me pasaba el día encerrado en mi habitación con la vista clavada en el cementerio. Pero de pronto apareció ella y todo, todo de verdad, cambió radicalmente.

Aquel fin de semana, tras colarme en el baño para quedarme embobado observando su casa (le había pedido a Jacinto que me contara el truco para controlar el superpoder de visión aumentada pero, según me dijo, no había truco, solo era cuestión de practicar), había empezado a escuchar baladas cursis.

No lo había hecho nunca, más bien huía de ellas. Todavía recordaba con horror la insistencia de Lilly para que eligiéramos nuestra canción porque, según ella, todas las parejas felices tenían la suya.

Y ahora era yo quien quería tener una. Ya solo me faltaba componer una balada y cantársela a Matilda. Con acompañamiento de ukelele.

¿Dónde se metía? Me moría de ganas de abrazarla. Y de besarla. Y de hacer otras cosas…

Vibró mi celular. Era una respuesta suya. Leí deprisa el mensaje y me quedé sorprendido. ¿Qué era aquello? Tenía que haberse equivocado de persona. Desconcertado, miré la pantalla y lo leí una vez más.

Y otra vez.

De pronto sentí un mal presagio, como el atisbo de una verdad terrible. Aquellas palabras me hicieron tanto daño, también a nivel físico, que necesité apoyarme más fuerte en las muletas.

En ese momento sonó el timbre y abrí la puerta con la vaga esperanza de haberme equivocado al leer. Pero la expresión aterrorizada de Matilda no dejaba lugar a dudas: no había entendido mal el mensaje, tenía ante mí a la chica contratada por mi madre para pasar el rato conmigo.

Una cosa debía reconocerle: había desempeñado su trabajo de mil maravillas.

Nos quedamos mirándonos durante unos segundos.

—Ya estás aquí —dije, y me sorprendió que mi voz sonara muy normal—. ¿Nos vamos?

Al contrario que yo, ella no decía nada. A duras penas logró hacerle un gesto con la cabeza a mi padre cuando él la saludó, sacó la silla de la casa y nos deseó (ja, ja) que la pasáramos bien.

Matilda colocó los reposapiés con movimientos nerviosos y esperó en silencio a que me sentara. Le pasé las muletas, como hacía siempre, y la naturalidad del gesto me hizo sentir otra punzada de dolor. Siempre le llevaba tan solo unos segundos encajarlas hábilmente en los soportes, pero en aquella ocasión tenía problemas hasta para sujetarlas. Tardamos el doble de lo normal en ponernos en marcha.

Ya no nos veíamos la cara pero mantuve el gesto inexpresivo por miedo a no ser capaz de contener mis emociones si les permitía asomarse aunque fuera solo un segundo. En realidad, ni siquiera sabía muy bien qué sentía. Era solo…, bueno, solo notaba dolor.

¿Por qué Matilda no decía nada? Aunque la oí tomar aire en dos ocasiones, pasamos por delante de la florería en silencio, atravesamos la plaza y llegamos a la parada del tranvía sin haber intercambiado ni una palabra. Solo allí dijo, en medio del estrépito del vehículo que llegaba:

—Lo siento.

Sin saber por qué, aquella frase me enfureció. Me alegré tanto de sentir algo distinto al dolor que no me paré a analizarlo. Carajo, le había costado cinco minutos enteros pronunciar dos tristes palabras.

Esperé a entrar en el vagón y a que ella se dejara caer en un asiento, frente a mí.

—¿Qué es lo que sientes? —le pregunté. Mi voz no reflejaba ni de lejos la rabia que me inundaba.

Ella se mordió el labio durante unos segundos, como si tuviera que pensar seriamente la respuesta.

—No habértelo dicho —contestó al final.

Hablaba tan bajito que necesité inclinarme hacia adelante para entenderle, aunque el vagón iba casi vacío y nadie nos escuchaba. Continuó:

—Es que no sabía cómo. Además, tu mamá me hizo prometer que no se lo contaría a nadie. Quería que pensaras que me presenté en tu casa por voluntad propia, eso le parecía muy importante. Resultar entrometida y rarita era parte del trabajo, por así decirlo.

—Ya veo. ¿Y puedo preguntarte cuánto te ha pagado por ser entrometida y rarita?

—Pues es que no… Dieciséis euros la hora. —Clavó la mirada en el suelo. Era mejor así, ver la culpa en sus ojos grises me ponía tan furioso que la habría agarrado por los hombros para zarandearla. Y para besarla.

¡Maldita sea, me moría por besarla! Y eso me enfurecía aún más.

—Devolveré el dinero —susurró, y entonces conseguí dejar de mirarle la boca.

—¿Por qué? —Esbocé una sonrisa pero me salió una mueca fría—. Te lo has ganado, has hecho súper bien tu trabajo. —Me alegré al ver que se estremecía—. De verdad me creí que fuiste a ver a tu vecino tullido…, ¿cómo dijiste?, ¿por voluntad propia?

—Y así fue. —Me lanzó una mirada implorante—. Es que… Entonces no podía imaginar lo que pasaría entre nosotros. A tu mamá le preocupaba que te apartaras de todo el mundo. Según ella, necesitabas compañía para no aislarte totalmente.

Enarqué las cejas.

—¿Así que ese era el puesto? ¿Acompañante?

Me hervía la sangre. No necesitaba explicarme los motivos de mi madre, ya ajustaría cuentas con ella después. Mi madre era una cosa, pero Matilda…

—¿Y qué opinaban tus papás de que trabajaras de acompañante? —insistí.

—Les conté… —Necesitó empezar dos veces porque se le quebraba la voz. Se aclaró la garganta y logró decir—: Les conté que eras mi nuevo voluntariado. De lo contrario, me habrían endilgado otra tarea para rellenarme las tardes. Por ejemplo, ayudar a la señora Harkner con las misas infantiles.

Ja, ja, voluntariado. Increíble.

El tranvía se detuvo en una parada y se subió un grupo de niños de guardería, cada uno con su mochilita.

Por más que las profesoras les mandaban que se quedaran juntos y no soltaran a sus parejas, al instante se desperdigaron por todo el vagón. Hasta llegar a nuestra parada no lograron contarlos a todos, porque se movían y cambiaban de pareja todo el rato. Las profesoras gritaban nombres sin parar y parecían a punto de perder los nervios. En cualquier otra ocasión, Matilda y yo habríamos intercambiado miraditas y nos habríamos sonreído. Pero aquel día cada uno miraba hacia un lado y solo deseábamos bajarnos de una vez.

Aquella pausa en la conversación no sirvió de nada: durante el trayecto hasta el consultorio de Severin me sentía tan furioso como al principio. Y, además, humillado, avergonzado, decepcionado, triste, confuso… Cada metro que recorríamos parecía traer una emoción distinta.

No entendía muy bien por qué se me arremolinaban así los sentimientos. ¿Me estaba comportando como un niño? ¿Como un inmaduro? Era consciente de que había caído en la autocompasión y eso me hacía enojar aún más.

Además, habían reaparecido los malos pensamientos que me asaltaban sin descanso en el hospital y que solo Maya y Severin conseguían ahuyentar. En aquellos días mi mayor miedo era depender de otros para siempre. Por eso la loquera me desmoralizaba tanto y por eso tampoco soportaba la actitud de Lasse, ahí mi madre había acertado. Aunque bueno, ni ella ni yo habríamos adivinado nunca el verdadero motivo de su pinta de perro apaleado.

La coraza tras la que había ocultado mis miedos durante los últimos días era demasiado frágil. Y el mensaje de Matilda la había reducido a cenizas.

«Tu mamá me ha pagado un dineral por ser amable contigo pero, oye, también te besaría aunque no me pagaran».

¿A quién pretendía mandárselo? ¿A su amiga Julie? ¿Y qué más decían sobre mí cuando no estaban muertas de risa?

Dios, no se podía ser más patético. No solo me había echado encima medio frasco de colonia, sino que además había tardado más de un cuarto de hora en decidir qué pantalón me ponía. Como iba al fisio, tenía que ser de pants, pero quería llevar uno que me favoreciera el trasero. Me sentía totalmente ridículo.

Y el silencio de Matilda solo empeoraba las cosas. No intentó hablar de otros temas, ni siquiera cuando atravesamos el parque y vimos a la izquierda la columna publicitaria donde nos había esperado Juana de Arco. A la derecha se encontraba el acceso a la facultad de Medicina, con la fuente a la que casi le saqué el agua después de que Kim se nos escapara. Me parecía como si aquello hubiera sucedido en otra vida.

A pesar de tantos sentimientos mezclados, no notaba el menor cosquilleo en los dedos. Me alegré, porque esas emociones tan intensas habrían bastado para desencadenar un verdadero huracán.

Matilda seguía guardando silencio mientras entrábamos en el edificio y esperábamos el elevador. Entonces tomé el control de la silla y le di la vuelta para poder mirarla a la cara.

—Gracias por esta charla tan agradable —dije con el mayor sarcasmo—. Gracias por explicarme cómo te sientes. De verdad, ahora entiendo mucho mejor tus motivos.

Vi que se pasaba apresuradamente las manos por las mejillas. Estaba llorando.

—Perdona... —contestó en un susurro—. Es que... no sé qué decir. Solo que lo siento mucho.

Aquello no me bastaba. Y podía ahorrarse las lágrimas de cocodrilo.

De repente la calma se apoderó de mí.

—A ver, solo para asegurarme de que lo he entendido bien: sacar de paseo al chico del accidente contaba como voluntariado, además te libraba de la misa infantil y para colmo estaba bien pagado. Yo diría que salías ganando sí o sí, ¿no te parece?

—Yo... La verdad... Ha sido divertido —repuso.

¡Ah, vaya, se había divertido!

—Pues más a mi favor, salías ganando sí o sí o sí. En fin, no hay nada de malo en divertirse en el trabajo. En resumen, porque quiero entenderlo bien: has paseado al pobrecito vecino por el que estabas loquita desde que eras niña, tus papás pensaban que lo hacías por puro amor al prójimo y además tus novelas de fantasía se han hecho realidad, con hadas, portales, estatuas vivientes... —La miré directamente a los ojos—. Y todo eso por dieciséis euros la hora. ¿En ese precio entraba todo o ganabas un plus por servicios especiales?

Sus ojos grises se llenaron de lágrimas.

—Por favor, déjalo.

Pero me resultaba imposible callarme.

—Lo pregunto porque de verdad no entiendo que no me lo contaras, al menos después de besarnos en el cementerio. ¿O es que pensabas que eso formaba parte del trabajo? ¿Querías esperar a ver por dónde salían las cosas?

—No seas cruel —susurró.

Me encogí de hombros.

—¿Y por qué no? En realidad nuestra relación siempre ha sido así: hace años te ponía apodos ridículos y te tiraba al bote de basura porque no te distinguía de tus estúpidas primas... Pero mi mamá tenía razón: qué solo y aislado he tenido que estar para fijarme en una de las odiosas Martin. Sinceramente, no sé cómo me pudo pasar.

Matilda no pudo contener las lágrimas, que le rodaron por las mejillas. Me habría gustado que dijera algo, cualquier cosa que pudiera combatir la angustia que me estrujaba el pecho. Pero simplemente lloraba.

—Bueno —dije, mientras apretaba el botón del elevador—, me alegro de que lo hayamos aclarado. Sintiéndolo mucho, tu trabajo termina oficialmente aquí. Ya no te necesito, volveré solo a casa.

Las puertas se abrieron y giré la silla para entrar y pulsar el botón del séptimo piso. Mientras el elevador se cerraba habría tenido tiempo de darme la vuelta y rematar con alguna frase hiriente.

Pero no se me ocurrió nada.

Matilda

Al cerrarse las puertas del elevador perdí la poca compostura que me quedaba y las lágrimas fluyeron a raudales, como si una presa se hubiera roto. Me daban igual las miradas curiosas de la gente que entraba por la puerta giratoria. Para no llamar la atención me aparté del elevador y, medio escondida tras una enorme palmera, me apoyé contra la pared y estallé en sollozos desconsolados.

Lo había echado todo a perder.

Quinn tenía razón: debí contárselo todo, al menos tras el beso en el cementerio. Y tenía que haberle devuelto el dinero a su madre.

Pero no, había optado por apartar aquella idea para poder estar entre los brazos de Quinn. Para que nada se interpusiera entre nosotros. Para no interrumpir mi novela fantástica, mi cuento romántico... Él se había dado cuenta perfectamente.

Me había convencido a mí misma de que teníamos cosas más importantes que hacer, como descubrir portales secretos, resolver enigmas o reunir información..., pero entonces comprendí que todo eran excusas. Porque era una cobarde. Porque me daba miedo la reacción de Quinn y prefería no arriesgarme. Todo el tiempo había temido que se diera cuenta de que, en otras circunstancias, lo nuestro no habría sucedido nunca. Si no hubiera sufrido el accidente, si su madre no me hubiera contratado, si no hubiera necesitado a alguien que lo llevara al cementerio…, jamás en la vida se habría involucrado con la Hoyuelos de la casa de enfrente.

Por mucho que me esforzara en no pensarlo, sabía que cada día que pasaba sin contárselo tan solo empeoraría su reacción. Y por eso había decidido ocultárselo para siempre.

En fin.

«Quiero entenderlo bien», en mi mente resonaba la frialdad de sus palabras. Se lo habría explicado aunque solo fuera por borrar aquel desprecio de sus ojos. Pero no pude defenderme porque no existía justificación posible. Había tenido la oportunidad de hacer las cosas bien y había tomado la peor decisión. Eso ya no lo podía cambiar.

«Has paseado al pobrecito vecino por el que estabas loquita desde que eras niña», al menos a eso tenía que haber replicado. En lugar de quedarme balbuceando, debí gritarle que si acepté el trabajo fue solo por la oportunidad de estar juntos, que con cada minuto que pasaba a su lado me enamoraba más de él, que preferiría morirme antes que hacerle daño… que lo quería mucho más de lo que nunca habría podido imaginar.

Ese pensamiento se presentó de pronto. ¡Eso debí decirle! Exactamente eso. En lugar de quedarme callada ante su dolor, en lugar de disculparme como una tonta, tenía que haberle dicho que lo quería. Seguramente no habría servido de nada, pero al menos lo sabría.

Todavía podía saberlo.

Levanté la cabeza para mirar el reloj que había en la pared. Aun no era demasiado tarde. Quedaban quince minutos para su cita, tiempo suficiente para encontrarlo en la sala de espera y contarle lo que sentía. Me daba igual que el fisioterapeuta guapísimo, los demás pacientes y la señora de la recepción lo oyeran todo: ya no tenía nada que perder.

Las cosas entre nosotros ya no podían empeorar más.

Completamente decidida, salí de detrás de la palmera. Había un grupito de personas esperando el elevador, dos de ellas con carriolas. Me podía la impaciencia: subiría por la escalera.

Miré a mi alrededor. Distinguí dos accesos a escaleras y elegí el más alejado, que se encontraba tras los baños. Por un momento pensé en entrar para lavarme la cara, seguro que el rímel se me había corrido muchísimo. Pero decidí que no importaba. Abrí la puerta que comunicaba con las escaleras. Vi una muleta apoyada en la pared, exactamente igual que las de Quinn y, a través del cristal de la puerta que daba a la calle, los árboles del parque en el que nos habíamos besado por última vez. Parecía que hacía una eternidad. Alguien fumaba en el exterior, veía un codo y una mano que sujetaba un cigarrillo.

Levanté la vista hacia la gran cantidad de escalones. La decisión de tomar el control de la situación se esfumó tan deprisa como había aparecido. Siete pisos más arriba, Quinn estaría intentando recomponerse de la decepción. ¿Y si mi idea solo empeoraba las cosas, especialmente para él?

Mi mensaje debió de caerle como un jarro de agua fría que lo había despertado de un sueño absurdo. Uno de esos sueños que te hacen menear la cabeza al recordarlos. ¡Quinn von Arensburg y la hoyuelos-bebé-del-suavizante-querubín-holancitos! ¿Había algo más grotesco?

Mi declaración de amor solo serviría para que perdiera el poco respeto que aún sintiera por mí.

Aquella idea me cortó literalmente la respiración. Empujé la puerta de la calle, tomé una bocanada de aire… y me dio un ataque de tos porque en lugar de oxígeno me tragué una nube de humo de tabaco.

El codo que había visto pertenecía a Severin, el fisioterapeuta de Quinn. Tenía la espalda apoyada en la pared y su impresionante tamaño y su constitución atlética resaltaban por contraste con la delicada chica a la que agarraba por la cintura. Y a ella también la conocía: era Juana de Arco. Relajada, apoyaba la cabeza en el pecho de Severin y le metía una mano bajo la camiseta.

Me quedé mirándolos, totalmente perpleja.

Ellos también me observaron, para nada molestos por la interrupción, sino más bien algo sorprendidos. Después intercambiaron una mirada y cuando voltearon a verme su relajación y tranquilidad habían desaparecido, a pesar de que su postura apenas había cambiado. De pronto me sentí como un ratón ante dos gatos

434

hambrientos listos para el ataque. Un escalofrío me recorrió la espalda.

Severin y Juana de Arco.

El fisioterapeuta al que Quinn tanto apreciaba y una nex del Límite.

Ni me planteé que se hubieran encontrado por casualidad, simplemente porque el mundo es muy pequeño y todo es posible. No, su lenguaje corporal demostraba que no acababan de conocerse, sino que tenían una relación desde hacía mucho tiempo, quizá siglos enteros.

Severin era uno de ellos. De aquellos seres. Un arcadio del Límite. La verdad, se nos tenía que haber ocurrido antes aunque solo fuera por su aspecto tan poco corriente, con su melena oscura recogida en una coleta, los brillantes ojos castaños y la cicatriz que le dividía la cara en dos mitades desiguales de un modo tan atractivo. Seguramente era una marca de una guerra ya olvidada, aunque para él debió de ser una batalla importante o se la habría borrado. Si me había enterado bien, en el Límite los eones podían regenerarse y curarse completamente, sin importar la gravedad de las heridas.

Y ahora era... fisioterapeuta. Y muy bueno, según Quinn era el mejor. En realidad, ¿por qué no? Si vives eternamente es lógico que no te quedes con una sola profesión, puedes aprender de todo y probar lo que quieras, por ejemplo ser herrero, luego granjero, después violonchelista, comisario de policía, dentista o fisioterapeuta, literalmente todo lo que se te antoje. Y quién sabe, a lo mejor era casualidad que Quinn se hubiera topado con él, o viceversa.

No. Seguramente no era casualidad.

Todas aquellas ideas se me pasaron por la cabeza en cuestión de segundos. Ambos se limitaron a mirarme mientras pensaba. Después Severin sonrió y me preguntó:

—¿Te encuentras bien? Parece que has estado llorando.

—Sí, sí —contesté mientras consideraba mis opciones.

Tenía a la espalda la puerta de la escalera, que seguía abierta. Pero Quinn estaba en el séptimo piso, jamás lograría llegar hasta allí para contarle que su fisioterapeuta le ocultaba un secretillo. Decidí hacerme la tonta hasta que se me ocurriera algo.

—Es que Quinn y yo nos peleamos...

Se le ensanchó la sonrisa. Pero no caí en su trampa, por amable que fuera su expresión no me olvidaba de su aire de felino al acecho.

—Vaya, ¡cuánto lo siento! —exclamó, compasivo—. Pues tendremos que subir la intensidad del entrenamiento. —Tiró al suelo la colilla y la aplastó con el pie—. Es una lástima que nos hayas visto juntos. Por desgracia, no puedo permitir que se lo cuentes a Quinn. Tengo otros planes para él.

Bueno, ya me lo imaginaba. Lo de hacerme la tonta no había sido muy efectivo, en realidad a ellos les daba igual si era listísima o una total imbécil. Con cuidado, retrocedí un paso hacia la puerta.

—Severin, tampoco pasaría nada por adelantar un poco tus planes —opinó Juana de Arco, pronunciando «planes» con verdadero desprecio—. Las tácticas para ganarte su confianza ya han cumplido su objetivo. Es hora de poner en juego nuestra parte.

Él sacudió lentamente la cabeza.

—No soy partidario de apresurar las cosas. —Le sacó la mano de la camiseta y se la llevó a los labios—. Pero de todas maneras, lo pensaré. Ocúpate tú de la chica, ¿okey?

Ella soltó un suspiro. Liberó la mano y volteó a verme. Sus movimientos eran lentísimos, y eso me hizo temer la rapidez con que me echaría las garras encima. Porque eso pretendía, no me cabía duda.

—Encantada. Podría arrojarla desde la azotea, encajaría muy bien con un desengaño amoroso.

Debía reconocerle que estaba bien pensado. Con toda el rímel corrido no les haría falta ni falsificar una carta de despedida. Aunque seguramente no quedaría ni rastro de maquillaje cuando estuviera estampada contra el suelo.

Severin soltó una risita, la atrajo hacia sí y le dio un beso apasionado. Y entonces mi cuerpo aprovechó la ocasión para reaccionar. Me llevó hasta la escalera de un salto y cerró la puerta antes de que yo hubiera podido ordenárselo. Mi cerebro había entrado en modo supervivencia. A toda velocidad agarré la muleta y la trabé en las manijas de la puerta. No sabía si bastaría para atrancarla pero no me quedé a comprobarlo, sino que volé escaleras arriba, subiendo los escalones de dos en dos. Oí que forcejeaban con la puerta y después el corazón se me desbocó de tal manera que los latidos lo taparon todo, incluso el retumbar de mis propias zancadas. Antes de lo que esperaba me encontré en el segundo piso, y después en el tercero. Aunque jadeaba y me danzaban estrellitas ante los ojos, no disminuí la velocidad: mis piernas habían encontrado el ritmo perfecto y cuanto más ascendía más triunfante me sentía.

No sería el primer ratón que escapaba de los gatos.

En cuanto me reuniera con Quinn nos esconderíamos, o bien huiríamos juntos y llamaríamos a la policía. Bueno, eso a lo mejor no. Pero a Ada y a Cassian sí les avisaríamos, seguro que Quinn tenía el teléfono de Jacinto. En cualquier caso daba igual, ya se nos ocurriría algo.

Había alcanzado el sexto piso. Casi había llegado. Hice un último esfuerzo y estaba a punto de girar para seguir subiendo cuando se abrió la puerta que comunicaba con el piso. Juana de Arco salió de allí tan tranquila y me cortó el paso. Di la vuelta para huir escaleras abajo, pero al tercer escalón me topé con Severin y tuve que detenerme.

—Lo siento, chica —me dijo, un poco sin aliento.

Yo sí que lo sentía…

Quinn

El maldito elevador se detuvo en todos los pisos, como si quisiera recordarme la ocasión en que Matilda y yo nos habíamos encontrado a Lilly. Ese día comprendí que éramos un equipo excelente. Ese día descubrimos el portal de la iglesia y le conté que era un descendiente. Y ella se lo tomó con toda naturalidad, como si no esperara otra cosa de mí.

Veía mi cara en los espejos del elevador, con la mandíbula tensa y los dientes apretados. ¿Cómo habrían sido las cosas sin ella? ¿Sin alguien a mi lado que de verdad creyera en la existencia de hadas y de mundos paralelos, y que saliera conmigo a buscar portales secretos? Matilda había demostrado ser más lista que yo. Sin ella, me habría sentido muy solo y habría tardado muchísimo en comprender que las cosas disparatadas relacionadas con el Límite eran ciertas. Y, sobre todo, nunca me la habría pasado tan bien.

Mi rabia contra ella casi se había evaporado. Sabía que mi madre podía resultar muy persuasiva. Y, bueno, que no me hubiera contado lo del trabajo…, para ser sincero, tras nuestro beso tampoco yo le había confesado que solo le había pedido que me llevara al cementerio porque no contaba con nadie más. Ella tenía razón: ninguno de los dos habría imaginado que las cosas irían tan deprisa entre nosotros.

Por fin el elevador llegó al séptimo piso y me alegró perder de vista mi reflejo.

¡Cómo se había estremecido Matilda cuando le solté que ya no la necesitaba! Su mirada dolida era exactamente la reacción que deseaba provocarle. ¿De verdad era tan patético que necesitaba actuar así para sentirme mejor?

—Vienes temprano —me dijo la recepcionista. Al verme entrar, había escondido un bocadillo y bajado el volumen de la radio—. El señor Zelenko está todavía en el descanso.

—No hay problema.

Me pasé a uno de los asientos de la sala de espera y aparté la silla de ruedas de una patada. No soportaba verla. Sentía ganas de empezar la sesión yo solo, necesitaba notar cada músculo, escuchar tan solo los latidos de mi corazón y no pensar en nada. Si me empezaba a doler la pierna se lo ocultaría a Severin, porque cuando eso pasaba me obligaba a parar para hacer estiramientos acostado. «La paciencia es la confianza en que las cosas llegarán cuando tengan que llegar», solía decir.

Pero aquel día no estaba para frasecitas. Ni para la canción de amor súper cursi que sonaba en la radio.

La recepcionista tarareaba en voz baja mientras se comía el bocadillo; la oía masticar y soltar el aire por la nariz, y también percibía su respiración al chocar contra la planta que había en el escritorio. Captaba a la perfección el imperceptible movimiento de las hojas de la planta y el aleteo de un cuervo que voló ante la ventana. Otro cuervo graznó sobre las copas de los árboles del parque, cuyos sonidos me llegaron en oleadas como un rumor de fondo: el murmullo, el canto de los pájaros, y luego percibí el tráfico, el rugir de los motores, las bocinas, el traqueteo, las voces y el pulso de toda la ciudad... Y en medio de todo eso, la voz de Matilda, nada más que un susurro:

—¡No, por favor! No le diré nada a Quinn. Ya no nos hablamos...

—Pues saliste derechita a buscarlo —contestó otra voz femenina que me resultaba familiar. Traté de localizar de dónde provenía la conversación—. Más te habría valido correr a un lugar con gente.

—¿De verdad? —repuso ella, acobardada.

—Pues no. Tampoco te habría servido de nada. —Al oír su risa la reconocí al instante: aquellas carcajadas tan particulares eran de Juana de Arco.

Ambas estaban en el edificio, un piso por debajo de mí, en las escaleras. Y había alguien más con ellas, podía oír su respiración.

Cuando habló, su voz me traspasó hasta la médula. ¡Severin! Era Severin, sin duda.

—Bueno, así están más cerca de la azotea —dijo en tono jocoso—. ¿Te las arreglarás sin mí, querida?

—Cariño, crucé el canal de la Mancha yo sola en un velero tras someter a un general británico rebelde.

Digo yo que seré capaz de lanzar al vacío a esta niña escuálida.

Al oír aquello quise levantarme, y entonces me di cuenta de que ya estaba de pie. Mejor. Mientras agarraba las muletas, la oleada de ruidos se desvaneció y mi sentido del oído volvió a la normalidad.

La recepcionista intentó decirme algo, pero antes de que pudiera tragar el bocado que masticaba yo ya había salido del consultorio y dejado atrás el elevador.

Me sentía mareado y la pierna izquierda amenazaba con fallarme, pero no podía pensar en eso. La puerta que comunicaba el piso con la escalera se abrió cuando ya casi la había alcanzado, y Severin apareció en el umbral.

Siempre había asociado su imagen con emociones positivas, sus sesiones de fisioterapia me alegraban ya desde los primeros días en el hospital. En cuanto entraba en la habitación y me miraba con sus ojos amables me hacía sentir mejor. Yo había absorbido como una esponja todas y cada una de sus palabras de ánimo. ¡Le había agarrado mucho cariño, maldita sea! Y ahora resultaba que me había estado mintiendo. Me había imaginado que la loquera era un ser del Límite casi desde el principio, pero con Severin ni se me había pasado por la cabeza a pesar de que su aspecto no era precisamente discreto ni normal. Y encima estaba aliado con Juana de Arco que, si lo había entendido bien, pretendía arrojar a Matilda desde la azotea.

Sentí una punzada cuando me sonrió con total cordialidad. La puerta se había cerrado al instante tras él, de modo que no pude ver nada de lo que ocurría en la escalera.

—Ah, ya estás aquí —me saludó, mirando las muletas—. Y empezaste a practicar sin mí, ¡muy bien! Vamos dentro, tengo muchas cosas pensadas para hoy.

No podía creerme lo ingenuo que había sido.

—¿La cicatriz forma parte del disfraz? ¿Pretendías que me identificara contigo? ¿Y qué hay de este consultorio? ¿Lo abriste expresamente para mí?

Decía lo primero que se me ocurría. En realidad no había tiempo para hablar, por mucho que los segundos parecieran transcurrir muy despacio, como a cámara lenta.

Cuando comprendió que lo había descubierto abrió sus ojos castaños un poco más de lo habitual, pero siguió sonriendo con la misma simpatía.

—El plan no era que te enteraras hoy, las cosas se han torcido un poco. Vamos dentro y lo hablamos con calma, ¿okey? —Y añadió, en un tono especialmente afable—: No soy tu enemigo.

No, qué va. La sensación de cámara lenta se intensificó aún más. De la escalera no provenía ningún ruido, eso no podía ser buena señal. En el mejor de los casos, Juana de Arco habría amordazado a Matilda. En el peor... «Para ellos la vida humana no tiene ningún valor», las palabras de Kim resonaron en mi mente.

A través de las puertas de cristal del consultorio miré a la recepcionista, que seguía comiendo su sándwich. Pero jamás podría ayudarme contra un arcadio de dos metros que encima era su jefe. Y allí no había nadie más.

—Antes dile a tu novia que deje en paz a la mía. Luego hablamos de lo que quieras.

Me había enderezado, dispuesto a seguir avanzando. Él me miró con atención. No con alarma, sino más bien con curiosidad, no sabría describirlo de otra manera.

Para mi sorpresa, me sujetó la puerta de la escalera y hasta se apartó un poco para dejarme pasar. Era el doble de corpulento que yo y todo su ser desprendía fuerza y vitalidad, lo noté cuando se paró detrás de mí al pie del tramo de escaleras. Se plantó allí como una montaña, con los brazos cruzados.

Contemplé los escalones. El efecto cámara lenta había desaparecido y ahora el tiempo se me escapaba entre los dedos. Se oían ruidos y forcejeos, como si Juana de Arco arrastrara a Matilda escaleras arriba. O quizá la llevaba en brazos, quién sabe qué superpoderes poseía.

Por un momento temí que el pánico se adueñara de mí.

—¡Juana! ¡Suéltala! —grité por el hueco de la escalera mientras agarraba a Severin del brazo. Girándome hacia él, ordené—: ¡Dile que se detenga! Ya lo sé todo, no hay razón para hacerle daño a Matilda.

Él bajó la vista hasta la mano que le había puesto en el brazo y luego me miró enarcando una ceja. Entonces me di cuenta de que había soltado la muleta.

—A lo mejor consigues subir la escalera —dijo en el mismo tono que usaba siempre para animarme.

Rechiné los dientes. Mierda, ¿qué era aquello? ¿Un experimento? ¿Era un sádico y le divertía torturarme? Las chicas me llevaban al menos dos pisos de ventaja.

Aunque estuviera en condiciones de correr, no las alcanzaría antes de que llegaran a la azotea. Pero sí que podían oírme.

—Te juro que si le pasa algo… —le susurré a Severin, que se mantenía impasible—. ¡Dile a Juana que vuelva! No sé qué quieren de mí, pero les daré lo que sea cuando Matilda esté a salvo. —Como seguía sin moverse, grité de nuevo por el hueco—: ¡Haré lo que quieran si la sueltas! ¿Me oyes?

Durante unos instantes reinó un silencio angustioso.

—Ay, ¡qué bonito! —contestó por fin la joven con voz alegre—. Sube a la azotea y la dejaré ir.

Suspiré aliviado y me agaché para recoger la muleta.

—Vaya —comentó Severin, que mantenía aquella expresión de amable interés—. Que te guste tanto esa chica está resultando muy beneficioso. No formaba parte de mi plan, pero funciona de maravilla.

La rabia que se apoderó de mí al instante ahuyentó todas las demás emociones y me permitió concentrarme en lo esencial. ¡Al diablo las muletas! Las arrojé a los pies de Severin y subí los primeros escalones. Y entonces experimenté de nuevo la ligereza que sentía en el Límite, o cuando me tomé la poción angélica.

Desde arriba resonó un golpazo, como si se hubiera desplomado algo… o alguien… Matilda… Pero por suerte seguía viva, al momento la oí gritarle a su captora:

—¡Me lastimaste! ¡Maldita! ¡Y pensar que eras mi santa preferida!

Juana de Arco soltó unas risitas.

—Qué linda eres. Mira que intentar morderme...
¿Qué clase de santa sería si lo consiguieras?

Y entonces oí cerrarse una pesada puerta y sus voces
se extinguieron.

Me hormigueaba la piel, el corazón me latía cada vez
más deprisa y enviaba sangre a todas las células, cada
músculo cumplía con su misión y pasé como una bala por
el octavo piso, camino del noveno. Si me dolía la pierna,
no sentía nada. Era como si mi cuerpo quemara el oxígeno a toda velocidad y alcanzara unas capacidades que
nunca había experimentado, ni siquiera cuando hacía
parkour. Aunque eso era imposible... Subía los escalones
de cuatro en cuatro sin tan siquiera perder el aliento y
en pocos segundos llegué al descansillo que llevaba al
décimo piso. Quedaban veinte escalones que conducían
a una salida de emergencias como las que aparecen en
las películas.

En las películas, por ahí se salía a la azotea.

Y el malo aparecía donde menos lo esperabas.

No entendía cómo lo había hecho Severin, pero de
pronto tenía su mole de dos metros cortándome el paso.

—Es fascinante lo que las emociones adecuadas pueden conseguir —dijo en tono de satisfacción.

Apreté tanto los dientes que me crujió la mandíbula.

—Quítate de en medio. Ya oíste a tu novia, quiere
verme en la azotea.

Me escrutó con cierta fascinación.

—Pero no dejes que la gratitud te empuje a hacer lo
que ella quiera.

—¿Es que no quieren lo mismo?

—Bueno, en muchos aspectos, sí. Pero en cuanto a ti, por desgracia luchamos en bandos opuestos. Deberías barajar tus opciones con calma.

Era lo mismo que había dicho Juana de Arco el viernes. Pero yo no quería «barajar mis opciones», significara lo que significara aquella frase manida. Solo quería que a Matilda no le pasara nada. Y por eso debía atravesar aquella maldita puerta de emergencias.

Okey, tenía que mantener la calma. Respirar profundamente.

—¿Y qué opciones son esas?

Intenté recordar lo que Jacinto y Ada me habían contado sobre los distintos partidos arcadios, sus ideologías y sus intenciones. Pero aparte de Frey, el racista noruego que tenía su propio teleférico, los nombres y los detalles solo eran ideas borrosas. En realidad, ni siquiera estaba seguro de si los habían mencionado. Además, la furia me impedía concentrarme.

—¿Ustedes de qué lado están?

Vaya pregunta estúpida. Para simplificar las cosas los había dividido a todos en buenos y malos. Y alguien que pretendía arrojar a Matilda al vacío solo podía ser de los malos. No me hacía falta saber nada más.

Como esperaba, Severin no me contestó. En lugar de eso afirmó:

—Todo depende de si quieres que te traten como a un perrito faldero o como a un líder. —Y se hizo a un lado.

Empujé la pesada puerta, me precipité fuera y me encontré en una especie de laberinto.

La amplia azotea había sido acondicionada como un elegante jardín urbano, con macetas gigantes, jardineras elevadas y palés pintados de blanco. En aquel momento del año la vegetación aún era escasa, pero suficiente para impedir la visión de toda la explanada.

La adrenalina me corría por todo el cuerpo. ¿Y Matilda?

—¡Estamos aquí! —exclamó Juana de Arco, con su inocente voz aniñada.

Rodeé un seto de bambú y luego varias jardineras con tomateras secas del año anterior, y entonces las localicé. Ocupaban unas sillas de hierro situadas entre una claraboya redonda y una chimenea de ladrillo. Juana se sentaba con las piernas cruzadas como si se estuviera tomando un café con una amiga. Pero Matilda estaba tiesa como un palo, debido al círculo de fuego que llameaba a su alrededor y que la mantenía aprisionada. Se le había corrido el maquillaje por las mejillas, tenía los rizos revueltos y la respiración entrecortada. Se había resistido con uñas y dientes. Al distinguir dos rasguños que tenía en la barbilla, mi rabia alcanzó una dimensión desconocida.

—Vaya, vaya, pero si el cojito puede andar. —Al contrario que Matilda, Juana estaba muy tranquila, su pálido rostro no mostraba la más mínima alteración.

—Pues sí, maldita pirómana —replicó Matilda, y me miró con orgullo. Levantaba la cabeza y el relampagueo de sus ojos me demostró que sentía más furia que miedo. Añadió—: ¿Y fuego? ¿De verdad? ¡Vaya un cliché!

A lo mejor lo era. Pero también resultaba muy peligroso. Aquellas llamas no eran decorativas, notaba el calor que desprendían.

—Teníamos un acuerdo. ¡Suéltala! —exigí, intentando mantener la calma.

Juana de Arco estalló en carcajadas.

—¡Hablando de clichés! —Se puso a imitarme, pestañeando con exageración—. «Suelten a la doncella en apuros y podrán hacer conmigo lo que quieran». Es tan…, no sé, ¡tan de 1415!

Noté que me empezaban a latir las sienes de un modo muy peligroso.

—¿Para qué todo este teatrito, querida? Haz lo que te dice. —Severin me adelantó con pasos ágiles.

Juana de Arco se levantó de la silla y él la enlazó por la cintura con un movimiento grácil; entonces ella giró la cabeza y la inclinó hacia atrás con elegancia. Resultaba muy absurdo, parecía que se disponían a bailar una danza apasionada, por ejemplo un tango o un pasodoble. Como si fuera parte de la coreografía, ella levantó un brazo y el círculo de fuego desapareció de pronto. Así de sencillo, en un parpadeo. Era un superpoder realmente temible.

—Ahí lo tienes —contestó. Con un suspiro, se dio la vuelta y apoyó la espalda contra el pecho de Severin. Se quedaron mirándose y sonriéndose, formando una figura súper relajada y…

—… súper empalagosa —murmuró Matilda.

Pero a mí no me engañaban, sabía que detrás de aquella fachada de parejita enamorada se encontraban listos para el ataque y que en cuestión de segundos podían pasar del modo baile al modo batalla. Lo sabía porque a mí me sucedía lo mismo. Las hadas lo habían llamado el espíritu de lucha arcadio, una terrible propensión a lanzarme contra los enemigos, sin importar que el combate careciera de sentido o de esperanzas. Aquel instinto y la rabia que me hervía en la sangre eran una mala combinación: una furia asesina se había apoderado de mí. En cuanto Matilda se marchara y estuviera a salvo, ya no podría responder de mis actos.

—¿Y ahora qué? —preguntó Juana de Arco. Con un giro se liberó de los brazos de Severin y me miró con ojos brillantes.

Un graznido me hizo levantar la vista. En el cielo, tres cuervos describían círculos sobre nosotros. Lo interpreté como una buena señal. Quizá la ayuda venía en camino.

—Pues ahora Matilda se va de aquí. Cuando la vea hacerme señas desde ahí abajo —apunté hacia el parque—, estaré dispuesto a todo.

Que entendieran como quisieran la última frase.

—Entonces más vale que se despidan —contestó Juana de Arco, y Severin se rio en voz baja—. Tardarán un poquito en volver a verse. Vas a pasar mucho tiempo en el Límite, chico.

¿Era eso lo que pretendían? ¿Encerrarme en el Límite como a un... ogro?

—¡Vamos, vete! —Le hice un gesto a Matilda, que no se había movido del lugar.

Casi podía verla pensar. Pasado un momento, negó con la cabeza y dijo:

—Si me voy, te quedarás solo.

—Es mejor así —respondí, apremiándola con la mirada.

¿Es que no entendía que únicamente podría luchar sabiendo que ella estaba a salvo? Deseé que la telepatía fuera uno de mis superpoderes.

Pero no me hizo falta, porque al final Matilda se levantó de la silla. Me lanzó una última mirada y después se despidió con una palabra que en mis oídos sonó como «tedero». Luego desapareció tras unas cañas de bambú, en dirección a la escalera.

¿Cómo que «tedero»? ¿Qué era eso? ¿Una palabra clave, un mensaje cifrado, un grito de guerra…?

Cuando un momento después oí cerrarse la salida de emergencias sentí un alivio inmenso. Sin Matilda allí, podía hacer lo que fuera necesario para evitar que me apresaran y me secuestraran en el Límite. Al menos, me resistiría con todas mis fuerzas.

Severin le había pasado el brazo por los hombros a su novia y me miraba con aire reflexivo.

—Bueno, querida, pues ahora solo queda decidir quién se lleva al chico. ¿Lo echamos a la suerte?

¿Iban a pelearse por mí?

—¿Por qué no se lo queda quien tenga el portal más cerca? —propuso ella. Miró hacia la columna publicitaria del parque y luego comenzó a besarle los dedos, uno por uno—. Vamos, cariño, dame ventaja. Tu gente ni siquiera sabe que el chico te descubrió.

—Pero con nosotros estaría más seguro.

—¡Vamos, hombre! Tuviste tu oportunidad y la desaprovechaste.

—Bueno, es verdad. Y yo pretendía seguir esperando… —reconoció él, dándole un beso en la frente—. Okey, lo hacemos como dices. Gana quien tenga el portal más cerca, ¿de acuerdo?

—¡De acuerdo! —contestó ella con una sonrisa radiante.

Pero se alegraba demasiado pronto porque entonces Severin se giró hacia la chimenea. Comprendí que allí había un portal antes incluso de que dibujara una forma en los ladrillos.

Juana de Arco se quedó aún más perpleja que yo. Cuando la chimenea se convirtió en un campo de brillante resplandor, soltó un siseo como de serpiente. Su sonrisa se transformó en una mueca furiosa.

—¡Un portal secreto! —exclamó—. *Merde!* ¡Me engañaste! —Estaba atónita. Y enfurecida. No quedaba ni rastro de dulzura en su voz—. ¡Debí imaginarme que jugarías con las cartas marcadas!

Si la situación no hubiera sido crítica, me habría echado a reír. ¿Lo acusaba de hacer trampa? ¿En serio?

Severin se había girado y se cruzó de brazos con una gran sonrisa.

—Lo siento, querida.

—Claro… ¡Para qué respetar las reglas si cuentas con alguien capaz de crear portales donde quiere! —replicó furibunda—. Así es fácil creer que estás por encima de la ley y del Alto Consejo, ¿verdad?

—No te enojes, cielo. Un acuerdo es un acuerdo: mi portal está más cerca que el tuyo. —En dos zancadas se puso a mi lado—. Así que Quinn se viene conmigo, esta vez ganamos nosotros. —Como para remarcar su victoria, me agarró del brazo.

—No puedo permitirlo, cariño —su voz rezumaba cólera. Cerró los puños. A lo mejor me engañaba la vista, pero me pareció que sus manos desprendían minúsculas llamitas.

—Vamos, no seas mala perdedora. —De un jalón, Severin me aprisionó entre sus férreos brazos.

Mis músculos reaccionaron gracias al reflejo de lucha arcadio y le propiné una fuerte patada en la espinilla, pero seguramente habría conseguido arrastrarme hasta el portal de no ser porque en ese momento un objeto le golpeó la cabeza.

Sus fuerzas cedieron durante una milésima de segundo, el tiempo suficiente para sacármelo de encima y apartarme de él. Algo pesado cayó en la grava con un estrépito metálico mientras él soltaba un quejido furioso.

¡Matilda! Había salido de la nada tras unas cañas de bambú. Agarraba una de esas varas de acero que se usan para sujetar los tallos de las plantas de tomate, que había arrancado de alguna jardinera. Era precisamente uno de esos objetos lo que había lanzado contra Severin.

¡Maldita sea! ¿Qué hacía allí? ¿Por qué cometía la locura de acercarse tanto al portal, que para ella era mortífero? Su imagen, con la mirada furiosa, el pelo revuelto y blandiendo aquella vara como una espada sagrada, era la más bella que había visto nunca. Y a la vez la más escalofriante.

Al instante las llamas brotaron de los puños de Juana de Arco y Matilda quedó encerrada en un círculo de fuego.

—¡Mierda! —maldijo en voz baja.

Estábamos otra vez como al principio. Pero sospechaba que mi capacidad de negociación había disminuido drásticamente. Además, de pronto reaparecieron los dolorosos pinchazos de la pierna y los conocidos mareos. Me tambaleé.

Severin lanzó una carcajada burlona.

—¡Gracias, querida! —Y ya estaba otra vez a mi lado. Me agarró con rudeza y volvió a inmovilizarme—. Creía que ese fuego era para mí...

—Y yo también. —Lo miró con ojos llenos de odio—. Pero aunque las llamaradas te arrancaran la cabeza (y créeme, nada me gustaría más) habrías tenido tiempo de refugiarte en el Límite y de llevarte contigo al chico.

—Es justo lo que pienso hacer —replicó él, que claramente no entendía la jugada.

Yo tampoco. Si seguíamos allí era porque aquel par de psicópatas no podían dejar de pelearse.

—Pero verás, no creo que Quinn te la vaya a poner fácil —continuó ella con una sonrisita malvada mientras, sin ni siquiera mirarlas, avivaba las llamas alrededor de Matilda. Me vino a la mente la imagen de santa Inés en la hoguera—. Porque tiene que rescatar a su chica...

Se me quedó mirando expectante, mientras el círculo de fuego se estrechaba más y más.

—No te va a salir bien —dijo Severin, aunque con cierta inseguridad en la voz—. Solo tienes que mirar al chico: puede dar gracias de sostenerse en pie sin muletas.

—Nunca subestimes el poder del amor —replicó ella en tono teatral.

Una llama rozó los rizos de Matilda, que le espetó a Juana de Arco:

—¡Los libros de historia no dicen ni una palabra cierta sobre ti! Me apuesto a que ni siquiera sabes lo que es el amor. ¡Y menos aún el honor o la decencia!

—Te preguntabas qué se siente al estar en la hoguera, cerebrito —replicó ella, ignorando por completo sus palabras.

Yo tenía la vista clavada en Matilda y en las ardientes llamaradas. Atenazado entre sus brazos, noté que a Severin se le tensaban los músculos. Ni hablar, no me arrastraría al portal. No en ese momento. Afiancé los pies en la grava lo mejor que pude. Sobre nosotros, los cuervos graznaban con nerviosismo. Juana de Arco continuó:

—Es una pena que no pueda contártelo: quemaron a otra chica creyendo que era yo. Pero bueno, no hay nada como la propia experiencia. Según dicen se sufre horriblemente…

Como para demostrarlo, se alzó una llama que le abrasó el brazo a Matilda. Su grito de dolor hizo estallar algo en mi interior.

Y entonces todo sucedió a la vez.

Los cuervos descendieron en picada y se abalanzaron sobre Severin. Yo me lo quité de encima y lancé una onda expansiva contra Juana de Arco. Resultó tan potente que salió despedida a través de un enrejado y voló seis metros hasta estrellarse contra el edificio de enfrente. Por desgracia, consiguió agarrarse a una escalera de incendios. Observé con satisfacción que sangraba bastante por una herida en la frente y que me miraba perpleja, con los ojos desorbitados.

No sé qué reacción esperaba de mí, pero desde luego no aquella.

Miré rápidamente en dirección a Matilda. El cerco de fuego se había extinguido. Al parecer, Juana de Arco no podía mantenerlo desde tan lejos. Habría querido asegurarme de que Matilda estaba bien, pero no podía ser. Antes debía ocuparme de nuestro otro adversario. Los cuervos de Jacinto yacían muertos en el suelo. Encontré a Severin con la espalda pegada al portal y los brazos en cruz, con las palmas en contacto con el brillante resplandor. La postura era tan extraña que una cosa me pareció segura: tenía alguna finalidad.

Por desgracia no me equivocaba, porque un momento después dos sombras salieron del resplandor. Resultaron ser dos serpientes gigantescas. En lugar de escamas tenían el cuerpo cubierto de brillantes plumas de un azul verdoso. Describían círculos una a cada lado de Severin y lo miraban siseando y sacando la lengua, como esperando órdenes. Sus lenguas eran más grandes que mi mano y los afilados dientes curvos medían tranquilamente veinte centímetros. Con aquellos colmillos daba igual si eran venenosas o no, si me agarraban me harían papilla. Se veía bien claro que no provenían de la reserva de Emilian, sino del zoológico de los horrores.

—Mira nada más, tengo en las venas una parte de sangre de hada —dijo entonces Severin, mientras yo me hacía reproches: ¿por qué no lo había atacado cuando tenía los ojos cerrados?—. Un octavo, para ser exactos. La verdad, en ocasiones como esta resulta muy práctico.

Eso explicaba por qué se había ganado tan fácilmente mis simpatías. Sentí que mi rabia se encendía de nuevo.

Él lanzó una mirada al edificio de enfrente, donde deseé que continuara su novia. Pero no cometí el error de girarme para comprobarlo. Continuó:

—La verdad, tu actuación fue bastante impresionante. Tienes más cualidades de las que todos pensábamos. —A un movimiento de su mano, las serpientes reptaron hacia mí—. Pero reconócelo: no tienes ni idea de cómo lo hiciste. Si vienes conmigo, podemos enseñarte…

—¡Vete al infierno!

¡Ya me había cansado! Arremetí contra las serpientes y aunque una logró escapar, la otra la arrojé contra Severin con un solo movimiento de la mano. Cierto, quizá no sabía exactamente lo que hacía. Pero notaba en cada fibra de mi ser una fuerza incontenible, como si tuviera en mi interior una tormenta capaz de controlar hasta la más mínima corriente de aire. La siguiente onda expansiva lo alcanzó con toda su potencia y lo catapultó, junto con la serpiente, de espaldas al portal. Lo último que vi de él fue su expresión de absoluta sorpresa.

—¡Detrás de ti! —gritó Matilda.

Me giré. Sentí un dolor agudo en el hombro.

Era Juana de Arco, que me atacaba con su fuego. ¿Cómo había logrado volver tan deprisa? ¿De un salto? Pero eso no importaba.

Estaba más que preparado.

Me lanzó otra llamarada pero mi onda expansiva ya la había atrapado. Levanté la mano y la proyecté hacia las sillas de hierro, que también salieron disparadas. Las tres desaparecieron en el resplandor del portal.

Y entonces ya no pude controlar la tormenta que rugía en mi interior.

Matilda

Me agaché de nuevo tras la jardinera para protegerme. En los ojos de Juana de Arco había un brillo asesino y no solo sus manos, sino todo su cuerpo parecía incandescente. Tenía la cara llena de sangre y su melena ondeaba al viento: la imagen no habría podido ser más dramática.

Sin embargo, estuvo perdida en cuanto Quinn la atacó con su onda, que creó con las manos en alto y una expresión concentrada, casi tranquila, en el rostro. La joven salió disparada por los aires y atravesó el portal igual que Severin. Antes de desaparecer, lanzó un fogonazo que brilló como un cometa. Fue espectacular.

Deseé que le aterrizara encima a su novio junto con las sillas y la mesa, que fueron arrastradas por la mortífera ráfaga de aire y catapultadas al portal. De verdad me habría encantado ver cómo se quedaban mirándose, perplejos y muertos de rabia.

Las ráfagas de viento habían dejado en la azotea una estela de destrucción de unos cuatro metros de ancho. En aquel momento, el vendaval parecía extenderse. Quinn se mantenía en pie ante el portal, con las piernas separadas. A su alrededor las cañas de bambú se dobla- ban y el viento arrasaba todo lo que encontraba a su paso. El gesto de concentración había desaparecido de su cara, sustituido por una expresión soñadora.

Al mismo tiempo, parecía cansadísimo.

Deseaba reunirme con él, pero para eso debía sortear a la serpiente que se había librado de acabar en el portal. Reptó a una velocidad vertiginosa y se irguió ante mí. Hacía un tiempo había visto en el zoológico una anacon- da de tres metros y medio. Aquella serpiente no era tan grande, pero cuando abrió las fauces me resultó mil ve- ces más terrorífica. Los malvados ojos amarillos que te- nía fijos en mí parecían de dibujos animados. ¡Y los col- millos! Eran como dagas que sobresalían de la fuerte mandíbula, uno a cada lado de la lengua bífida.

¡Más me valía que las plumas no significaran que además podía volar!

Miré a Quinn. El vendaval que había desatado no amainaba. Tras la mesa y las sillas, el portal estaba engu- llendo los restos del enrejado y varias macetas. La grava del suelo se levantaba en remolinos.

Lo llamé a gritos, pero mi voz se ahogaba en el estruen- do, que era como el rugido de una tempestad al aproxi- marse. Algo no iba bien. Quizá el portal estaba a punto de colapsar y acabaría absorbiendo también a Quinn. ¡No! ¡Aquello no podía suceder! Debía hacer algo. Y aquella es- túpida serpiente no me lo impediría por muy aterrador que fuera su aspecto.

Entonces caí en la cuenta de que todavía agarraba la vara de acero. Armándome de valor, la clavé con energía en uno de aquellos ojos amarillos. Sin pararme a comprobar nada, pasé de un salto por encima del animal y eché a correr hacia Quinn.

Cuanto más me acercaba, más resistencia ofrecía el viento huracanado. Llegó un punto en que solo logré avanzar paso a paso. Tuve que esquivar una maceta, un cuervo muerto y una sombrilla que volaban por los aires. Por fin llegué a su lado y me aferré a él con todas mis fuerzas.

Lo logré justo a tiempo. En ese mismo instante el aire pareció explotar, si es que una cosa así es posible. A nuestro alrededor todo empezó a girar, primero lentamente y luego cada vez más deprisa.

Quinn me protegió con el brazo y me estrechó aún más fuerte mientras la tapa de la claraboya se salía de sus anclajes. También los ladrillos de la chimenea fueron arrancados por el remolino y de inmediato el campo luminoso del portal comenzó a difuminarse. Entonces comprendí que el efecto de succión no provenía del portal, sino de Quinn. Él era el centro de aquel huracán. Parecía incapaz de controlarlo, como cuando estuvimos en la facultad de Medicina y desencadenó un pequeño torbellino.

Aunque el rugido y el fragor del vendaval eran pavorosos y había muebles, tierra, ladrillos, plantas, tablones y macetas arrastrados en todas direcciones, dejé de sentir miedo. Porque en ningún lugar podía estar más segura que allí, en el ojo del huracán, fuertemente abrazada a Quinn. Por absurdo que resulte, durante un momento me inundó una felicidad celestial. Si por mí fuera, podríamos habernos quedado para siempre allí, en el corazón del tornado. Aunque el mundo se derrumbara.

Pero ese momento pasó y traté de llamar su atención gritando su nombre. Muy lentamente, volteó a verme.

—¡Para todo esto! —grité entre el rugido del viento—. ¡Esos dos ya no están! ¡El portal se cerró! ¡Quinn! ¡Vámonos a casa!

Me miró como si hasta entonces no me hubiera reconocido. Por un segundo me abrazó con más fuerza, luego le fallaron las piernas y todas sus energías lo abandonaron. No logré sostenerlo porque de pronto pesaba muchísimo, perdimos el equilibrio y acabamos en el suelo mientras el ciclón se debilitaba y el fragor del viento empezaba a amainar.

—¡Dios mío! —Comprendí que ya no estábamos solos. Oía voces alarmadas y ruido de pasos apresurados. Por el rabillo del ojo vi acercarse varias figuras, dos de ellas con brillante cabello pelirrojo.

Jacinto fue el primero en llegar hasta nosotros. Saltó por encima de un macetero volcado y se agachó a nuestro lado.

—¿Están heridos?

—A buenas horas, ¿eh? —contestó Quinn muy débilmente. Seguíamos abrazados; yo tenía la cabeza apoyada en su pecho y él me rodeaba con un brazo. No me habría importado quedarme así un ratito más.

Pero entonces unas manos tan cuidadosas como firmes me colocaron de espaldas y me palparon para ver si estaba bien. Era Ada, con los ojos cargados de preocupación.

—¿Puedes moverte, cielo? ¿Esto son quemaduras?

Pues sí. Y, la verdad, dolían bastante. Me senté para mirarme el brazo. Las llamas habían carbonizado las mangas del abrigo y del bonito top azul que llevaba debajo.

—¡Mierda con santa Juana de Arco! —exclamé enojada.

Quinn también se había incorporado y saludó a Jacinto con un apretón de manos mientras le decía:

—Yo estoy bien, pero tus cuervos cayeron... Lo siento mucho.

Ada suspiró con alivio e informó por encima del hombro:

—Cassian, creo que se encuentran bien. Son solo rasguños y quemaduras. Nada que no podamos curar.

—¡Gracias al cielo! —contestó el profesor desde detrás de unas cañas de bambú quebradas y de varios maceteros volcados—. Aquí hay una boa plumariora. Parece como si la hubieran ensartado con... ¿una vara de cultivar tomates?

A Quinn se le escapó una risita y me preguntó:

—¿De verdad te cargaste a ese bicharraco?

—Alguien tenía que hacerlo —contesté.

Él apretó los labios y suspiró:

—¡Ay, Matilda...!

No era la respuesta que esperaba. Okey, había cortado conmigo, pero eso había sucedido hacía muchísimo tiempo, casi en otra vida. Después se había presentado en la azotea para impedir que me lanzaran al vacío. Me había salvado y yo le había dicho «te quiero»… Aquel era el momento perfecto para que dijera que él también me quería. Y que me perdonaba. Y muchas cosas más.

Pero, apartando de mí la mirada, se incorporó con ayuda de Jacinto. Tuvo que apoyarse en él para mantener el equilibrio y el disgusto se le reflejó en la cara.

Yo también me puse de pie.

—Hay que irse —advirtió en ese momento una voz nasal y metálica.

Al darme la vuelta, apenas pude creer lo que vi.

¡Era Héctor! Llevaba el sombrero de cuadros y dirigía a la calle sus ojos amarillos.

—Ahí abajo la gente está nerviosa. Creo que eso que cayó es una claraboya. —Entonces comenzó a sonar una sirena, y luego otra. Héctor añadió, muy enojado—: ¡Destrozar así una azotea y llamar la atención de esta manera…! ¡Mira que se lo dije! Los descendientes no traen más que problemas. Especialmente este chico.

—¿Qué hace él aquí? —preguntó Quinn con desconfianza.

Jacinto lo sostuvo por la cintura para que no se cayera.

—Gracias a él llegamos tan rápido.

«Tan rápido», qué gracioso. Con excepción de los cuervos, no nos había ayudado nadie. Nos las habíamos arreglado solos.

—Fue Héctor quien nos avisó. Resulta que te estaba siguiendo por su cuenta —explicó Ada a Quinn.

—Cosa que no habría sido necesaria si ustedes hubieran cumplido su misión de protegerlo —replicó Héctor. Tuve que darle la razón.

Jacinto soltó un suspiro.

—Lo siento mucho, Quinn. No debimos exponerte a un peligro así.

—No esperábamos que pusieran a Quinn en el punto de mira tan pronto... —dijo el profesor sin dirigirse a nadie en concreto mientras levantaba con tristeza un cuervo muerto—. Estaba convencido de que contábamos con unas semanas más, o quizá meses. Pero Héctor averiguó que...

—¿... que mi fisioterapeuta tenía un portal secreto aquí arriba y que pretendía secuestrarme en el Límite? —completó Quinn en tono sarcástico—. ¿Y que la loca de su novia va por ahí lanzando fuego? Pues muchas gracias, pero todo eso ya lo descubrimos nosotros solitos.

Me moría por darle la mano. Por si se volvía a desatar el viento... Pero no me atreví. Seguía sin dirigirme la mirada.

—Tengo que reconocer que fueron muy listos —admitió Héctor de mala gana—. Borraron perfectamente sus huellas. A Juana de Arco no me la esperaba, está claro que actuó sin esperar órdenes. —Le lanzó a Quinn una mirada severa—. Tuviste suerte de que quisieran atraparte con vida.

Él le devolvió una mirada llena de rabia.

—¡Como si fuera culpa mía! —Perdió el equilibrio y a Jacinto le costó trabajo sostenerlo para que no se cayera.

El profesor Cassian levantó las manos en gesto pacificador.

—Tendremos tiempo de sobra para hablar de todo con calma. Todos ardemos en deseos de saber exacta-

465

mente qué pasó hoy. Y también tendrás tus respuestas, Quinn, te lo prometo. Pero ahora solo importa una cosa: irse de aquí.

Tenía razón. De pronto dejaron de sonar las sirenas, que se habían estado acercando. Oímos abrirse las puertas de varios coches y nos llegaron gritos y órdenes.

—Ada, tú te llevas a Matilda y te ocupas de curarle esas heridas —decidió el profesor—. Quinn se va con Jacinto. Héctor y yo nos quedamos aquí para intentar calmar las aguas.

Ada me agarró del brazo y me jaló en dirección a la salida de emergencias, con delicadeza pero también con determinación. Pasamos junto a Héctor, que me miró con sus ojos amarillos mientras mascullaba:

—Ya están saltándose otra vez la directiva segunda...

Quinn iba cojeando delante de nosotras, aferrado a Jacinto. Cuando los alcanzamos en la puerta, se dio la vuelta y por fin me miró. Por un instante fue como si estuviéramos otra vez en el ojo del huracán, los dos solos, únicamente él y yo.

—Cuídate, Hoyuelos —se despidió.

Quinn: Qué significa tedero?
23:50 ✓✓

Matilda: ???
23:51 ✓✓

Quinn: Me lo dijiste en la azotea. Cuando se suponía que te habías ido pero volviste para arrearle a Severin con una vara de acero
23:53 ✓✓

Matilda: Julie, te acuerdas de que me declaré a Quinn después de que cortó conmigo? Pues resulta que en lugar de "te quiero" entendió otra cosa. Y ahora no sé si alegrarme o preocuparme…
23:55 ✓✓

Julie: Qué fue lo que entendió? 🙂
23:56 ✓✓

Matilda: Tedero
23:57 ✓✓

Julie: Ajá… tedero… Como en "el mundo es un tedero". O en "los últimos serán los tederos". Te tienes que preocupar, sí… 😊
23:59 ✓✓

Matilda: No te rías de mí
00:02 ✓✓

Julie: Te De-se-Ro buenas noches
00:03 ✓✓

Quinn: Matilda?
00:10 √√

Quinn: Te volvieron a quitar el celular?
00:15 √√

Matilda: Tedero. De teda. 1. m. Pieza de hierro sobre la cual se ponen las teas para alumbrar. Así lo define el diccionario
00:17 √√

Quinn: Okey
00:19 √√

Quinn: Y qué me querías decir con eso?
00:22 √√

Matilda: Quizá que la vida es oscura… Y hay que alumbrarla…
00:23 √√

Quinn: Pues sigo sin en-tedero…
00:24 √√

Epílogo

Queridos lectores:

Si les sucede lo mismo que a mí y se preguntan: «¿¿¿Cómo??? ¿Eso es todo? ¿Esa gárgola fantástica y maravillosa tan solo sale una vez en todo el libro?», les diré algo que va a tranquilizarlos: la historia no termina aquí. *Nomeolvides* tendrá otros dos volúmenes y, para su inmensa suerte, allí aparezco mucho más. Pueden relajarse.

Aunque los seres humanos no me gustan mucho, esa tal Matilda me cae bastante bien. Necesita con urgencia un amigo que la ayude en estos momentos complicados. Alguien que conozca bien las costumbres del Límite. Alguien capaz de volverse invisible y de atravesar paredes. Alguien que no tema a los lobos sanguinarios. Y que pueda aconsejarla en asuntos amorosos. ¡Ja, ja, ja! No, eso último era un chiste. Nosotros los daimon seguimos el lema: «Si surge un problema, devóralo antes de que él te devore a ti». Pero claro, a los humanos eso no les sirve.

En el próximo tomo nos las veremos con una peligrosa organización cuyo nombre es todavía un secreto. Pero si les gusta solucionar anagramas, el nombre se oculta tras esta frase: «**Aprendimos pintura**». (La solución es… un animal. Si alguien lo descubre, puede escribirle a Kerstin Gier y darle saludos de mi parte. Encontrarán sus datos de contacto en www.kerstingier.com).

BAXIMILIAN GRIMM

Personajes

REPARTO DE LA TIERRA

Quinn von Arensburg: su nombre completo es Quinn Jonathan Yuri Alexander von Arensburg. Viene a ser el Romeo de esta historia.

Matilda Martin: pertenece al clan de los Martin, familia odiada por Quinn. Viene a ser la Julieta de esta historia.

Anna y Albert von Arensburg & Cascabel: los padres de Quinn. Son súper coloridos, cariñosos y, sobre todo, cocinan de maravilla. Cascabel no, claro, porque es el gato.

El clan Martin: la familia de Matilda, compuesta por sus padres y su hermana Teresa, así como por el tío Thomas y la tía Bernadette que, por desgracia, viven pared con pared. Tanto en el trabajo como en el ocio, los Martin se dedican a la Iglesia, a la religión y a hacer el bien. Cosa que a veces puede resultar un poco cansina para el prójimo.

Leopold, Luise y María Acusona Martin: el primo y las primas de Matilda. Balbuceaban el primer mandamiento (ya saben: «Amarás al prójimo como a ti mismo») cuando todavía iban en carriola. Pero siguen sin interiorizarlo: solo les sale amarse a sí mismos.

Berenike Beck: (su apellido de soltera era Martin) la tía favorita de Matilda. Como ella, no encaja para nada en el clan Martin. Le da cobijo a menudo. Y ropa.

Julie Beck: la mejor amiga de Matilda, hijastra de Berenike. Ofrece consejos y palabras de consuelo en toda situación adversa y opina que todo el mundo debería tener un tablón suelto en el suelo para poder esconder cosas.

Yuri Watanabe: el padre biológico de Quinn. Falleció antes de que él naciera, en misteriosas circunstancias.

Lasse Novak: el mejor amigo de Quinn. Esconde un gran secreto y por eso se pasa todo el libro tartamudeando.

Lilly Goldhammer: la exnovia de Quinn. Compensa los tartamudeos de Lasse con su afilada lengua.

Matías: el estudiante de intercambio de Uruguay que vive en casa de Matilda.

Severin Zelenko: el mejor fisioterapeuta y la persona más motivadora del mundo. Todo lo contrario que...

... la doctora Bartsch-Kampe: psicóloga. Aunque se doctoró *summa cum laude*, con su nivel de empatía le habría ido mejor en el mundo de los fondos de inversión. El mejor ejemplo de cuánto puede equivocarse el proceso de admisión para la facultad de Psicología.

Kim Horvat: la chica del pelo azul, muy difícil de localizar. Su madre, Sarah, compartió departamento con Yuri Watanabe mientras estudiaban.

Aurora, Smilla y Gereon: compañeras y compañero de preparatoria de Quinn y Matilda. A Gereon le gusta imprimir partes del cuerpo con su impresora 3D y Aurora lo quiere a pesar de eso, o quizá precisamente por eso. Smilla es la *best friend* de Lilly. Después de un año de intercambio *in the USA* prefiere decir casi todo en inglés. Excepto el apodo «Holancitos».

Ivar Vidfamne y Alejandro Magno: grandes reyes de épocas remotas, fallecidos hace muchísimo tiempo. Dos ejemplos estupendos de que los descendientes suelen dejar huella en la Historia, sea para bien o para mal.

REPARTO DEL LÍMITE

(**El Límite:** una…, eeeh…, otra dimensión que envuelve a la Tierra, así, en sentido metafórico. Lo atraviesan los humanos cuando mueren y antes de ir hacia la luz. En su calidad de mundo inmaterial y espiritual, no hipotético y paralelo a la Tierra, es un poquito difícil de entender. Pero no cometan el error de preguntarles al profesor Cassian o a Kerstin Gier porque después de una hora tendrán la cabeza como un bombo y todo será confusión. Lo mejor es seguir el consejo de Jacinto: «No intenten entenderlo»).

Seres del Límite: los habitantes del Límite, también llamados **eones**. Son bastante inmortales y por eso algunos se aburren y van por ahí martirizando a los demás. La Humanidad les ha dado innumerables nombres místicos porque a lo largo de la historia no siempre han sabido o han querido mantener en secreto su existencia. Los **arcadios** y las hadas tienen aspecto humano pero hay muchas otras criaturas, como los elfos oscuros, los ángeles, los demonios o los **ogros**; también hay **espíritus elementales** y distintos **animales**, como por ejemplo **dragones enanos, lobos sanguinarios y erizos orejas de gnomo**, por citar solo tres. Algunas de estas criaturas, como los **gigantes** y los **unicornios**, hace tiempo que se extinguieron. A las que quedan, los arcadios las mantienen encerradas en el Límite. Porque son ellos quienes tienen el sartén por el mango tras haber vencido en las últimas grandes guerras (contra los gigantes, por ejemplo, de ahí su desaparición). Quieren seguir ejerciendo el poder, un poco porque sí y otro poco porque está en su naturaleza. No sienten mucho aprecio por los humanos ni por otros seres del Límite que no sean arcadios. Sin embargo, entre ellos se alzan no pocas voces sensatas que reclaman justicia para todos, y en este momento parece que se anuncia un cambio político.

El profesor Cassian: arcadio. A lo largo de miles de años ha tenido incontables identidades y lleva una eternidad (aquí no es una forma de hablar) paseándose por la Tierra como figura clave. Al igual que las bondadosas hadas, opina que de vez en cuando hay que echarles una manita a los humanos y que todos los seres del Límite deben vivir en igualdad. Hace poco lo eligieron miembro del Alto Consejo, que gobierna el Límite, junto con Macuina, del pueblo de las aves. Este también mantiene una posición moderada, al contrario que **Morena** y **Frey**, que pertenecen al sector intransigente del Consejo. Para los arcadios como ellos, la vida de un humano o de un elfo no vale nada. Quieren la Tierra para ellos solos, objetivo que persiguen sin ningún escrúpulo.

La Rectora Themis: arcadia. Tan antiquísima como Cassian pero mucho más joven de aspecto. Actualmente es la presidenta del Alto Consejo y, por lo tanto, es alguien importante de verdad.

Ada: Ada es, como su propio nombre indica..., un hada. De las mejores, además. Acaba de abrir una florería en la Tierra llamada Lirio y Nomeolvides para estar pendiente de Quinn (y de Matilda). Su hijo es...

... Jacinto: le gusta llevar camisetas con frases como: «Flor ladradora, poco mordedora».

Los nex: también llamados cazadores. Son combatientes de la Legión, algo así como el ejército y la policía del Límite. Aunque deberían estar al servicio de la ley, algunos como **Gudrun**, **Gunter** o **Rüdiger** (cuyo nombre es solo una suposición) no se lo toman precisamente al pie de la letra. A Gudrun y sus amigos les encanta martirizar a todo tipo de criaturas y sin duda votaron por Morena o por Frey para el Alto Consejo. Los nex no solo son guerreros muy especializados y experimentados, sino que también cuentan con la ayuda de peligrosos animales como las sirin (pájaros gigantescos similares a lechuzas con cabeza de mujer) y los lobos sanguinarios.

Juana de Arco: conocida en su tiempo como la doncella de Orleans, ahora es una nex de la duodécima centuria.

Héctor: también conocido como el hombre del sombrero o el malo de la película. Es el sargento mayor (el término correcto es «centurión») de la tristemente célebre novena centuria, una heterogénea tropa de nex que desempeñó un papel decisivo en las grandes guerras del

Límite. No obstante, comparado con Gudrun y sus hombres en realidad no es tan malo. Al menos él sigue las normas. Bueno, casi siempre.

Emilian: hada amante de los animales, de género masculino. Y pelirrojo, como todas las hadas.

Clavigo Berg: † 1899. Expoeta, exhumano. Estaba tan absorto buscando una palabra que rimara con «óbito» que se le pasó la oportunidad de ir hacia la luz. Como consecuencia, se convirtió en fantasma. Le gusta materializarse en la estatua de bronce que preside su tumba.

Friedrich Nietzsche: † 1900. Exhumano él también, afamado filósofo. En consonancia con su propio sistema de pensamiento, se negó a ir hacia la luz y ahora es un fantasma gruñón que merodea por el Límite, con predilección por la biblioteca del profesor Cassian.

Angélica: no es una profesora de guardería anciana y bondadosa, como su nombre parecería indicar, sino una auténtica poción mágica de las hadas que pone a Quinn en pie el tiempo suficiente para llegar al Límite, donde no necesita la silla de ruedas. Lo malo es que deja una resaca horrible.

Maya: enfermera de cuidados intensivos y hada, una de las mejores sanadoras del Límite.

Bax, de nombre completo **Baximilian Grimm:** Gárgola daimon que custodia el portal de la iglesia de Santa Inés y que no quiere revelar su nombre por culpa del enano saltarín. Que era también un ser del Límite, casi seguro.

También aparecen: una calavera que se carcajea y entrechoca los dientes en el consultorio de la doctora Bartsch-Kampe, caritas que guiñan el ojo en árboles y plantas, un dragón enano llamado Confucio, un hombrecillo de color violeta, dos serpientes con plumas del género boa plumariora, y distintos tatuajes... Todos ellos son seres del Límite. Les advierto: están entre nosotros. ¡Muá ja, ja, ja!

Y por último, pero no menos importante, **el bebé del suavizante:** no es un personaje, sino un insulto algo peregrino que hace referencia a esos bebés rosaditos y sonrientes que, sobre todo antaño, aparecían en las botellas de suavizante para la ropa.

Lo que esconde la noche de Kerstin Gier
se terminó de imprimir en mayo de 2024
en los talleres de
Litográfica Ingramex, S.A. de C.V.,
Centeno 162-1, Col. Granjas Esmeralda, C.P. 09810,
Ciudad de México.